LES DÉSENCHANTÉS : ZANE ET HONOR

CLIFFSIDE BAY
TOME TROIS

TESS THOMPSON

Traduction par
WELL READ TRANSLATIONS

Copyright © 2023 Tess Thompson

Tous droits réservés.
Traduction : Well Read Translations

Cette œuvre est soumise à une licence Creative Commons Attribution – Pas d'utilisation commerciale – Pas de modification 3.0 non transposé.

Attribution – Vous devez créditer l'œuvre de la manière spécifiée par l'auteur, sans toutefois suggérer que l'auteur vous soutient ou soutient la façon dont vous avez utilisé son œuvre.

Pas d'utilisation commerciale – Vous n'êtes pas autorisé à faire un usage commercial de cette œuvre.

Pas de modifications – Vous n'êtes pas autorisé à modifier, transformer ou développer cette œuvre.

Ceci est une œuvre de fiction. Les noms, personnages, lieux, marques, médias et situations décrits dans ce livre sont purement imaginaires ou utilisés de manière fictive. Toute ressemblance avec des lieux ou des personnes vivantes ou décédées est involontaire.

❈ Réalisé avec Vellum

LES DÉSENCHANTÉS : ZANE ET HONOR

Pour mon amie et collègue Heather Huffman.
Comme mon héroïne, elle vit avec une force gracieuse et un courage féroce.
Que sa vie soit aussi belle que celle qu'elle procure aux autres.

1

ZANE

Zane Shaw n'aurait jamais pensé qu'il en viendrait à épier qui que ce soit à trente ans. Il était un héros comme son père, pas un méchant. Le but de sa vie avait été aussi simple et clair que la constance des vagues de l'océan qui le berçaient chaque nuit. *Je serai le fils de mon père.* Un homme bon.

Pourtant, là, devant ses fenêtres, il regardait la maison d'Honor Sullivan comme l'ennemi d'un roman policier. Il accusa le satané angle de son immeuble. Dans une ville balnéaire, qui avait bien pu construire une habitation avec vue sur les collines plutôt que sur la mer ? Ses fenêtres donnaient directement sur le coteau densément peuplé qui surplombait la rue principale de Cliffside Bay. Son versant était émaillé par les lumières des porches et la maison d'Honor trônait au sommet comme un phare sur lequel un marin solitaire pouvait compter. *Regarde-moi. Reviens-moi.*

On ne pouvait pas toujours orienter la trajectoire de sa vie dans la direction de son choix. Il n'avait pas prévu de se faire larguer par Natalie juste avant le *mariage qui n'en était pas un*. Il n'avait pas non plus prévu le déclin rapide de son père dans la démence sénile ou la nécessité de reprendre le bar-grill familial. Il avait encore moins prévu de tomber amoureux d'Honor Sullivan.

Une lampe à la fenêtre lui indiquait qu'elle était encore éveillée. Honor l'éteignait toujours avant d'aller se coucher, du moins selon les données qu'il avait recueillies dans son nouveau rôle de maître-espion ces dernières semaines.

L'horloge sonna minuit. En bas, à L'Aviron, sa sœur était dans le bureau à faire les comptes de la journée.

Honor est en sécurité chez elle. Maintenant, regarde ailleurs. Jackson et Maggie l'avaient ramenée chez elle après avoir passé la soirée au bar. Il n'y avait aucune raison de percer les murs de sa maison pour voir ce qu'elle faisait. Il regardait parce qu'il était inquiet, oui. C'était vrai. En partie vrai. Un peu vrai. Bon, il pouvait l'admettre à lui-même : la surveillance intense de la maison d'Honor n'était pas complètement désintéressée. Il se détestait pour ça, mais il voulait être sûr qu'elle était seule. Il avait vraiment besoin de savoir.

Honor Sullivan, je suis si follement amoureux de toi que je n'arrive plus à manger, dormir ou réfléchir. Je te veux à mes côtés pour le restant de mes jours.

Des phares apparurent soudain sur la route étroite qui menait chez elle. Une voiture dans sa rue après minuit ? *Non, ne tourne pas dans son allée.* Le véhicule prit le virage en épingle et ses feux arrière rouges le narguèrent alors qu'il remontait la pente raide et pavée de l'allée menant à sa maison. Était-ce un homme ? Un amant ? Avait-elle demandé à quelqu'un de la rejoindre aussi tard dans la nuit ?

Tu connais la réponse. Un homme qui s'arrêtait devant chez elle après minuit, ça ne pouvait signifier qu'une seule chose. Il serra les dents. Un muscle de sa mâchoire se crispa. Pourquoi en était-il arrivé là ? S'il avait pu avouer ses sentiments, ce serait peut-être lui qui se précipiterait dans l'allée d'Honor à l'instant.

La voiture s'arrêta sur le parking devant son garage. Les

phares s'éteignirent, suivis des feux arrière. Quelqu'un sortait ? Ça n'en avait pas l'air. Si seulement il pouvait mieux voir. Il lui fallait des jumelles. Non, il avait besoin d'un télescope. Une petite minute... Il avait bien un télescope. Un cadeau que son père lui avait offert à Noël, juste avant qu'Alzheimer ne chamboule leur vie. Zane l'avait rangé en attendant le moment idéal pour observer les étoiles. Ces quatre dernières années, il avait été trop occupé à travailler pour ça. Par contre, il avait trouvé le temps de surveiller la maison d'Honor.

Courant à travers la pièce, il faillit déraper en chaussettes sur le plancher en bois dur. Il ouvrit la porte du placard. Le télescope était encore dans sa boîte, soigneusement rangée au-dessus d'une pile de puzzles. Avant de mieux considérer sa décision, il pointa le tube de métal intrusif directement sur la porte d'entrée d'Honor Sullivan. Il appuya son œil sur le viseur du télescope. La voiture était toujours là, presque impossible à distinguer dans l'obscurité s'il n'y avait pas eu la lueur d'un téléphone portable à l'avant qui projetait de la lumière sur la silhouette assise au volant. Il aurait dit que c'était un homme, vu les épaules carrées et la casquette de baseball. Mais pourquoi est-ce que ce ne serait pas une femme robuste ? *Pourquoi, pourquoi ?*

Pourquoi cet enfoiré restait-il là-bas sans sortir de sa voiture ? Peut-être que Zane n'était pas le seul à traquer Honor ?

Ou peut-être que ce mec était perdu ? Les routes étroites et raides et les petites allées étaient un fléau à Cliffside Bay. Il était possible qu'il se soit trompé de chemin et qu'il essaye de trouver la sortie en consultant la carte sur son téléphone.

Zane fixait la fenêtre. Devait-il appeler Honor et la prévenir que quelqu'un était chez elle ? Ou devait-il aller vérifier lui-même ? *Reviens sur terre !* À part un amant, qui pourrait débarquer chez elle si tard ? L'homme était probablement en train de lui envoyer un SMS pour lui dire qu'il était arrivé et qu'il attendait sa récompense. L'estomac de Zane se serra. L'idée que les mains d'un autre puissent la toucher lui donna envie de balancer le télescope par la fenêtre.

Sur l'horloge, l'aiguille des secondes se déplaçait en petits mouvements furieux. La voiture ne bougeait pas. *Ça suffit !* Zane allait envoyer un texto à Honor. Non, il l'appellerait. Moins de chance pour elle de mal interpréter son intention. *Non. Tu ne peux pas l'appeler, crétin. Elle saura que tu la surveilles.*

Il appela plutôt Maggie.

— Salut. C'est Zane.

Elle avait l'air essoufflée.

— Je sais qui c'est. Qu'est-ce que tu veux ? J'étais en plein milieu de quelque chose.

Maggie n'eut pas besoin d'en dire plus. Il savait ce que ça voulait dire. Jackson et elle étaient fiancés et follement amoureux.

— Euh... il y a une voiture dans l'allée d'Honor et ça me fait flipper.

— Je ne vais pas te demander comment tu sais ça.

— J'ai un télescope qui pointe vers son allée, admit-il.

— Zane ! Sérieusement ? Tu as besoin de te faire aider.

— Je sais. Mais tu crois qu'elle va bien ? Peut-être que ce type est un détraqué ?

— Je crois qu'on sait qui est le détraqué ici. Mais si ça t'inquiète tellement, pourquoi ne l'appelles-tu pas ?

— Elle découvrira que je surveille sa maison.

Il y eut un silence de quelques secondes à l'autre bout du fil avant que Maggie ne pousse un soupir sonore.

— C'est vrai.

Un autre soupir.

— Bon, je vais l'appeler et la prévenir.

— Non, attends. Pas la peine. La voiture repart.

Ce devait être quelqu'un qui s'était égaré. Rien de grave. Le soulagement envahit tout son corps, le laissant vidé de toute énergie.

— Désolé de t'avoir dérangée, Mags.
— Zane, je m'inquiète pour toi. Sérieusement.
— Ce n'est pas grave.
— Si, c'est grave. Tu te rends malade alors qu'il y a une solution parfaitement simple.
— Y en avait-il vraiment une ? Ou se préparait-il juste à un nouveau chagrin d'amour ?
— Tu as raison. Je vais le faire. Demain.
— C'est promis ?
— Oui, dit-il en se laissant tomber sur l'accoudoir de son canapé. C'est devenu suffisamment grave pour me retrouver à pointer un télescope sur sa maison et avoir des envies meurtrières quand je vois une voiture s'arrêter dans son allée.
— C'est toi qui le dis, pas moi, lui rétorqua Maggie. On est amis depuis toujours, non ?
— Ouais.
Et voilà le sermon qui arrive !
— Je ne t'ai jamais vu comme ça à propos d'une femme.
À part avec toi quand on était petits.
— S'il te plaît, Zane, rends-toi service et fais un pas vers elle. Je te garantis qu'elle ressent la même chose pour toi. Elle est aussi pétrifiée, mais l'un de vous doit briser ce cercle vicieux. Tu as toujours été un dur à cuire. Je ne t'ai jamais vu avoir peur de quoi que ce soit jusqu'à présent. Je ne comprends pas quel est le problème ici. Et ne me dis pas que c'est à cause du *mariage qui n'en était pas un*. Tu as eu le cœur brisé. Je comprends. Je sais que tu t'es retrouvé au bord du gouffre plusieurs fois, mais ça arrive à tout le monde. La vie est souvent dure. La clé, c'est de trouver la personne qui sera là pour te soutenir pendant les moments difficiles. Quelqu'un qui t'adore, toi et tes défauts.
— Je sais.
Comme toi et Jackson. Ou Kara et Brody.
— Fais-le demain, dit Maggie. Je suis sérieuse.
— OK. Demain, je l'inviterai à sortir.

— Elle est aussi amoureuse de toi, insista Maggie. Tout le monde le sait.

Il entendit la voix de Jackson en arrière-plan.

— Dis-lui d'aller se coucher.

— Va te coucher, répéta Maggie.

— Oui, OK.

Il jeta son téléphone sur le canapé. Jackson et Maggie allaient se marier en octobre. Très vite, ils auraient de parfaits petits bébés. Où en serait Zane ? Toujours seul. Toujours la cinquième roue du carrosse. C'était peut-être en partie la raison de son obsession pour Honor. Il aimait être malheureux. Il adorait se focaliser sur les femmes qu'il ne pouvait pas avoir.

Au lycée, il avait caché ses sentiments pour Maggie à tout le monde. Ça n'avait de toute façon aucune importance. Elle aimait Jackson Waller depuis l'âge de six ans, quand ils se rendaient à l'école à pied avec leur gamelle bien remplie dans leur sac à dos. Leurs gamelles... Cela faisait longtemps qu'il n'y avait pas pensé. Il se souvenait encore des dessins dessus : celle de Maggie avait une ballerine, Jackson avait *Superman* et Zane l'*Incroyable Hulk*. La mère de Maggie et celle de Jackson leur préparaient des déjeuners parfaitement équilibrés. Lui, il devait faire le sien lui-même parce que son père dormait le matin. C'était ce qui arrivait quand on était propriétaire d'un bar. Son jeune fils devait préparer lui-même son petit-déjeuner et son déjeuner. Il prenait ses dîners au restaurant avec les cuisiniers. Il connaissait plus de blagues salées que n'importe quel garçon en ville. Il ne les répétait pas à qui que ce soit, cela dit. Sinon, la mère de Jackson, Lily, y aurait mis un terme rapidement.

Être secrètement amoureux de Maggie avait bien alimenté son ambition. Il avait gardé cette colère pendant toute la période du lycée. Parfois, il aurait voulu mettre des choses en pièces à mains nues juste pour se libérer un peu de cette rage. Mais il ne s'agissait pas vraiment de Maggie et Jackson. Il le savait maintenant. Sa colère venait du sentiment que la vie lui avait fait du tort. Pas de mère. Un père qui travaillait comme un fou pour maintenir à flot le bar-grill d'une petite ville, mais qui n'avait pas assez d'argent à la fin du mois pour lui acheter une nouvelle paire de tennis. *Pauvre Zane.* Il avait honte de se rappeler à quel point il avait été un sale gosse.

S'il avait pu revivre une seule journée de ces années-là, il la passerait avec son père. Il ferait en sorte de lui faire savoir à quel point il était fier de lui.

La lumière s'éteignit dans le séjour d'Honor. Tant mieux, elle allait se coucher. Seule.

Merci, mon Dieu.

En grandissant, il n'aurait jamais pensé finir à Cliffside Bay. Son seul but, une fois qu'il avait eu son bac, était d'obtenir un diplôme qui lui donnerait accès à un emploi bien rémunéré, afin de pouvoir envoyer la majeure partie de son salaire à son père. Un bon job dans une grande ville les libérerait de leur quasi-pauvreté, une malédiction dans sa famille. Son père pourrait vendre le restaurant et prendre sa retraite, jouer au golf avec le père de Jackson et les gens riches du coin. Il pourrait partir en vacances pour la première fois de sa vie. Zane avait réussi tout cela. Il avait obtenu un diplôme de commerce de l'université de Californie du Sud, l'USC. Après cela, il avait décroché un poste de commercial dans une grande entreprise et en était rapidement devenu le meilleur vendeur. Malheureusement, chaque jour anéantissait une partie de son âme. Mais cela avait valu la peine d'envoyer ces chèques à la maison. Son père avait remboursé l'emprunt de l'immeuble avec cet argent. Ils étaient devenus propriétaires à part entière du bâtiment et du restaurant. Maintenant, tout irait bien pour lui s'il n'y avait pas les frais astronomiques du centre de soins où son père devait désormais vivre.

Il y avait près de quatre ans, le *mariage qui n'en était pas un* et l'admission de son père dans un établissement pour les personnes atteintes d'Alzheimer avaient rendu impossible le fait de rester à Los Angeles. Zane était revenu à Cliffside Bay, épuisé et brisé. La vie qu'il avait cru vouloir n'était plus une option. Il lui fallait aider son père, mais d'une tout autre manière que ce qu'il avait prévu. L'univers ou Dieu, quelle que soit la façon dont on appelait ça, s'en était assuré.

Il avait fait don de ses costumes à une organisation caritative, avait nettoyé les moisissures de sa planche de surf et avait emménagé dans l'appartement au-dessus du restaurant. Ce qui l'avait surpris, c'était qu'il avait été content de revenir à Cliffside Bay pour reprendre la barre de L'Aviron, comme si ça avait toujours été son destin. Voir son père décliner lui avait fendu le cœur. Cela avait été extrêmement difficile, mais il n'y avait pas eu moyen d'y échapper. Cependant, et c'était là un point important, s'occuper du bar-grill familial l'avait rendu heureux, voire épanoui. Oserait-il dire fier ? Oui, fier de poursuivre le travail de son père comme un Shaw. Personne ne lui avait appris quoi faire ou comment le faire. Mais il avait changé le menu, ajouté des bières de petits producteurs et rafraîchi le décor. Il avait lancé les *tacos du mardi* et la musique live le week-end. Au bout de la première année, le bar-grill prospérait. Les gens du coin avaient maintenu l'endroit à flot au fil des ans, mais maintenant les touristes affluaient à L'Aviron, à la grande horreur des anciens habitants. Ceux-ci détestaient les étrangers. Zane les aimait, surtout ceux qui avaient de l'argent à dépenser et l'envie de boire un bon verre.

Il avait rénové de ses propres mains l'appartement au-dessus du bar. La moquette vert foncé avait été remplacée par un parquet en bois d'érable clair et les murs miteux avaient été repeints dans des tons gris et neige. Avec de nouveaux meubles blanc et jaune pâle, l'appartement de son père était devenu son oasis.

Ses meilleurs amis de l'université, la Meute, vivaient tous ici désormais. Il attendait avec impatience les journées à la plage, les barbecues dans le jardin et les mariages à venir. Bientôt, il y aurait des enfants qui l'appelleraient oncle Zane.

Mis à part le fait qu'il jouait les voyeurs, il aimait sa vie. Zane n'avait pas demandé à la remarquer elle. Il ne l'avait certainement pas voulu. Jusqu'à ce qu'Honor trouve le chemin de son cœur, il avait été un homme ordinaire. Un peu désabusé, oui, à cause de la trahison du *mariage qui n'en était pas un*, mais toujours dans la normalité. Une courte nuit avec Honor l'avait achevé, ruiné. Aucune autre femme ne lui plairait plus. Ses cheveux dorés, sa peau éclatante et ses yeux brun-châtain n'étaient qu'une partie de son charme. Rien ne pouvait l'attirer plus que le cerveau qui allait avec sa jolie physionomie.

Zane était amoureux du mètre cinquante de cette fille fougueuse, courageuse, intelligente et magnifique. Il avait un nouvel objectif dans sa vie. *Faire d'Honor Sullivan ma femme.*

Il entendit le bruit de clé dans la serrure de l'entrée et Sophie apparut dans le salon. *Ma petite sœur.* Il n'était pas encore tout à fait habitué au fait d'avoir une sœur, surtout une fille de vingt ans aussi adorable que Sophie. Cette sœur dont il n'avait découvert l'existence que récemment avait été la surprise de sa vie. Bon, en dehors du fait que Maggie était toujours vivante.

Il sourit en s'imaginant expliquer tout ça à un inconnu. Il faudrait un roman pour raconter les détails, mais l'intrigue était simple. *Mon père et la mère de ma meilleure amie Maggie ont eu une liaison et ont donné naissance à Sophie. Nous ne la connaissions pas il y a encore quelques mois. Quant à Maggie, on croyait tous qu'elle était décédée, mais son père l'avait simplement fait passer pour morte.*

— Tu ne dors pas ? lui demanda Sophie. Tu n'attendais pas pour savoir comment ça s'était passé en bas, au moins ?

Si seulement...

— Non, c'est juste que je ne suis pas encore fatigué. Comment ça s'est passé ce soir ?

Ce n'était que la deuxième fois que Sophie s'occupait de L'Aviron en solo. Le fait que sa sœur emménage avec lui pour apprendre à connaître l'entreprise familiale paraissait encore un rêve. Un bon rêve.

— C'était génial, à part quelques gars au fond qui m'ont donné du fil à retordre.

— Quel genre de fil à retordre ?

Il flanquerait une raclée à quiconque lèverait la main sur sa petite sœur.

— Ils se comportaient comme si j'étais une gamine.

Elle défit sa longue queue de cheval blonde.

— Bon sang, ça fait du bien. J'ai mal à la tête après cette longue soirée.

— Je vais passer un savon à ces gars demain, dit Zane.

— Non. Je dois me débrouiller toute seule. Je ne peux pas toujours compter sur mon grand frère pour me défendre.

— Je suis fier de toi.

Elle pencha la tête et lui adressa l'un de ses doux sourires qui lui rappelaient tant son père.

— Je suis plutôt ravie d'être ici.

— Je t'ai acheté des serviettes et des draps ce matin. Roses.

— Roses ?

Elle haussa les sourcils.

— Les filles aiment le rose, non ? demanda-t-il.

— Les petites filles, oui.

— Tu es toujours une petite fille.

Elle lui lança un large sourire.

— Je suis presque aussi grande que toi.

Sophie était en effet une grande fille, mais il lui manquait encore quelques centimètres pour atteindre son mètre quatre-vingts.

— Tu n'aimes pas le rose ? En fait, ça tire plutôt sur le rouge, dit-il.

— J'adore le fait que tu me les aies achetés. Ce n'était pas du tout nécessaire.

— J'aimerais que tu te sentes aussi chez toi ici. On peut les rendre et les échanger contre ce que tu voudras.
— Je te tiendrai au courant. Et j'aime beaucoup avoir un grand frère qui veille sur moi.
— Même si tu n'en as pas besoin ?
— C'est encore mieux.
Elle bâilla.
— Je suis morte de fatigue. Je vais me coucher.
— Bonne idée.
Elle s'arrêta devant les fenêtres.
— C'est quoi ce télescope ?
Zane fut submergé par la honte. La chaleur traversa tout son corps.
— Ça ? Je pensais juste que ce serait amusant de regarder les étoiles. Papa me l'a offert il y a des années.
Elle se pencha pour regarder à travers la lunette.
— Je ne vois pas d'étoiles, juste des maisons.
— Il a dû glisser un peu vers le bas, dit-il.
— Ou tu le fais pointer directement sur la maison d'Honor.
Il reposa son front contre la vitre fraîche.
— Peut-être.
— C'est triste, tu sais ? dit Sophie.
— Je sais. Vraiment.
— Ce soir, elle n'était là que pour toi. Seule sa fierté l'empêche de t'inviter à sortir.
— Impossible !
Ce n'était pas vrai. À part Brody, la Meute, Kara et Maggie avaient été là. Toute la bande, en gros. Un vendredi soir normal.
— Tout ce que je sais, c'est qu'à la minute où tu es parti, elle a aussi décampé.
Elle s'éloigna des fenêtres.
— Je sais que c'est difficile, mais elle est vraiment amoureuse de toi. Ça crève les yeux que vous êtes tous les deux amoureux,

dit-elle en posant les mains sur ses hanches. Il faut que tu profites du moment présent.

Elle est comme Maggie. Jour après jour, il était de plus en plus évident que les personnalités des deux sœurs étaient similaires. Physiquement, Sophie ressemblait à Zane et à son père, mais elle avait le même esprit protecteur et amusant que Maggie.

— Tu es magique, tu le sais ? lui dit-il.

— C'est *toi* qui es magique.

— Va te coucher. N'oublie pas de te brosser les dents.

Elle leva les yeux au ciel.

— Mon Dieu, qu'est-ce que tu es drôle ! Va te coucher aussi.

Tu dois te reposer si tu comptes inviter Honor à sortir demain.

— Je vais le faire. Tu verras.

Elle disparut dans le couloir menant à sa chambre.

Il suivit ses propres conseils et se dirigea vers la sienne. Dans la salle de bain, il examina sa physionomie tout en se brossant les dents. Des cheveux décolorés couleur paille. Une peau bronzée et des yeux bleu-vert inhabituels. Des dents bien alignées grâce aux sacrifices de son père qui avait payé pour un appareil dentaire. Le surf l'avait maintenu en forme. Il n'était pas mal. Si seulement il avait plus d'argent.

Que faisait Honor en ce moment ? Elle allait se coucher ? Un pyjama douillet ou une chemise de nuit ? Se brossait-elle les cheveux avant de se glisser dans les draps ?

Il recracha le dentifrice dans le lavabo. Être aussi possessif et jaloux, ça n'était pas cool. Il n'avait jamais été comme ça avec sa fiancée, Natalie. Mais là encore, elle avait annulé le mariage et s'était enfuie avec le mari de sa demoiselle d'honneur, alors qu'en savait-il ? Rien. C'était ça. Il ne connaissait rien du tout aux femmes.

Le principal problème avec Honor, c'était qu'elle était trop bien pour lui. L'esprit vif et raffiné, elle avait l'air de sortir d'un magazine de mode. Depuis qu'elle travaillait pour Brody, son meilleur ami qui se trouvait être le joueur de football américain le plus célèbre du pays, elle fréquentait la jet-set. Chaque semaine, elle rencontrait des acteurs, des producteurs hollywoodiens, des gars qui inventaient des applications pour téléphones et des bricoles comme ça. Pas le patron du bar d'une petite ville.

Pourrait-il satisfaire une femme comme Honor ? Elle pourrait lui offrir son corps temporairement, mais qu'en était-il de son cœur ? C'était exactement ce qui lui avait valu des ennuis. Il passait trop de temps à réfléchir. Demain, il l'inviterait à sortir. Point final.

Il jeta le tube de dentifrice à travers la salle de bain. La pâte blanche s'étala sur la porte vitrée de sa douche. Il ne prit pas la peine de nettoyer. Il s'en occuperait plus tard.

LE BROUILLARD PLANAIT sur la plage tandis que le soleil se levait au-dessus des collines orientales. Zane mit sa planche de surf dans le coffre de son nouveau SUV. Son vieux pick-up avait fini par le lâcher et il avait été forcé de s'en remettre aux voitures modernes sans clés et aux sièges en cuir. En plus des mensualités, cela l'agaçait d'admettre à quel point il aimait sa toute nouvelle voiture.

Le surf avait été bon ce matin-là, même s'il avait dormi jusqu'à dix heures. Normalement, on trouvait les meilleures vagues au petit matin, mais il avait juré à Jackson et Maggie de mieux prendre soin de lui, ce qui impliquait de dormir davantage. Depuis que Sophie l'aidait à faire marcher L'Aviron, il pouvait se le permettre et même prendre quelques week-ends de congé comme une personne normale.

Cela dit, ce n'était peut-être pas une si bonne chose. Avant Sophie, il avait été trop pris par le travail pour penser à ce que faisait Honor. Non, ça n'était pas tout à fait vrai. Elle traversait ses pensées une ou deux fois par jour. OK, peut-être une cinquantaine de fois par nuit. Que faisait-elle ? Avec qui était-elle ? Maintenant que sa sœur s'occupait du bar quelques soirs par semaine, il se retrouvait chez lui sans savoir quoi faire de son temps.

Et il avait un télescope.

Il se tortilla pour enlever sa combinaison mouillée, enfila un sweat-shirt, puis posa une serviette sur le siège de sa voiture. Aucune raison d'abîmer le cuir avec son short trempé. Son père lui avait appris à garder sa voiture propre. *Soit fier de ce que tu possèdes, fiston. Tu ne regretteras jamais de prendre soin de tes affaires.*

Une voiture s'arrêta à côté de lui. Chris Hollingsworth lui adressa un signe de tête depuis le siège conducteur. Autrefois, M. Hollingsworth possédait le magasin d'aliments pour animaux. Aujourd'hui octogénaire, il était toujours propriétaire des lieux, mais avait fermé boutique depuis au moins dix ans. Ce genre de produits n'était plus utile lorsque la plupart des fermes avaient été absorbées par les villes.

M. Hollingsworth sortit de sa voiture et se dirigea vers lui.

— Zane, content de te voir, dit-il en lui tendant une main osseuse pour le saluer. Sophie m'a dit que tu étais ici.

— Comment allez-vous ?

Le vieil homme regarda vers l'océan et enfonça les mains dans les poches d'un jean tout aussi usé que lui.

— Ma femme et moi allons emménager dans une de ces maisons de retraite. Elle s'est fracturé la hanche le mois dernier et nos filles nous harcèlent pour qu'on se montre raisonnable. J'étais contre, mais Rachel m'a convaincu qu'il était temps de le faire. Ça ne me plaît pas du tout de quitter ma maison, tu sais.

— Je comprends.

— Mais je me suis souvenu que tu avais dit que la propriété t'intéresserait si jamais je décidais de la vendre.

La voix de M. Hollingsworth trembla. Était-ce à cause de l'âge ou de l'émotion ?

— Je suppose que je suis prêt, maintenant.

Zane s'appuya contre sa voiture et croisa les bras. Le terrain juste à l'extérieur de la ville était hautement convoité.

— Ça m'intéresse toujours, mais je ne sais pas si je pourrais réunir une telle somme. Le centre de soin pour mon père engloutit la plupart de mes profits. Retour à la case départ des propriétaires de bars fauchés.

— Oui, je peux imaginer. C'est vraiment malheureux pour Hugh. La personne que je respectais le plus dans cette ville. Vu la façon dont il a réussi à t'élever tout seul.

— Merci.

— En vérité, j'ai besoin de l'argent du terrain pour acheter une cellule dans ce lieu de vie assistée.

Les idées bouillonnaient dans l'esprit de Zane. Depuis plusieurs années, il rêvait d'ouvrir une brasserie. Il l'avait imaginé avec de vastes pelouses pour des activités et des pique-niques, la pierre angulaire de la communauté tout en faisant un profit décent.

Pourrait-il trouver l'argent ? Peut-être. Il lui faudrait trouver des investisseurs. Pas Brody et Kyle. Mais des étrangers qui resteraient des partenaires silencieux. Dieu savait qu'il ne voulait pas de patron.

— Si vous pouvez patienter un peu, dit Zane, il se peut que j'aie une idée.

— D'accord. Donne-moi ta réponse dans les jours qui viennent. Ce Kyle Hicks rôde un peu partout. Il aimerait mettre la main dessus. Je ne veux pas dire du mal. Je sais que c'est un de tes amis, mais il n'est pas des nôtres. Et cette propriété, c'est la seule chose que j'ai qui a un peu de valeur. Je veux qu'elle fasse à nouveau partie de la communauté. Je veux que tu la reprennes.

— Je comprends.

— Cette ville a besoin d'entreprises locales. J'ai eu le cœur brisé quand j'ai dû fermer la mienne et licencier quinze personnes. Et j'aime beaucoup ton idée d'en faire un lieu de vie pour la communauté. Les jeunes devraient jouer dehors plutôt que d'avoir la tête dans leur téléphone. Mes petits-fils ne lèvent jamais les yeux de ces satanés gadgets. L'air frais, c'est ce dont ils ont besoin.

— Oui.

— Jette un œil à tes finances et on pourra en discuter davantage, dit M. Hollingsworth.

— Je reviendrai vers vous dans quelques jours.

— D'accord, dit le vieil homme en lui tapotant le bras. Passe le bonjour à ton père de ma part.

— Pas de souci.

Il le ferait, mais ça n'aurait aucune importance. Hugh Shaw n'aurait aucun souvenir de son vieil ami. Zane se détourna et monta dans sa voiture pour dissimuler à M. Hollingsworth les larmes dans ses yeux.

2

HONOR

L e téléphone d'Honor Sullivan sonna au moment précis où un corbeau noir atterrit sur l'oranger en pot juste devant les portes-fenêtres de sa cuisine. Elle se leva de la table et tapa à la fenêtre.

— Va-t'en !

Le corbeau la fixa d'un œil noir indifférent. Elle détestait vraiment ces oiseaux. D'abord parce que, pour des créatures ayant un cerveau de la taille d'un pois, ils avaient une capacité anormale à planifier. Elle les avait vus chiper des noisettes à de naïfs écureuils trop de fois pour pouvoir les compter. Ensuite parce que leur bec préhistorique et leur brillant plumage noir lui rappelaient la Grande Faucheuse.

— Attends un peu, je vais m'occuper de ton cas.

Elle revint à la table et décrocha son téléphone. Après cet appel, elle ferait déguerpir la *Faucheuse* avec le tuyau d'arrosage. Ça lui apprendrait à cette méchante créature de la toiser par un chaud matin d'août avec ses serres posées sur les tendres branches de son oranger.

Qui pouvait bien appeler si tôt ? Probablement Brody. Qui d'autre pouvait l'appeler avant huit heures un samedi matin ?

Elle lui avait envoyé un contrat publicitaire hier soir et il avait sans doute des questions. Brody Mullen était le quarterback professionnel le plus réputé du pays, mais il était véritablement incapable de lire un contrat.

Elle regarda le numéro. Son pouls s'accéléra quand elle vit l'indicatif régional : *615*. Le Tennessee... Un appel du passé.

Honor jura tout bas. *Pas de panique.* Elle n'allait pas se laisser contrarier. Ce n'était rien. Probablement un vendeur quelconque qui n'avait rien à voir avec sa jeunesse.

Le téléphone continuait de sonner. Combien de temps fallait-il pour que ça passe sur la messagerie ? Devait-elle l'ignorer pour que la personne laisse un message ? Le corbeau inclina la tête et la fixa par la fenêtre. Ses infâmes plumes noires brillaient sous le ciel d'août. C'était comme si son seul objectif était de la narguer par sa présence. Elle eut un frisson. Bon, elle allait répondre.

— Allô. Honor Sullivan.

— Bonjour, Honor. C'est Chloé McNeil. Vous vous souvenez de moi ?

— Oui, Chloé McNeil du bureau du procureur.

L'effroi s'abattit comme une pierre sur elle.

— Cela fait longtemps qu'on ne s'est pas parlé, dit McNeil avec un accent du Tennessee qui ne s'était pas atténué depuis toutes ces années.

— J'avais dix ans, alors oui, dit Honor.

— Désolée de vous déranger.

— Comment avez-vous eu mon numéro ? demanda Honor.

— Vous ne voulez pas le savoir, répondit McNeil.

Honor perçut un sourire triste, même au téléphone.

— J'appelle pour vous donner des nouvelles de Stanley Gorham.

L'estomac d'Honor se retourna en entendant ce nom.

— Ils l'ont libéré la semaine dernière, annonça McNeil.

Libéré... Comment était-ce possible ?

— Il n'y a pas de quoi s'inquiéter, la rassura McNeil. Je pensais juste que vous devriez être au courant.

Honor se remémora le regard intelligent et sensible de McNeil. Elle avait offert à Honor une poupée et l'avait doucement amadouée pour qu'elle lui raconte ce que le docteur Gorham lui avait fait.

Montre-moi où il t'a touchée.

McNeil continua d'une voix trop nonchalante, trop sûre.

— Il est suivi par un contrôleur judiciaire, évidemment, et il n'est pas autorisé à quitter l'État du Tennessee, donc ça devrait aller. Néanmoins, soyez vigilante.

— Je le suis toujours, répondit Honor.

— J'imagine que oui.

— Merci de m'avoir prévenue.

— Vraiment, il n'y a rien à craindre, insista McNeil.

Alors pourquoi ce coup de fil ?

— Appelez-moi s'il y a quoi que ce soit, lui dit McNeil. C'est mon numéro de portable.

— Pas de souci, merci.

Elle raccrocha et reposa le téléphone. Gorham avait été libéré. Comment avaient-ils pu laisser sortir ce monstre ?

Elle sentit le goût du métal dans sa bouche. Le goût de la peur. Le goût de son enfance.

Aucune raison de paniquer. Il ne pourrait pas la retrouver. En outre, les services de contrôle judiciaire le surveilleraient de près. Le système avait échoué à de nombreuses reprises, mais pas cette fois. Elle était désormais adulte. Elle avait de l'argent, une belle maison et des amis qu'elle considérait comme une famille. Ce n'était plus une enfant à la merci du système des foyers d'accueil.

Ses mains tremblaient. Bon sang ! Quelle faiblesse ! Elle se dirigea vers l'évier, serra ses mains sur le rebord en céramique blanche et ferma les yeux. *Tu es en sécurité dans cette ville. C'est chez toi. Personne ne peut entrer sans ta permission. Souviens-toi de ça.*

Chaque choix, chaque emploi avait eu un seul but : sa sécurité. *Je ne serai plus jamais faible.* L'argent engendrait la protection. Tout le monde le savait. À moins d'être malade. Ce qu'elle n'était pas. Pas maintenant. Plus jamais.

Ce n'était qu'un samedi comme les autres. Aucune raison de repenser au passé.

Elle retourna à la table de la cuisine, déterminée à profiter d'une matinée paresseuse avec une tasse de café et un magazine. Un autre juron jaillit de sa bouche. Ce foutu corbeau était toujours là. Il l'aperçut en train de le regarder et pointa son long bec noir en l'air. Cela lui rappela le nez d'un homme arrogant. Elle ouvrit la double porte qui menait à sa terrasse et se dirigea vers le tuyau d'arrosage. Mais ce ne fut pas nécessaire. L'abominable oiseau décolla avec un croassement qui retentit comme une fausse note accidentelle dans une mélodie autrement agréable.

Elle chercha autour d'elle quelque chose à lui jeter pour marquer son autorité, mais la terrasse était vide, à part l'oranger en pot et le mobilier de jardin.

Alors elle cria plutôt :

— Ne reviens pas.

Comme s'il en avait quelque chose à faire. L'oiseau n'était déjà plus qu'une tache noire dans le paysage.

Elle s'appuya contre la balustrade de la terrasse. Au sommet de la colline, sa maison était orientée vers l'ouest et faisait face à la mer. Aujourd'hui, sa bonne amie salée dessinait une fine ligne bleue. Elle respira l'air marin et le parfum des oranges qui mûrissaient sur l'arbre. *Vis l'instant présent.* Elle n'allait pas gâcher un seul jour, si elle avait son mot à dire.

Voilà ce que ça faisait de survivre à un cancer à dix-huit ans.

Elle gagna l'autre côté de la terrasse et regarda vers la ville. De cet angle, elle avait une vue sur les maisons de la colline opposée et un aperçu de la rue principale. Elle voyait assez bien la partie supérieure du bâtiment de Zane. Trop bien. Elle était devenue voyeuse, toujours à béer devant ces fenêtres. Au cours des derniers mois, elle avait passé trop de temps à contempler ce foutu toit et à souhaiter que Zane l'appelle. À *exiger* par la pensée qu'il l'appelle, même. Mais elle n'avait malheureusement pas le pouvoir magique de contrôler l'esprit de Zane. Parfois, la nuit, elle regardait ce bâtiment depuis sa chambre à l'étage. Que s'attendait-elle à voir ? On pouvait communiquer en morse avec des lumières clignotantes, non ? Combien de clignotements signifiaient « *je t'aime, je te veux, viens à moi* » ?

En ce moment, les fenêtres scintillaient à la lumière du soleil, comme si elles lui faisaient signe. Zane Shaw... Que diable devait-elle faire avec lui ? Elle l'adorait, l'admirait, souhaitait enrouler ses bras autour de son cou et ne jamais le lâcher. Son essence était comme le soleil et la mer : la beauté et la force combinées. Jamais de sa vie elle n'avait été amoureuse. Mais à force d'observer les autres et de lire des romans d'amour sous les couvertures du foyer de jeunes filles, elle avait la certitude d'être amoureuse de Zane Shaw.

Elle quitta son poste d'observation et cueillit une orange. Sans autre jardin que sa vaste terrasse, la pépinière lui avait conseillé d'acheter un arbre nain qu'elle pourrait garder dans un pot. Petit comme elle, avait-elle plaisanté. Pendant cinq ans, elle l'avait dorloté. Chaque hiver, elle payait des hommes pour le déplacer à l'intérieur afin qu'il ait l'impression de croître dans la chaleur de la Floride et non dans la froideur et l'humidité du nord de la Californie. Pour la première fois cet été, non seulement des oranges étaient apparues, mais elles avaient également mûri. Elle avait été ravie de faire grandir cette plante en un véritable arbre fruitier.

Elle choisit deux autres oranges. Elles étaient minuscules, pas plus grosses que son propre poing, avec une peau si fine qu'il était presque impossible de la peler. Mais ainsi, elles étaient parfaites pour en faire du jus. À l'intérieur, elle les fit rouler sur le comptoir pour les attendrir. Puis elle les coupa en deux et les planta dans le presse-agrumes électrique. Leur parfum emplit la cuisine. Les oranges produisirent un petit verre de jus. Elle le but en trois gorgées, comme une enfant gourmande. Elle n'avait jamais goûté cela avant cet été. C'était la vie, si douce et acidulée, qui pouvait étancher la soif la plus profonde et guérir n'importe quel mal. À cet instant, elle imaginait la façon dont cela fortifiait le sang qui coulait dans ses veines. Le cancer ne pouvait pas lutter contre ce jus. Les cellules malades ne pourraient pas revenir si elle buvait le nectar de ce fruit extraordinaire. C'était faux, elle le savait. Mais elle se laissait tout de même aller à l'idée. Après avoir eu un cancer, on craignait toujours qu'il ne revienne, même s'ils lui avaient fait subir une hystérectomie complète à l'époque. Il ne restait rien des cellules cancéreuses, lui avaient-ils assuré. Rien pour pouvoir fonder une famille non plus.

Personne autour d'elle ne savait qu'elle avait eu un cancer des ovaires à dix-huit ans. Elle ne voulait pas qu'ils la regardent avec ces yeux vigilants, comme si elle pouvait être contagieuse ou l'attraper à nouveau et mourir devant eux.

Et on en revenait toujours à Zane. Il ne savait pas non plus la vérité. Il n'aurait jamais de bons gros bébés s'il la choisissait elle. Serait-il capable de dépasser ça ? Pourrait-elle un jour se montrer assez vulnérable pour le lui avouer ? Il lui faudrait le lui dire pour qu'ils aient une vraie relation.

Ravivée par son jus d'orange, elle faisait les cent pas entre la table et l'évier. Conçue pour rassembler de nombreuses personnes, la table de style fermier avait des bancs au lieu de chaises. Après toutes ces années où elle avait eu le ventre vide, elle avait utilisé ses premiers salaires pour faire de cette maison un refuge. *Fermier chic*, avait-elle dit au décorateur. Qui savait ce qui, dans son passé, l'avait poussée à privilégier ce style ? Ce n'était pas comme si elle avait gardé de bons souvenirs de sa vie à la ferme, dans la famille d'accueil numéro trois. Ni avec les autres, d'ailleurs. Cette époque à la ferme n'avait été qu'une succession de jours grisâtres, occupés par les tâches ménagères et les regards renfrognés de sa mère d'accueil. Les seuls instants colorés venaient de l'école. *Intelligente, astucieuse et travailleuse*, avait écrit un professeur sur son bulletin de classe de sixième. Dès lors, elle avait porté ça comme un tatouage sur le dos de sa main.

Quelle que soit la raison de ses goûts en matière de décoration, elle s'en fichait. Elle faisait ce qu'elle voulait.

Avec des noms comme blanc aigrette, gris indolent et filament argenté, les murs peints de chaque pièce imitaient le littoral du nord de la Californie. Les meubles blanc et gris avec des touches bleu océan la calmaient autant que la plage elle-même. Chaque recoin de sa maison devait être beau. C'était ce qu'elle voulait, ce qu'elle avait toujours voulu. *Personne ne peut me prendre ça*, se répéta-t-elle, cette fois d'une voix plus forte, en insistant sur chaque syllabe. Personne. Même pas le souvenir d'un monstre.

Honor ouvrit le robinet de l'évier et laissa l'eau froide couler sur ses mains pendant une bonne trentaine de secondes. Quand ses doigts furent engourdis, elle s'aspergea le visage.

Elle avait dix ans quand elle avait comparu à la barre des témoins. La procureure McNeil, maigre, avec des cicatrices d'acné et un costume qui semblait appartenir à sa sœur aînée, avait demandé à Honor de le désigner du doigt. *Montre-moi l'homme qui t'a fait du mal.*

Lui. Le docteur Gorham. Mon père d'accueil.

Elle avait prié pour que quelqu'un le tue en prison. Les violeurs d'enfants n'étaient-ils pas censés être des cibles ? Le fait qu'il avait été libéré était injuste, rageant.

De quoi avait-elle besoin ? Que devait-elle faire pour que tout ça disparaisse, pour chasser ces vilaines pensées de son esprit ?

Fais ce que tu fais habituellement le samedi. Fais du café. Elle sortit sa cafetière à piston et se concentra sur les détails : une demi-tasse de grains entiers dans le moulin pendant quinze secondes, qu'elle versa ensuite dans la cafetière avec quatre tasses d'eau chaude qu'elle laissa infuser pendant quatre minutes. Elle achetait son café à la société qui fournissait également Zane pour L'Aviron. Elle le faisait spécialement venir de la côte de l'Oregon, mais cela en valait chaque centime. Ce n'était pas qu'elle associait l'arôme spécifique de noisette à Zane. Non, vraiment, ce n'était pas du tout ça. Pas tout à fait, en tout cas. La qualité était supérieure à toutes les marques qu'elle avait essayées. La subtilité des saveurs était importante. Pas seulement pour la nourriture et les boissons, mais dans tout. Si vous pouviez vous permettre le meilleur, pourquoi ne pas l'avoir ?

Gorham. Sorti de prison. Quand elle dressait la liste des hommes de son enfance, elle leur attribuait une note de un à dix. Le premier recevait cinq points. Rien de sexuel. Chaque fois qu'elle enfreignait une règle, il fessait son derrière nu avec une planche à pain, tout ça pour dompter son comportement sauvage et en faire une gentille jeune fille. Elle frémit en se souvenant du bruit sur sa peau nue et de la douleur qui suivait. Ils l'avaient finalement renvoyée quand ils avaient adopté un bébé.

Les Gorham étaient les suivants. Le docteur Stanley Gorham marquait dix points.

Puis vint la troisième et dernière famille. *Le fermier et sa femme renfrognée.* Elle remonta le temps et se souvint.

M. et Mme Aker accueillaient des enfants pour les faire travailler dans leur ferme. C'était une bonne affaire pour eux. Ils percevaient de l'argent de l'État et obtenaient de la main-d'œuvre gratuite. Plus les enfants étaient nombreux, plus ils recevaient d'argent. Seule fille du groupe de six enfants âgés de neuf à dix-sept ans, elle s'était vu confier les tâches ménagères. Les garçons n'avaient pas autant de chance. Ils construisaient des clôtures et nourrissaient le bétail pendant les hivers froids et ramassaient le foin pendant les étés. La chaleur poisseuse des après-midi du Tennessee écrasait même les jeunes les plus solides. Elle leur apportait en douce des pichets d'eau froide dans la grange. Ils se rassemblaient autour d'elle, sentant le foin, les odeurs corporelles et l'essence. Les égratignures irritaient leur peau. La sucur mouillait leurs cheveux. Ils buvaient goulûment dans les bocaux qui leur servaient de verres. La plupart des choses étaient hors de son contrôle, mais pas ça. Elle pouvait offrir un acte de générosité qui comptait pour un autre être humain. Des humains qui souffraient comme elle.

Un garçon dont elle avait particulièrement pitié s'appelait Lavonne Wright. Il n'allait pas tout à fait bien dans sa tête et avait une élocution lente, comme si le langage était nouveau pour lui. Ses yeux bleu clair, qui lui rappelaient les cieux humides et brumeux de l'été du Tennessee, se perdaient souvent dans le vide et lui donnaient l'air de chercher à se souvenir d'une chose importante, sans vraiment pouvoir la retrouver. Quand quelqu'un bougeait trop brusquement, il tressaillait. Elle savait pourquoi : il avait été frappé trop de fois. Les jours d'école, ils marchaient ensemble jusqu'à l'arrêt de bus. Elle le protégeait des plus grands en détournant leur attention sur elle. Elle pouvait les endurer. Même à l'époque, elle savait que les garçons plus âgés la trouvaient jolie et elle en usait. Elle se servait de tout ce qu'elle avait à sa disposition pour survivre.

M. Aker l'avait renvoyée quand elle avait quinze ans. Elle lui avait sauté sur le dos pour l'empêcher de clouer Lavonne au mur de la grange avec une fourche. Adieu cette famille et cette école. Elle passa alors le reste de son enfance dans un foyer pour jeunes filles difficiles. La maison était gérée comme une prison, ce qui lui convenait très bien. Tant qu'elle pouvait aller à l'école, le reste n'avait aucune importance.

Puis, il y eut le cancer, l'hystérectomie et la chimiothérapie. Encore douze mois d'enfer.

Vous n'aurez jamais d'enfants, Miss Sullivan. Je suis désolé.
Au moins, docteur, je suis vivante, non ?
Elle reçut alors l'appel concernant sa grand-tante. *Une maison en Californie. À toi.*
Là, elle jura à nouveau dans un souffle. Ce coup de fil l'avait troublée. Ressasser le passé, ce n'était pas une chose qu'elle faisait. Elle ne regardait jamais en arrière, seulement vers l'avenir. Jusqu'à aujourd'hui.
Zane. Elle aurait aimé que Zane soit là. Elle aurait aimé pouvoir tout lui raconter. La nuit qu'ils avaient passée ensemble ne s'était pas effacée, même si c'était il y a déjà six mois. Si seulement elle pouvait chasser les images de ce moment-là. Son corps bronzé contre ses draps blancs. Ses mains rudes sur sa peau chaude. La façon dont il avait murmuré son nom.
Ne pense pas à lui. Elle ne pouvait pas l'avoir dans sa vie comme elle le voulait. Pas si elle lui racontait le secret de son passé, celui sur lequel on ne pouvait pas revenir. Zane Shaw méritait quelqu'un d'entier. Quelqu'un qui lui donnerait une famille. Elle ne pouvait pas être cette femme. Même si elle voulait être tout pour Zane, elle était stérile. Il n'y aurait pas vraiment de famille pour elle. Ni avant, ni maintenant, ni jamais.

Vers onze heures, elle partit dans sa petite voiture de sport rouge. Elle s'était secouée de sa torpeur et avait appelé Violette pour voir si elle et son jeune fils, Dakota, voulaient la retrouver pour pique-niquer et nager à la plage. La meilleure façon d'éloigner le cafard était de passer du temps avec le petit garçon de Violette. Ses joues grassouillettes et ses grands yeux bleus chassaient toutes les inquiétudes de son esprit. Violette avait tellement de chance. *Non, rien de tout ça. Les enfants sont pour les autres. Tu ne peux pas tout avoir.*

Une fois arrivée dans la rue principale, elle s'arrêta devant l'épicerie. Elle savait que Violette avait un budget serré, alors elle avait proposé d'apporter ce qu'il fallait pour le pique-nique. Dernièrement, son amie lui semblait mince et blême. Honor savait ce que ça voulait dire. *Des problèmes financiers.* Pendant des semaines, Honor avait essayé de trouver un moyen de l'aider sans lui demander si elle avait besoin d'emprunter de l'argent. Violette avait sa fierté. En tant que mère célibataire et propriétaire d'une petite entreprise, les chances étaient contre elle.

C'était bizarre, mais Honor adorait l'épicerie. L'odeur du fromage puant, les fruits et légumes, même le froid du rayon des surgelés, tout lui plaisait. Chaque jour, elle trouvait une excuse pour acheter n'importe quoi. Une miche de pain frais, un fromage de chèvre particulier, une pêche mûre. Elle pouvait acheter tout ce qu'elle voulait. C'était une joie qui la grisait toujours.

Après avoir vécu ici presque dix ans, contempler la petite ville et la plage lui coupait toujours le souffle. À dix-neuf ans, une grand-tante dont elle avait ignoré l'existence lui avait laissé une maison à Cliffside Bay. Elle n'avait jamais mis les pieds en Californie et n'avait jamais vu l'océan Pacifique. Peu après son arrivée, elle avait su que ce serait chez elle. Enfin un foyer pour toujours, même si elle devait le façonner elle-même.

Sa vie ici s'était mise en place si facilement qu'elle s'en était méfiée assez vite. Un jour ou l'autre, tout cela allait exploser. La maison ne lui appartiendrait pas vraiment. Elle ne pourrait pas trouver d'emploi ou aller à l'université. Mais rien de tout cela n'était arrivé. Aussitôt, Hugh Shaw l'avait engagée comme serveuse à L'Aviron. Sans loyer, il avait été facile d'entrer à l'université. Après l'obtention de son diplôme, grâce à Hugh, elle était devenue l'assistante de Brody. Elle s'était dit que la vie lui devait un peu de chance et, bon sang, elle en avait profité. *C'est en travaillant dur qu'on a une belle vie,* lui avait dit Hugh Shaw.

Trouve un moyen d'être utile aux autres. Cette maxime-là, elle l'avait apprise toute seule. Avec le temps, elle avait gagné la confiance de Brody grâce à son travail acharné et son intégrité. Brody était comme elle. Une fois que vous aviez fait vos preuves, il vous faisait confiance comme à un membre de sa famille. En moins d'un an, il avait remercié son manager inefficace et avait confié le poste à Honor. Désormais, elle gérait toutes ses affaires. Il lui versait un salaire ridiculement élevé pour le faire. Elle lui était indispensable, tant d'un point de vue professionnel que personnel. *Tu es la sœur que je ne savais pas que je voulais.* Il lui disait souvent cela, toujours avec cette inflexion moqueuse dans la voix. Elle ne se lassait pas de l'entendre. Savait-il combien ces mots comptaient pour elle ? Elle soupçonnait qu'il en avait conscience, même si elle ne pouvait jamais l'exprimer sans s'étouffer et prendre la fuite.

À l'épicerie, en entrant dans le rayon des fruits et légumes, Honor faillit percuter Maggie. Elles poussèrent toutes les deux un cri, puis se mirent à rire et s'étreignirent.

— Je croyais que tu allais à San Francisco aujourd'hui, s'étonna Honor.

— J'y vais. Je pars maintenant. Je me suis juste arrêtée pour prendre quelque chose pour la route.

Son panier contenait un sandwich, un bon morceau de fromage et une bouteille d'eau.

— Rhona m'a demandé de lui apporter le fromage local que Micky adore.

Rhona et Micky, les parents adoptifs de Sophie, vivaient à San Francisco. Micky dirigeait une petite maison de disque. Maggie travaillait actuellement avec lui sur son premier album.

— Kyle vient de m'appeler pour me dire qu'on pouvait commencer à finaliser le choix des peintures et du mobilier, annonça Maggie. Avec le contrat pour l'album, on peut finalement se payer des meubles.

— J'ai hâte de voir ce que vous allez choisir.

— Tu peux me donner le nom du décorateur qui s'est occupé

de ta maison ? demanda Maggie. J'adore ce qu'il a fait chez toi. Et avec Jackson, on est tellement occupés, entre le travail, l'organisation du mariage et tout le reste, qu'on est sur le point de devenir fous.

— Wolf Enterprises. Trey Wattson vit ici. Il a divorcé récemment. Pas très joli, à ce que j'ai entendu.

— Trey Wattson, ça sonne bien pour un décorateur, nota Maggie.

— Il est plutôt sexy. Un artiste assez taciturne.

— Gay ?

— Pas du tout !

— Il peut travailler avec un petit budget ? demanda Maggie.

— C'est sa spécialité. Trey est le gars le plus gentil du monde, malgré son air morose. Je crois qu'il vient du Midwest. Tu sais, ils sont toujours sympas, par là. Comme les Canadiens.

— Les Canadiens ?

— Polis et respectueux. Quoi qu'il en soit, dis à Trey que c'est moi qui t'envoie et il te fera un prix.

Une autre expression qu'Honor ne put décrypter passa sur le visage de Maggie.

— Le Midwest. Intéressant.

— Qu'est-ce qu'il y a d'intéressant ?

— Ma meilleure amie de New York, Lisa, a grandi dans le Midwest. Elle est douée pour la décoration. Elle est célibataire. Et elle vient de l'Iowa.

— Tu joues les marieuses ? demanda Honor en agitant un doigt dans un simulacre de reproche. Tu sais que ça ne marche jamais.

— Ça pourrait, non ? La tête de Lisa m'est apparue quand tu m'as parlé de Trey. C'est peut-être un signe, non ?

— Peut-être. Cette ville semble toujours faire ressortir le côté romantique des gens, dit Honor.

Maggie posa les mains sur ses hanches et plissa les yeux.

— En parlant de ça, tu as déjà invité Zane à sortir avec toi ?

— Non, je ne peux pas. Et s'il disait non ? J'en mourrais.

Il était bien plus facile de prétendre que c'était à cause d'une chose aussi bénigne que la peur du rejet plutôt que la vérité.

— Tu dois le faire. Sois courageuse, dit Maggie. Il ne dira pas non.

— Il ne me regarde même pas la plupart du temps.

— Vous aviez l'air plutôt proches au mariage de Kara et Brody.

Honor laissa échapper un profond soupir. Quelle soirée cela avait été ! Ils avaient dansé pendant des heures, mais Zane l'avait ensuite ramenée chez elle et l'avait laissée à sa porte, poliment et chastement, deux choses qu'elle ne voulait pas de lui.

— Il n'a pas semblé intéressé quand on est arrivés chez moi.

— Il a la frousse. Tu vas devoir agir, sinon vous n'allez jamais vous marier.

— Nous marier ? On n'arrive même pas à sortir ensemble, s'exclama Honor.

Maggie sourit et haussa les sourcils.

— Ça va arriver. Je ne suis pas inquiète.

Elle embrassa rapidement Honor sur la joue.

— Je dois filer. J'ai des chansons à chanter.

Honor regarda Maggie s'éloigner. Son corps fin et gracieux d'ancienne ballerine était vêtu d'une jupe longue et d'un chemisier en lin. La peau claire de Maggie brûlait au moindre rayon de soleil. Elle portait presque toujours des manches longues si elle devait sortir dans la journée. C'était sans doute pour ça qu'elle paraissait avoir vingt ans et non trente.

Dans quelques mois, Honor regarderait Maggie se rendre à l'autel pour épouser son âme sœur. Deux des cinq membres de la Meute seraient mariés. Les autres suivraient sûrement ensuite. Un jour, ce serait au tour de Zane et elle devrait y assister aussi. Elle observerait depuis les coulisses et prétendrait que le bonheur des autres ne la remplissait pas de douleur et d'envie. Seule dans l'ombre. Au moins, elle était vivante. C'était déjà ça.

3

ZANE

Zane finissait de nettoyer les dernières traces de dentifrice sur la porte de sa douche quand le téléphone sonna. *Maggie Keene.*

— Salut, Mags.

— J'ai des infos pour toi.

— Des infos ?

— Je viens de croiser Honor à l'épicerie. Elle va à la plage avec Violette. Ce qui veut dire que tu devrais également y aller. Et ne me dis pas que tu dois travailler, parce que je sais que c'est faux.

— Je me pointe là-bas comme ça, sans invitation ?

— C'est une plage publique, lui fit remarquer Maggie. Tu surveilles déjà bien sa maison avec un télescope. Tu n'es plus à ça près.

— Si jamais tu en parles à quelqu'un, je vais raconter à tout le monde comment tu chapardais ces bonbons quand on était gamins.

— On avait sept ans. Je suis presque sûre qu'ils ne peuvent pas m'arrêter. Il y a prescription. En plus, j'étais si mignonne.

— Oh, bon sang !

Il se rendit à la fenêtre. Le feuillage du vieux chêne devant sa maison était immobile. Sur la plage, il n'y aurait pas de vent et il ferait chaud aujourd'hui.

— Un peu de soleil me ferait du bien.

— Invite-la à un rendez-vous en bonne et due forme, dit Maggie. Pour l'amour du ciel.

— Je te l'ai dit, je vais le faire aujourd'hui.

— Je te donne cinq milliards de dollars si tu le fais vraiment.

— Pari tenu, dit-il.

Vers midi, Zane marchait sur le sable. Le brouillard matinal s'était levé. Le ciel sans nuages et le soleil de midi faisaient scintiller l'eau. Des parasols, des serviettes et des fauteuils parsemaient la plage. Il ne lui fallut pas longtemps pour repérer le parasol rouge et blanc d'Honor. À l'ombre, Violette se prélassait sur une chaise de plage et lisait un livre de poche. Honor et Dakota se lançaient un ballon. Les cheveux de celle-ci étaient mouillés, comme si elle venait de nager. Bon sang ! Il adorait ça. Certaines femmes n'allaient pas dans l'eau par crainte de ruiner leur coiffure. Honor plongeait directement, sans se soucier de quoi que ce soit. Quand on avait l'air d'une James Bond girl, on ne pouvait pas manquer de confiance en soi. Aujourd'hui, elle portait – ou exhibait – un bikini turquoise. Quel que soit le terme, la vue de son petit corps bronzé lui donnait le vertige. Il voulait juste la renverser sur le sable et arracher le haut avec ses dents.

Devait-il dire bonjour ? Oui, il le devait. Il allait l'inviter à sortir avec lui aujourd'hui. Quand il fut à quelques mètres, Honor serra le ballon de plage contre sa poitrine et lui sourit.

— Salut.

— Salut aussi, dit-il.

— Salut Zane, dit Dakota avec un sourire.

Il tendit une main dodue et toucha la jambe du maillot de bain de Zane. Son avant-bras était plus pâle que le reste de son corps. Il s'était cassé le bras plus tôt cet été et venait de se faire retirer le plâtre.

Zane s'agenouilla sur le sable humide.

— Ça tangue, mon pote ? lui demanda Zane en faisant un clin d'œil à Honor. On parle entre surfeurs.

Elle rit.

— On disait ça il y a un million d'années.

Le rire d'Honor lui donnait l'envie de faire la roue. Même s'il ne l'avait jamais fait de sa vie. Son regard s'attarda un moment sur ses jambes bien dessinées avant de reporter son attention sur Dakota.

— On allait déjeuner. Tu veux te joindre à nous ? lui demanda Honor.

— S'il te plaît, dis oui, s'écria Dakota.

Ce petit bonhomme lui faisait mal au cœur. Est-ce que le père qu'il n'a jamais eu lui manquait ? Grandirait-il en se demandant pourquoi cet homme n'avait pas voulu de lui, comme Zane l'avait fait avec sa mère ?

— D'accord. J'ai une faim de loup, dit Zane.

Il les suivit sur le sable jusqu'au parasol. Trois chaises basses étaient disposées sur une couverture à l'ombre. À leur arrivée, Violette leva les yeux de son livre et sourit, visiblement surprise de le voir un après-midi de week-end.

— Regardez ce que la marée nous a apporté !

— Salut, Violette. Content de voir que tu prends une journée de repos, dit Zane en se laissant tomber sur la couverture à côté de sa chaise.

— Toi aussi.

Elle tendit les bras et Dakota accourut vers ses genoux.

— Oh, tu as froid, dit-elle à son fils avant de regarder Zane. Ravie de te voir ailleurs que derrière ton bar.

— Je ne me souviens pas de la dernière fois où je suis venu sur la plage un samedi.

— Ça te va bien au teint, dit Honor.

Ses yeux bruns pourraient rendre fou de joie n'importe quel homme.

— Ça doit être les trois heures de sommeil supplémentaires que j'ai ces jours-ci.

Il détourna la tête avant qu'elle ne perçoive son mal d'amour absolu.

— Violette, qui s'occupe de ta boutique ?

Violette embrassa la tête blonde de Dakota.

— J'ai fermé pour la journée, répondit-elle alors qu'une expression sombre apparaissait sur ses traits délicats. Ces temps-ci, je n'ai pas assez de clients pour payer quelqu'un.

La boutique de Violette vendait des articles fabriqués à partir de matériaux recyclés, comme des sacs à main en pneus.

Honor s'agenouilla près de la glacière et en sortit plusieurs sandwichs enveloppés.

— Dinde ou salami ?

— Salami, répondit Zane.

— C'est celui que je préfère aussi, lui dit un Dakota ravi.

Zane répondit à son sourire en attrapant le sandwich qu'Honor lui lançait et s'installa sur une des chaises. Il observa Violette un instant. Les cernes sous ses yeux lui disaient qu'elle ne dormait pas beaucoup ces jours-ci.

— Qu'est-ce qui se passe avec la boutique ?

— Les affaires sont lamentables.

Violette installa Dakota sur la couverture. Honor lui tendit la moitié d'un sandwich et donna l'autre à Violette.

Le bar avait bien marché tout au long de l'été. Mais il garda l'information pour lui.

— Je vais mettre la clé sous la porte, dit Violette. Parfois, les rêves ne se réalisent pas.

Avec des yeux de la couleur d'un thé glacé léger et un visage délicat, Violette ne faisait pas ses vingt-sept ans, surtout à ce moment précis. Elle avait quelques années de moins que lui et Jackson. Il ne savait pas vraiment ce qu'elle avait fait après le lycée, à part le fait qu'elle était allée à l'université dans l'Est. Elle était revenue en ville peu après la naissance de Dakota, quasiment à la même époque que lui. Elle était discrète. Tout ce qu'il savait, c'était qu'elle habitait dans la maison de ses parents pendant qu'eux vivaient en Amérique du Sud, et qu'elle avait contracté un gros prêt pour ouvrir son magasin.

— C'est si grave ? demanda Honor à Violette.

— Sur une échelle de un à dix, on est à dix. Je perds beaucoup trop d'argent. Le bâtiment appartient aux propriétaires de la librairie et ils ont décidé de le vendre. Ils ont toujours maintenu le loyer bas, mais le nouveau propriétaire ne continuera probablement pas. Les mensualités de l'emprunt sont plus élevées que ce que je gagne. Et on ne parle même pas d'avoir quoi que ce soit pour vivre.

Les yeux de Violette s'embuèrent.

Pauvre Violette... S'il devait perdre L'Aviron, il serait démoralisé. Il avait la chance d'avoir hérité du bâtiment et de l'entreprise, sinon il aurait également de gros soucis. Au moins, il avait un endroit où vivre sans avoir d'autres dépenses que les impôts. C'était l'une des raisons pour lesquelles il ne voulait pas contracter un emprunt en le garantissant avec son immeuble. Mieux valait avoir des associés, quitte à perdre un peu de contrôle.

— Tu veux que je te prête de l'argent ? demanda soudain Honor en s'affalant sur la chaise longue.

Le haut de son bikini s'entrouvrit légèrement quand elle se pencha en avant pour attraper une bouteille d'eau. *Arrête de la regarder !*

— Je veux dire, juste pour te dépanner ?

— C'est gentil à toi, répondit Violette. Mais quand j'ai appris qui avait acheté le bâtiment, j'ai compris que j'étais foutue.

Des larmes coulaient sur ses joues. Zane regarda Dakota. Il avait abandonné son sandwich après quelques bouchées et jouait maintenant dans le sable avec son camion. Tant mieux. *Ce n'est pas bon de voir sa mère pleurer.*

— Qui a racheté le bâtiment ? On les connaît ? demanda Honor.

— Kyle Hicks, dit Violette.

— Kyle ? s'exclama Zane. Qu'est-ce qu'il veut en faire ?

Actuellement, Kyle, l'un des membres de la Meute, construisait un complexe hôtelier à la périphérie de la ville, mais il avait des investissements partout en Californie. Que pourrait-il bien faire de cet immeuble ? Situé en plein centre-ville, la moitié du bâtiment était occupée par la boutique de Violette et l'autre par la librairie. Il ne savait pas trop comment cette dernière se portait financièrement, mais c'était une institution à Cliffside Bay. Les gens du coin allaient ruer dans les brancards si elle disparaissait. Kyle avait-il fait ça juste pour contrarier Violette ? Elle avait manifesté devant le chantier de l'hôtel pendant des mois. Violette militait pour garder la ville pure d'un point de vue historique. Kyle tendait plutôt à gagner de l'argent.

— Je vais lui parler, dit Zane. Il doit y avoir une bonne raison pour qu'il le rachète.

— Ça n'a plus d'importance, dit Violette. Je dois trouver un vrai travail et arrêter toutes ces bêtises. Le problème, c'est qu'à part être vendeuse, je ne sais rien faire d'autre.

Honor les avait écoutés parler tout en grignotant son sandwich. Elle se pencha alors en avant avec une expression résolue.

— Laisse-moi jeter un œil à tes finances. Je peux peut-être mettre le doigt sur ce qui ne va pas et voir si on peut trouver un moyen de rendre ton business plus rentable.

Zane sourit. C'était bien là sa brillante copine. *Ce n'est pas ta copine !* Il se retourna vers Violette.

— Est-ce que tu serais prête à ajouter d'autres activités à la vente de produits recyclés ?

— Comme quoi ? demanda-t-elle.

— Des glaces, suggéra-t-il.

— Des glaces ? s'écria Violette, l'air épouvanté. Je ne connais rien aux glaces.

— Qu'est-ce qu'il y a à savoir, à part que c'est délicieux ? demanda Honor.

— En fait, il y a tout un tas de réglementations. Comme pour les restaurants, expliqua Zane.

— Exactement. Et je ne sais rien du tout là-dessus, dit Violette.

— Je veux une glace, intervint Dakota, soudain intéressé par la conversation.

— Moi aussi, renchérit Honor.

— Là, on s'éloigne du sujet, dit Violette.

Elle se mit à rire. Ils avaient réussi à la distraire de ses problèmes pour le moment au moins.

— On devrait avoir un glacier à Cliffside Bay, dit Honor en regardant Zane comme si c'était de sa faute. Pourquoi n'y en a-t-il pas ?

— Je ne suis pas responsable de toute la nourriture dans cette ville, dit Zane.

— Tu devrais.

Honor lui sourit et il aurait pu jurer qu'à ce moment-là, son estomac s'était mis à tourner comme une essoreuse à grande vitesse.

— Je serais trop maigre sans tes burgers, ajouta-t-elle.

Tu es parfaite telle que tu es.

— Personne n'aime les squelettes ambulants, dit-il plutôt.

Il regretta aussitôt d'avoir prononcé ces mots. Violette avait beaucoup maigri au cours des derniers mois. Zane releva la tête vers elle.

— Je suis sérieux à propos des glaces. Que nous le voulions ou non, le tourisme est une des principales sources de revenus dans cette ville. Toutes les stations balnéaires devraient avoir un glacier. Et si tu ajoutais une fontaine à soda à l'ancienne ?

La boutique de Violette avait besoin d'être repensée. Ses

articles étaient chers et peut-être pas assez attrayants. Les gens ne partageaient sans doute pas la passion de Violette pour les objets de récupération. Un sac à main fait à partir d'un vieux pneu était toujours un pneu.

Mais quoi qu'il en soit, gérer une petite entreprise était difficile. Sans parler des impôts et de la concurrence des grandes surfaces, par exemple. Le petit commerce n'avait aucune chance.

— Et peut-être que tu pourrais ajouter d'autres choses, pas nécessairement des objets recyclés, mais des articles magnifiques, suggéra Honor.

— Tout l'intérêt de mon magasin, c'est de contribuer à sauver la planète, déclara Violette.

— Tu veux continuer à gérer ton propre magasin ? demanda doucement Zane.

— Je ne sais pas, répondit Violette. Peut-être pas. C'est si difficile. Je dois avoir un revenu stable pour Dakota. Les soucis d'argent me fatiguent tellement.

— Je me souviens de ce que ça fait, dit Honor.

— Moi aussi. Je gagne à peine assez pour garder mon père au centre de soins.

C'était sorti de la bouche de Zane malgré lui. Il n'aimait pas que les gens connaissent l'état de ses finances.

— Tu as besoin d'un peu de cash pour continuer ? redemanda Honor.

— Je ne peux pas emprunter de l'argent à des amis, dit Violette. Cela crée toujours des problèmes.

Il était d'accord avec elle. C'était la principale raison pour laquelle il préférait que les investisseurs dans la brasserie ne fassent pas partie de son cercle intime. Kyle et Brody mettraient volontiers de l'argent s'il le leur demandait, mais il n'était pas certain que ce soit une bonne idée. En fait, il savait que ça n'en était pas une. Les Shaw prenaient soin d'eux-mêmes.

— Mais si tu en as besoin et que je l'ai, pourquoi ne pas l'accepter ? insista Honor.

— Comment est-ce que je vais te rembourser ? demanda Violette.

Zane remballa le reste de son sandwich.

— Maggie et Jackson ont laissé Kyle les aider pour leur maison, expliqua Honor.

— C'est vrai, convint Zane.

Honor faisait référence au récent achat d'une propriété par Jackson et Kyle. C'était un terrain d'un hectare juste au-dessus de la route principale menant à la ville. Ils avaient prévu de diviser la propriété en deux à un moment donné. Jackson et Maggie réaménageaient la villa. Kyle en construirait une seconde de l'autre côté du terrain. S'il s'installait un jour, ce que Zane avait du mal à croire.

Dakota courut vers Honor et la tira par la main.

— Essaye de m'attraper.

Elle se leva et rugit comme un monstre. Dakota se mit à crier et à galoper vers l'eau. Pendant quelques minutes, Zane et Violette restèrent simplement assis à les regarder jouer. Il pourrait passer sa journée à contempler Honor qui courait après Dakota dans l'eau et sur la plage.

C'était de la folie. Soit il l'invitait à sortir, soit il devait se trouver un autre passe-temps.

— Qu'est-ce qui se passe entre vous deux ? demanda Violette.

— Nous qui ?

— Ne fais pas l'innocent. Je vois la façon dont tu la regardes. Tout le monde l'a remarqué, à part elle.

— Oui, eh bien, j'essaye de rassembler mon courage pour l'inviter à sortir.

— Il faut que tu le fasses. Ça suffit, ces idioties, dit Violette.

— Je ne te vois pas faire beaucoup de rencontres non plus, lui rétorqua Zane.

— J'ai Dakota.

— Ce n'est qu'une excuse.

— Personne ne m'intéresse dans cette ville. Tous les mecs bien sont déjà pris.
— Qu'est-il arrivé au père de Dakota ? demanda Zane. Tu n'en parles jamais.
— Parce qu'il n'y a rien à en dire. Je suis tombée enceinte par accident. Quand je le lui ai annoncé, il a pris ses jambes à son cou. C'est tout.

Honor accourut vers eux, essoufflée et trempée. Elle se laissa tomber sur la couverture.
— Ton fils va finir par me tuer.
— C'est l'effet qu'il produit, oui, dit Violette.

Honor attacha ses cheveux longs. Des gouttes d'eau glissèrent sur son ventre nu.

Arrête de la fixer, mec. Sois cool. Comment le maquillage de ses yeux pouvait-il rester intact même après toutes ces baignades et toutes ces courses ? Les femmes étaient de mystérieuses créatures.

— Tu peux venir avec moi ? demanda Dakota à Zane en montrant la planche de bodyboard près de la glacière.
— Bien sûr, répondit Zane.

Pendant le quart d'heure suivant, Zane tira la planche du petit garçon. Les cris ravis de Dakota le faisaient fondre. Qu'est-ce que ce serait d'avoir un fils à lui ? Honor voulait-elle des enfants ? Elle semblait envoûtée par Dakota et se montrait vraiment gentille avec lui. Il regarda vers le parasol. Violette était retournée à son livre. Honor lui fit un signe de la main. Il lui sourit et répondit de la même façon.

Elle le rendait fou. Il y avait en elle quelque chose de si vivant. Maggie disait qu'Honor croquait la vie à pleines dents comme une femme qui n'avait jamais connu la joie. Quelle que soit la raison, il voulait être à ses côtés. Il voulait aussi mordre à pleines dents dans la joie.

Le regard de Zane passa d'Honor à un homme mince vêtu d'un jean et d'une chemise à manches longues. Un feutre noir et des lunettes de soleil cachaient la majeure partie de son visage. *Une tenue bizarre pour la chaleur d'août.* Tout en lui était étrange. Il marchait en boitant légèrement de la jambe gauche, comme s'il compensait une vieille blessure. Il traversa la plage et s'arrêta à deux mètres du parasol de Violette et Honor. Ses jambes maigres se mouvaient sous lui comme si elles étaient rattachées à son corps par des élastiques, telle une marionnette. Il s'assit en les étendant devant lui et ses épaules s'affaissèrent. Zane s'attendait à ce qu'il regarde la mer. C'était ce que faisaient la plupart des gens par une journée comme celle-ci.

Mais le regard de l'homme paraissait plutôt fixé sur Honor.

Dakota finit par se lasser du bodyboard et reprit son seau et sa pelle. Zane resta au bord du rivage, jetant des coups d'œil à l'homme au feutre. La nuit dernière, celui de la voiture portait une casquette de baseball. Du moins, c'était ce qu'il avait pensé.

Qui était ce gars et que voulait-il à Honor ?

Mais ses soupçons s'évanouirent lorsqu'une petite fille de cinq ou six ans s'approcha de l'homme. Avec des cheveux bruns soyeux et une peau pâle, elle portait un maillot de bain qui ne dissimulait en rien ses côtes. Des pommettes creusées et des jambes aussi fines que des baguettes trahissaient un manque de nourriture. Elle s'assit à côté de l'homme et appuya la tête contre son épaule. Ses yeux bruns et pleins d'âme regardaient la mer.

Finalement, l'homme se leva et aida la petite fille à se mettre debout. Ils descendirent la plage en se tenant par la main.

Était-ce son imagination ou l'inconnu avait-il vraiment fixé Honor ? Il admirait peut-être sa beauté, comme tout autre homme au sang chaud.

Peut-être que ça n'était que ça. Pourtant, il y avait eu la nuit dernière et ce gars dans l'allée de sa maison. Honor était-elle traquée pour de vrai ? Ironiquement, son télescope pourrait l'aider à en être sûr d'une manière ou d'une autre.

IL PASSA plusieurs heures au téléphone avec des investisseurs providentiels rencontrés par l'intermédiaire d'anciens élèves de l'USC. Ils étaient intéressés par l'idée d'un partenariat et avaient accepté de dîner avec lui dimanche pour discuter des détails. Un dîner dimanche soir ? Devait-il y aller seul ? Ou était-ce une excellente occasion d'inviter Honor à sortir sans que ça leur mette trop de pression ? Cela lui plairait de connaître son avis sur ces investisseurs et sur le contrat qu'ils pourraient éventuellement conclure.

En fin de journée, il se rendit chez Brody. Kyle et Lance vivaient là-bas. Kyle finirait par emménager dans une suite de son hôtel. Lance, quant à lui, allait faire construire une maison sur le terrain de Brody.

Zane les trouva sur des matelas pneumatiques flottant dans la piscine de Brody. Alors que celui-ci passait un peu de temps dans son appartement de San Francisco avec Kara, ces deux-là semblaient vivre comme deux étudiants dans une somptueuse garçonnière. Des bouteilles de bière vides étaient alignées sur l'une des tables, ainsi que des sacs de chips et des boîtes de plats à emporter de L'Aviron.

Ils levèrent leurs bières vers lui à son approche.

— Rejoins-nous. L'eau est bonne, lui lança Kyle.

Zane prit une bière dans la glacière à l'ombre sous la table. Il retira son tee-shirt et s'assit au bord de la piscine, les pieds dans l'eau.

— Voilà comment vous passez vos samedis après-midi. J'en prends note.

— C'est génial, dit Kyle. Sophie se débrouille bien avec le bar, non ?

— Comme une pro, dit Zane.

— Quelle jolie poupée ! dit Kyle. Les yeux des Shaw vont tellement mieux à une fille.

Zane pointa sa bouteille de bière vers Kyle.

— Si jamais je te surprends à flirter avec elle, je te casse la figure.

— Elle est majeure, protesta Kyle.

— Mec... dit Zane.

— Elle a tout juste vingt ans, renchérit Lance.

— Et c'est ma sœur, conclut Zane.

— Ouais, ouais. Je ne suis pas totalement un salaud, dit Kyle. J'ai des limites.

— En parlant de limites, je viens de voir Violette, dit Zane.

L'expression de Kyle passa de l'amusement à l'irritation.

— Et alors ?

— Elle m'a dit que tu avais acheté l'immeuble et que tu allais augmenter son loyer.

Kyle donna un coup de pied dans l'eau.

— Elle se trompe. Je n'ai rien acheté. J'ai simplement négocié la transaction.

— C'est moi qui l'ai acheté, intervint Lance.

— Toi ? Pour quoi faire ? demanda Zane.

— En bref, c'est pour Flora, répondit Lance. Elle me l'a demandé.

Flora, l'ancienne gouvernante des Mullen et la seconde mère de Lance et Brody, venait d'épouser son amour du lycée, Dax Hansen. Ils faisaient actuellement construire une maison sur la partie est de la propriété de Brody.

— Tu as l'intention de reprendre la librairie ? demanda Zane.

— Pas du tout, je ne connais rien aux livres. C'est le rayon de Brody. Le mien, c'est plutôt les chiffres. Je prévois d'embaucher quelqu'un pour s'en occuper, expliqua Lance en chassant une libellule de son genou. Quelqu'un de très spécifique. Mary Hansen.

— L'épouvantable fille de Dax ? La bibliothécaire ? s'écria Kyle.

— Elle déménage ici pour de bon.

— Vraiment ? demanda Zane. Bizarre.

— Elle est proche de son père et il est la seule famille qu'elle ait. On peut comprendre qu'elle veuille vivre près de lui, dit Lance, toujours gentil. Flora m'a demandé d'acheter la librairie et d'engager Mary pour la gérer. Elle souhaite que Mary ait un travail et un endroit à elle, si tu vois ce que je veux dire.

Tout le monde voyait ce qu'il voulait dire. Mary était assez ombrageuse. Elle n'était pas fan de Flora et s'était plutôt opposée à ce que son père se remarie, même si cela faisait cinq ans que sa mère était partie. Zane trouvait ça bizarre, mais qui était-il pour juger ? Il n'avait jamais été confronté au fait que son père ait une relation.

— C'est gentil d'acheter l'endroit juste pour que Mary puisse avoir un job, Lance, dit-il. Et crois-moi, tu ne regretteras pas de posséder un immeuble en ville.

Lance hocha la tête en signe d'accord évident.

— Ça s'inscrit dans mon projet de me fixer quelque part.

— Alors, tu veux vraiment rester ?

— Oui, répondit Lance. Kyle et moi, on parlait justement de la maison que je vais faire construire.

— Cet endroit devient un vrai village, se moqua Kyle. Quel genre de personne vit à moins d'un kilomètre de sa famille ?

— Les Mullen, répondit Zane.

— Sacrés veinards, dit Kyle avec une pointe d'amertume dans la voix.

Kyle ne semblait pas avoir de famille. S'il en avait une, il n'en parlait jamais. La seule chose qu'ils savaient tous, c'était qu'il était arrivé à l'USC en tant que mineur émancipé.

— Lance, qu'est-ce qu'il s'est passé exactement à New York ? demanda Zane.

Quand Lance était arrivé il y a environ un mois, il leur avait seulement dit qu'il avait fait une dépression et avait décidé d'abandonner le stress de la ville et de son travail.

— J'avais quelques problèmes de santé, répondit Lance. La confusion. Les vertiges.

— Comme des crises d'angoisse ? demanda Zane.

— Sous stéroïdes, ajouta Kyle.

Zane le regarda, surpris. Évidemment, il en savait plus sur la situation de Lance que Zane.

Lance jeta une capsule de bière sur Kyle.

— Le stress de mon travail a dû s'accumuler avec le temps et je ne l'ai pas remarqué. Tout à coup, ça a commencé à se manifester de manière physique. Et puis il y avait aussi une femme.

Une femme. Bien sûr qu'il y en avait une. Il y en avait toujours une.

— Que s'est-il passé ?

Zane jeta un coup d'œil à Kyle pour voir s'il connaissait déjà l'histoire. Vu l'expression impassible de son visage, Zane devina que oui. Ces deux-là étaient vraiment proches, ce qui avait toujours déconcerté Zane. Lance le gentil timide et Kyle l'animal social formaient un étrange duo. Ce devait être leur amour des chiffres qui les liait.

— Je suis tombé amoureux de la fille du patron, reprit Lance.

— Quoi ? Tu rigoles ?

— Sa fille *déjà mariée*, précisa Lance.

— Lance ? Sérieux ? s'écria Zane en le fixant.

— Elle est mariée à un connard, dit Lance. Alors, voilà.

— Et elle a dragué Lance, dit Kyle. Pour se venger.

— Ce n'est pas une excuse, poursuivit Lance. C'était mal. Je ne me suis jamais senti impuissant dans ma vie. J'ai toujours maîtrisé mes émotions, mais elle m'a mis la tête à l'envers. J'ai carrément craqué sur elle. J'étais prêt à m'enfuir avec elle et abandonner tout ce que j'avais construit là-bas. Mais pour elle, c'était juste une façon d'ajouter un peu de sel à sa vie.

— Pauvre petite fille riche, plaisanta Kyle.

— En bref, comme ça faisait partie de son jeu, elle l'a dit à son mari, conclut Lance. Et ça a tout fait exploser.

Il regarda Kyle comme pour obtenir le soutien de son équipe lors d'un match de football.

— Son mari était aussi un associé du cabinet, expliqua Kyle. En gros, il a fait virer Lance.

— Bon sang, mec ! C'est affreux, dit Zane.

— Nan. À long terme, c'est beaucoup mieux. Je devais faire des changements dans ma vie. J'ai gagné assez d'argent pour savoir que ça peut monter au cerveau. Il était temps de rentrer à la maison, avec la Meute et ma famille. Pour me remettre la tête sur les épaules.

— Tu l'aimes encore ? demanda Zane.

— Sûrement pas. Pas après avoir vu qui elle était vraiment, s'insurgea Lance.

— Tant mieux, dit Zane.

— Je suis ici pour m'installer. Faire les trucs qui comptent. Avec les gens qui comptent, dit Lance.

— On est heureux que tu sois de retour, dit Zane.

— Et toi ? demanda Lance.

Zane haussa les épaules.

— Quoi, moi ?

Lance lui sourit.

— Quand est-ce que tu vas faire bouger les choses avec Honor ?

— Oh, ça...

— Tout le monde le voit. Et c'est tellement évident qu'Honor te kiffe aussi. Sérieusement, mec, elle est l'incarnation de ce qu'il y a de plus sexy et intelligent. Si tu ne l'attrapes pas, quelqu'un d'autre le fera.

— Ouais, ouais. Je sais que tu as raison, dit Zane en jouant avec l'étiquette de sa bouteille de bière.

— Tu as juste peur de te faire du mal, devina Lance.

— Ou de tout foirer. Je suis doué pour ça.

— Comme nous tous, non ? Mais bon, si tu tiens à elle, arrête de tergiverser. La vie est courte.

Il regarda tour à tour ses amis.

— Je suis dessus.

Il lui demanderait de l'accompagner à son dîner d'affaires.

— Bientôt ? l'interrogea Lance.

— Demain.

— Maintenant qu'on a réglé ça, envoie-moi une autre bière, lança Kyle. C'est samedi.

4

HONOR

Honor ne dormit pas très bien et se réveilla dimanche matin avec un mal de tête et des yeux qui piquaient. Une fois le café prêt, elle emmena sa tasse fumante dans le salon et contempla la vue. Le brouillard matinal planait comme une couverture entre le ciel bleu et la mer.

On sonna à la porte.

Elle se figea comme un animal surpris. Qui pouvait bien passer si tôt le matin ? *Ne sois pas ridicule. Il est dans le Tennessee. Il ne peut pas te faire de mal.*

Elle trotta pieds nus sur le plancher de bois dur. La terrasse n'était accessible que de la cuisine. Elle s'en était assurée quand elle avait remodelé la maison. Elle avait aussi fait installer un judas à la porte d'entrée.

Zane se tenait sur le perron.

Zane ? Chez elle ? Quelqu'un avait eu un accident ?

Elle ouvrit brusquement la porte.

— Tout va bien ?

Il recula, comme si elle lui avait fait peur.

— Euh, oui...

— Tout le monde va bien ?

L'expression de Zane s'apaisa.

— Tout le monde va bien. Je suis juste passé pour te demander quelque chose.

Pendant une brève seconde, son regard quitta son visage et la parcourut de la tête aux pieds.

Que portait-elle ? Un pyjama d'été fin. Très transparent... Soudain mal à l'aise, elle croisa les bras sur sa poitrine.

— J'ai déjà tout vu, tu sais.

L'embarras la fit rougir. *Flirte aussi. Fais comme si tout allait bien.*

— Je suppose que oui.

Et tu pourrais revoir tout ça si tu voulais.

— Je peux entrer ?

— Bien sûr.

Elle s'écarta pour le laisser passer, puis referma et verrouilla la porte derrière eux.

— Désolé de débarquer sans prévenir, mais j'avais quelque chose d'urgent à te demander. Ça ne pouvait pas attendre.

Il huma l'air.

— C'est du café *Sleeping Monk* ?

— J'ai commencé à en commander pour moi après en avoir bu au bar.

Que faisait-il donc ici ? Il avait les joues rouges, comme s'il était nerveux.

— Je suis flatté.

— Toujours ce qu'il y a de meilleur, répondit-elle.

Elle le regarda avec des yeux affamés alors qu'il s'avançait vers la fenêtre. Il portait son habituel short de surf qui tombait bas sur ses hanches étroites. Ses larges épaules et son torse bien développé étaient joliment mis en valeur par un tee-shirt bleu délavé. Cela la démangeait de glisser ses doigts sous le tissu et de les faire courir sur les muscles de son dos. Pourquoi était-il si sexy ?

Elle enfila un sweater qui pendait sur le dossier d'un de ses fauteuils. Mieux valait ne pas lui permettre de voir l'effet qu'il produisait sur ses tétons quand il était proche d'elle.

— J'adore cette pièce, dit-il. Elle est apaisante.

— Merci. C'était l'idée.

Elle le rejoignit à la fenêtre. À environ un kilomètre de la plage, un bateau avec une voile fuchsia était à peine visible à travers le brouillard.

— Tu es déjà venu ici, non ?

— Ça fait longtemps.

— Mon anniversaire il y a deux ans, je crois.

Il n'était resté qu'une demi-heure. Elle avait été déçue de le voir partir.

— J'ai besoin d'un service, lâcha-t-il.

— De ma part ?

— Oui.

Zane se retourna pour lui faire face et pencha la tête sur le côté.

— Tu vas bien ?

— Pourquoi cette question ?

— Tu es toute pâle, dit-il en tendant la main pour repousser une mèche de cheveux de sa joue. Et tes yeux sont super injectés de sang.

Elle se tourna vers le panorama.

— Je n'ai pas bien dormi.

Il la scruta avec le même regard intense.

— C'est tout ?

— Des mauvais rêves. Rien de grave.

— Tu es sûre ?

Un muscle de la mâchoire de Zane tressaillit. Elle avait remarqué que cela se produisait chaque fois qu'il était nerveux ou tendu, ce qui semblait arriver systématiquement dès qu'elle était dans les parages.

— Absolument.

Elle fourra les mains dans les poches de son sweater. Qu'est-ce qui, chez cet homme, rendait ses jambes flageolantes ?

— Tu es adorable avec tes lunettes, dit-il.

Bon sang ! Elle avait oublié ses lunettes. Elle ne les portait jamais devant les autres. Elles lui rappelaient trop la fille qu'elle avait été.

— Je les déteste.

— Si tu les portais plus souvent, toute la Californie finirait par t'imiter.

— Elles me donnent l'impression d'être quelqu'un d'autre. La personne que j'étais avant de venir ici.

Il effleura sa joue.

— En fait, tu es belle avec ou sans.

— Zane...

Ne fais pas ça. Éloigne-toi de moi.

— Quoi ?

— C'est quoi, le service dont tu as besoin ?

— Ah oui, ça. J'ai du mal à me concentrer quand tu es là.

Il passa sa main dans ses cheveux courts, ce qui créa des épis sur un côté.

— J'ai un dîner avec des investisseurs potentiels.

— Des investisseurs ? Pour L'Aviron ?

Avait-il des problèmes ?

— Non, non. L'Aviron est bien à moi, grâce à mon père. C'est pour un autre business. En fait, j'aimerais avoir tes conseils sur deux choses.

— Des conseils de ma part ?

Elle n'avait jamais songé qu'il pouvait se soucier de son avis.

— J'admire ton sens des affaires, dit-il en regardant le canapé derrière eux. On peut s'asseoir ?

— Tu veux un café ? demanda-t-elle.

— Je sacrifierais mon fils aîné pour un café.

Elle sursauta. *Son fils aîné...*

— J'ai aussi à peine dormi la nuit dernière, expliqua-t-il.

— Avec du lait et sans sucre, c'est ça ?
— Tout à fait.
— N'aie pas l'air si étonné, dit-elle. Ça m'arrive de remarquer des choses.
— Moi aussi.

Il la regarda dans les yeux sans une once d'humour.

— Je ne vais pas demander quoi.
— Tu ne devrais pas en avoir besoin.

Une vague de désir envahit Honor. *Reste calme.*

Elle s'excusa et alla dans la cuisine, soulagée d'avoir quelques instants pour reprendre ses esprits.

Alors qu'elle lui préparait un café, elle repensa aux événements qui les avaient amenés à passer une nuit ensemble. Ce jour-là, elle était allée voir Hugh plus tôt. Son regard vide et le fait qu'il ne la reconnaissait pas faisaient mal à chaque fois. Après l'avoir laissé, elle était revenue en ville et s'était arrêtée à L'Aviron pour étourdir ses émotions avec quelques verres de vin blanc frais.

Les deux serveuses de Zane étaient tombées malades. Sans réfléchir, elle avait enfilé un tablier et s'était mise à prendre les commandes des clients affamés comme elle l'avait fait avec Hugh. La seule différence, c'était qu'elle était une adulte en bonne santé, pas une fille ayant échappé à un cancer qui craquait pour le fils du patron.

Elle ferma les yeux tandis que les souvenirs de cette soirée déferlaient sur elle. Les bras puissants de Zane lorsqu'il l'avait soulevée pour la porter dans sa chambre. Le goût de son cou sur sa langue. Ensuite, il s'était endormi presque immédiatement. Mais pas elle. Elle était bien éveillée. Bien plus éveillée qu'elle ne l'avait jamais été de sa vie. Dormir chez quelqu'un d'autre n'avait jamais été facile pour elle, mais cette nuit-là, elle était passée à un niveau bien supérieur.

La pleine lune répandait une douce lumière par la fenêtre. Elle avait couvert le corps nu de Zane avec une couverture. Il dormait sur le côté, les bras près du corps, comme un petit garçon. Elle avait voulu toucher ses cheveux, mais avait craint de le réveiller.

Qu'était-elle en train de faire ?

Honor Sullivan ne regardait jamais un homme dormir. Pas plus qu'elle ne laissait un homme prendre le dessus. Pourtant, celui-ci aurait pu faire d'elle tout ce qu'il voulait. Il aurait pu lui faire du mal. Pire, elle aurait pu lui faire du mal.

Encore en sueur à cause du sexe, elle s'était faufilée hors du lit sur la pointe des pieds pour éviter de faire grincer les lattes du parquet. Et elle était partie. Sans dire au revoir. Comme ça. Elle avait juste mis les voiles.

Ce gars avait de gros problèmes vis-à-vis de l'abandon et elle les avait bien fait remonter à la surface cette fois-là. La mère de Zane l'avait quitté quand il était bébé. Sa fiancée s'était enfuie avec le mari de sa demoiselle d'honneur une semaine avant leur mariage. Elle n'aurait pas pu déclencher une plus forte réaction qu'en déguerpissant en pleine nuit.

Jusqu'à ces dernières semaines, il l'avait soigneusement évitée. Il lui avait fallu attendre le mariage de Brody et Kara pour se radoucir. Peut-être que ça avait été dû à la magie des circonstances, mais il avait apparemment décidé de faire une trêve et de ne pas la détester pour une journée. Il l'avait même ramenée chez elle en fin de soirée et lui avait donné un baiser très chaste sur la joue. Malgré l'affection qu'il avait ressentie pour elle cette nuit-là, il n'avait fallu à Honor qu'un instant, juste le temps de traverser un plancher grinçant et d'enfiler une robe d'été, pour l'étouffer.

Quand elle revint avec son café, il était assis à une extrémité du canapé, feuilletant l'un de ses magazines d'architecture.

Elle s'installa dans le fauteuil surdimensionné et replia ses jambes sous elle. Quand elle le regarda, elle le surprit en train de contempler ses jambes. Elles étaient séduisantes, même si elle mesurait à peine un mètre cinquante. Tous ces cours de Zumba et de yoga auxquels Kara et Violette la traînaient toujours les avaient rendues musclées et galbées.

Il regarda le café qu'il tenait et baissa la voix.

— Tu te souviens de cette nuit ?

— Quel moment en particulier ? répondit-elle en souriant.

Il rougit en lui rendant son sourire.

— Je fais référence à la conversation qu'on a eue. Tu te souviens de mon idée d'ouvrir une brasserie ici ?

— Oui. Bien sûr, je m'en souviens. Un lieu communautaire, en quelque sorte. Une pelouse pour jouer au volley ou au frisbee. Où les chiens seraient bienvenus. J'adore l'idée.

Ce soir-là, ils avaient abordé tout un tas de sujets, y compris leurs rêves de carrière.

— Tu as remarqué le bâtiment qu'on passe avant de tourner sur la route principale ? Ça ressemble presque à une grange, mais en fait, c'est l'ancien magasin d'aliments pour animaux.

Elle dut réfléchir un instant.

— Tu parles du bâtiment rouge ?

Il se trouvait à moins d'une centaine de mètres de la route principale et semblait sur le point de s'effondrer à tout moment.

— Celui-là même. Ça fait des années qu'il est vide, mais les proprios refusaient de le vendre par crainte qu'un étranger ne l'achète. Tu sais comment sont les gens d'ici.

Elle hocha la tête. La seule chose que les habitants de Cliffside Bay détestaient plus que les nouveaux arrivants, c'étaient les nouveaux arrivants qui ouvraient un business.

— J'ai approché le propriétaire il y a quelques années, mais il n'était pas prêt, expliqua Zane. Jusque-là, il résistait à l'idée de le mettre en vente, sachant que plus il le gardait, plus il prendrait de la valeur. Maintenant, il est prêt et il veut me le vendre à moi. Je ne peux pas prendre un prêt ou payer un acompte. Avec les frais pour mon père, c'est impossible. Mais je me suis dit que si je trouvais quelques investisseurs, je pourrais peut-être y arriver. Qu'est-ce que tu en penses ?

— Ça ne peut pas échouer, sauf si c'est mal géré, dit-elle.
— J'ai besoin de partenaires silencieux, dit-il. Je veux diriger cette affaire sans qu'ils interfèrent.
— Et Kyle et Brody ?
Ils étaient la solution évidente : ils avaient l'argent et n'avaient aucun intérêt à s'occuper de l'endroit.
Zane secoua la tête.
— Non, je ne peux pas m'associer avec les membres de la Meute. Ce serait un bon moyen de mettre fin à notre amitié. Mais des étrangers ? C'était mieux ?
— Qui sont ces gars ?
— L'un d'eux est une fille, pas un gars, lui fit-il remarquer.
— Je suis pourtant au courant qu'on ne devrait jamais faire ce genre de supposition. Qu'est-ce que tu sais d'eux ?
— Pas grand-chose, à part le fait que ce sont des anciens élèves de l'USC et des investisseurs providentiels dans le secteur de la bière et des spiritueux. Ce qui amène mes questions. Pour la première, je me demandais si tu pourrais jeter un œil au contrat si on en signe un.
— Bien sûr. Je peux même te mettre en contact avec notre avocat.
— Fantastique ! Et pour la seconde... je suis censé dîner avec ces investisseurs potentiels et leurs conjoints ce soir. Et je voudrais que quelqu'un m'accompagne.
— T'accompagner ? Tu m'invites à sortir avec toi ?
Elle haussa les sourcils de manière suggestive pour dissimuler sa nervosité.
La mâchoire de Zane se crispa à nouveau. Elle ne devrait pas le taquiner comme ça. *Montre-toi vulnérable.* C'était le genre de conseil que Kara et Maggie lui avaient donné. *La vulnérabilité permet à des choses merveilleuses de se produire.* Plus facile à dire qu'à faire.
— Ça peut être un rendez-vous. Si tu veux que ça le soit.

Zane fit une pause et décroisa les jambes avant de poursuivre.

— J'aimerais que ça en soit un.

— J'accepte, répondit-elle.

— On va dîner à San Francisco. Dans un endroit super chic.

— Bien sûr, pas de problème.

— Peut-être pas pour toi. Je sais que tu assistes à des dîners comme ça tout le temps. Le problème c'est plutôt moi. Je ne sais pas trop quoi porter. Je n'ai plus l'habitude de ce genre de chose. Je n'ai jamais été très doué pour ça, en fait.

Que cet homme était adorable !

— Tu peux remettre le costume que tu portais au mariage de Brody.

— Ce serait approprié ?

— C'est parfait.

Tu avais l'air d'une star de cinéma dans ce costume.

— Et par chance, j'ai aussi une nouvelle robe.

— Super. Je passe te chercher à cinq heures alors ?

— Je serai prête.

Après son départ, elle s'appuya contre la porte et passa ses doigts sur sa joue, à l'endroit où il l'avait caressée. Zane l'avait invitée à sortir avec lui. Bon, c'était à la fois un rendez-vous galant et un dîner d'affaires. Mais peu importait, il l'avait invitée.

Elle devait avoir l'air débraillée avec son vieux sweater et son pyjama. Avait-elle au moins brossé ses cheveux ce matin-là ? Elle s'examina dans le miroir accroché près de l'entrée. Elle s'était trouvée tellement fascinée au moment où il avait franchi la porte qu'elle avait complètement oublié ses lunettes. La monture noire chic lui donnait certes l'air d'une artiste, mais quand même. En temps normal, elle ne sortait pas de chez elle sans réfléchir à chaque détail de son apparence.

Elle s'observa dans le miroir pour évaluer ses atouts : une peau claire, un visage en forme de cœur, des yeux de la couleur du noyer. Ses longs cheveux n'étaient pas naturellement blonds, mais plutôt d'un pauvre brun clair. Cependant, grâce à Alexandro, un coiffeur de San Francisco, il semblait que le soleil lui-même l'avait dotée de brillantes mèches dorées.

Il y avait aussi plein de défauts. Sa lèvre inférieure pleine la faisait paraître boudeuse ou trop gâtée. Sans maquillage, ses yeux en amande semblaient petits et donnaient l'impression qu'elle louchait. Maintenant qu'elle les examinait vraiment, ils étaient pratiquement fixés au milieu de son cerveau. Si elle souriait, ils disparaissaient complètement.

Que voyait Zane en la regardant ? La trouvait-il mignonne ou belle ? Ça ne pouvait être que mignon quand on mesurait à peine un mètre cinquante.

Elle s'éloigna du miroir. La voix des femmes avec qui elle avait vécu pendant son enfance lui criait dessus. *Tu es bête et laide. Tu ne pourras jamais être aimée par quelqu'un de bien.*

Mme Aker avait prononcé exactement ces mots quand elle avait chassé Honor de sa maison. *Tu ne pourras jamais être aimée par quelqu'un de bien.*

Cela l'avait hantée.

Maintenant, il y avait Zane. C'était quelqu'un de bien. Le meilleur, même. Pouvait-il l'aimer ?

La vérité sur elle le repousserait-elle ? C'était la pensée qui l'effrayait plus que tout depuis son cancer. Elle ne s'était pas attendue à l'aimer pour de vrai. Elle n'avait pas prévu de ressentir autre chose qu'une toquade d'écolière. Elle n'avait pas prévu de tomber amoureuse de lui.

Depuis des mois, elle avait conclu un marché avec elle-même. S'il manifestait à nouveau de l'intérêt pour elle, elle lui dirait la vérité sur son infertilité. Elle lui devait bien ça avant que l'un ou l'autre ne s'attache davantage. Elle irait à ce dîner avec lui et ensuite, elle le lui dirait. *J'ai eu un cancer des ovaires et j'ai subi une hystérectomie. Je ne peux pas avoir d'enfants.*

5

ZANE

Zane descendit l'allée d'Honor pour retourner en ville. Il l'avait fait. Enfin ! Et Honor avait accepté de sortir avec lui. Pourquoi cela avait-il été si dur ? Il avait voulu l'inviter le soir où il l'avait ramenée du mariage de Kara et Brody, mais les mots n'avaient pu sortir de sa bouche. Il l'avait raccompagnée jusqu'à sa porte et était resté planté là comme un idiot alors qu'elle le regardait avec ces yeux qui lui nouaient l'estomac. La seule chose qu'il avait à faire, c'était de l'inviter à dîner. Au lieu de cela, il l'avait embrassée sur la joue. Après l'avoir tenue dans ses bras toute la soirée sur la piste de danse, il n'avait rien trouvé d'autre qu'un baiser sur la joue. Pathétique.

Il se rattraperait ce soir. Avant la fin de cette journée, Honor connaîtrait les sentiments qu'il avait pour elle. Un point c'est tout. Si elle ne ressentait pas la même chose, il devrait y faire face comme il le faisait avec tout le reste. Cette incertitude n'était bonne pour aucun d'eux. Il arrangerait ça ce soir. Point final.

Le son d'une guitare acoustique l'accueillit au moment où il franchit la porte de son appartement. Maggie était là. Quand elle était revenue en ville, elle avait logé chez lui, mais maintenant que Sophie vivait ici, elle avait déménagé chez les Waller. Il n'avait qu'une chambre d'amis et les filles avaient besoin de beaucoup d'espace. Elles avaient beaucoup d'affaires qu'elles adoraient laisser traîner dans la maison : des vêtements, des produits capillaires, des lotions, des flacons de vernis à ongles. Heureusement, la plupart sentaient bon.

À ce moment-là, la maison sentait le café et la brioche à la cannelle. Sophie faisait à nouveau de la pâtisserie. Depuis qu'elle avait emménagé, sa maison flairait souvent bon les biscuits, les tartes ou les gâteaux. Sophie était une sacrée gourmande. Son métabolisme de vingt ans pouvait le supporter. Lui, d'un autre côté, allait grossir si elle ne se trouvait pas bientôt un endroit à elle.

Il entra dans la cuisine et se mit à saliver lorsque l'odeur de cannelle et de beurre s'intensifia.

— Ça sent ridiculement bon.

— Salut, grand frère, répondit Sophie sans relever la tête alors qu'elle saupoudrait du sucre glace sur les brioches. Je ne me lasse toujours pas de dire ça.

Il se pencha sur le plateau pour mieux voir.

— J'ai dû m'y reprendre à trois fois l'autre jour pour expliquer comment on était tous les trois apparentés.

— On devrait leur donner un arbre généalogique, dit Maggie.

Sa guitare sur les genoux, elle parlait avec un crayon entre les dents. Des partitions étaient dispersées sur la table.

— Ce n'est pas si compliqué, réagit Sophie. Je leur dis simplement que j'ai été adoptée. Il y a quelques mois encore, vous ne saviez pas que j'existais. Zane et moi avons le même père. Maggie et moi avons la même mère. C'est tout.

Maggie retira le crayon de sa bouche et nota quelque chose sur la feuille de papier devant elle.

— Ouais. Si tu rajoutes l'histoire du bébé abandonné devant une caserne de pompiers, tu vois le tableau complet.

— Tu parles, dit Zane.
— Où étais-tu ? demanda Maggie. Tu as l'air content.
— Tu aimerais bien le savoir, hein ? répondit-il en tirant sur la tresse blond vénitien qui pendait dans son dos.
— Évidemment, dit Maggie en fronçant le nez. Tes vêtements sentent le café.
— C'est un indice qui te dira où j'étais, répondit Zane.
Sophie se détourna de l'évier où elle lavait un bol.
— Tu n'es pas descendu pour préparer le déjeuner, hein ? Tu as promis.
— Non. J'ai en effet promis de te laisser t'occuper de tout en solo cette semaine. Je tiens ma parole.
— Je suis absolument parée pour le déjeuner, dit Sophie. Dès que j'aurai mangé une brioche ou deux.
— Je suis d'accord. Pas à propos des brioches, cela dit, répondit Zane. Ta mère va penser que j'ai une mauvaise influence sur toi.
— Elle m'a envoyé des pépites de caroube la semaine dernière, dit Sophie.
— Qu'est-il arrivé au jeune docteur Waller ce matin ? demanda Zane à Maggie. Je ne l'ai pas vu pour notre surf matinal.
— Ce week-end, il est de permanence parce que Kara n'est pas là, tu te souviens ? répondit Maggie. Il est allé voir madame Jones. Sa sciatique la fait à nouveau souffrir.
— C'est plutôt qu'elle a le béguin pour le jeune docteur Waller, dit Zane. La semaine dernière, elle dansait au bar et sa sciatique avait l'air de bien se porter.
— Elle a quatre-vingts ans, protesta Maggie. Ça doit revenir régulièrement.
— Son béguin pour Jackson ? demanda Zane.
— Non, sa sciatique, répondit Maggie avec un sourire malicieux. Un béguin pour Jackson ne disparaît jamais.

— Ne va pas me donner la nausée avant que j'aie mangé une de ces brioches.

Zane tira une nouvelle fois sur sa tresse.

— Tu es juste jaloux que toutes les vieilles dames l'adorent, dit Maggie.

— Il a toujours eu la cote auprès des mères, dit Zane.

— Et pas toi, dit Maggie. Elles étaient trop occupées à essayer de te cacher leurs filles.

— Mes exploits ont été exagérés, dit Zane à Maggie. Jackson n'était pas déjà de permanence le week-end dernier ? Où est Doc ?

— Il a emmené Janet pour un week-end romantique à San Francisco, annonça Maggie.

Dans les imbroglios du cercle de la Meute, le père de Jackson, Doc, était fiancé à Janet Mullen, la mère de Brody.

— Tout cet amour me tape sur le système, dit Zane.

— Tu connais la solution à ça, rétorqua Maggie.

— Elle a raison, la soutint Sophie.

Zane gloussa et leva les yeux au ciel de façon théâtrale.

— C'était déjà casse-pieds quand il n'y avait que Maggie pour se mêler de mes affaires. Maintenant, je vous ai toutes les deux.

— On n'est pas du genre à laisser passer quoi que ce soit, dit Sophie.

— J'ai remarqué.

Il s'assit à la table en face de Maggie.

— J'ai presque envie de ne pas vous dire où j'étais, juste pour vous torturer. Mais le besoin de partager va l'emporter sur le fait que j'adore vous faire mariner. J'étais chez Honor. Voilà pourquoi je sens le café.

— Tu l'as invitée à sortir ou tu as passé la nuit chez elle ? s'enquit Maggie.

— J'y suis allé ce matin, dit Zane. Dans le but de l'inviter à un vrai rencard.

— Vraiment ? s'étonna Sophie en sautillant. Dis-moi que tu l'as fait.

— Oui. Et elle a accepté, annonça Zane. Je l'emmène au dîner avec les investisseurs ce soir.

Sophie se mit à applaudir, projetant du sucre glace sur son tee-shirt.

— Je suis super contente pour toi.

— Attends une minute. Tu l'as invitée à un dîner d'affaires ? Avec d'autres personnes ? l'interrogea Maggie en le toisant. Tu te fous de moi ?

— Bah quoi ? J'aimerais avoir son avis et ça m'a semblé être une bonne façon d'amorcer toute cette histoire de rendez-vous, expliqua Zane.

— Tu es désespérant, dit Maggie. Il faut vraiment que tu ailles voir Jackson pour prendre une leçon ou deux sur le romantisme.

Zane secoua la tête.

— Je ne veux pas la faire fuir. Elle s'effarouche facilement.

— Tu as raison d'y aller doucement, intervint Sophie, mais ne sois pas abscons.

— Abscons ? s'exclama Zane. Je ne sais même pas ce que ça veut dire !

— Ne reste pas dans le flou, dit Maggie. Fais en sorte qu'elle sache que tu l'aimes. Mais ça n'est pas tout à fait ton truc.

Zane leva les mains en signe de défaite.

— Vous allez finir par me tuer, toutes les deux. Ayez un peu de foi.

— Et ne sors pas en short, dit Maggie.

— Je ne suis pas complètement idiot, dit Zane. Je lui ai déjà demandé ce que je pouvais porter.

— Non ! s'écria Sophie avec un regard horrifié.

— Tu lui as vraiment demandé ça ? dit Maggie en plissant ses yeux verts.

— Quoi ?

Maggie et Sophie échangèrent leur regard de *sœurs*.

— Je n'arrive pas à décider si ça le rend vulnérable ou pathétique, réagit Maggie.

— J'espère que c'est vulnérable, dit Sophie.

— Je suis toujours là, protesta Zane.

Maggie pointa son crayon sur lui.

— Elle t'accompagne à ce dîner ce soir et ensuite tu prévois quelque chose de romantique. Comme l'emmener prendre un verre dans un endroit sympa avec de la musique. Tu comprends ?

— Je ne suis pas complètement idiot.

Elles trouvaient évidemment qu'il n'était pas plus sophistiqué qu'un gamin. Elles avaient probablement raison sur toute la ligne, mais quand même, elles n'avaient pas besoin d'être aussi dures à ce sujet.

— Autre chose ?

— Mets une cravate assortie à tes yeux, dit Sophie.

— Je n'ai pas de cravate assortie à mes yeux.

En fait, il n'en avait qu'une : celle qu'il avait portée au mariage de Brody.

— Maintenant, tu en as une, dit Sophie. Je te l'ai achetée la dernière fois où je suis allée à San Francisco.

— Pourquoi as-tu fait ça ? demanda-t-il.

— Avec maman, on l'a vue en faisant du shopping et on est tombées d'accord sur le fait qu'elle irait bien avec tes yeux et que tu devais l'avoir. On t'a aussi acheté une nouvelle chemise.

— Je n'ai vraiment aucune chance d'y échapper, c'est ça ?

— Pas vraiment, répondit Sophie en attrapant une spatule. Une brioche ou deux ?

ZANE REVINT chez Honor à cinq heures pile cet après-midi-là, vêtu de son costume bleu et de sa nouvelle cravate. Il l'aimait bien, même si ça l'agaçait de l'admettre. Elle était en effet assortie à ses yeux. Quand il travaillait comme commercial, il n'avait jamais eu à porter de cravates, seulement des costumes. S'il se présentait à ce dîner et que personne d'autre n'était bien habillé, il allait tordre le cou de toutes les femmes de sa vie.

Il préféra frapper à la porte d'Honor avec le heurtoir en métal plutôt que de sonner. Un claquement de talons se fit entendre avant que la porte ne s'ouvre. *Calme-toi. C'est la même fille que tu as vue plus tôt qui avait l'air jeune et vulnérable avec ses lunettes et son visage non maquillé.* La consigne ne servit à rien. Ses jambes faillirent se dérober sous lui quand il la vit. La fille de ce matin était jolie. Mais la femme qui se tenait devant lui semblait maintenant prête à conquérir le monde. Elle portait une robe sans manches blanc cassé qui lui retombait juste au-dessus du genou et des chaussures à lanières argentées. Ses cheveux, arrangés en ce qui ressemblait à un chignon élaboré sur le côté, brillaient comme des brins d'or. Il eut l'image d'une parfaite rose blanche juste avant qu'elle n'éclose complètement.

— Ouah ! Tu es... Je n'arrive même pas à trouver mes mots, dit-il.

Ne sois pas abscons.

— Seulement parce que notre langue n'en a pas pour décrire à quel point tu es belle.

Le regard brun d'Honor brillait.

— C'est la robe. Je l'ai vue pendant la *fashion week* de New York et je n'ai pas pu résister. Tu ne veux pas savoir combien ça a coûté.

— Vraiment pas, confirma-t-il. Mais peu importe le prix, elle en vaut la peine. Tu as l'air d'une rose.

— Une rose ?

— Ouais. Jolie comme une rose.

Ça, ce n'était pas du tout abscons ! On aurait dit un élève de sixième.

— J'aime bien les roses, dit-elle alors qu'un sourire impertinent se dessinait sur ses lèvres. Merci.
— Je t'en prie.
— Toi aussi, tu es beau. Super cravate. Elle va bien avec tes yeux.
— Il paraît, oui.

Elle disparut derrière la porte et revint avec un petit sac à main argenté assorti à ses sandales et une étole de gaze blanche.

— Allons-y.

Il lui offrit sa main pour l'aider à descendre les marches, ne sachant pas si elle l'accepterait. Elle la prit. Était-ce son imagination ou elle tremblait ?

— Tu as froid ? demanda-t-il.
— Pas du tout.

Elle détourna le regard pour éviter le sien. Que se passait-il ?

Il ouvrit la portière du côté passager de son SUV et l'aida à s'installer. Le véhicule était trop haut quand celle qui vous accompagnait portait des talons et mesurait moins d'un mètre soixante. Il l'avait remarqué le soir où il l'avait ramenée du mariage. En fin de soirée, elle était éméchée. Il avait pratiquement dû la soulever pour l'asseoir dans la voiture. *Ça, ça avait été amusant.* Il eut un picotement dans les mains en se rappelant ce que ça faisait de les avoir sur ses hanches et la façon dont le souffle d'Honor avait réchauffé sa peau.

— Ton allée n'est pas très grande, dit-il en reculant pour reprendre la route étroite.

— Je sais. C'est pour ça que j'ai une petite voiture de sport. C'est plus facile d'entrer et sortir du garage.

— Et ça te va bien. La voiture, je veux dire.

— J'ai déjà entendu ça. Mais je ne vois pas trop ce que ça veut dire. Les hommes et leurs voitures.

— On pense trop à elles.

— Pour nous, ce sont les chaussures.

— Comparées à tes sandales, les voitures me semblent beaucoup plus faciles à manier.

Elle rit. Il aimait la faire rire.

Il prit l'autoroute en direction du sud. Il leur faudrait une heure pour arriver au restaurant.

— J'ai préparé une playlist, annonça-t-il. Pour notre première escapade en voiture ensemble.

Légèrement bouche bée, elle le dévisagea un instant.

— Tu as vraiment fait ça ?

— Oui.

Les filles lui avaient dit de travailler son côté romantique. Maggie avait approuvé cette attention-là et l'avait aidé à sélectionner la musique. C'était une combinaison de rock vintage, de vieilles chansons country et de tubes pop récents. Personne ne savait mieux choisir la musique que Maggie.

Il augmenta le volume de la stéréo et attendit de voir sa réaction à la première chanson. C'était « Coward of the County » de Kenny Rogers.

— Oh oui, carrément, s'exclama Honor. Elle était sur le juke-box du bar avant. L'ancien juke-box.

— Je me demandais si tu t'en souviendrais.

— On n'a dû la passer que cinq mille fois au cours de ma glorieuse carrière de serveuse.

Que voulait dire ce commentaire sur sa carrière de serveuse ? Regardait-elle ça de haut, maintenant qu'elle jouait dans la cour des grands avec les copains chics de Brody ? *Est-ce qu'elle me regarde de haut ?*

— Qu'est-ce que j'ai dit ? demanda-t-elle. Ta mâchoire s'est crispée.

— Rien.

Le bleu du Pacifique les accueillit au prochain virage.

— Je taquinais toujours Hugh à propos de sa musique de vieux, dit-elle. Mais secrètement, je l'adorais aussi.

— Ah oui ?

Il lui jeta un coup d'œil. Elle contemplait la vue par la vitre et poussa un léger soupir.

— Je lui mets de la musique quand je lui rends visite, dit-elle. Il se souvient encore des paroles des chansons, mais pas de moi.

— Désolé, dit-il.

— Pourquoi ? Ce n'est pas ta faute.

— Je veux dire, je suis désolé que ça fasse mal.

Il leva les yeux sur le rétroviseur. Une berline noire les suivait d'un peu trop près. Il détestait les conducteurs qui faisaient ça, surtout sur cette route. *On a tout le temps, mec. En roulant trop vite, tu ne feras que tomber de la falaise.*

— Je sais que ça n'est pas juste, mais parfois je lui en veux. Comme s'il avait le moindre contrôle sur ce qui lui arrive, poursuivit-il.

Quand Natalie avait annulé le mariage, il avait eu besoin de son père, mais il l'avait trouvé étrangement absent.

— Il me l'a caché pendant longtemps. Je pensais qu'il se désintéressait de ce qui se passait dans ma vie. Ça m'a vexé. Jusqu'à ce que je comprenne pourquoi.

Elle joua avec la sangle de son sac.

— Il est fier. Il ne voulait pas qu'on sache à quel point ça l'effrayait. C'est ce que je crois, en tout cas.

Moi aussi.

Ils arrivèrent à un endroit de l'autoroute où les touristes s'arrêtaient pour prendre des photos de l'océan.

— Je me souviens de la fois où j'ai découvert cette vue, dit-elle. Ça m'avait coupé le souffle.

— Tu veux t'arrêter ?

— Non, il ne faut pas qu'on soit en retard. Une autre fois, peut-être.

Une autre fois. C'était bon signe.

Elle bâilla.

— Je t'ennuie à ce point ? demanda-t-il.

— Pardon. Rien à voir avec toi. Je ne dors pas bien ces derniers temps.

— Pourquoi ?

Elle ne répondit pas. Il la regarda un quart de seconde avant de revenir à la route sinueuse. Mieux valait ne pas la quitter des yeux, sinon ils finiraient dans l'océan. Mais il l'avait vue frissonner. Avait-elle peur de quelque chose ou de quelqu'un ? Était-ce ça qui l'empêchait de dormir ? Il revit l'homme de la plage dans un flash.

— Quelque chose t'inquiète ?

Reste décontracté. Ne la pousse pas trop.

— Ce n'est rien, vraiment, dit-elle. Hier, j'ai reçu un coup de fil qui m'a un peu secouée. Ça m'a rappelé certains souvenirs que j'avais préféré oublier.

Il aurait désespérément voulu en connaître les détails. Mais par instinct, il savait qu'il ne devait pas insister. Ils se ressemblaient, de ce point de vue. Elle se fermerait comme une huître si ses questions devenaient indiscrètes. Une autre chanson de la playlist commença, une douce ballade.

— Ton père aimait aussi cette chanson, dit-elle.

— C'est vrai, oui.

Elle ouvrit et referma le fermoir de sa pochette. Les oreilles de Zane se bouchèrent quand ils approchèrent du plus haut sommet.

— Dis-m'en un peu plus sur ces investisseurs, reprit-elle. Y a-t-il des trucs que je dois savoir ?

Elle revient tout d'un coup au business. J'en prends bonne note. N'aborde pas les sujets trop personnels.

Il se lança dans une description des investisseurs potentiels et lui expliqua qu'il les avait trouvés grâce à l'association des anciens de l'USC.

— Je les ai un peu traqués sur Internet ces derniers jours. Ils ont l'air réglos.

Intérieurement, il eut une grimace en prononçant le mot « traqués ».

— Ils recherchent principalement des partenariats silencieux dans divers domaines.

— Donc, en gros, ils sont en partie propriétaires sans avoir à faire le boulot.

Il haussa les épaules.

— En gros, oui.

— Et ça ne te dérange pas ?

— Bien sûr, mais je n'ai pas tellement le choix.

— Je sais que la chambre de Hugh coûte une fortune. C'est le seul avantage d'être orpheline. Je n'ai pas à m'occuper de qui que ce soit.

Le ton amer sur lequel elle dit cela lui poignarda le cœur. Il aurait voulu arrêter la voiture et la prendre dans ses bras. *Ma mère est partie aussi.*

— Qu'est-ce que je dois savoir d'autre ? demanda-t-elle.

— Je suppose que je compte sur ton instinct par-dessus tout. Brody m'a dit que tu sentais les arnaques à un kilomètre.

— Un autre atout que je dois à ma mère.

Il hocha la tête sans faire de commentaire. Pas besoin de remuer le couteau dans la plaie.

— Nos mères auraient pu créer un club, reprit-elle.

— C'est plutôt nous qui devrions le créer.

Le club des enfants abandonnés par leurs mères.

— C'est bon de faire partie d'un club, dit-elle. Avec toi.

La poitrine de Zane allait exploser. *Honor...* Elle lui donnait l'impression de pouvoir faire tout ce qu'il voulait au monde.

— Avec toi aussi.

Il tendit la main pour prendre la sienne et la serrer brièvement. Elle répondit de la même façon.

— Tu penses à elle de temps en temps ? demanda-t-elle.

— À ma mère ?

— Non, au chien que tu as perdu, rétorqua-t-elle. Évidemment, à ta mère.

Il se mit à rigoler.

— Si jamais tu décidais un jour de devenir thérapeute, il y a encore du boulot.

— Écouter les gens pleurnicher sur leur vie ? Ça ressemble à une punition.

— C'est en gros ce que font les barmen, dit-il.

— Mais tu es doué pour ça. Tu sais écouter les gens.

Elle lui adressa un sourire sensuel qui l'empêcha quasiment de respirer.

— Je fais ce que je peux. Certains soirs, c'est plus difficile que d'autres. Il y a beaucoup de chagrin dans ce monde.

— Tu dois avoir entendu toutes les histoires de la ville.

— J'en ai entendu beaucoup trop.

— Bon, pour de vrai, tu t'es déjà demandé où elle était ou ce qui s'était passé ? insista-t-elle.

— Ça m'arrive parfois. Papa ne parlait jamais d'elle, donc je ne sais pas grand-chose. J'ai trouvé des photos dans ses affaires quand je l'ai installé au centre de soins.

— À quoi ressemblait-elle ?

Il se gratta l'oreille.

— Normale, je suppose.

— Normale ? Qu'est-ce que ça veut dire ?

— Elle était jeune. Elle devait avoir dix-neuf ans quand elle m'a eu. Sur les photos, elle *a l'air* jeune. Mon père avait dix ans de plus qu'elle.

Il l'avait appris grâce à son acte de naissance. Mais à part ces détails mineurs, il ne savait pas grand-chose d'autre.

— Mon père n'était pas du genre à parler du passé. Il disait toujours que le passé était passé et qu'il fallait se concentrer sur le présent.

— Il me disait ça aussi.

— Ça t'a aidée ? demanda-t-il.

— Oui. C'est même devenu mon mantra.

Elle mit la main dans son sac et en sortit une boîte de bonbons à la menthe, mais ne l'ouvrit pas.

— Depuis qu'on a trouvé Sophie et qu'on a su pour la mère de Maggie et mon père, je me suis vraiment demandé si je devais la chercher, dit Zane. Et puis, plus j'y réfléchis et plus je me rends compte que c'est une idée idiote.

— Parce qu'elle ne veut pas qu'on la retrouve ? demanda Honor.

— C'est ça.

— Raisonnable.

Honor savait. Elle savait exactement ce que ça faisait.

— J'avais l'habitude de rêver que ma mère reviendrait me chercher, dit Honor. Mais j'étais une enfant naïve qui ne connaissait rien.

Elle secoua la boîte de pastilles comme un hochet. Après la cinquième secousse, elle la remit dans son sac et le ferma. Le fermoir produisit un cliquetis semblable à celui d'un aimant sur un frigo.

— C'est pour ça que tu ne parles jamais de ton enfance ?

Il laissa la question ouverte et attendit de voir si elle mordait.

— Je n'aime pas y penser. Je suis une experte pour tout balayer sous le tapis et prétendre que ça n'est jamais arrivé. Tu dois savoir ça si on doit s'engager l'un avec l'autre.

— Nous sommes déjà engagés.

Il ne savait pas trop pourquoi il avait dit ça, sinon que c'était vrai pour lui. *Ne la fais pas fuir.*

— Je veux dire, qu'on le veuille ou non.

— Tu ne veux pas l'être ? demanda-t-elle.

— Ce n'est pas ce que j'ai dit.

Il agrippa le volant et chercha la bonne façon d'exprimer ses sentiments. Jackson aurait su quoi dire, mais Zane était un gros balourd. Il entendit la voix de Maggie dans sa tête. *Sois honnête avec elle sur tes sentiments.*

— Ce que je veux dire, c'est que je t'aime bien.

Là, il l'avait dit.

Pourquoi faisait-il si chaud dans cette voiture ? Il n'aurait jamais dû choisir un intérieur noir. Il poussa la climatisation d'un cran.

— Je suis désolé pour la façon dont je t'ai traitée ces derniers mois. Ma fierté en a pris un coup, alors je me suis déchaîné contre toi.

— Pas besoin de t'excuser. Tout était de ma faute. C'est moi qui suis désolée, et je ne suis pas très douée pour ça. D'être désolée, j'entends. Surtout, ça me met en colère quand je me sens mal à propos de quelque chose, en particulier si c'est à cause de ce que j'ai fait.

— Pareil, dit-il.

— La nuit qu'on a passée ensemble était spéciale pour moi.

La voix d'Honor était à peine plus forte qu'un murmure. Il aurait voulu se pencher près d'elle pour saisir chaque mot, mais encore une fois, il devait s'assurer de ne pas prendre un virage trop rapide et les propulser dans le vide.

— Ça l'était pour moi aussi.

Je suis amoureux de toi.

Ils roulèrent en silence sur plusieurs kilomètres, la musique prenant la relève de la conversation. Le soleil d'août était bas à l'horizon et diffusait une lueur dorée. Les premiers signes de la ville apparurent. Il se gratta sous le col de sa chemise. Était-ce vraiment une super idée ? Peut-être devrait-il tout oublier. Voulait-il réellement s'embarrasser avec un autre business ? Surtout s'il n'y connaissait rien. Son père n'aurait jamais pris un tel risque.

— La ville te rend nerveux, remarqua Honor.

— Ça se voit tellement ?

— Un peu, oui. Tu es sûr de ton coup ?

— Non, pas du tout.

— Tu n'aimes pas avoir à rendre des comptes. Tâche de t'en souvenir.

— Je sais. Je devrais peut-être oublier cette histoire.

— On va parler à ces gars et on verra ce qu'ils ont à offrir. Tu dois garder une chose en tête, Zane Shaw. C'est toi qui as le talent. Pas eux.

— Et c'est quoi mon talent exactement ?

— Tu es un homme d'affaires astucieux et intelligent. Quoi que tu décides de faire, tu réussis.

À ce moment-là, il avait l'impression d'être une rock star.

— Et oui, on peut évaluer le projet et les risques. Et si ça tient encore debout quand on l'aura fait, alors tu pourras foncer. Ce soir, il s'agit juste d'explorer la possibilité. Pas de pression.

— Je commence à comprendre pourquoi Brody ne peut pas vivre sans toi.

— C'est la vérité, lui dit-elle avec un grand sourire. Maintenant, arrête de tripoter ta cravate. Elle va finir de travers.

Le restaurant était l'un de ces endroits à l'ambiance urbaine froide, avec des plafonds bruts et des tuyaux gris qui rendaient Zane nerveux. Oubliant les instructions d'Honor, il tira sur sa cravate en attendant que l'hôtesse les mène à leur table. Si seulement il pouvait ôter ce foutu machin. Cette veste allait aussi le tuer lentement par suffocation. Honor glissa la main dans la sienne.

— Tu vas t'en sortir.

Vraiment ? C'était le genre de chose qu'il s'était juré de ne plus jamais faire. Des gens chics avec des projets sophistiqués qui n'avaient d'autres buts que de faire plus d'argent que les autres.

La première chose qu'il remarqua, c'était qu'il n'y avait qu'un homme et une femme à table, et non quatre personnes. Il pensait qu'ils avaient parlé d'amener leur conjoint. Super. Honor allait détonner dans le paysage. Il lui jeta un coup d'œil, espérant transmettre ses excuses par ce regard.

— Je pensais qu'ils venaient avec leur conjoint.

— Ne t'inquiète pas pour ça, répondit-elle. Ça va passer.

Quand Zane et Honor arrivèrent à la table, la femme et l'homme se levèrent tous les deux.

— Jeff Hall, ravi de vous rencontrer. Et voici mon associée, Anise Ward.

— Super, oui. Enchanté, répondit-il.

Bordel, pouvait-il arrêter de parler ? C'était vraiment une très mauvaise idée.

— Merci d'être venus. Voici mon amie Honor Sullivan.

Pendant qu'Honor leur serrait la main, il en profita pour jauger Jeff et Anise. Lui était plutôt trapu avec un front large et de brillants yeux bleus qui semblaient trop grands pour son visage. Pas de cravate, mais une veste. Toujours mieux d'être trop bien habillé que pas assez, non ? *Vraiment ?*

Peu importait.

Anise, quant à elle, était plus grande que son associé de quelques centimètres. Des yeux sombres et une luisante chevelure noire, elle avait ces faux cils que tant de femmes portaient de nos jours. Cela lui rappelait de vieux éventails. De larges hanches, une poitrine généreuse et une taille fine étaient enveloppées dans une robe si étroite qu'il fut surpris qu'elle puisse s'asseoir.

— Ravie de vous rencontrer aussi, dit Honor.

Ses joues étaient légèrement roses. Ses yeux bruns pétillaient d'intelligence, comme si elle était prête au combat. Un élan d'orgueil le traversa. Elle avait accepté de l'accompagner, de l'aider. À côté d'Anise, Honor avait une allure classe et sophistiquée. Jackson disait toujours que Maggie le rendait fier partout où ils allaient parce qu'elle était compétente et perspicace. C'était ce qu'il pensait d'Honor. C'était ça, être amoureux ?

Ils prirent tous place et commandèrent des boissons. À l'extérieur de la vitrine, derrière le pont du Golden Gate, s'étalaient les dernières lueurs du soleil.

— Je croyais que vous seriez venus avec vos conjoints, dit Zane.

— Ah, oui, les conjoints, répondit Anise.

Il perçut un accent. Peut-être brésilien, mais il n'en était pas certain.

— C'était prévu, mais la femme de Jeff ne se sent pas bien.

— Elle est enceinte, expliqua Jeff. Des nausées terribles.

— La pauvre, ajouta Anise en agitant les mains.

Ses longs ongles rouges étaient effilés comme des griffes.

Il jeta un coup d'œil aux mains d'Honor. Ses ongles étaient courts et peints d'un rose tendre.

— Et mon mari a rejoint sa maîtresse à Paris, annonça Anise.

Quoi ? Sa maîtresse ?

— Il ne m'accompagnera donc pas à d'autres rencontres, poursuivit Anise avec un sourire qui révélait de grandes dents blanches.

— Je suis désolé d'entendre ça, dit Zane.

— Pas la peine. C'était... Comment dites-vous ça ? Inévitable. Quand je l'ai rencontré, il était déjà marié. Et maintenant, pouf, il en a rencontré une autre alors qu'il est marié avec moi. Mais pas d'inquiétude. L'argent est à moi. Et il est protégé par un contrat de mariage, donc ça n'aura aucune conséquence sur nos discussions.

Jeff regardait Honor par-dessus son verre comme s'il voulait la commander pour dîner.

Pas touche, mon gars !

— Parlons affaires avant de dîner ? demanda Anise.

— Bien sûr. Ça me va, dit Zane.

Plus vite ils s'entendraient sur les termes et sortiraient d'ici, mieux ce serait.

— Comme vous le savez, nous sommes les seuls associés de

notre cabinet, déclara Jeff. Il n'y a que nous et notre petite équipe, donc nous sommes en mesure de prendre des décisions rapidement.

— Qu'est-ce qui vous intéresse dans cette opportunité ? demanda Honor tout en beurrant un morceau de pain sans pour autant quitter Anise des yeux.

— Nous voulons étendre nos investissements à de petites entreprises qui pourraient éventuellement devenir plus grandes, expliqua Anise.

— Et la bière, ça vous passionne ? demanda Honor.

— La bière n'a aucune importance, répondit Anise. C'est Zane qui nous intéresse vraiment.

Celle-ci avait une élocution ensommeillée et langoureuse qui lui rappelait un personnage des *Aristochats*.

— Son business plan nous a impressionnés, intervint Jeff. Ainsi que son dévouement à la durabilité et à l'artisanat. On est aussi d'accord sur le fait que votre région est mûre pour accueillir plus d'établissements de restauration. Le fait qu'il possède l'autre bar-restaurant de la ville est séduisant. Les deux entreprises peuvent se compléter sans se soucier de la concurrence. C'est une occasion unique. Et c'est ce que nous recherchons dans toutes les entreprises dans lesquelles nous investissons.

Le regard d'Honor était aussi acéré que celui d'un léopard devant sa proie.

— À quel point avez-vous l'intention de ne pas vous impliquer ?

— Nous n'avons aucun intérêt à nous occuper de la gestion quotidienne, la rassura Anise.

— En fait, moins nous sommes impliqués, mieux c'est, renchérit Jeff.

— La seule chose qui nous intéresse, c'est d'être satisfaits du produit, dit Anise. Et des bénéfices, bien sûr.

— La restauration est un secteur risqué, fit remarquer Honor. Pourquoi ça et pas quelque chose de plus concret ?

— Nous aimons bien Zane, dit Anise.

Elle fit battre les éventails de ses cils. Était-elle en train de flirter ? Pendant un dîner d'affaires ? Il jeta un œil à Honor pour voir si elle l'avait remarqué. La réponse était impossible à déterminer. Elle arborait ce même regard intense depuis leur arrivée.

— Et les brasseries sont différentes des restaurants, dit Jeff. On aime aussi l'idée de l'espace extérieur et des possibilités d'événements.

— Ce serait plus un repaire pour les gens du coin qu'autre chose, dit Zane. Un endroit pour la communauté.

— Oui, et votre terrain de baseball, dit Anise.

— Et la pelouse, ajouta Zane.

— C'est vrai, oui, reprit Anise. La pelouse.

Jeff sortit une pile de papiers de sa sacoche.

— On a fait rédiger quelques documents. On aimerait que vous y jetiez un œil, Zane. Restons-en là pour ce soir et commençons à construire votre rêve.

Honor lui tendit la main.

— Puis-je les voir, s'il vous plaît ?

— Vous n'allez pas lire ça avant le dîner, s'étonna Anise. C'est si ennuyeux que vous allez vous endormir dans votre potage.

— Je suis une experte en contrats. Ça ne m'ennuie jamais, dit Honor.

— Et qu'est-ce que vous faites dans la vie ? demanda Jeff avec un sourire crispé, comme si sa bouche s'était subitement asséchée.

— Je suis la manager d'une célébrité, annonça Honor.

— Je vois. Donc, vous vous y connaissez un peu en contrats, répondit Jeff en faisant glisser les documents vers Honor. Excellent.

Jeff avait-il l'air inquiet en regardant Anise ou était-ce lui qui était paranoïaque ? Zane réprima un soupir. Il détestait ça. Il détestait le fait d'être à la merci des autres et de leur argent. C'était l'histoire de sa vie. Les riches renvoient un hamburger parfaitement cuit à la cuisine pendant que les cuisiniers transpirent à leurs fourneaux.

Honor continuait de regarder Jeff pendant qu'elle parlait.

— D'après mon expérience, la plupart des investisseurs ont des raisons très précises de choisir leurs projets. Je suis très curieuse de comprendre vos objectifs. Vous cherchez à développer une marque locale de bière pour la revendre ensuite à une plus grande entreprise ? Parce que sinon, ça n'a pas de sens.

— Ce que nous choisissons de financer reste notre prérogative, s'interposa Anise.

Il jeta un rapide coup d'œil à Honor. La suspicion semblait émaner de son corps comme une apparition. Qu'avait-elle remarqué qu'il n'avait pas vu ?

— Je peux vous assurer que nous n'avons que de bonnes intentions, dit Jeff en claquant des doigts pour attirer l'attention du serveur.

Zane détestait les clients qui faisaient cela, comme s'ils étaient sortis de la cuisse de Jupiter. De plus, la façon dont Jeff fixait Honor ne lui plaisait guère.

Ils commandèrent leurs plats et continuèrent à discuter de questions sans importance pendant qu'Honor examinait le contrat. Elle leva les yeux une fois quand la nourriture arriva pour avaler plusieurs bouchées de steak et de pomme de terre. Au moment où le serveur revint avec le menu des desserts, elle était encore sur le contrat.

— Elle fait toujours ça ? demanda Anise. Lire un contrat pendant le dîner ?

— Seulement quand mon ami est sur le point de donner sa propriété, répondit Honor sans lever les yeux.

— Pardon ? s'exclama Anise.

— Pendant combien de temps aviez-vous l'intention de prétendre que vous étiez intéressé par autre chose que ça ?

— Je ne vous suis pas, intervint Jeff en écarquillant ses grands yeux bleus derrière ses lunettes.

Une goutte de sueur brillait à sa tempe.

— La formulation est habile, dit Honor. Mais pas assez.

Personne ne parla pendant un instant. Zane pouvait entendre le sang battre dans ses veines, comme une grosse caisse sourde.

— Qu'est-ce qui est habile, ma chère ? demanda Anise.

Ma chère... La condescendance. Voilà ses munitions. Avoir l'air cool et maîtresse de soi pour amener l'autre personne à se sentir petite et stupide.

Honor Sullivan était peut-être petite, mais elle était loin d'être stupide.

— Habile n'est pas le bon terme. Sournois conviendrait mieux.

Honor revint à la page cinq et tapa sur le document avec son index.

— Là, il est stipulé que vous obtenez la majorité des droits sur la propriété, ce qui signifie que vous pourrez la vendre à tout moment.

Elle tourna la page et frappa le contrat de la paume de sa main.

— Et juste là, il y a une clause, minuscule mais funeste, qui signifie en gros que Zane vous louerait la propriété.

— Non, vous vous méprenez, protesta Anise.

— En fait, non. Votre proposition, c'est d'acheter le terrain et de le relouer à Zane ?

— Vous vous trompez, dit Anise avec de grands yeux. Pourquoi ferions-nous cela ?

— Ça n'a aucun sens, renchérit Jeff.

— Vous avez bien raison de dire que ça n'a aucun sens, dit Honor. Pour Zane.

Elle repoussa les documents vers Jeff.

— C'est le contrat le plus obscène que j'aie jamais vu. Et le parfait exemple à cause duquel les gens de notre communauté ne veulent pas vendre à un étranger. Encore une fois, vous venez de justifier leurs réticences.

Bon sang, elle avait raison. Les gens de la ville, avec leurs costumes et leurs robes moulantes. Ils s'avéraient toujours aussi nuls que ce qu'il pensait. *Les gens sont des menteurs. Ne fais confiance à personne en dehors de ton cercle.*

— OK, dit finalement Jeff. En fait, ce n'est pas aussi simple que ça.

— Ça l'est assez. Même nous, les gens des petites villes, on arrive à comprendre, dit Honor. Vous avez fait établir un contrat qui barbote à Zane et à notre communauté des terrains précieux. On sait tous que la valeur se trouve là, pas dans la bière. Ça, on peut en brasser n'importe où. Ce qu'on essaye de faire, c'est de créer un endroit pour nos enfants et nos familles tout en générant de l'activité pour notre ville.

— C'est peut-être vrai, mais il est tout aussi vrai qu'il n'a pas le capital pour acheter le terrain, lui assena Anise. C'est pourquoi il a besoin de nous. Sans nous, il n'y a pas de projet.

— Et vous avez besoin de lui, sinon vous ne pouvez pas mettre la main sur le terrain.

Avec un sourire aux lèvres, Honor lança un regard noir à Anise. C'était terrifiant. *Note pour plus tard : ne jamais mettre Honor en rogne.*

— Et si nous promettions de ne pas vendre le terrain ? suggéra Anise. Nous sommes intéressés par une relation à long terme avec Zane et son entreprise. Selon nous, ce n'est que le premier d'une longue série de projets.

Elle se tourna vers Zane.

— Pensez-y. Avec notre soutien, vous pourrez créer des brasseries tout le long de la côte. Vous serez riche.

Riche. Pour que je devienne, comme vous, un connard sans moralité ? Non, merci. Il le dit à haute voix de façon plus courtoise.

— Pour moi, il ne s'agit pas seulement d'argent. Oui, je veux bâtir une entreprise rentable, mais il est important que nous conservions le terrain au sein de la communauté.

— C'est attendrissant, ce que vous dites, mais en fin de compte, c'est toujours une question d'argent, dit Anise.

— Pour vous peut-être, dit Honor. Mais ce n'est pas comme ça que fonctionne Zane.

Honor repoussa le contrat vers Jeff.

— Je suis désolée, mais nous trouverons l'argent ailleurs.

— Vous commettez une erreur, répondit Anise en haussant les sourcils, comme si elle était choquée.

Zane aida Honor à se lever.

— Bonne soirée.

— Prévenez-nous si jamais vous changez d'avis, dit Jeff.

— Ça ne va pas arriver, rétorqua Honor.

6

HONOR

Honor sentit la chaleur émanant du corps de Zane alors qu'il l'aidait à monter dans le SUV. Il était furieux. Était-ce contre elle ou contre eux ? Peu importait. Elle ne pouvait pas le laisser signer un tel accord.

Il se glissa sur le siège conducteur et claqua la portière.

— Je n'arrive pas à croire que je puisse être aussi stupide.

— Pas du tout. Les termes étaient compliqués. Intentionnellement.

— Je l'aurais signé si tu n'avais pas été là. J'ai la nausée. Et la tête qui tourne.

— Ils n'ont pas l'argent pour l'acheter *et* y installer une entreprise. Tu vois ? Ils obtiennent tout ce qu'ils veulent en achetant la propriété. Non seulement c'est toi qui rembourseras leur emprunt, mais ils y gagneront aussi une part de ta société. Ils ne t'auraient même pas laissé le temps d'entreprendre quoi que ce soit. Ils auraient commencé à construire des maisons ou un centre commercial à la minute où le contrat aurait été signé. Quelle bande de serpents !

— Comment as-tu su qu'il fallait se méfier ?

— Je ne fais confiance à personne jusqu'à ce qu'ils s'en

montrent dignes, expliqua-t-elle. Mais ce sont ses chaussures qui m'ont immédiatement fait tiquer.
— Ses chaussures ?
— Bon marché. Et celles du mec étaient bien cirées, mais j'ai vu qu'elles étaient aussi usées.
— Je ne comprends pas.
— On peut connaître l'histoire de quelqu'un juste en regardant ses chaussures. Si on attend ici assez longtemps, je parie qu'en sortant du restaurant, ils vont monter dans *cette* voiture, dit-elle en montrant un vieux modèle Toyota garé à l'autre bout du parking. De vrais charlatans.
— Tu es tellement sexy, dit-il.
Elle lui fit un grand sourire. Il l'aimait comme elle était. Elle n'allait pas prétendre qu'elle était stupide ou faible quand elle ne l'était pas.
— J'ai eu peur que tu sois en colère.
— Bien sûr que non ! répondit-il en frappant son front contre le volant. Dieu merci, tu es venue avec moi.
— Je sais.
— Je suis gêné.
— Ne le sois pas. Les gens comme ça sont des experts pour ridiculiser les gens comme nous.
— Comme nous ?
— Les gens pauvres, dit-elle.
— Tu n'es plus pauvre.
Elle se tapa le front du doigt.
— Quand on a été pauvre, c'est pour la vie.
— Quoi qu'il en soit, le seul qu'ils ont réussi à ridiculiser, c'est moi.
Sa voix s'adoucit quand il tendit le bras pour tapoter sa main.
— Tu as été incroyable. Vraiment. Je n'ai jamais rien vu de tel de ma vie.
— Je suis contente d'avoir pu apporter ma contribution. Ça

signifie beaucoup pour moi, le fait que tu me fasses assez confiance pour me laisser prendre les rênes.

Elle jeta un coup d'œil à l'entrée du restaurant. Les serpents venaient de sortir et se dirigeaient vers la vieille voiture.

— J'avais raison. Regarde.

— Allons-nous-en, dit Zane en faisant reculer la voiture.

— Oui, avant que je ne sois tentée de foutre un coup de pied dans leur bagnole quand ils passeront.

Il s'engagea dans la rue et se dirigea vers l'entrée de l'autoroute.

— Pour un premier rendez-vous, c'était réussi, hein ?

Son teint hâlé avait pris une misérable teinte verdâtre.

— J'avais promis à Maggie de t'offrir une soirée sympa, pas un dîner où tu as dû me sauver de ces vautours.

— Tu plaisantes ? Ça m'amuse comme une folle. C'est le genre de choses qui m'excite au plus haut point. J'adore. Sans blague. Je sais que c'est bizarre, mais c'est mon superpouvoir.

— La Wonder Woman des contrats ?

Elle se mit à rire.

— Je pourrais avoir une cape et tout le bazar.

— Une cape rose pour aller avec tes ongles.

Il avait remarqué ses ongles ?

— Quoi qu'il en soit, ne t'inquiète pas pour la soirée sympa. On peut faire ça une autre fois, dit-elle.

— *Ça*, je ne sais pas.

— Oh... OK. En fait, il se fait tard de toute façon. On devrait probablement rentrer.

Son cœur chavira. Elle ne souhaitait pas que cette soirée se termine.

— Non, je veux dire que je vais en faire une soirée sympa à compter de maintenant, dit-il. On est en ville. Tu es absolument magnifique. Alors, permets-moi de t'emmener dans un endroit sympa.

— Vraiment ?

Il hocha la tête.

— Oui. On ne va pas les laisser gâcher notre soirée. Où aimes-tu aller quand tu es ici ?

Les lumières de la ville les appelaient et le monde scintillait d'opportunités. Où *devraient*-ils aller ?

Son téléphone vibra dans son sac.

— Attends, j'ai un appel.

Brody.

— Salut, dit-elle.

— Tu es en ville et tu ne m'as rien dit ? demanda Brody.

— Comment le sais-tu ?

— J'ai mis ton téléphone sur écoute.

— Ça m'étonnerait, répondit-elle en levant les yeux au ciel, avant de dire à Zane : C'est Brody.

— Évidemment non, mais l'un de mes réseaux sociaux m'a averti que tu étais dans le coin.

— C'est flippant, dit-elle.

— Je sais. Mais tout va bien ? Pourquoi tu ne m'as pas appelé ? demanda Brody. Tu veux passer la nuit chez nous ?

— Je suis avec Zane. On avait un rendez-vous.

— Un rendez-vous ?

— En quelque sorte, oui.

Ses paroles furent accueillies par un silence stupéfait. Ensuite, ce fut la voix de Kara qui se fit entendre.

— Tu as un rendez-vous galant avec Zane ?

— Je suppose que oui.

— Il est à côté de toi ? lui demanda Kara.

— Oui.

— Oh mon Dieu ! Comment ça se passe ?

— Plutôt bien, je suppose.

Honor jeta un regard furtif à Zane. Il avait les yeux sur la route, mais ses lèvres frémissaient. Il entendait probablement toute la conversation.

— Qu'est-ce que vous avez prévu ?

— Rien. Juste une soirée tranquille à la maison. Vous voulez passer ? répondit Kara.

— Elle demande si on veut passer ? répéta Honor à Zane.

Il la regarda.

— Non.

— On a d'autres projets, dit-elle au téléphone.

— Je vois, répondit Kara dont la voix trahissait l'amusement. Ne fais rien que je ne ferais pas.

— Ça ne serait pas marrant, lui rétorqua Honor.

Après avoir raccroché, elle regarda Zane.

— On a vendu la mèche. Maintenant, tout le monde va savoir qu'on est sortis ensemble.

— C'était de toute façon trop tard. Maggie, Kyle, Sophie et Lance étaient déjà au courant.

— Il n'y a vraiment pas beaucoup de secrets dans ce groupe, dit-elle. Du moins, pas entre nous.

— Le seul qui importe, c'est celui qu'on garde pour Kara.

— C'est vrai.

C'était Kara qui avait en effet le plus grand secret. Il pouvait lui coûter la vie si jamais il était révélé. Personne ne connaissait les détails de son passé, en dehors du fait qu'elle faisait partie du programme de protection des témoins. Ils avaient tous convenu de ne jamais lui poser de questions sur sa véritable identité. Ils l'avaient acceptée pour ce qu'elle était, à savoir une infirmière praticienne super compétente et l'épouse de leur ami Brody Mullen. Elle était aussi devenue la meilleure copine d'Honor. Rien de tel que des passés traumatisants pour lier les gens.

Ils s'approchaient de la sortie de l'autoroute.

— Où va-t-on, la Wonder Woman des contrats ?

— Rentrons à la maison. Chez moi. On peut prendre un dernier verre.

Elle le regarda alors qu'il resserrait ses mains sur le volant.

— Ça paraît une bonne idée, répondit-il. Mais est-ce que ça compte comme un vrai rendez-vous ?

— Certainement. On a dîné, non ?
— C'est vrai.

Recroquevillée à une extrémité du canapé, Honor regarda Zane servir des verres de vin rouge. Il avait laissé tomber sa cravate et sa veste et avait retroussé ses manches de chemise. Il avait l'air particulièrement délicieux en chaussettes. Un homme qui proposait d'enlever ses chaussures pour épargner ses tapis coquille d'œuf était placé haut sur l'échelle du sex-appeal. À cet instant, elle aurait voulu lui sauter dessus et l'étouffer avec des baisers.

Mais chaque chose en son temps. Elle devait le convaincre de demander à Kyle et Brody de l'aider pour la brasserie. Ensuite, il faudrait lui dire la vérité avant que cela n'aille plus loin.

Elle accepta le verre de vin qu'il lui tendait et en but une gorgée avec gratitude. Le parfum de mûres explosa dans sa bouche. Il était d'une couleur bordeaux profonde, un riche cabernet de Napa Valley.

— Vraiment bon, dit-elle.
— Je suis d'accord.
— Je ne vais pas y aller par quatre chemins, enchaîna-t-elle. Je pense que tu devrais demander à Kyle et Brody de s'associer avec toi. Pourquoi laisser passer cette chance alors que tu sais qu'ils adoreraient t'aider ?

La lueur disparut de son regard et sa bouche se pinça dans une attitude têtue qu'elle ne lui connaissait que trop bien.

— Je ne peux pas demander à mes amis de m'aider.
— C'est idiot de ne pas le faire, protesta-t-elle.
— Sûrement pas. Je ne demande pas d'argent à mes amis fortunés.

Elle croisa les bras.

— Dis-moi une chose. Si la situation était inversée et que l'un d'eux avait un rêve et te demandait de l'aider, que ferais-tu ?
— Je l'aiderais.
— Je n'ai rien d'autre à ajouter. Bref, c'est juste une goutte d'eau dans la mer pour Brody. Si ça peut faire la différence que tu puisses ouvrir la brasserie, il n'hésitera pas.
— Je sais. Mais ça ne veut pas dire que je vais accepter son acte de charité.
— Je suis bien au courant de tous les investissements de Brody, que ce soit ceux dont Lance s'occupe pour lui ou les campagnes de publicité que je l'aide à négocier. Il est plutôt économe en matière de dépenses parce qu'il cherche à investir pour son avenir. Même si tu n'étais pas son meilleur ami, il voudrait le faire pour la communauté et parce que c'est un bon investissement. Il sait combien tu es dévoué. Et intelligent.

Elle avait pensé à un angle différent sur le chemin du retour. Une autre façon de le convaincre.

— Je pense qu'il sera vexé si tu ne le laisses pas participer à ce projet. Voire insulté. Et Kyle aussi.
— Je ne sais pas. Peut-être.
— Peut-être quoi ?
— Je pourrais peut-être leur en parler, dit Zane. Je sais qu'ils diront oui, alors je dois d'abord y réfléchir.
— Si j'avais les liquidités pour investir, je le ferais à la seconde, lui assura Honor. Mais Lance a déjà tout placé.
— Je ne vais certainement pas prendre ton argent. La Meute, c'est une chose. Mais toi, c'en est une autre.
— Parce que je suis une femme ?
— C'est ça, Honor, parce que tu es une femme. Bien sûr que non ! Pourquoi dis-tu ça ?

Elle haussa les épaules.

— Parce que je vis dans le monde réel. Un monde dirigé par les hommes.

— Autant que je puisse dire, tu diriges plus que ta part des choses.
— Ça t'embête ?
— Non, j'adore ça.
— Bien. Parce que c'est ce que je suis, dit-elle.
— Pourquoi fais-tu ça ? demanda-t-il.
— Faire quoi ?
— Te mettre sur tes gardes. Passer en mode défensif.
— Et toi non ? demanda-t-elle.
— Est-ce que tu essayes de me pousser à bout pour qu'on se dispute ? répondit-il. Parce que ça ne va pas arriver. Pas ce soir.
— Non. C'est toi qui m'as fait remarquer que j'étais sur la défensive et je ne faisais que suggérer que c'était aussi ton cas. Tu le nies ?

La poitrine d'Honor se gonfla avant de relâcher une bouffée d'air.

Il leva la main en riant.

— Non. Calme tes chevaux. Il y a quelques mois, Maggie m'a dit que la colère est mon mode de réaction par défaut. J'ai dû méditer ça pendant quelques jours, mais je suppose qu'elle a raison. Elle me connaît depuis longtemps.

Honor déposa délicatement son verre sur la table. Plus d'une fois, elle avait posé l'un de ces foutus verres à vin trop brusquement et l'avait cassé. C'était un cadeau de Brody et ils étaient beaucoup trop fragiles. Au moindre choc, ils volaient en éclats.

Sans demander, il se pencha et lui resservit du vin.

— En parlant de Maggie, reprit Honor. Tu es amoureux d'elle ?

— Hein ? Elle va épouser l'un de mes meilleurs amis. Jackson est comme un frère pour moi.

— Ça ne répond pas à la question.

— J'avais le béguin pour elle quand on était gamins. Mais plus maintenant. Je l'aime, oui. Mais comme si elle faisait partie de ma famille.

Il la regarda avec des yeux moqueurs.
— Pourquoi cette question ? Tu es jalouse ?
— Je ne suis jamais jalouse.
— C'est vrai ?

Zane se rapprocha d'elle et fit glisser son doigt derrière son mollet. Elle déglutit et voulut s'empêcher de frissonner de désir. Ce fut un fiasco. Elle devait remettre cette conversation sur les rails.

— Je le répète une dernière fois et ensuite je te laisse tranquille avec ça. Demande à Brody et Kyle de se joindre à toi.

— Tu ne comprends pas. Je veux que ce soit mon truc, ma contribution à cette ville sans leur aide. Même si vous aimez vivre à Cliffside Bay, ça n'est pas la même chose pour Jackson, Maggie, Violette et moi. On a grandi ici. Notre investissement porte sur chaque grain de sable, chaque centimètre de terrain.

— Ça doit être sympa. D'avoir des racines comme ça.

Elle ne put réprimer la note mélancolique de sa voix.

— J'en ai conscience maintenant. Mais quand j'étais enfant, je ne pensais qu'à partir d'ici.

— On change, dit-elle. Avec tout ce qui nous arrive dans la vie. Ce qu'on pensait vouloir quand on était enfants n'est pas toujours ce qu'on désire plus tard.

Il repoussa une mèche de cheveux de son front.

— Qu'est-ce que tu voulais quand tu étais enfant ?

— Je voulais être en sécurité et trouver ma place avec quelqu'un.

— Et que veux-tu maintenant ? demanda-t-il.

Elle se détourna vers la fenêtre pour éviter son regard pénétrant. Les lumières à l'intérieur empêchaient de voir autre chose que la silhouette de son oranger.

— La même chose, je suppose.

Elle ravala la boule dans sa gorge. C'étaient des moments comme celui-ci qui rapprochaient deux personnes. Les personnages qu'on jouait s'effaçaient. Des vérités étaient dites. *Si on* était courageux. C'était un véritable choix d'exposer les rouages de son cœur. Elle voulait de l'intimité avec l'homme sublime qui était assis sur son canapé. Elle devait lui dire la vérité sur elle-même. Pour qu'ils aient une chance, elle devait avouer.

— Qu'est-ce que ça signifie « trouver sa place avec quelqu'un » ? demanda-t-il.

Elle haussa les épaules.

— Être aimée, je suppose. Voulue. Avoir quelqu'un qui accepte d'être toujours là quand je rentre.

— C'est ce que veulent la plupart des gens.

— Toi aussi ?

— Oui. Mais l'histoire du *mariage qui n'en était pas un* m'a secoué.

Son regard se détourna un instant avant de revenir à elle.

— Ça m'a secoué au plus profond de moi. Et puis il y a eu la maladie de mon père. Je ne sais pas. Ces dernières années, j'ai simplement pansé mes blessures au lieu de vivre pleinement.

— Tu fais partie de la Meute après tout.

Il hocha la tête et sourit, mais l'intensité de son regard ne changea pas.

— J'ai peur de m'impliquer à nouveau. Mais toi, tu vaux la peine qu'on se batte. Et par se battre, je veux dire contre moi-même.

— Oh ? s'étonna-t-elle en fixant le sommet de sa tête alors que son cœur battait étrangement vite. Qu'est-ce que ça veut dire ?

Il fit tournoyer le vin dans son verre.

— D'après mon expérience, les femmes partent.

Sa mère, puis sa fiancée.

— *Deux* sont parties, rectifia-t-elle.

— Les deux seules qui comptaient.

— J'en connais un rayon sur le fait de partir. Et d'être quittée. *Surtout* sur ça.

— Parfois, quand je te regarde, je vois la petite fille que...

C'était à elle de finir cette phrase.
— Que personne ne voulait.
— Je ne comprends pas comment c'est possible. Parce que tout ce que je veux, c'est toi.
— Vraiment ?
Pourquoi avait-elle envie de pleurer ? C'était ridicule.
Il prit sa main dans la sienne.
— Oui, vraiment. Je ne suis pas super doué pour le montrer. J'ai peur de gâcher quelque chose de bien, comme je l'ai fait avec Natalie.
— Je me débrouille pas mal aussi pour tout gâcher.
Il fit glisser ses doigts sur son bras jusqu'à son cou et repoussa une mèche de cheveux derrière son oreille.
— Tu as été spectaculaire ce soir. Éblouissante.
— Ah oui ?
Là, elle pourrait s'évanouir. Vraiment. S'écrouler du canapé en un amas informe.
— Bon sang, oui. Je n'ai jamais été aussi impressionné de ma vie, et c'est peu dire vu les amis que j'ai.
— Brody ne se lasse jamais de me faire remarquer à quel point je suis autoritaire.
— Tu *es* autoritaire.
Le sourire taquin de Zane transforma ces paroles potentiellement blessantes en un compliment.
— Je pense toujours que je sais tout. Je *suis* madame je-sais-tout, en fait. Brody le dit aussi. Je ne le fais pas exprès, mais souvent les vérités me paraissent plus évidentes qu'aux autres à cause de tout ce qui m'est arrivé. Je repère les gens bidon dans la seconde.
— Je ne vais plus pouvoir regarder autre chose que les chaussures des gens dorénavant, ce qui est bizarre.
Elle rit, puis but son verre. Les saveurs subtiles émergeaient maintenant, révélant des notes plus sombres de chocolat et de café.

— Je suis désolée si j'y suis allée un peu trop fort. Je ne supporte pas qu'on puisse profiter de quelqu'un que j'aime.

Super, venait-elle de dire ça à voix haute ?

— Ne t'excuse jamais pour ce que tu es, dit-il. Tu es exceptionnelle. Brody le sait. Et moi aussi.

— La plupart du temps, ce n'est pas l'impression que j'ai.

— Ça ne veut pas dire que ce n'est pas vrai, dit-il.

Elle ne sut pas quoi répondre. Ils burent leurs verres de vin dans un silence prometteur.

Il me trouve exceptionnelle.

— C'est ton père qui a été le premier à me faire sentir ça. Il est le premier à avoir été gentil avec moi sans aucune raison. Il n'avait rien à gagner à recueillir l'oiseau blessé que j'étais.

Après la chimio, elle était si maigre et si peu séduisante avec ses lunettes marron. Elle souriait rarement à l'époque, embarrassée par ses dents de travers.

— Travailler pour ton père m'a permis de me réinventer. Hugh m'a prêté l'argent pour un appareil dentaire et des lentilles. Je l'ai remboursé en faisant des heures supplémentaires. J'adorais être à ses côtés, comme un chien avec la première personne qui le nourrit.

Elle sourit en se souvenant du jour où on lui avait enlevé son appareil dentaire et où elle avait couru au restaurant pour montrer le résultat à Hugh.

— J'ai juré de ne plus jamais être invisible.

— Tu es tout sauf invisible.

La voix rauque de Zane envoya une étincelle d'électricité dans tout son corps. Elle toucha son cou du bout des doigts, sentant la puissance de ses muscles. Le corps de cet homme avait-il un point faible ?

— Depuis que je suis revenu en ville, les histoires sur la gentillesse de mon père semblent ne jamais s'épuiser.

Zane baissa les yeux sur son verre de vin.

— Qu'est-ce qui te rend triste là-dedans ? demanda-t-elle.

— J'aurais aimé pouvoir lui dire à quel point je l'admirais. J'ai fait ça toute ma vie. Ne pas dire aux gens que j'aime ce que je ressens vraiment jusqu'à ce qu'il soit trop tard.
— Ton père le savait, lui dit-elle.
— Je veux y croire.
— Il parlait de toi tout le temps.
— Il me manque, dit Zane.
— À moi aussi, convint-elle en s'éventant les yeux pour ne pas pleurer. Même s'il me taquinait sans pitié parce que tu me faisais craquer.
— Je te faisais craquer ?
— Depuis le premier jour où je t'ai vu. Je manquais toujours de me casser la figure chaque fois que tu entrais dans la pièce. Toi, par contre, tu ignorais totalement que j'étais là.
— Je ne t'ignore plus maintenant. Ça me serait *impossible* de ne pas te remarquer ces jours-ci.
— Vraiment ?

Elle baissa les yeux et fit mine d'examiner ses ongles tandis que la chaleur envahissait son visage.
— Vraiment, dit-il en se rapprochant. Je peux t'embrasser ?
— Je suppose.

Il sourit en lui prenant son verre pour le poser sur la table à côté du sien.
— Maintenant, je suis gêné. J'aurais peut-être dû le faire sans demander la permission.
— Si tu savais à quel point je voulais que tu m'embrasses, tu ne te sentirais pas mal à l'aise.
— Tu es si jolie que ça en fait presque mal aux yeux, lui assura-t-il.

Alors qu'il se rapprochait, elle inhala son odeur, sans pouvoir bouger. Que devait-elle faire de ses mains maintenant qu'il ne les tenait plus ? On aurait dit deux protubérances gisant sur ses genoux. Devait-elle les passer dans ses cheveux ? La dernière fois qu'ils s'étaient embrassés, elle avait été un peu éméchée et happée par l'instant présent. Ils s'étaient jetés l'un sur l'autre et avaient arraché leurs vêtements en se rendant dans sa chambre. Ce soir, c'était différent. Ils étaient trop prudents, ne voulant pas effaroucher l'autre avec un mauvais mouvement. Quand il se pencha sur elle, toutes ses réflexions sur quoi faire de ses mains s'envolèrent. Il sépara ses lèvres et l'embrassa avec délicatesse, comme un explorateur ayant découvert une chose rare et fragile. Elle répondit à son baiser et fit glisser ses mains dans la douceur de ses cheveux.

Quand ils se séparèrent, il fit tourner une mèche blonde autour de son doigt.

— Maggie dit que tu ressembles à une pub pour des produits capillaires.

— Je dépense beaucoup pour que ça en ait l'air, confirma-t-elle.

— Ça en vaut la peine, admit-il en inclinant la tête sur le côté. Maggie dit aussi qu'on devrait être ensemble.

Elle faillit rire, emportée par la joie, puis elle se souvint de la raison pour laquelle elle avait suggéré qu'ils aillent chez elle : lui dire la vérité.

— Qu'est-ce qu'il y a ? demanda-t-il. Je t'ai perdue.

— J'ai quelque chose à te dire. Je n'en ai jamais parlé à qui que ce soit. La plupart du temps, j'essaye même de ne pas y penser. Disons que je suis un « produit endommagé ». À plus d'un titre.

7

ZANE

— Un produit endommagé ?
— Hier, j'ai reçu un appel qui m'a rappelé à quel point je l'étais.

La raison pour laquelle elle ne pouvait pas dormir. Il avait su que ce n'était pas à cause du café. Il attendit qu'elle continue.

— Le coup de fil venait de la procureure du Tennessee qui a poursuivi l'un de mes pères d'accueil pour... pour m'avoir agressée sexuellement quand j'avais dix ans.

Un poids géant atterrit sur sa poitrine. Honor à la merci d'un pédophile quand elle avait dix ans. Pas étonnant qu'elle ne fasse pas confiance aux gens.

— Je ne sais même pas quoi dire.

Stupéfié par sa vulnérabilité, sa volonté de s'ouvrir à lui, il prit sa main pour la poser sur ses genoux.

— Merci d'avoir partagé ça avec moi. Mais, honnêtement, Honor, ça ne fait pas de toi un produit endommagé.

— Si. C'est en partie pour ça que je fais n'importe quoi. Comme prendre mes jambes à mon cou au milieu de la nuit.

Il passa un doigt sous le col de sa chemise. Les pièces du puzzle qui constituaient Honor se mettaient en place.

— Je comprends. Enfin, je crois.

— C'était ma deuxième famille d'accueil. La première m'a renvoyée quand ils ont pu adopter un bébé.

— Et sa femme ?

— Elle avait beaucoup de réunions en soirée. Des œuvres de charité. C'étaient les soirs où il venait dans ma chambre. Ça a duré quelques mois jusqu'à ce qu'une conseillère de l'école m'encourage à en parler. Elle s'est dit que quelque chose ne collait pas quand j'ai commencé à ne plus faire attention en cours et à me cacher dans la bibliothèque pendant la récréation. Avant ça, l'école, c'était toujours mon truc. J'étais vraiment bonne en classe. Je pouvais contrôler ce que je faisais là-bas, prouver à tout le monde que même si personne ne voulait de moi, j'étais intelligente.

Personne ne voulait de moi.

Il aurait pu donner un coup de poing dans le mur et crier après Dieu. Comment cela pouvait-il arriver à une enfant innocente ?

Elle se mit à s'agiter et prit une grande inspiration. L'effort physique qu'elle déployait manifestement pour rester calme anéantit Zane.

— Tu n'as pas besoin de me dire autre chose, si tu ne le souhaites pas, lui dit-il.

— Ça va. Je vais bien. Je l'ai dénoncé et j'ai dû aller au tribunal pour l'identifier. Je n'étais pas la seule. Des filles plus âgées avaient la même histoire. C'était un chirurgien plastique respecté et lui et sa femme étaient considérés comme des saints pour avoir accueilli des enfants chez eux. Surtout des filles.

— C'est écœurant.

— Mais bref, il vient de sortir de prison. Je ne sais pas comment ni pourquoi, mais la procureure m'a appelée pour me prévenir. Ça m'a fait partir en vrille.

Il lui prit les mains.

— Je suis désolé.

— Pourquoi ? Encore une fois, tu ne m'as rien fait.

— Je suis désolé que ça fasse mal. Je suis désolé qu'on t'ait fait du mal.

Son esprit tentait d'assimiler toutes ces informations. Devait-il lui parler de la voiture dans son allée ? S'il le faisait, il lui faudrait avouer qu'il surveillait sa maison. Elle commençait tout juste à lui faire confiance. S'il admettait cela, elle pourrait ne pas le trouver aussi attachant. Et puis, il y avait le mec de la plage. Le même mec ?

Il devait lui dire la vérité. La sécurité d'Honor était plus importante que sa fierté à lui.

— OK, cartes sur table, annonça-t-il. Je surveillais ta maison la nuit dernière.

— Tu surveillais ma maison ?

— Je n'arrive pas à trouver une façon de l'expliquer sans m'incriminer. Mais, oui, je surveillais ta maison depuis ma fenêtre. Juste pour m'assurer que tu étais bien rentrée du bar.

Elle lui adressa un grand sourire.

— Donc, en gros, tu m'espionnes.

— En gros, oui.

Le soulagement l'envahit. Elle n'était pas en colère.

— Bizarrement, si quelqu'un d'autre que toi le faisait, je trouverais ça effrayant.

Elle joua avec le bracelet à son poignet puis leva les yeux vers lui.

— Je passe aussi pas mal de temps à regarder ta maison.

Il la dévisagea. Était-elle sérieuse ?

— Je ne vois pas grand-chose d'autre que tes fenêtres et le haut de ton toit. Mais ça ne m'empêche pas de t'envoyer des signaux en silence, continua-t-elle.

Elle surveillait aussi sa maison. Peut-être qu'elle l'aimait ? Il détourna le regard pour tenter de reprendre ses esprits.

— La nuit dernière, une voiture est entrée dans ton allée et a attendu là quelques minutes.

— Chez moi ?

— Oui. Elle est restée garée quelques minutes et elle est repartie. J'ai pensé que c'était quelqu'un qui s'était perdu et qui s'était arrêté pour consulter la carte sur son téléphone. Sauf qu'après ce que tu viens de dire, je n'en suis pas si sûr. Et, à la plage, j'ai vu ce type bizarre qui te regardait.

— À quoi ressemblait-il ?

— Maigre. À peu près notre âge, je pense. Il boitait légèrement.

— Gorham était costaud. La poitrine large. Il ne boitait pas. Il doit avoir la soixantaine maintenant. Ce n'est pas lui. Il n'y a pas moyen qu'il sache où je vis. La voiture dans mon allée, c'était probablement ce que tu pensais. Quelqu'un de perdu.

— Alors pourquoi tu n'as pas l'air convaincue ? demanda-t-il.

— Ce n'est pas ça. Il y a autre chose.

Elle détourna le regard. Sa lèvre inférieure se mit à trembler.

— Peu importe ce que c'est, je peux encaisser, lui assura-t-il.

Honor prit une grande inspiration.

— Avant de venir ici, j'ai été malade. J'ai eu un cancer des ovaires à dix-huit ans. J'ai un an de plus que ce que je dis aux gens. Je ne veux pas qu'on le sache, alors je prétends être arrivée ici à dix-huit ans, mais en réalité, j'en avais dix-neuf.

Il la dévisagea. Un cancer ? Impossible. Pas Honor. Elle était la santé incarnée.

— J'ai fait une chimio et on m'a tout enlevé.

— Tout enlevé ?

— Une hystérectomie complète. Je ne peux pas avoir d'enfants.

— Oh...

Cet aveu lui fit l'effet d'un coup de poing dans l'estomac. *Ma pauvre Honor. Un cancer.*

— Je suis content que tu ailles bien maintenant.

— Je n'ai plus de cancer, oui. Mais je ne vais pas bien. Je ne suis pas une femme entière. Je ne pourrai jamais te donner ce que tu veux. Des enfants. Sur les photos de famille, ce sera juste moi devant ta maison.

— Ça n'a pas d'importance.

— Menteur, dit-elle.

— Je ne mens pas. Je ne pense jamais à ce genre de chose. Jackson et Brody, oui, mais pas moi.

Mais il était quand même un menteur. Ça avait bien de l'importance pour lui, mais pas de la façon dont elle le supposait. Un cancer. Cette idée se logea dans son cœur. Honor Sullivan était plus vivante que n'importe quelle personne qu'il connaissait. Mais le cancer pouvait emporter Honor et la lui enlever. Il voulait cette femme dans sa vie. Vivante et en bonne santé. Et si elle tombait à nouveau malade ? Et si elle le quittait de *cette façon* au lieu de simplement partir de son propre chef comme sa mère et Natalie ? Et s'il devait la voir tomber malade et mourir ? Il ne pourrait pas le supporter. Pas comme ça. Pas avec son père qui s'éteignait jour après jour.

— Je pense que tu devrais partir, lui dit-elle.

— Quoi ? Non.

Que pouvait-il dire ? Dans les quelques secondes qui avaient suivi sa confession, elle avait vu clair en lui. Il était effrayé et ce n'était pas ce dont elle avait besoin. Pas après ce qu'elle avait traversé. Mais il avait besoin de temps pour réfléchir, pour digérer tout ça.

— S'il te plaît. Je suis fatiguée, insista-t-elle.

Fatiguée par ma stupidité. Bienvenue au club.

— OK.

Il se leva trop rapidement et se cogna la jambe contre la table basse. Le verre d'Honor, heureusement vide, tomba et se brisa.

— Je suis désolé.

Il se pencha pour ramasser les débris tranchants près de ses pieds nus aux ongles roses. Un éclat pourrait se loger dans sa peau.

— Je vais nettoyer ça.
— Ne t'inquiète pas pour ça.
Elle dit cela d'une voix sans émotion. Il avait déjà réussi à lui ôter un peu de vie. Peut-être que c'était ça, finalement. Il faisait du mal aux femmes qu'il aimait jusqu'à ce qu'elles s'en aillent.
— Je peux en racheter d'autres, dit-elle en écartant son bras du tapis. Je préfère le faire. Va-t'en.
Elle traversa la pièce en direction de la cuisine.
— Pas besoin de me raccompagner, dit-il.
Mais elle était déjà sortie, la porte de la cuisine battant derrière elle.

Ne réussissant pas à s'endormir, il rejeta les couvertures du lit et marcha pieds nus jusqu'à son armoire. Le réveil lui dit qu'il était un peu plus de minuit. Il se rendit alors dans le séjour et ouvrit la fenêtre pour laisser entrer l'air frais. À cette heure de la nuit, sans les bruits de la rue, il pouvait entendre le fracas des vagues, ce qui d'habitude l'apaisait. Mais pas ce soir. La seule chose qu'il voulait en ce moment, c'était Honor. Non. Ça ne devait pas se faire. Il était un loup solitaire. C'était ce à quoi il était destiné pour le restant de ses jours. Tomber amoureux était périlleux et il n'en avait pas le courage. Il ne pouvait pas risquer d'être abandonné. Pas encore une fois.

Il se servit un verre de scotch. Pur et bien tassé. N'importe quoi pour engourdir son anxiété. Le télescope lui faisait signe. Honor était-elle réveillée ? La réaction stupide qu'il avait eue en entendant les aveux d'Honor l'avait-elle mise suffisamment en colère pour qu'elle fasse aussi les cent pas ?

Maggie appelait ce genre de choses un déclencheur. Le fait d'apprendre qu'Honor avait eu un cancer quand elle était jeune avait provoqué sa crainte d'être abandonné. *Merci, maman, où que tu sois.* Il fit un geste vers la fenêtre, comme si elle se trouvait dehors. Mais elle était bien là quelque part. C'était un mensonge de dire qu'il ne s'interrogeait pas sur elle. Quel genre de femme était-elle devenue ? Avait-elle un jour regretté sa décision ? Il ne s'était jamais permis de la chercher. Malgré la facilité avec laquelle ils avaient retrouvé Sophie, il avait résisté.

Le bruit d'une clé dans la porte d'entrée attira son attention. Sophie apparut, portant toujours son tablier. Un éclair de culpabilité le frappa quand il imagina la soirée qu'elle avait dû passer. Les soirs d'été étaient chargés. Personne n'avait le temps de prendre une pause ou de manger un morceau. Ce métier pouvait éreinter n'importe qui, même une jeune femme en pleine forme. Sophie rayonnait, cependant. Elle sourit et tapa dans ses mains quand elle le vit.

— Tu es rentré et tu ne dors pas ?

Il lui montra son verre.

— Je bois pour oublier mes soucis.

— Un verre, ça paraît une bonne idée. C'était impressionnant ce soir. Les cuisiniers ont dit qu'on avait battu le record de portions de frites.

Elle se dirigea vers le placard et attrapa une bouteille d'eau minérale.

— Mais je me suis bien débrouillée, je pense. Le staff commence finalement à m'accepter. Je sais que dans mon dos, ils déblatèrent sur mon jeune âge et sur le fait que je n'ai pas mérité le droit d'être là.

— Qu'ils aillent se faire voir ! Tu es ma famille et ils vont devoir s'y faire, lui dit-il.

Elle se laissa tomber dans le fauteuil.

— Pourquoi es-tu encore debout ? Ça ne s'est pas bien passé avec Honor ? Franchement, je pensais que tu ne reviendrais pas à la maison ce soir.

— Je ne sais pas trop comment décrire ma soirée. Sinon que ça a été un désastre sur tous les fronts.

Il décrivit la rencontre avec les investisseurs et les événements qui avaient suivi.

— En gros, je suis plutôt foutu.

— Parlons d'abord du business, dit Sophie. Je suis d'accord avec Honor. Tu devrais parler à Kyle et Brody. Ta fierté t'empêche de saisir une chance. Mon père m'a toujours dit de ne jamais laisser la fierté guider mes décisions. C'est le meilleur moyen de passer à côté de quelque chose de grand.

— Peut-être.

— Et puis tes potes pourraient être vexés si tu ne le leur demandais pas. Je veux dire, ce sont tes meilleurs amis et ils adorent cette ville.

— C'est ce qu'Honor a dit.

— Tu vois ? dit Sophie avant de boire une gorgée d'eau. Tu te souviens que Maggie s'est sentie mal à l'aise quand mon père lui a offert un contrat ?

— Vraiment ?

— Oui. Je veux dire, elle n'a rien dit, mais je l'ai vu. Bref, c'est un peu la même chose. C'était un coup de chance ? Peut-être. Mais je préfère penser que la chance et les opportunités sont liées au destin. Tu as un rêve que tes amis pourraient t'aider à réaliser. Pourquoi ne pas en profiter ? Ça n'a aucun sens à moins qu'il y ait tout un tas de névroses derrière tout ça.

Il leva les yeux au ciel.

— On dirait un cours de psychologie.

— Tu crois que tu dois tout faire tout seul, sinon ça ne compte pas. Je comprends que notre père t'a appris ça et c'est cool. Mais revenons à moi comme exemple. Sans toi, je ne dirigerais pas un bar-restaurant si jeune, non ?

— C'est vrai.

— Donc, en gros, j'utilise mes relations pour obtenir ce que je veux. Et c'est ce que tu devrais faire.

— J'ai peur de prendre de l'argent à mes amis, dit-il. Leur amitié est beaucoup plus importante.

— Tu as l'intention de réussir ?
— Oui.
— Tu as toutes les cartes en main ? J'entends par là que c'est toi qui as le contact pour acheter la propriété. Je me trompe ?
— Non.
— Brody et Kyle ne pourraient pas le faire sans toi parce que ce sont des outsiders. Aussi, tu leur fais une faveur en leur permettant d'être partiellement propriétaires d'un bien immobilier de premier ordre.

Il dévisagea sa petite sœur.

— Comment es-tu devenue si futée ?

Elle lui adressa un grand sourire.

— Je suis née comme ça, je suppose.
— Ça tient debout quand on le voit sous cet angle. C'est une occasion incroyable.
— Alors tu vas appeler et parler à Brody et Kyle demain ?
— Oui. Je suppose que je vais le faire.

Sophie leva ses jambes pour les allonger sur le pouf et poussa un soupir satisfait.

— Et puis regarde : si tu te concentres sur une nouvelle activité, ça me donne la possibilité d'apprendre réellement sans dépendre de toi. J'y gagne. Et toi aussi.
— Tu es bien trop logique, dit-il.
— Bon, parlons d'Honor une minute.
— On est obligés ?
— Oui. Absolument. Laisse-moi m'assurer que j'ai bien compris. En gros, elle t'a dit quelque chose qu'elle n'a jamais raconté à qui que ce soit et, au lieu de la soutenir, tu t'es comporté comme un crétin.

Il fit la grimace. Sa sœur ne mâchait pas ses mots.

— Ça résume assez bien la situation, oui.
— La question est de savoir pourquoi. Qu'est-ce qui a déclenché cette réaction ?

— Toi et Maggie et vos trucs de déclenchement ! Tout ne tourne pas forcément autour de ça.
— C'est vrai. Mais là, c'est le cas. Pourquoi ? Je veux dire, oui, sa stérilité est un gros problème pour l'avenir de votre famille, mais bon, regarde-moi. J'ai été adoptée et ça s'est bien passé pour moi.
— Je sais. Et si j'ai appris une chose en te retrouvant, c'est que l'adoption peut être géniale. Mais ce n'est pas ça.
— Qu'est-ce que c'est alors ? demanda-t-elle.
— Parfois, tu me rappelles vraiment Maggie, dit Zane.
— Ne détourne pas la conversation.
— C'est à cause du cancer. J'ai peur qu'elle meure sous mes yeux.

Voilà, c'était dit. Bon sang, il avait l'air d'un gamin pleurnichard.

Sophie se redressa sur le canapé et le dévisagea en inclinant la tête à droite.

— C'est parfaitement logique. Tu as peur d'être abandonné. Vraiment. Comment j'ai pu ne pas voir ça ?

Il leva les yeux au plafond.

— Oui, petite maligne. J'ai peur qu'on me quitte. Encore une fois.

— Problème classique.

— Je croyais que tu avais étudié la restauration, je ne pensais pas que tu étais aussi diplômée en psychologie.

— J'ai eu pas mal de cours de psychologie. J'ai adoré, déclara-t-elle.

— Alors, la psy de salon, qu'est-ce que je dois faire maintenant ? demanda-t-il en retournant aux bouteilles d'alcool. Mis à part reprendre un verre.

— Pose cette bouteille, Zane Shaw. Je sais exactement ce que tu dois faire.

— Et c'est quoi ?

Il se servit tout de même un autre scotch.

— Tu devrais retrouver ta mère et lui demander pourquoi elle est partie. Tu as besoin de réponses. Et de tourner la page. Après ça, tu dois faire la même chose avec Natalie.
— Tu es barjot ou quoi ? Je ne vais pas leur parler, ni à l'une ni à l'autre. Je préférerais me jeter par la fenêtre.
— Si tu dois *vraiment* sauter, ça n'est pas si haut, lui fit-elle remarquer.
— Là n'est pas la question.
— Je sais. Est-ce que tu as déjà demandé à Natalie ce qui l'a poussée à annuler le mariage ?
— Je n'ai pas eu besoin de poser la question. C'était le gars au catogan. Elle est tombée amoureuse de quelqu'un d'autre.
— Ils sont toujours ensemble ?
Il but une gorgée de scotch avant de répondre.
— Comment je le saurais ?
— Bien sûr que tu le sais. Ils ne sont plus ensemble, c'est ça ?
— OK. J'ai jeté un œil à sa page Facebook il y a quelque temps. Ça dit qu'elle est célibataire et il n'y a plus de photo d'elle avec le gars au catogan. Désormais, c'est juste elle et un chat.
Sophie rigola.
— Passer du catogan au chat... Ouah, c'est dur.
— Cela m'a plutôt fait plaisir, en fait.
— Par qui tu veux commencer ? Ta mère ou Natalie ?
— On ne va pas retrouver ma mère. Je ne sais rien d'elle.
— Tu connais son nom et sa date de naissance, non ?
— Bien sûr, oui. Et elle est née à San Diego. Mais c'est tout ce que je sais.
— Tu as une photo d'elle quelque part ?
Il en avait trouvé une quand il avait fait le tri dans les affaires de son père. Elle avait de longs cheveux blonds, presque blancs, et portait des lunettes noires. Petite, la bouche pincée. *Juste avant qu'elle ne les quitte pour de bon.* Il fouilla dans le tiroir de la table basse et en sortit le carnet dans lequel il avait glissé la photo.

— Tiens. Elle a dix-neuf ou vingt ans sur cette photo. C'est tout ce que j'ai.

Sophie la regarda pendant une seconde avant de bondir du canapé, de courir dans sa chambre et de revenir avec son ordinateur portable.

— Allons un peu fouiller sur Internet, d'accord ?

8

HONOR

Les yeux d'Honor étaient presque gonflés à force de pleurer à cause de ce crétin de Zane Shaw. *Pleurer comme une fille.* Elle était couchée sur le côté et regardait le mur de sa chambre. Les stores étaient baissés, ne laissant entrer qu'une lumière grise sur les bords.

Pourquoi s'était-elle permis d'espérer que Zane se réveillerait à côté d'elle ce matin ? Pourquoi, pourquoi, pourquoi ? C'était ce qui arrivait quand on se montrait vulnérable et qu'on s'ouvrait aux autres. Quand on racontait aux gens la vérité sur la trahison de son propre corps, ils s'en allaient.

Qu'il aille se faire voir !

Qui avait de toute façon besoin de Zane Shaw ? Ce n'était pas comme si elle voulait un petit ami. Elle était différente des autres femmes. Sans enfants pour l'accaparer et la faire vieillir, elle aurait une meilleure vie. Et vraiment, à moins de vouloir des enfants, qui avait besoin d'un homme à temps complet ? *Va te trouver une bonne mère au foyer. Une femme que tu pourras contrôler et qui te donnera plein de gros bébés avec ces beaux yeux bleus.* C'était ce qu'elle aurait dû lui dire.

Les larmes coulaient à nouveau, des larmes chaudes,

affreuses, comme de l'eau bouillante qui lui brûlait les joues. *Que le cancer aille se faire foutre ! Et va te faire foutre aussi, Zane Shaw !*

Cela ne servait à rien de s'apitoyer sur son sort toute la journée. *Reprends-toi, Sullivan.* Elle rejeta les couvertures et se rendit dans la salle de bain. L'eau froide n'apaisa pas ses yeux gonflés, mais réussit à la réveiller. Une promenade sur la plage s'imposait. Mais d'abord, un petit-déjeuner et un café. Elle ferait du café et des toasts. Elle adorait les toasts. Ils lui remontaient le moral, surtout avec beaucoup de beurre et de la confiture de fraises du coin. Le café. Le café de Zane. Pourquoi ne pouvait-elle rien faire sans penser à lui ? Si seulement elle n'avait pas couché avec lui. C'était là l'erreur fatale. Se laisser aller à lui confier son corps, à s'abandonner au sentiment d'être en sécurité dans ses bras. Elle le détestait. Réellement. Il était trop beau, trop viril et avait trop de succès. Trop dominateur pour elle. C'était elle la maîtresse de son propre destin, pas un imbécile.

Le beau visage sauvage de Zane, alors qu'ils roulaient dans le crépuscule hier soir, lui revint en mémoire. Il avait presque une fossette sur la gauche de sa bouche quand il riait, ce qui donnait à Honor l'envie de presser ses lèvres contre les siennes. De l'embrasser. Elle pourrait passer sa journée à ça si elle le pouvait, et à savourer son parfum et la vigoureuse pression de sa bouche.

Bon sang, elle était pathétique. Honor Sullivan ne dépérissait pas pour les hommes. C'était elle qui les faisait se languir. Il fallait mettre un terme à tout ça. Elle le chasserait simplement de son esprit.

Comme si ça pouvait marcher. Elle allait forcément le croiser toutes les deux minutes dans cette ville ridiculement petite.

Elle enfila des vêtements de sport et alla dans la cuisine en chaussettes. Ses chaussures de tennis étaient rangées dans le placard de l'entrée, pas à l'étage avec ses talons et ses sandales. Le sable ne rentrait pas dans la maison. Là, non mais ! Elle faisait ce qu'elle voulait dans sa maison. Aucun homme ne lui dirait ce qu'elle devait faire. C'était elle qui avait la belle vie, pas ces femmes accablées par les lessives, leurs maris ingrats et leurs enfants pleurnichards.

La bouilloire se mit à siffler. Elle versa l'eau chaude dans la cafetière et tenta de toutes ses forces de trouver du plaisir dans son arôme.

Elle n'avait pas de pain. Donc pas de toast. Le verre à vin sale d'hier soir se moquait d'elle avec son restant de cabernet. Une dernière gorgée qui n'avait pas été bue. Comme elle. Pas un verre plein, mais juste un reste de vin au fond. Quelques gouttes de rien.

Je vais le casser pour qu'il soit assorti à l'autre.

Elle le fracassa dans l'évier blanc. Le bruit du verre brisé fut satisfaisant. Elle aurait tout cassé dans la cuisine si elle le pouvait. Jeter tous les plats qu'elle avait si avidement achetés quand elle avait commencé à gagner de l'argent. Comme si des choses pouvaient combler le vide. Bon sang, il avait bien fallu qu'elle trouve un moyen. Elle regarda sa cuisine aux tons blancs, avec ses œuvres d'art et ses céramiques soigneusement choisies, ainsi que les couverts aux manches larges et plats.

Les éclats de verre se mêlaient aux gouttes de vin rouge dans l'évier. Cela lui rappelait la fois où elle s'était coupée en cours de cuisine lors de son dernier trimestre au lycée. Elle était malade, mais ne le savait pas encore. Malgré le faible taux de globules blancs, le sang qui coulait restait rouge, alors que le cancer rongeait ses entrailles pour lui enlever toute possibilité de fonder une famille avec quelqu'un, n'importe qui.

Elle se versa une tasse de café et ajouta du lait. Le brouillard empêchait le soleil de briller ce matin, mais elle s'assit tout de même à la table.

Pour l'amour du Ciel ! Cet affreux corbeau était encore perché sur son arbre. Son œil globuleux surveillait tous ses mouvements comme s'il attendait qu'elle lui prépare un petit-déjeuner.

Peut-être devrait-elle donner un nom à ce maudit emplumé. C'était apparemment la seule chose qu'elle pouvait attirer en sa compagnie.

Son téléphone sonna. *Merde.* C'était encore la procureure.

— Honor, je ne veux pas vous inquiéter, mais Gorham ne s'est pas présenté à son contrôleur judiciaire comme prévu ce matin. Ils ne savent pas où il est.

— Oh...

— Soyez très prudente. Je vous rappelle dès qu'ils le localisent.

— Il ne peut pas me trouver, cependant, n'est-ce pas ?

Elle n'avait pu s'empêcher d'exprimer ses craintes. L'aiguille des secondes sur l'horloge au-dessus de la porte de la cuisine se fit entendre plusieurs fois avant que la procureure ne réponde.

— Lorsqu'il a été interrogé ce matin, son compagnon de cellule a dit qu'il savait où vous viviez grâce à votre lien avec Brody Mullen. Personne ne peut se cacher de nos jours, à moins de fournir un effort considérable.

— Mais tous mes comptes sont privés. Mon adresse n'apparaît sur aucun d'entre eux.

— Apparemment, il a trouvé des indices sur votre compte Instagram.

Foutus réseaux sociaux ! Pourquoi était-elle si stupide ?

— Ce n'est pas pour vous effrayer, mais son compagnon de cellule pense qu'il veut probablement votre peau. Pour se venger.

— Comment ont-ils pu le laisser sortir ?

La voix d'Honor était montée d'une octave. La panique bouillonnait dans ses tripes.

Un soupir remplit le silence à l'autre bout du fil.

— Je ne sais pas. Les prisons sont bondées. Une bonne conduite mène facilement à une libération.

— Qu'est-ce que je suis censée faire ? L'attendre ? demanda-t-elle.

— Ce serait une bonne idée de rester chez des amis pendant quelques jours. Jusqu'à ce qu'ils le retrouvent.

Elle pourrait rester chez Brody. Il avait un système de sécurité avancé. Peut-être devrait-elle rappeler l'agence qu'elle avait engagée pour assurer la protection de Kara pendant leur lune de miel. Mais pour Kara, il s'agissait simplement de ne pas être photographiée. Personne ne la pourchasserait s'ils ne savaient pas où elle était. *Ce n'est pas le cas ici. Je suis une cible.*

Après avoir raccroché, elle fixa le corbeau. Il ne semblait pas avoir envie de partir de sitôt. Elle frissonna et enroula ses bras autour de sa taille. Peut-être qu'elle devrait aller chez les Mullen tout de suite ? Kara se trouvait à San Francisco avec Brody, mais Lance et Kyle étaient sur place. Entre eux et le système de sécurité, elle serait en lieu sûr. Mais partir de chez elle ne semblait pas juste. C'était sa maison. Personne n'avait le droit de s'y introduire. Peut-être que l'un des gars pourrait rester avec elle. De qui se moquait-elle ? Ils n'allaient pas quitter leur piscine et les chambres de chez Brody.

Et puis merde ! Elle allait quand même faire sa promenade. Gorham n'allait pas l'attaquer en plein jour. S'il était là, ce qui n'était probablement pas le cas. Comment un type comme lui pourrait-il arriver ici, de toute façon ? Après la prison, il n'avait probablement plus d'argent. Vraiment ? Qu'était-il arrivé à sa femme ? Avait-il pu garder sur ses comptes tout l'argent qu'il avait avant d'aller en prison ?

Qu'était-elle en train de faire ? Elle se faisait des nœuds à l'estomac. Le fait de tourner en rond ne la mènerait nulle part. Elle se rendrait chez les Mullen et parlerait à Lance et Kyle. Ils pourraient l'aider à décider quoi faire. Cela voulait dire qu'elle devrait leur raconter son passé, mais à quoi servaient les amis sinon ? Kyle avait aussi vécu ce genre de chose quand il était enfant. Elle n'en connaissait pas les détails, mais elle avait toujours supposé que c'était mauvais, vu qu'il n'avait aucun contact avec sa famille.

Pendant un instant fugace, elle pensa à Zane. Ce qu'elle voulait, c'était aller le voir pour qu'il la prenne dans ses bras. Ce qu'elle voulait, c'était qu'il emménage ici, avec elle, et dorme à ses côtés chaque nuit. Rien ne pourrait alors l'atteindre.

Sauf son protecteur lui-même.

Dans l'entrée, elle laça ses chaussures de tennis. Puis elle ouvrit la porte et poussa un cri. La tête d'un lapin la fixait. Déposée juste là, sur le paillasson, elle avait été proprement sectionnée. Seul un œil mort était braqué sur elle. Le reste du lapin n'était nulle part en vue. Qu'est-ce qui avait fait ça ? Ou qui ? Les voisins avaient un gros matou. Ils disaient pour frimer qu'il avait tué des taupes dans leur jardin. Ça devait être lui. L'entaille était si nette qu'on aurait cru qu'elle avait été faite par un excellent chirurgien.

Un excellent chirurgien... Le docteur Stanley Gorham avait des panneaux publicitaires dans toute la ville qui vantaient le fait qu'il était le meilleur chirurgien plastique du Tennessee.

Elle rentra aussitôt chez elle, verrouilla la porte et s'adossa au mur en tremblant. Est-ce que cela pouvait venir de lui ? Un avertissement ?

Elle voulait Zane. Si seulement elle pouvait l'appeler et lui dire. Mais non, elle devait rester forte. Brody était parti. Mais elle pouvait se tourner vers Lance ou Kyle. Le gentil Lance saurait quoi faire de la tête du pauvre lapin. Que faisait-on du cadavre d'un animal ?

Lance répondit à la première sonnerie. Il avait l'air essoufflé, comme si elle l'avait interrompu pendant qu'il courait.

— Désolé de te déranger, dit-elle.

— Pas de souci. Qu'est-ce qui se passe ?

Lance et son doux visage. Pourquoi ne pouvait-elle pas être amoureuse de lui ?

Parce qu'il ne voudrait pas de toi non plus. Personne ne veut de toi.

— Il y a une tête de lapin sur mon paillasson, dit-elle.

— Je t'ai bien entendue ? demanda Lance.

— Ouais. Et ce n'est pas drôle. C'est terrifiant. Il me fixe d'un seul œil. Et ses oreilles intactes. C'est affreux, dit-elle avec un frisson.

— Tu veux que je vienne t'en débarrasser ?

— Oui, s'il te plaît.

— Honor Sullivan, je suis estomaqué. Tu n'as jamais demandé de l'aide de ta vie.

— Je sais. Mais même moi, j'ai mes limites.

— J'arrive tout de suite.

FIDÈLE À SA PROMESSE, Lance arriva cinq minutes plus tard. Les cheveux trempés de sueur, il portait des vêtements pour courir. Elle avait interrompu son entraînement.

— Tu as une pelle ? demanda-t-il.

— Dans le garage, je crois. Mon jardinier en utilise une.

Elle ouvrit la porte du garage et suivit Lance à l'intérieur. La pelle était suspendue à un crochet avec quelques autres outils.

— Qu'est-ce que tu vas en faire ? demanda-t-elle quand ils ressortirent.

— Je vais le jeter à la poubelle.

OK. La poubelle. Elle aurait pu faire ça elle-même.

— Je ne savais pas si c'était contraire aux règles.

Lance lui sourit et enroula son bras autour de ses épaules. Il sentait l'air de la mer et la sueur.

— Je suis presque certain que les éboueurs acceptent les animaux morts. Je veux dire, on jette bien les restes de steak et tout là-dedans, non ?

— Mais c'est la tête d'un vrai lapin vivant.

— On devrait la photographier d'abord, non ?

Lance ôta son bras de ses épaules et se dirigea vers l'horrible tableau.

— Qu'est-ce qui ne tourne pas rond chez toi ? demanda-t-elle.

Il sourit.

— Tu n'es vraiment pas drôle.

— Je pense que c'est le chat d'à côté. Un gros matou avec des pattes géantes.

— Probablement le suspect, dit Lance. Comme la plupart des créatures mâles, il doit être amoureux de toi. C'est un gage de son amour.

— Il n'a jamais entendu parler des chocolats ?

— C'est ça, le lapin de *Pâques* !

Lance ramassa la tête avec la pelle et se dirigea vers le côté du garage où se trouvaient les poubelles.

Le lapin de Pâques. Ça ne faisait qu'empirer les choses. Un pauvre lapin innocent qui sautait joyeusement.

— Je suis sûre que c'est le chat.

Sa voix trembla quand elle dit cela. Vu la façon dont Lance la regardait, elle savait qu'elle s'était trahie.

— Qui ça pourrait être d'autre ? demanda Lance alors que toute trace d'amusement avait disparu de son visage. Pourquoi tu as dit ça comme ça ?

Elle ravala péniblement sa salive.

— Aucune raison.

— Dis-moi.

— Je pense que tu vas avoir besoin d'un café. C'est une longue histoire.

Elle entra pour lui en préparer une tasse pendant qu'il rangeait la pelle et refermait le garage. Il la rejoignit dans la cuisine au moment où elle finit de le servir. Il avait enfilé un sweater et une casquette.

— Désolé, je ne suis pas très présentable, dit-il.

— Pas de souci. C'est moi qui suis désolée d'avoir interrompu ton jogging.

Il s'installa à la table.

— Bon, sérieusement, Sullivan, qu'est-ce qui se passe ?

Lance était l'une des seules personnes autour d'elle à l'appeler par son nom de famille. Cela lui donnait l'impression d'appartenir au groupe des garçons.

— C'est probablement juste moi qui suis parano.

Elle lui raconta l'histoire de Gorham, y compris sa libération.

— Mon Dieu, ça n'est pas de la paranoïa. Il a dit qu'il s'en prendrait à toi. C'était un avertissement, dit-il d'une voix qui tremblait presque aussi violemment que ses mains à elle. Il faut que tu viennes à la maison. Jusqu'à ce qu'ils retrouvent ce type.

— Ça m'agace d'avoir à quitter ma maison. Et s'il entrait par effraction et qu'il cassait tout ?

— On va demander aux flics de la surveiller. Mais tu ne restes pas ici.

Lance ôta et remit sa casquette à plusieurs reprises, fixant le sol, réfléchissant évidemment aux différentes options.

— On devrait peut-être engager un détective privé pour essayer de le localiser, suggéra-t-il.

— Ce n'est pas à ça que servent les flics ?

— Je suppose. Mais je n'ai pas confiance dans la police locale. Ne serait-ce que parce qu'ils ne sont pas si nombreux.

— C'est vrai.

— Fais tes bagages. On va en discuter avec le reste de la Meute et décider quoi faire.

Toute la Meute ? Ça voulait dire Zane aussi. Comment pouvait-elle expliquer qu'elle ne souhaitait pas le voir ? Mieux valait garder ça pour elle et ne pas faire d'histoires.

— Pourquoi tu n'as pas appelé Zane ? demanda Lance.

Elle entortilla sa queue de cheval autour de son doigt.

— Qu'est-ce que tu veux dire ?

Il inclina la tête avec un sourire narquois.

— Allons. Tout le monde sait ce qui se passe entre vous deux. Et on est au courant qu'il t'a emmenée dîner hier soir.

— Eh bien, peut-être qu'il ne se passe rien après tout. Notre soirée ne s'est pas bien terminée.

Le visage de Lance se décomposa.

— Vraiment ? Que s'est-il passé ?

— On n'est tout simplement pas compatibles.

Il parut vouloir dire quelque chose, mais se ravisa. Lance n'était pas idiot dès qu'il s'agissait des femmes. Il savait quand il fallait se taire. Contrairement à Zane.

— Je vais me changer et emballer quelques affaires, dit-elle. Je serai chez toi vers midi.

Lance croisa les bras.

— Je ne crois pas. Je t'attends et je vais t'escorter moi-même.

— Qu'est-ce que je suis censée faire ? Rester prisonnière chez les Mullen ?

— On n'est pas si mal là-bas. Si ça ne te dérange pas de rester avec Kyle et moi. De toute façon, c'est juste temporaire. Va chercher tes affaires.

— OK. Mais est-ce que tu peux simplement ne rien dire à Zane pour le moment ?

— Pourquoi ?

— Je ne sais pas.

— Il va vouloir être au courant, Honor. Ce mec est amoureux de toi. Est-ce que tu es trop bornée pour le voir ?

Elle détourna le regard.

— Il y a des choses à mon sujet qu'il ne peut pas gérer.

— Impossible.

— Crois-moi. Dès le premier test, il a échoué.

— Un test ? s'écria Lance. Pourquoi tu lui as fait passer un *test* ?

— Parce que.

— Tu es vraiment la fille la plus têtue du monde.

— Existe-t-il un *test* pour prouver ça ?

— Je ne suis pas un expert en amour, mais tout n'est pas noir ou blanc. Sois un peu indulgente avec lui.

Elle lui lança un regard furieux et croisa les bras.

— Je lui ai dit que j'étais stérile et il a détalé. Ça, c'est un test, non ?

Lance tressaillit.

— Quoi ? Honor, je n'en savais rien. Je suis désolé.

Elle haussa les épaules, défit sa queue de cheval et laissa retomber ses cheveux.

— J'ai eu un cancer quand j'étais plus jeune et j'ai subi une hystérectomie.

— Tu as eu un cancer ?

— Ce n'est plus un problème. Je vais bien. Mais Zane veut une famille et je ne peux pas lui en donner une.

Lance enleva sa casquette et balaya sa tignasse foncée de son front.

— Non, ça ne ressemble pas à Zane. Il ne fuirait jamais l'amour juste à cause de ça. Tu as tiré une conclusion hâtive. Je sais comment tu peux être. Tu pars au quart de tour et tu te méfies facilement.

— Tu n'as pas vu à quelle vitesse il est sorti d'ici.

Même elle trouvait qu'elle avait l'air d'une enfant boudeuse. Oui, elle se fâchait facilement, mais la vie lui avait montré à quel point cette réaction était appropriée.

Lance se frotta la tempe droite.

— Peut-être que tu l'as juste médusé. Les mecs ne sont pas très doués pour ce genre de chose. Enfin, à part Jackson. Mais on a besoin de temps pour digérer ça, surtout des choses aussi sérieuses. Il faut que tu lui parles.

Lance avait-il raison ? Pourrait-elle se montrer à nouveau vulnérable pour être écrasée encore une fois ?

— Peut-être, répondit-elle.

— Va te préparer. Je t'attends.

Il fouilla la poche de son short et en sortit son téléphone.

— J'envoie un texto à la Meute pour leur dire qu'on a besoin de se voir d'urgence.

— Mais Brody est occupé.

— Lui et Kara sont en route. Ils vont passer quelques nuits ici. Et Zane sera là. C'est ce qui va se passer. Tu fais partie de la famille, Honor, et c'est comme ça qu'on s'occupe des nôtres.

La famille. Ils étaient en effet les personnes qui se rapprochaient le plus de cela pour elle.

— OK, dit-elle.

— Bien.

9

ZANE

Zane était assis en face de ses amis dans le bureau de Brody. Après avoir donné les détails sur la propriété et son idée, ainsi que sur les investisseurs que lui et Honor avaient rencontrés, Kyle secoua la tête dans ce qui ne pouvait être interprété que comme du dégoût.

Brody se montrait plus froissé qu'en colère.

— Si je récapitule, il a proposé de la vendre, mais seulement à toi, déclara Kyle.

— C'est ça, répondit Zane.

— Mec, je n'arrive pas à croire que tu aies pu faire ça. Pourquoi irais-tu voir quelqu'un d'autre que nous ? On veut s'engager pour des tonnes de raisons, ne serait-ce que pour t'aider.

— Pas cool, dit Brody.

— Je ne veux pas me servir de vous pour votre argent, se justifia Zane. Et c'est l'impression que j'ai.

— Tu sais combien de fois j'ai essayé de convaincre ce type de vendre ? lui demanda Kyle.

— Cette ville, c'est chez nous, renchérit Brody. En dehors du projet commercial, ce que tu prévois serait excellent pour la communauté. Si je n'étais pas impliqué là-dedans, ça me ferait passer pour le crétin que tout le monde pense que je suis.

Zane n'avait pas vu les choses sous cet angle.

— Pour moi, cette ville est plus importante que jamais, maintenant que j'ai Kara, poursuivit Brody. Je tiens à m'assurer qu'elle est en sécurité ici et les gens du coin y sont pour beaucoup. On ne veut pas que des étrangers débarquent et investissent dans nos commerces.

— C'est un bon point, admit Kyle.

— C'est lassant d'être pauvre, dit Zane. Ça m'agace.

— Tu n'es certainement pas pauvre, dit Kyle. Tu possèdes le seul établissement de restauration prospère en ville.

— Mais tout mon argent va à papa, dit Zane.

— Je ne sais pas pourquoi tu ne me laisses pas t'aider pour ça aussi, dit Brody.

— Non, pas ça. C'est à moi de le faire.

— Alors, faisons en sorte que ton projet réussisse, dit Kyle. On peut acheter chacun un tiers des parts du terrain et de la brasserie. Comme ça, on gagne tous. Brody soigne son image. Je deviens plus riche. Et tu peux réaliser ton rêve.

— Quand tu le dis comme ça, ça paraît si facile, dit Zane.

— Ça l'est, gros ballot, dit Kyle. Ce truc qui te pèse tant, ça te fait compliquer des choses qui sont très simples. En matière d'affaires et de succès, ce qui compte, c'est qui tu connais. Parce que tu connais monsieur Hollingsworth, c'est toi qui récupères la propriété. Parce qu'on te connaît, Brody et moi, on obtient une partie du terrain le plus convoité de Cliffside. Et parce que tu nous connais, tu y gagnes des associés qui ont le capital pour faire ça comme il se doit.

— D'une certaine façon, ça me donne l'impression de tricher.

— Tu sais à quel point j'ai travaillé dur pour en arriver là ? lui demanda Kyle.

— Ouais, répondit Zane.

C'était vrai. Kyle travaillait à un rythme acharné, presque frénétique. Plus il possédait de terrains, plus il semblait en vouloir.

— Mais en réalité, j'ai saisi chacune des chances qui se sont présentées à moi au fil du temps. D'après toi, qui m'a accordé mon premier prêt ?

— Ça n'était quasiment rien, intervint Brody.

— Pas pour moi. Celui qui commence à zéro reste à zéro s'il ne ravale pas sa fierté pour demander de l'aide, déclara Kyle. Maintenant, je suis à la fois en mesure de t'offrir mon aide et d'accroître mon portefeuille de projets. En fait, ça m'énerve que tu ne sois pas venu nous voir en premier.

— C'est ce qu'Honor pensait, avoua Zane. Je suppose que je ne voyais ça que de mon propre point de vue.

— L'orgueil est l'un des sept péchés capitaux, mon pote, lui rappela Kyle.

— Tout comme la cupidité, rétorqua Zane.

— Touché. Je plaide coupable, répondit Kyle dont le grand sourire indiquait clairement qu'il avait laissé les remords derrière lui. Je vais acquérir tout ce que je peux en Californie et ensuite, je me tournerai vers le nord pour acheter l'Oregon et Washington.

— Il y a un truc que vous devez comprendre, reprit Zane. Je veux gérer les choses à ma façon. C'est moi qui connais ce métier.

Kyle leva les mains en signe de reddition.

— Mec, pas besoin d'en dire plus. Je crois en toi à cinq cents pour cent. Tu feras ce que tu voudras.

Brody hocha la tête en signe d'accord évident.

— À part jouer au football, je ne sais rien faire d'autre. Tu es au courant que c'est Honor qui gère mes affaires. Tu devras travailler avec elle, Zane, mais je ne pense pas qu'elle voudra s'ingérer dans ton business. Aucun d'entre nous ne connaît quoi que ce soit à la restauration.

— Répète-nous ce qu'elle a balancé aux investisseurs. Mec, j'admire son cerveau. J'aurais aimé qu'elle travaille pour moi plutôt que pour cet idiot, dit Kyle en montrant Brody.

— Elle n'est pas disponible, rétorqua celui-ci.

Honor Sullivan. Pourrait-il un jour s'éloigner d'elle ? Le téléphone de Kyle sonna sur le bureau. Il l'attrapa et jeta un coup d'œil au message.

— C'est Lance. Il demande à ce qu'on se voie en urgence, annonça Kyle. Ça concerne Honor.

— Honor ? s'exclama Zane.

— Elle a besoin de notre aide, dit Kyle.

— Nous tous ? demanda Zane.

— C'est quoi ce bordel ? Je pensais que vous aviez arrêté avec ces conneries, tous les deux, dit Brody. Qu'est-ce qu'il s'est passé hier soir ?

— Il y a eu un malentendu.

— Qu'est-ce que tu as fait ? demanda Kyle.

Zane soupira et posa une cheville sur son genou.

— C'est compliqué.

— Si tu es trop idiot pour l'attraper, je n'ai aucune sympathie pour toi, lança Kyle.

Son ton surprit Zane. Il n'y avait aucune pointe d'humour ou de taquinerie, seulement une colère latente.

— Tu es qui pour parler ? s'insurgea Zane. Tu te sers des femmes comme d'un kleenex.

Kyle fit une grimace.

— Je fais ça, oui. Mais je n'ai jamais prétendu être autre chose que moi-même. Le mariage ou les relations sérieuses, ça ne m'intéresse pas. Les filles le savent dès le départ. Ce n'est pas moi qui ai des sentiments aussi évidents pour une femme – une femme exceptionnelle, soit dit en passant – et pourtant, pas une once de courage pour vraiment foncer.

— Ferme-la, Kyle. Sérieusement, se rebiffa Zane.

— La vérité fait mal, hein ?

— Les gars, arrêtez, dit Brody. On ne se parle pas comme ça les uns aux autres. Nous sommes la Meute. Contre vents et marées, vous vous souvenez ?

— Justement, le vent et la marée ont emporté le peu de jugeote qu'il avait, dit Kyle.

— Qu'est-ce que ça peut te foutre ? s'insurgea Zane.

— Qu'est-ce que ça peut me foutre ? cracha Kyle en bondissant de son siège. Ça crève les yeux, non ? Honor est mon amie. Et ces derniers mois, je suis là à te voir la traiter comme de la merde. Pour moi, c'est la pire des lâchetés.

— Qu'est-ce que ça veut dire ? demanda Zane en se levant, prêt à en découdre.

Il allait foutre une raclée à Kyle s'il parlait encore de lâcheté.

— Ça veut dire que ton petit ego a été blessé et que tu t'es mis à te comporter comme un enfant gâté, dit Kyle en le regardant de travers, bras croisés. Honor mérite mieux que ça. Elle mérite un homme. Un vrai.

— Je vais te frapper, je te jure, s'écria Zane en serrant les poings. Arrête de me regarder avec cet air condescendant.

— Les gars, c'est ridicule. Qu'est-ce qui ne va pas chez vous ? s'interposa Brody.

Alarmé, il s'était également levé et son visage affichait une grimace peinée.

— Sans blague, Kyle. Tu as un faible pour elle ? le provoqua Zane.

— Ne sois pas idiot, dit Kyle. Ça se voit tellement qu'elle est amoureuse de toi que les autres n'ont aucune chance.

— Mais tu la veux, ta chance, hein ? Un trophée de plus à ton palmarès, c'est ça ? Parce que ce n'est pas ce qu'elle représente pour moi. Je l'aime.

— Alors, sors la tête de ton terrier et va la chercher, dit Kyle.

Zane bondit sur lui. Ils tombèrent à terre et roulèrent sur le tapis en se balançant des coups de poing. Brody leur ordonna d'arrêter, mais le bourdonnement dans la tête de Zane l'empêcha d'entendre ce qu'il disait.

Brody tendit le bras et tira Kyle pour le séparer de Zane. Ces deux hommes étaient forts, mais ça n'était rien comparé à Brody, avec son mètre quatre-vingt-quinze et ses cent kilos de muscles. Brody repoussa Kyle sur le côté pendant que Zane se relevait et les tint à bout de bras pour les maintenir à distance l'un de l'autre. Zane et Kyle se regardaient de travers.

— Vous feriez mieux de vous asseoir, bande de crétins, dit Brody, les mâchoires serrées. On arrête ça. Tout de suite.

Comme des chiens battus, ils retournèrent à leurs sièges.

Brody s'assit également et son regard passa de l'un à l'autre.

— C'est consternant, dit-il en posant le menton sur le bout de ses doigts. Qu'est-ce qu'il se passe vraiment ici ?

— C'est évident, répondit Zane. Je ne sais pas comment j'ai pu ne pas voir ça avant. Kyle est amoureux d'Honor.

— Et tu es amoureux de Maggie, dit Kyle.

— Je ne suis pas amoureux de Maggie, dit Zane. C'était il y a longtemps, c'est tout.

— Qu'est-ce que vous êtes en train de faire là ? C'est pour ça qu'on a toujours eu pour règle de ne pas s'impliquer avec les femmes de la bande, déclara Brody. Mais personne ne semble s'en souvenir ces derniers temps.

— Maggie ne fait pas partie de la bande, répondit Zane. Elle revient à Jackson. À personne d'autre.

— Et donc pas à toi non plus, dit Kyle.

— C'est vrai, dit Zane. Et Honor devrait me revenir.

Kyle se pencha et se couvrit le visage de ses mains avant de regarder vers Zane.

— OK, voici la vérité. J'ai un faible pour Honor depuis des années.

— Qu'est-ce que tu dis ? demanda Brody. Ça ne peut pas être vrai.

— Si, dit Kyle.

— Elle le sait ? demanda Brody.

— Non, bien sûr que non, protesta Kyle. Comme Maggie, son cœur appartient à quelqu'un d'autre. Mec, c'est évident qu'elle est amoureuse de toi, Zane. Je ne comprends pas comment tu peux être si stupide. Franchement. Elle est extraordinaire. Vraiment extraordinaire. Je n'ai jamais rencontré quelqu'un comme elle. La façon dont elle a pu renaître de ses cendres, mec, c'est juste impressionnant. Et je dois rester assis à te regarder agir comme un cloporte depuis des mois. Pire encore, tu lui fais du mal quasiment chaque fois qu'on est tous ensemble. Si tu faisais un peu plus attention et que tu dépassais tes insécurités d'égoïste, tu verrais qu'elle est toujours la petite fille dont personne ne veut. Chaque fois que tu lui balances des conneries pour qu'elle se sente mal, je peux te garantir qu'elle pleure quand elle rentre chez elle.

— Kyle, pourquoi dis-tu ça ? demanda Brody.

— Parce que j'en connais un rayon sur le fait d'être l'enfant dont personne ne veut, dit Kyle.

— Non, c'est faux, dit Zane. Elle est coriace. Elle n'a besoin ni de moi ni de personne.

— C'est ça le problème ? demanda Brody. Elle n'a pas assez besoin de toi ?

Zane le dévisagea. Comment Brody avait-il pu se retourner contre lui ?

— Tu te sens menacé parce qu'elle botte le cul de tout le monde toute la sainte journée ? demanda Kyle.

— C'est ton cul que je vais botter tout de suite, dit Zane.

— Les gars, intervint Brody.

— Non, je ne me sens pas menacé par son incroyable façon d'être, dit Zane. Crois-moi, personne ne l'admire plus que moi. On est pareils. Teigneux. Sauf qu'elle est cent fois plus intelligente que moi. Quand je l'ai vue avec les investisseurs, j'étais à la fois époustouflé et fier d'elle. C'est juste que... c'est que... j'ai peur, OK ? Je suis tellement fou d'elle que j'ai peur de la laisser m'approcher. Je ne veux plus qu'on me quitte.

— Bordel, s'exclama Kyle. Ça fait presque quatre ans. Va falloir t'en remettre, mon gars !

— Kyle ! Punaise, dit Brody.

— Non, il a raison. Il *faudrait* que je m'en remette. Je pensais que je l'avais fait et que j'étais prêt à me battre pour Honor, mais hier soir, il s'est passé quelque chose.

Il marqua une pause. Allait-il passer pour un enfoiré ?

— Hier soir, elle m'a dit qu'elle avait eu un cancer quand elle était jeune. Un cancer des ovaires.

— Pas possible, dit Brody. Je sais tout d'elle.

— Elle ne l'a jamais raconté à qui que ce soit, dit Zane. Jusqu'à ce qu'elle me le dise hier soir. Elle a subi une hystérectomie complète.

— Oh, mon Dieu, gémit Brody.

— Ce qui veut dire pas d'enfants, en conclut Kyle. C'est ça qui t'a fait fuir ? Bon sang, tu es le plus gros con de cette planète. Ne m'accuse plus jamais de ne pas traiter les femmes convenablement.

— Non, ce n'est pas ça, le problème.

Zane avait à nouveau élevé la voix. Il criait pratiquement.

— Ça, ça m'est vraiment égal. Si on veut un bébé, on peut toujours adopter ou recourir à une mère porteuse.

— Tu as peur qu'elle retombe malade, dit Brody. Ça a fait remonter tout un tas de trucs pour toi. À propos de l'abandon.

— On croirait entendre Kara, lui dit Kyle.

Brody lui sourit.

— Elle commence à déteindre sur moi. Il y a de l'espoir même pour le plus stupide des hommes.

— Mais tu as raison, dit Zane. Quand elle me l'a dit, j'étais tellement estomaqué que je me suis figé et je n'ai rien répondu, mais mon visage a dû me trahir. Elle a interprété ça de la même façon que toi, Kyle. Elle a pensé que je la rejetais à cause des bébés, mais c'est juste que j'ai peur de la perdre.

— Je n'ai jamais rien entendu d'aussi con, dit Kyle.

— Finalement, on est d'accord sur une chose, dit Zane. Je suis un idiot.

— Tu peux arranger ça, dit Brody. Tu sais combien de fois j'ai merdé avec Kara ?

Il prit la photo de mariage sur son bureau et la serra contre sa poitrine.

— Quand on a emmené Flora sur la côte pour rencontrer Dax, j'ai tellement foiré que je ne pensais pas pouvoir gagner son amour.

— Qu'est-ce que tu as fait ? demanda Zane, étrangement réconforté par le fait qu'il n'était pas le seul idiot.

— On a passé cette journée incroyable ensemble. On s'est baladé, juste tous les deux, et c'était un jour parfait. On a tant de choses en commun et elle était si belle, intelligente et amusante. Mais je m'accrochais toujours à cette idée qu'une relation ruinerait ma carrière. Quand je le dis maintenant, je n'arrive pas à croire à quel point c'était crétin.

— C'est aussi ce qu'on pensait, dit Zane.

— Et vous aviez raison, dit Brody.

— Tout comme on a raison à ton sujet, dit Kyle à Zane.

— Bref, tout ce que je désirais, c'était l'embrasser, mais je ne l'ai pas fait parce que je voulais m'accrocher à cette croyance idiote. Qui n'était en fait que la peur d'être blessé. Ce soir-là, je l'ai raccompagnée dans sa chambre et lui ai souhaité bonne nuit. Tu sais, toujours à nier à quel point je l'aimais. Mec, j'étais tellement frustré. Sérieusement. Comme si j'avais envie de lui arracher ses vêtements sur place.

— On a compris, dit Kyle.

— Ouais, confirma Zane.

Il comprenait en effet. Bien plus que ça, même. Honor dans

cette robe hier soir. Ou à la plage. Ou au mariage de Brody. À n'importe quel moment, en fait...
— Je me suis dit que ce serait une bonne idée d'aller au bar, de ramasser une fille et de la ramener dans ma chambre. Comme si ça allait miraculeusement effacer Kara de ma tête.
— Tu n'as pas fait ça ? s'écria Zane.
— Si. Mais quand on est monté, j'ai su que ça ne serait pas possible. Je veux dire, Kara était dans la chambre d'à côté. C'était l'idée la plus idiote que j'ai jamais eue et je l'ai su tout de suite. Je n'ai même pas embrassé la fille. J'étais en train de chercher un moyen de la faire partir, mais elle s'est effondrée sur le lit et s'est endormie comme une masse.
— Pour de vrai ? demanda Kyle.
— J'ai dû dormir dans le fauteuil toute la nuit. Et la pauvre fille avait tellement bu qu'elle ronflait comme un cochon. C'était horrible.
— Un vrai cauchemar, dit Kyle.
— Comme si ça ne t'était jamais arrivé, dit Zane.
Probablement une fois par semaine.
— Je n'ai jamais vu une fille s'endormir avant de coucher, dit Kyle.
— Qu'est-ce qui s'est passé ensuite ? J'ai peur de la réponse, en fait, dit Zane.
— Le lendemain matin, la fille sort de ma chambre au moment où je parle à Kara dans le couloir. Le regard de Kara... Je peux vous dire que je ne l'oublierai jamais. Je l'avais blessée au plus profond d'elle-même. J'avais l'impression de mourir. On en rit maintenant parce qu'elle connaît toute l'histoire, mais je vous jure, l'expression d'absolue trahison qu'elle avait sur le visage me fait encore frémir. Je ne ferai plus jamais rien pour la blesser comme ça. Si ça ne tient qu'à moi.
— C'est quoi le but de cette histoire ? demanda Zane. C'est de démontrer que je ne suis pas le seul crétin dans la pièce ?
Brody rigola.

— En partie. Et aussi pour expliquer que le fait de nier tes sentiments peut te faire faire des choses extrêmement stupides à la femme que tu aimes. Si ça arrive et que tu la blesses comme j'ai blessé Kara, tu auras l'impression de mourir ou de vouloir mourir. Alors, mec, je sais que c'est difficile d'enfiler ton costard de grand garçon et de lui dire ce que tu ressens, mais ce n'est rien comparé au fait de la perdre parce que tu as peur.

— Qu'est-ce que je fais pour arranger ça ? Elle était énervée. Je l'ai rendue encore plus furieuse que d'habitude.

— Kara et moi, on a failli ne pas y arriver parce qu'on ne se disait pas la vérité. Tu dois lui dire, lui conseilla Brody. Toute la vérité. Ta peur. Tout.

— On a l'air de gonzesses là, dit Kyle.

— Juste au moment où je pensais que tu étais plus évolué que je ne le croyais, tu me prouves que j'ai tort, lui rétorqua Brody.

Kyle eut un haussement d'épaules exagéré.

— Écoute, Zane, à propos de mes sentiments pour Honor...

— Donc, tu admets que tu en as.

— J'en *ai eu*. Par le *passé*. Quand j'ai vu ce qu'elle ressentait pour toi, j'ai su que je n'avais aucune chance. Je ne parie jamais si je suis sûr de perdre.

— Je ne savais pas que tu avais des sentiments comme un vrai garçon, dit Brody.

— Même Pinocchio doit finir par grandir, répondit Kyle. Tant que je ne verrai pas une femme me regarder comme Honor regarde Zane, ou comme Kara te regarde, je ne vais pas changer.

— Si tu la touches, je jure que je te tue, dit Zane.

— Mec, ton truc de mâle dominant, ça commence à lasser, lui balança Kyle.

— Les gars, vous êtes trop mignons, tous les deux, dit Brody.

Un bourdonnement provenant du bureau de Brody interrompit la conversation.

— Ça doit être Lance et Honor qui arrivent, annonça Brody.

Honor serait là dans quelques minutes. Comment allait-il la jouer ? Prendrait-elle ses jambes à son cou en le voyant ?

Quelques minutes plus tard, elle et Lance apparurent à la porte du bureau de Brody.

— Salut les gars, dit-elle.

En évitant soigneusement tout contact visuel.

— Kara est là ? demanda Lance. On a besoin de tout le monde sur le pont.

— Je pense qu'elle est dans la cuisine, répondit Brody. On se retrouve dans le salon ? Il y aura plus de place pour tout le monde.

Ils approuvèrent tous lorsque le bourdonnement annonça un autre visiteur au portail.

— C'est Jackson, les prévint Lance. Maggie est à San Francisco, donc il est tout seul.

Quelques minutes plus tard, les membres de la Meute, Kara et Honor étaient réunis dans le salon. C'est Lance qui parla en premier.

— Merci d'être venus si rapidement. C'est une urgence et je veux qu'on soit tous sur la même longueur d'onde.

Zane jetait des regards furtifs à Honor. Elle se cramponnait à l'accoudoir de son fauteuil. Ses cheveux étaient attachés en queue de cheval et elle portait un pantalon de yoga et un tee-shirt de sport sans manches.

C'est elle qui prit ensuite la parole.

— J'ai un petit problème pour lequel j'aurais besoin d'aide. C'est embarrassant et je me sens très vulnérable, mais Lance m'a convaincue de partager ça.

Elle regarda Lance qui lui adressa un sourire encourageant.

— Quand j'avais dix ans, j'ai dénoncé mon père d'accueil pour agression.

Elle poursuivit en leur racontant l'histoire que Zane connaissait déjà trop bien.

— Ce matin, la procureure m'a appelée pour me dire qu'ils avaient des raisons de croire qu'il viendrait à Cliffside Bay pour se venger.

— Quoi ? s'écria Zane en s'asseyant au bord de son fauteuil. Il t'a trouvée ?

— Je suppose que oui. La procureure a dit que ce n'était pas difficile à cause de mon travail pour Brody.

Sa voix tremblait alors qu'elle passait ses doigts juste sous ses yeux.

— Ensuite, j'ai voulu sortir pour me promener et j'ai trouvé une tête de lapin sur mon paillasson. Je crois que Gorham essaye de me faire peur. Il joue avec moi. J'ai appelé Lance parce que je ne savais pas quoi faire.

Elle avait appelé Lance. Pas lui. C'était un coup de poignard en plein cœur. Mais il ne pouvait que s'en prendre à lui-même. Ce qui rendait les choses encore pires.

— Et il a pensé que ce serait mieux si je restais ici, poursuivit Honor. Jusqu'à ce qu'ils le trouvent et le ramènent dans le Tennessee.

Les yeux écarquillés de Kara étaient effrayés. Gorham avait trouvé Honor. Cela devait faire ressurgir toutes sortes de craintes concernant sa propre situation. Mais c'était différent, se rassura-t-il. L'identité de Kara était un secret. Celle d'Honor n'en était pas un.

— Oui, tu dois rester ici, dit Brody. C'est une vraie forteresse, comme tu le sais. Personne n'entre sans notre permission. Et Rafaël est armé. Si quelqu'un essaye d'entrer, il le descendra et posera les questions ensuite.

Zane se découvrit alors de l'affection pour l'ancien soldat des forces spéciales qui se tenait devant le portail de la propriété.

Kara hocha la tête.

— Tu peux rester aussi longtemps que nécessaire.

— J'ai déjà apporté mes affaires. Je suppose que je vais être piégée ici pour un bon moment, dit Honor.

— Jusqu'à ce qu'ils l'attrapent, dit Zane.

Le regard d'Honor se tourna soudain vers lui, mais elle ne dit rien.

— C'est une bonne chose que Flora et ma mère aient déménagé, dit Brody. Cette semaine, la maison est pleine.

Kyle sourit.

— Dans peu de temps, ma suite à l'hôtel sera prête, dit-il en faisant un clin d'œil à Honor. En attendant, tu peux t'amuser ici avec Lance et moi.

Foutu Kyle ! Je vais te tuer. Je le jure.

— Et avec moi, dit Kara.

Brody passa son bras autour des épaules de Kara.

— Je ne sais pas si c'est une bonne idée de te laisser seule avec cette équipe. Ils pourraient te dévergonder.

— Elle doit aller au travail, contrairement à ces deux clochards, dit Jackson.

Kara hocha la tête.

— C'est probablement une bonne chose. Je pourrais être tentée de me laisser corrompre.

— Si quelqu'un pouvait y arriver, dit Brody, ce serait bien Kyle et Lance.

— Surtout Kyle, rétorqua Lance. D'ailleurs, puisqu'on est tous ici, faisons une fête. Une soirée piscine. Il fait chaud et j'ai envie de viande grillée.

— J'ai bien fait d'apporter mon maillot de bain, dit Honor en souriant pour la première fois depuis son arrivée.

Son sourire le fit fondre. Tout ce qu'il voulait, c'était la prendre dans ses bras et la serrer contre lui. À cet instant-là, il sut que Sophie avait raison. Régler ses problèmes et faire face à son passé était le meilleur moyen de sortir de ce pétrin. Il voulait Honor. S'il devait surmonter ses hantises pour l'avoir, il le ferait. Il ne s'agissait plus de son égo fragile. Honor avait besoin de lui. Il pouvait désormais le voir. Et il avait besoin d'elle. C'était également très clair.

Comme ils n'avaient pas réussi à localiser sa mère, il engagerait donc le détective privé dont Flora s'était servie pour trouver Dax Hansen.

Alors qu'ils traversaient la cuisine, il prit Kara à part pour lui demander les coordonnées de l'enquêteur.

— Pourquoi en as-tu besoin ? l'interrogea Kara.

— Je veux retrouver ma mère.

— Vraiment ? Pourquoi ?

— J'ai besoin de savoir pourquoi elle a fait ça, pourquoi elle m'a quitté.

— Que penses-tu pouvoir tirer de ça ?

Il secoua la tête.

— Aucune idée. Tourner la page ? Trouver la paix ? Je suis en colère et je dois lui faire face. Obtenir des réponses.

— Tu veux qu'elle fasse partie de ta vie ? lui demanda Kara.

Il haussa les épaules. Voulait-il ça ? Était-ce ce qu'il espérait ? Une chance d'apprendre à connaître sa mère ?

— Honnêtement, je ne sais pas.

Kara posa la main sur son bras.

— Sois juste prêt. Elle pourrait ne pas vouloir que tu la retrouves. Tu dois te demander si tu peux supporter un second rejet de sa part.

C'était bien le genre de Kara de vous mettre face à la réalité.

— Je suis préparé au pire, répondit-il. Comme toujours.

— Oh, Zane. Ça me rend triste.

Il haussa les épaules.

— Qu'est-ce que je peux dire ? L'expérience ne ment pas.

— Qu'est-ce qui se passe avec Honor ? J'en ai déduit de son attitude glaciale à ton égard que la nuit dernière ne s'était pas déroulée comme prévu.

Il résuma la soirée et sa terrible réaction à l'annonce de son cancer.

Kara secoua la tête, évidemment étonnée.

— C'est dur d'imaginer qu'elle n'en a jamais parlé à aucun de nous.

— Elle ne veut pas de notre pitié. Ou qu'on la regarde comme une personne malade.

— Elle te l'a dit ? lui demanda Kara.

— Non. Mais j'en suis sûr.

Les yeux bruns de Kara l'examinèrent un instant.

— Tu la comprends. Elle te comprend aussi. Tu dois aller la voir et lui dire que tu es désolé. Explique-lui que c'est à cause de ton problème, pas de sa stérilité.

— Si je peux faire en sorte qu'elle me parle.

— Tu as toute la soirée devant toi. Fais en sorte que ça arrive.

— Bien, madame.

10

HONOR

Honor défit ses bagages dans la chambre d'amis à l'étage. Pendant quelques mois, l'an dernier, elle avait été occupée par Kara dont le parfum était encore légèrement perceptible. Elle accrocha quelques robes et chemisiers dans l'armoire et rangea le reste dans la commode. Dans la salle de bains, elle déposa son maquillage et ses articles de toilette dans les tiroirs. C'était une belle chambre, mais sa maison lui manquait déjà. C'était là qu'elle se sentait en sécurité. Son refuge, le premier endroit où elle s'était sentie chez elle. Une double porte s'ouvrait sur une terrasse. Elle sortit et contempla le jardin. La piscine en forme de haricot de Brody était d'un bleu intense sous le soleil d'été. Les meubles de jardin disposés autour du brasero seraient un lieu de rassemblement agréable à la nuit tombée, mais pour l'instant les chaises étaient vides. Kyle et Lance étaient déjà dans la piscine et se lançaient une balle. Torse nu, Zane était assis au bord, du côté le moins profond. Ses pieds et ses mollets pendaient dans l'eau, plus pâles que le reste de son corps. C'était une illusion d'optique, bien entendu, mais quelque chose dans leur apparente vulnérabilité adoucit sa colère. Zane Shaw était un homme bon. Tout le monde dans cette ville savait qu'il était aussi stable et impartial que son père l'avait été. Il méritait une femme qui pouvait lui offrir la famille dont il rêvait.

Peut-être avait-il senti qu'elle le regardait, parce qu'il leva les yeux et lui adressa un signe de la main. Elle répondit de la même façon. La colère revint subitement. *Il t'a laissée tomber quand tu étais fragile. N'oublie pas ça.*

Elle enfila un de ses bikinis et un paréo. Tongs aux pieds et chapeau à la main, elle descendit. Elle aurait préféré se pelotonner dans son lit et faire une sieste. Cependant, vu la façon dont tout le monde s'était mobilisé pour prendre soin d'elle, elle savait qu'elle devait descendre et faire semblant de s'amuser.

En bas de l'escalier, Brody l'attendait.

— Viens dans mon bureau. Je veux te parler de quelque chose, dit Brody.

— Si c'est à propos du contrat Cartwright, je n'ai qu'une chose à dire. Il n'y a aucune chance pour que nous l'acceptions.

— Non. Ce n'est pas à propos du travail. Bon sang, Honor ! Qu'est-ce qui ne va pas chez toi ?

— Je ne te suis pas.

— Avec tout ce que tu as déjà subi aujourd'hui, parler du travail, c'est bien la dernière chose que je souhaite faire. Je veux savoir comment tu te sens. Est-ce qu'il y a quelque chose que je peux faire, à part te garder en sécurité ici ?

— C'est déjà assez.

Même à ses propres oreilles, elle paraissait évasive.

— Zane nous a parlé de ton cancer... et du reste.

Une chaleur instantanée parcourut tout son corps.

— Il vous a raconté ça ?

— Oui, pour expliquer pourquoi il s'est comporté comme un crétin hier soir.

— Ce n'était pas à lui de partager ça. Pas même avec la Meute. Je voulais que personne ne le sache.

— Mais pourquoi ? Qu'est-ce que ça peut faire ?

— Parce que je préfère prétendre que ça n'est jamais arrivé. C'était juste une autre année infernale à ajouter à toutes les autres.

Est-ce qu'elle pleurait ? Bon sang, ses joues étaient humides. Elle ne voulait pas parler de ça. Ce qu'elle voulait vraiment, c'était donner un bon coup de poing dans le nez parfait de Zane.

— Tu as vaincu ça. C'est toujours ce que tu fais, lui dit-il.

— Ce sont les médecins qui l'ont fait.

Elle se leva comme pour partir. Elle *allait* partir. Pour se rendre à la piscine, prendre un grand verre de vin et le soleil. Elle voulait arrêter de penser et de ressentir quoi que ce soit.

— Ne fuis pas.

Brody baissa la voix et lui prit les mains.

— Toi et moi, on a traversé des moments difficiles ensemble. Je suis là si tu as besoin de moi.

— Brody. Arrête. Tu es ridicule. Je vais bien.

— Tu ne vas pas bien. Je te connais. C'est normal d'avoir peur. Tu n'as pas besoin de te montrer coriace à chaque instant de la journée. On est ta famille maintenant. La Meute et Kara, on te soutient. Je ne laisserai personne te faire du mal.

— Je sais. Et je suis là, non ?

Honor retira ses mains des siennes et s'essuya les joues.

Il fit le tour du bureau pour attraper une boîte de mouchoirs.

— Pour ce que cet homme t'a fait, je le tuerais de mes propres mains si je le pouvais.

Elle prit un mouchoir de la boîte.

— Je ne pense jamais à ça. Il y a un petit interrupteur dans mon cerveau. J'appuie dessus et pouf ! tous les mauvais souvenirs disparaissent.

— Sauf que c'est toujours là.

Il la regarda avec une telle compassion que cela lui donna envie de pleurer davantage.

— Tu te souviens quand je me comportais comme une andouille avec Kara ?

— Ouais.

— Comme nous tous, Zane est un être humain imparfait. Les hommes, tu sais, ne sont pas toujours très doués pour exprimer leurs sentiments. Donne-lui peut-être une chance de s'expliquer avant de te ruer vers la facilité.

— Et c'est quoi, la facilité ? demanda-t-elle.

— La colère.

C'était pourtant cette colère qui l'isolait de la douleur, qui lui donnait de l'énergie. Toutes ces années, cela l'avait fait avancer alors qu'elle aurait simplement pu se coucher et se laisser mourir.

— Il a admis qu'il n'avait pas bien réagi à ton truc, expliqua Brody.

— Tu peux dire le mot. Ma stérilité.

Sa voix se brisa. Satané Brody !

— Je connais Zane depuis longtemps, poursuivit-il. Il ne communique pas toujours bien, surtout quand il s'agit d'exprimer son amour.

— Où veux-tu en venir ?

— Ce n'est pas la stérilité qui lui a fait peur. C'est le cancer. Il a peur de te perdre.

— Ce n'est pas comme s'il m'avait maintenant, rétorqua-t-elle.

— Il le veut. Donne-lui une chance.

— Je te jure, depuis que tu as rencontré Kara, tu es devenu super autoritaire.

Il la prit dans ses bras.

— Viens, allons te chercher un verre de vin.

— Enfin quelque chose de sensé.

11

ZANE

Dehors, Zane se tenait avec Brody et Jackson dans la cuisine extérieure. Grâce à son four à pizza, son énorme grill et une longue table qui en occupait le centre, c'était un endroit parfait pour se retrouver. Conçu avec des pierres claires, l'espace couvert était un refuge contre le soleil brûlant des après-midi d'été. En hiver, ils accrochaient des lumières aux poutres et sortaient les chauffages extérieurs.

Là, Jackson se tenait au-dessus du grill. Brody était allongé avec des sacs de glace sur les genoux. Des arômes de poulet grillé et de brochettes de légumes emplissaient l'air. Kyle et Lance se lançaient l'un à l'autre une balle en caoutchouc dans la partie la moins profonde de la piscine. Le soleil de fin d'après-midi diffusait sur la cour et la maison une lueur dorée. Zane ouvrit des bières qu'il prit dans le réfrigérateur et les passa à Brody et Jackson. Il se servit une vodka avec des glaçons. Quelque chose manquait à ce jour qu'ils auraient dû célébrer. Il devait arranger les choses avec Honor. Dès qu'il en aurait l'occasion, il le ferait. Mais jusqu'à présent, elle était restée à l'intérieur avec Kara.

Lorsque Brody avait emménagé dans sa maison faite sur

mesure, la jalousie avait transpercé Zane. Toute sa vie, il avait été insidieusement tourmenté par la convoitise. Même s'il aimait Brody et qu'il l'admirait pour son sens du travail, cette envie lui collait à la peau comme un million d'insectes aux griffes acérées. Il s'était attendu à ce que cela passe, mais elle était maintenant plus puissante que jamais, et peut-être d'autant plus redoutable que ses options étaient limitées ces derniers temps. Plus jeune, il avait eu le monde entier à ses pieds. Il aurait pu le conquérir et revenir à la maison riche. Mais ce ne fut pas le cas. Le reste de la Meute avait progressé tandis que Zane était resté au même point.

L'estime de soi n'était pas une question de dollars et pourtant, ça l'était quand même. Après toutes ces années, il était encore un outsider. À servir les riches au lieu d'être un des leurs. Bien sûr, Brody, Lance et Jackson étaient nés dans l'opulence et perpétuaient l'héritage de leurs pères. Brody avait repris le flambeau du sien comme joueur de football professionnel et, un jour, il deviendrait lui aussi commentateur. Lance n'était pas seulement né avec une cuillère en argent dans la bouche, mais il était doté d'un esprit capable de convertir les chiffres en richesses. Jackson, quant à lui, était le fils du bien-aimé docteur de la ville.

S'il était vrai que Kyle avait commencé en plus mauvaise position que Zane, on le voyait maintenant acheter la moitié de la Californie comme s'il était possédé par un démon. Et Zane ? Qu'avait-il ? Aucun talent à part celui de concocter de bons martinis. Il portait le fardeau d'un père qui avait économisé et travaillé vingt heures par jour pour finir récompensé par une maladie dégénérative à une époque où il devrait jouir de sa retraite.

Si Zane avait pu contrôler son amertume, il l'aurait fait. Que lui faudrait-il pour avoir l'impression de connaître le succès ? Une brasserie prospère serait-elle suffisante ? Il ferait en sorte que cela arrive. Kyle avait raison. Avec ce partenariat, ils y gagneraient tous une chose qu'ils désiraient.

— Tu veux des chips ? demanda Brody. Tu n'as pas l'air dans ton assiette.

— Nan. Juste un verre, ça m'ira, répondit Zane.

Il devrait avoir faim, mais la nervosité lui brouillait l'estomac.

— Écoute, j'ai peut-être jeté de l'huile sur le feu avec Honor, le prévint Brody. Elle sait que tu nous as parlé de son cancer.

— Je vois, dit Zane.

Super. Il avait bien besoin qu'Honor soit encore plus furieuse contre lui.

Jackson leva la tête après avoir tourné une brochette sur le gril.

— De toute évidence, elle ne voulait pas qu'on le sache. Mais ce n'est pas comme ça que ça marche entre nous. Tu dis quelque chose à l'un de nous et on est tous au courant.

— Désolé, mon pote, dit Brody. J'essayais de t'aider.

— Pas grave. Apparemment, je gâche quasiment tout quand il s'agit d'Honor, dit Zane.

— Fais-lui juste savoir ce que tu as dans ton cœur, lui conseilla Jackson.

— Facile à dire pour toi, répondit Zane.

Tu sais toujours exactement quoi dire à tout le monde. Pas moi.

Il leva la tête et vit Honor et Kara descendre les escaliers de la terrasse, chacune avec un verre de vin blanc. Honor portait un adorable chapeau de paille et un paréo dont le tissu très fin laissait entrevoir les contours d'un bikini. De grandes lunettes de soleil rondes cachaient la moitié de son visage. *Elle ressemble à une star du cinéma. Pourquoi voudrait-elle d'un crétin comme moi ?*

Zane la regarda défaire le paréo qu'elle jeta sur le dossier d'une chaise près du jacuzzi. Son bikini était du même bleu turquoise que la piscine. Kara, elle aussi, s'était mise en maillot de bain. Devrait-il aller là-bas ? À peine s'était-il posé la question que Kara lui lança un regard qui signifiait : *Viens ici tout de suite !* Il avait sa réponse.

Bon, allons-y. Il traversa la surface chaude jusqu'à l'autre côté de la piscine. Quand il croisa Kara, elle lui chuchota à l'oreille :
— Tu peux le faire.

Il rejoignit Honor et s'arrêta au bout de sa chaise. Elle regardait son téléphone et ne leva pas les yeux vers lui.
— Salut, lui dit-il.

Elle releva la tête et le regarda par-dessous son chapeau.
— Salut aussi.
— Comment tu te sens ?

Il pouvait voir son propre reflet dans les lunettes, aussi enflé et déformé qu'un Picasso.
— Mis à part le fait qu'un violeur est en liberté, tout va bien, dit-elle.

Ses tripes se nouèrent en entendant le mot *violeur*. Gorham avait violé une enfant de dix ans. Comment cet homme avait-il pu sortir de prison ? Comment avait-il même survécu à la prison ? Zane baissa les yeux sur ses mains. *Reprends-toi. Sois fort pour elle.*
— Le type dans ton allée, tu penses que c'était Gorham ? demanda-t-il.
— Aucune idée.

Il ne pouvait pas voir ses yeux derrière ses grosses lunettes, mais sa lèvre inférieure tremblait.
— J'aimerais pouvoir faire quelque chose, lui dit-il.

Elle ôta ses lunettes de soleil et regarda droit devant elle pour éviter tout contact visuel avec lui.
— Moi aussi.

Les yeux rouges, pas de maquillage. Elle avait pleuré.
— Je peux m'asseoir ? demanda-t-il.
— Si tu veux.

Il s'assit sur la chaise longue d'à côté, face à elle. Le chapeau de paille dessinait sur le cou d'Honor un motif de gaufre. Il adorerait toucher sa peau à cet endroit, la titiller avec sa bouche jusqu'à ce qu'elle se cambre et enroule ses bras autour de lui.

— Tu n'avais pas le droit de parler de mon cancer à tout le monde, reprit-elle.

Il se tourna vers la cuisine extérieure. Kyle et Lance étaient sortis de la piscine et ouvraient des bières.

— Tu as raison. Je te demande pardon.

— Si j'ai gardé ce secret, c'était pour une raison.

— Tu ne veux pas qu'on te voie comme une personne malade ou qui pourrait tomber malade. Je comprends. J'ai eu tort de leur dire.

— Je ne sais pas pourquoi tu as fait ça.

La colère avait partiellement quitté sa voix.

— Je me suis laissé emporter.

J'essayais de me défendre.

— Maintenant, tout le monde va se demander si je vais retomber malade. Et du coup, ils sont aussi tous au courant que je ne peux pas avoir d'enfants. Ça va bien au-delà de ce que je veux qu'on sache de moi.

— Ces gens tiennent beaucoup à toi. Ils veulent faire partie de ta vie.

— Le cancer appartient au passé, insista-t-elle.

— Tout ce qui nous arrive dans la vie fait de nous ce que nous sommes aujourd'hui. Quand je vois tout ce que tu as subi et tout ce que tu as accompli, je suis en admiration.

Est-ce que c'était suffisamment vulnérable ?

— Tu es encore plus dure à cuire que je ne le pensais.

— Si tu continues comme ça, je ne serai peut-être plus si fâchée longtemps, dit-elle en contractant la commissure de ses lèvres.

Alors, autant poursuivre ses excuses.

— Je suis aussi désolé pour hier soir, reprit-il.

— Aucune raison de l'être.

— Si. J'étais pétrifié. C'est tout. Je ne savais pas quoi

répondre. Tu as mal interprété mon silence. Après t'avoir quittée hier soir, j'aurais voulu m'étrangler. Ma réaction t'a blessée. C'était évident. Mais je ne savais pas comment corriger le tir. Pardonne-moi de t'avoir fait du mal.

— D'accord. Alors, qu'est-ce que ton silence signifiait ?

— Je m'en fous que tu ne puisses pas avoir d'enfants.

Super ! Juste comme ça. Bravo pour la délicatesse ! Ça lui ressemblait vraiment bien.

Elle remit ses lunettes de soleil.

— Zane, sérieux, ne fais pas ça.

— Ne fais pas quoi ? demanda-t-il.

— Ne me mens pas.

— Je ne mens pas. J'ai beaucoup de travers, mais le mensonge n'en fait pas partie. Ça n'était pas à propos d'avoir des enfants ou pas. Le cancer, c'est ça qui m'a fait peur.

Il dut prendre une grande inspiration.

— J'ai peur de perdre quelqu'un qui m'est cher. Encore une fois.

— Me perdre ? Comme si j'allais retomber malade et mourir ?

— Ça a l'air affreux dit comme ça, dit-il.

À sa grande surprise, elle se mit à rire et ôta ses lunettes de soleil.

— Je n'ai pas l'intention de mourir de sitôt. Je viens de faire un contrôle. Toujours pas de cancer. Ils ont tout enlevé et on a enchaîné avec la chimio. Alors, je vais bien.

Les lèvres boudeuses d'Honor affichaient un sourire.

— On va tous mourir, tu sais ? Il est impossible qu'aucun d'entre nous ne s'en sorte vivant.

— Je sais, répondit-il en se frottant la tempe, embarrassé. Ça paraît stupide quand je le dis à voix haute. Mais c'est la direction qu'a prise mon esprit. Je tiens à toi. Beaucoup.

Ces derniers mots furent prononcés dans un murmure.

— Et quand j'aime les gens, ils ont tendance à partir.

Le regard brun d'Honor s'adoucit. Elle se passa la langue sur la lèvre supérieure.

— Je ne vais nulle part.

Elle le surprit à nouveau en balançant ses jambes hors de la chaise et en les plaçant entre les siennes.

— Est-ce que tu as déjà songé que notre problème, c'était qu'on se ressemblait trop ?

— Ça m'a traversé l'esprit.

Il se pencha vers elle.

— Maintenant, je vais t'embrasser.

— Pas ici, répondit-elle. Tout le monde regarde.

Il se leva et l'entraîna avec lui.

— Alors, allons dans un endroit tranquille.

Elle ne protesta pas. Il garda sa main dans la sienne et la conduisit dans le pavillon de la piscine. Une fois à l'intérieur, il referma la porte derrière eux et l'attira contre lui. L'odeur du chlore et de la crème solaire titillait ses narines. Le soleil ruisselait entre les fentes des stores en bois. Elle retira son chapeau et le jeta sur le banc derrière eux. Il capta le parfum de ses cheveux et le respira, espérant pouvoir le garder.

— Je suis vraiment nul pour tout ça, dit-il. Manifestement, je ne te mérite pas et je le sais, mais j'espère que tu me donneras l'occasion d'essayer. Quand tout sera fini et qu'ils auront ramené ce monstre en prison, je t'emmènerai dans un endroit sympa.

— Ça me plairait bien. Je suppose.

Elle avait les yeux remplis de larmes. L'une d'elles s'échappa et coula le long de sa joue. Il l'attrapa avec son pouce.

— Ne pleure pas. S'il te plaît, je ne supporte pas de te voir triste ou effrayée.

Elle ne répondit pas, mais leva ses yeux bruns pour regarder dans les siens. Si près d'elle, il pouvait voir les restes de mascara sur ses cils qui étaient maintenant inégaux. *Elle est en train de craquer. Je dois être là pour la remettre sur pied.* Serait-il à la hauteur de la tâche ? Il en doutait vraiment, mais il allait essayer. *Sois un homme et agis.* Ce qui, de manière étrange, impliquait de se montrer vulnérable. Était-ce la clé de l'intimité ? Si c'était le cas, il était terriblement mal préparé. Il suffisait de demander à Natalie. Elle pourrait sans doute citer des dizaines de moments où elle avait eu besoin qu'il s'ouvre à elle, mais au lieu de cela il l'avait fuie. Si seulement quelqu'un lui avait dit quand il était petit que la force n'avait rien à voir avec le stoïcisme. Il s'agissait plutôt de révéler ses pensées, ses peurs et ses insécurités, toute la douleur engendrée par le fait de vivre.

— Quelle pagaille ! Avec Gorham dans le coin, c'est comme si mon ancien monde était entré en collision avec le nouveau. Je pensais que tout était derrière moi. J'ai à nouveau l'impression qu'on a violé une partie sacrée de moi.

— Je suis réellement désolé.

— C'est lui qui m'a fait ça. Le cancer, c'est à cause de lui. Ils ont soutenu que c'était faux, mais je le sais. Il m'a brisée à plus d'un titre.

— Mais tu es forte. Tu as gagné en continuant à vivre.

— Je ne peux pas te donner la vie que tu veux ou que tu mérites.

Elle posa la main sur son propre ventre.

— Ici, il n'y a rien. Tu mérites une femme qui n'est pas défectueuse.

— Tu n'es certainement pas défectueuse. C'est juste que tu ne peux pas avoir d'enfants.

— Pour une femme, c'est la même chose.

— Peut-être que je ne veux même pas d'enfants. Ce n'est pas une chose à laquelle j'ai pensé depuis que Natalie m'a quitté.

— Mais avec elle, tu y as pensé, non ? demanda-t-elle.

— Je suppose que oui.

— Je ne peux pas être responsable du fait que ta vie te déçoive, dit-elle. Pour le moment, tu penses que ça va, mais plus tard, quand la passion aura disparu, tu te mettras à m'en vouloir.

— Je ne crois pas.

— Mais tu n'en sais rien. J'ai fait des recherches là-dessus, Zane.

— Ça ne veut rien dire.

— Si.

— Ces recherches concernent les autres, pas nous. Ce que je ressens pour toi, le fait que je t'admire, que je t'aime, rien de tout ça ne peut être détruit par la stérilité.

Les yeux d'Honor s'arrondirent comme des soucoupes.

— Tu viens de dire que tu m'aimais ?

Ah oui, il l'avait en effet dit.

— Ça fait longtemps que je t'aime. Et je t'aimerai encore longtemps. Tu n'es pas obligée de me le dire aussi. Donne-moi simplement une chance de me battre pour toi. C'est tout ce que je demande.

— Tu m'aimes ?

— Je t'aime.

— Oh, mon Dieu ! Même avec tout ce qui cloche ?

— Peut-être justement à cause de ça, dit-il en lui caressant la mâchoire avec le pouce. La forme de ton visage est un cœur parfait.

— Le tien est tout simplement parfait, dit-elle. Je n'ai jamais été amoureuse.

— Et tu es amoureuse de moi, tu crois ?

— Je ne sais pas.

— Qu'est-ce que ça te fait quand je suis près de toi ?

— Je voudrais juste que tu le sois tout le temps, répondit-elle. Parfois, juste pour t'étrangler.

— À mon avis, ça ressemble à l'amour.

— Ça n'a pas l'air aussi marrant que pour les autres.

— C'est parce que je m'y prends comme un manche, dit-il. Mais ça va changer à partir d'aujourd'hui. Pour être quitte, tu veux savoir un secret ? Quelque chose que je n'ai jamais dit à personne. Et tu peux le dire à tout le monde.

— Oui, vas-y.
— Je suis jaloux des autres gars de la Meute. Jusqu'à en être aveuglé par la rage.
— Jaloux ? À cause de leur argent ?

Son premier réflexe aurait été de plaisanter, de dire qu'il était bien plus beau qu'eux et que ça ne pouvait donc pas être à cause de ça. Mais ce n'était pas ce dont le moment avait besoin. Il devait dire la vérité à la femme qui le comprenait comme personne d'autre.

— Ouais.

Il fit un geste vers la maison, sachant qu'avec ce mouvement innocent, elle comprendrait exactement ce à quoi il faisait référence : cette maison et ce jardin qui représentaient la fortune.

— J'en ai honte. Vraiment.
— Ça m'arrive aussi d'être envieuse. Pas tant de la richesse que ce qu'elle représente. Grâce à leur famille, Brody et Lance sont devenus sûrs d'eux et généreux. Ils ont été voulus, aimés, et ils ont reçu toute l'attention nécessaire. C'est tellement évident. Tout cet amour se nourrit de lui-même et leur donne les outils dont ils ont besoin pour construire des vies qui ont du sens. Je n'aurai jamais ça, peu importe combien d'argent je gagne.

— J'avais mon père, dit Zane. Il ne montrait pas toujours son affection, mais il compensait ça par ses actes.

— Parfois, je prétendais qu'il était aussi mon père, dit Honor.

Cet aveu et tout ce qu'il signifiait transpercèrent le cœur de Zane.

— Si tu veux des enfants, il y a des moyens, dit Zane. Des approches plus créatives.

— Et l'héritage des Shaw alors ? demanda-t-elle.

— Je ne suis pas sûr qu'il y ait beaucoup à craindre là-dessus. Ce n'est pas comme si on était les Rockefeller.

— Et tes yeux ?
— Mes yeux ?
— Je veux un bébé avec tes yeux, dit-elle.

Son cœur s'était arrêté de battre, il l'aurait juré. Il n'arrivait pas à prendre une inspiration suffisante pour remplir ses poumons. Pour la première fois, il comprenait ce que le cancer avait arraché à Honor. La chance d'avoir un bébé avec l'homme qu'elle aimait. Cela voulait-il dire qu'elle l'aimait ? *Ne t'emballe pas. Concentre-toi sur elle, pas sur tes propres pensées égoïstes.*

— Je vais m'améliorer. Je veux être meilleur. Pour toi, dit-il en passant ses mains dans les cheveux d'Honor. Sophie pense que je devrais essayer de retrouver ma mère.

— Pourquoi ?

Le regard d'Honor devint aussi dur que le chocolat autour d'une crème glacée.

— Pour tourner la page. Pour savoir. Une façon de mettre fin à ma peur de l'abandon. Des trucs comme ça.

— Tu veux vraiment ça ?

— Je ne pensais pas, mais peut-être que oui. Je ne suis pas sûr qu'on puisse la trouver. Et si je la retrouve, je ne sais de toute façon pas si j'aurai le courage de la rencontrer. Et puis ça a un parfum de déloyauté vis-à-vis de mon père, d'une certaine manière.

— Trouvez-la d'abord. Ensuite, tu décideras, lui dit-elle.

Ils furent alors interrompus par la nouvelle que le repas était prêt. Il prit sa main lorsqu'ils traversèrent le jardin jusqu'à la table extérieure. La main de cette fille tenait parfaitement dans la sienne.

12

HONOR

Après avoir passé tant d'années à dormir dans des espaces exigus quand elle était enfant, Honor pouvait s'allonger et rester dans la même position toute la nuit. Elle se réveilla le lendemain matin tout au bord du lit de la chambre d'amis de Brody avec l'odeur de Zane sur les mains. Il était dans son lit. Inutile de se faire toute petite ce matin. Il lui laissait largement assez de place. Elle se retourna pour le voir dans la douce lumière matinale. Il dormait sur le ventre, les bras enroulés autour de l'oreiller et la joue droite enfoncée dedans.

Après le dîner, ils avaient disparu dans la chambre sans s'excuser auprès de leurs amis. Elle rougit en se rappelant ce qui s'était passé dans l'obscurité.

Son estomac gargouilla. Il était plus de neuf heures, un jour de semaine. Elle devait se lever et vérifier ses messages. Brody n'avait pas besoin de retourner en ville avant cet après-midi. Il pourrait avoir besoin d'elle avant de partir. Elle se glissa hors du lit en faisant attention à ne pas réveiller Zane. Il avait besoin de sommeil et de beaucoup d'eau pour récupérer de leurs acrobaties entre les draps. Elle alla à pas de loup jusqu'à la commode.

Le tee-shirt qu'elle portait habituellement pour dormir était encore bien plié dans le tiroir. Ils ne s'étaient pas encombrés de pyjamas.

Après l'avoir enfilé, elle attrapa son téléphone portable sur le chargeur. Aucun message de qui que ce soit, y compris du Tennessee. Pas de nouvelles, bonnes nouvelles ? Pas forcément. Elle aurait dû s'inquiéter, mais avec Zane ici, elle se sentait en sécurité. Un élan de joie la traversa. Zane l'aimait. Elle l'aimait. Il était assez grand pour emplir tout son univers. Si elle devait être collée à ses côtés jusqu'à ce qu'ils trouvent Gorham, soit. Elle pouvait imaginer de pires peines de prison.

L'odeur du bacon la ramena au présent. Kara leur préparait-elle le petit-déjeuner ? Non, elle devait travailler ce matin. Était-ce Brody qui cuisinait ? La dernière fois qu'il avait essayé, il avait quasiment incendié la cuisine. Alors qu'elle réfléchissait à cela, Zane remua. Il se redressa d'un coup et regarda autour de la pièce comme s'il ne savait pas où il était. Les cheveux en bataille et le visage hagard, il cligna des yeux avant de se fendre d'un sourire apparemment très satisfait.

— Ce n'était pas un rêve ? demanda-t-il.
— Non.
— Reviens ici.
— Tu sens le bacon ? demanda-t-elle en traversant la pièce pour se remettre au lit.
— Je sens le bacon, mais je préfère te sentir toi.

Il l'attira plus près de lui et plaça sa bouche contre son cou.
— Pas de bisous. L'haleine du matin, le prévint-elle.
— Je vais juste embrasser ton cou alors.

Et il s'exécuta en la grignotant comme si elle était une pâtisserie, jusqu'à ce que son estomac grogne si fort qu'ils éclatèrent tous les deux de rire.

— On a brûlé pas mal de calories hier soir, dit-elle.

Il releva la tête.
— Le meilleur exercice qui soit.

Elle suivit le contour de sa forte mâchoire avec ses doigts.

— Tu es le premier homme avec qui je passe toute la nuit.

Il s'appuya contre la tête de lit.

— Pas possible !

— Penses-y.

— C'est bien, non ?

— Très bien.

— On a été deux idiots, dit-il. Cette dernière nuit le prouve.

— On est un peu lents dans ce domaine particulier.

Elle toucha la veine qui remontait sur son avant-bras. Le sang qui alimentait son cœur coulait à cet endroit précis.

— Sérieusement, qui peut être aussi stupide ?

— Des gens comme nous, répondit-elle.

— Ne soyons plus ces gens.

— On ne peut pas se transformer tout d'un coup en êtres plus éclairés, dit-elle en riant.

— C'est peut-être ce que fait l'amour. Ça nous rend meilleurs et plus courageux.

— On croirait entendre Jackson, dit-elle doucement en jouant avec les poils dorés de son poignet.

— J'ai l'impression d'être lui ce matin. C'est l'effet que tu me fais. Je pourrais me mettre à écrire de la poésie après le petit-déjeuner.

Elle rit.

— Laisse peut-être ça à Maggie.

— Quoi ? Tu ne crois pas en mon talent ? Tu m'anéantis.

— Je crois que tu pourrais presque tout faire, Zane Shaw. Sauf peut-être écrire de la poésie.

— Je vais te prouver que tu as tort. Et je me lance sur le champ. Rouges sont les roses, bleues les violettes. Et comme vous, magnifique est ce matin de fête.

Le cœur d'Honor aurait pu éclater. Était-il enfin venu à elle ? C'était ça ? Son grand amour était enfin arrivé.

— À mon tour. Rouges sont les roses, bleues les violettes. Tu m'aimes et je t'aime, et c'est tout bête.

— Tu m'aimes ? s'étonna-t-il.
— Je t'aime.
— Je pourrais passer le reste de ma vie à te regarder.
Une lueur de doute refroidit la chaleur dans son estomac. Était-ce juste son apparence qui plaisait à Zane ? Si elle grossissait, vieillissait ou était estropiée, l'aimerait-il encore ? Ou était-il vrai qu'il aimait tout chez elle, y compris les aspects d'elle-même qu'elle jugeait sombres et laids ? Avait-il vu quelque chose de beau à l'intérieur aussi ? La voix affreuse était revenue et criait dans sa tête. *Tu es trop laide et stupide pour quelqu'un d'aussi génial que Zane. Il ne peut pas t'aimer pour de vrai.*
— Que s'est-il passé ? Où t'es-tu perdue ? demanda-t-il.
— Nulle part. Je suis là.
Mais la fausseté de son ton la trahit.
— Dis-moi.
Il la prit par le menton et elle n'eut d'autre choix que de le regarder dans les yeux.
— Et si je grossissais ? Tu sais que je vais vieillir. Tu m'aimeras toujours ?
— Ce que je ressens pour toi a plus à voir avec ce qu'il y a à l'intérieur qu'à l'extérieur. Qu'est-ce qui te fait penser ça ?
— La femme renfrognée du fermier m'a dit que personne ne m'aimerait jamais, que j'étais trop bête et laide.
Elle avait essayé de lancer ça comme quelque chose qui ne la dérangeait plus. Ce fut un échec. Les larmes l'étouffèrent et brouillèrent sa vision. Cela faisait toujours mal. Même après tout ce temps.
— Je vais buter cette femme, dit Zane.
Cela la fit rire à travers ses larmes. Ils se ressemblaient tellement.
— La colère d'abord, la tristesse plus tard.
Il sourit en essuyant les larmes de ses joues avec son pouce.
— C'est l'idée, oui. Je suis désolé, bébé. Je suis navré que tous ces gens t'aient fait du mal. Si je pouvais, je les éliminerais de la

surface de la Terre et j'effacerais tous les mauvais souvenirs de ta mémoire.

— Mais tu ne peux pas. Rien ne peut effacer le passé.

— Alors, je vais essayer de te donner le meilleur avenir possible. Et t'aimer si fort que tu n'entendras plus que ma seule voix.

— Et que dira cette voix ?

Il détourna le regard brièvement, comme s'il réfléchissait, avant de la regarder dans les yeux.

— Elle murmurera à ton oreille : *Tu es intelligente, gentille, courageuse et forte. Je t'admire plus que tout au monde. Je serai à tes côtés aussi longtemps que tu voudras de moi.*

— En fin de compte, il se peut que tu sois vraiment un poète, chuchota-t-elle.

— Si je l'étais, tu serais ma muse.

13

ZANE

De retour chez lui, Zane se tenait à la fenêtre ouverte qui donnait sur la rue en contrebas. Il n'avait pas la fibre d'un artiste mais, ce matin, il avait une irrépressible envie de chanter. Cela le démangeait de descendre la rue principale de Cliffside Bay en dansant, vêtu d'un costume, d'une fine cravate et de chaussures noires reluisantes, tout en jouant avec une canne comme Fred Astaire dans ces films que son père adorait. Un costume ! L'amour faisait faire des choses très étranges.

Le ciel avait-il déjà été aussi bleu ? L'air marin flirtait avec les bouleaux bordant la rue. Les feuilles voltigeaient comme de joyeuses ailes de papillon. Les arômes de café du stand de Martha flottaient par sa fenêtre. Les seaux de fleurs devant l'épicerie ornaient le trottoir de tons vifs. Cliffside Bay était animée par l'activité matinale ordinaire des habitants, mais avait-il déjà vraiment *vu* la rue ? Comment n'avait-il pas noté les pittoresques jardinières qui pendaient aux fenêtres du studio de danse de Miss Rita ? Ou les cris ravis des enfants du petit parc voisin de son immeuble ?

Quelques voitures descendaient lentement la rue principale

en direction de la plage. En milieu de matinée, la ville serait envahie par les touristes, mais pour l'instant Cliffside Bay semblait endormie et tranquille. Les surfeurs revenaient de la plage avec leur planche sous le bras.

Lance et Mary buvaient un café de chez Martha sur le banc à l'extérieur de l'épicerie, parlant peut-être de leurs projets pour la librairie. Il ne l'avait pas remarqué avant, mais Mary était vraiment jolie. Peut-être grâce à la compagnie de Lance, son visage inquiet, souvent pincé, avait laissé la place à une expression impliquée et amusée. Pouvait-il y avoir là une histoire d'amour qui couvait ? Le fait d'être amoureux le rendait un peu bête. Mais qui s'en souciait ? Il s'y adonnait avec bonheur.

Lance avait, lui aussi, l'air heureux, tout bronzé et détendu. Il avait fait le bon choix en quittant New York. Cela dit, une librairie était une tout autre entreprise que la gestion de fonds spéculatifs. Surtout parce qu'il était plus difficile d'en tirer des profits. Mais que se passerait-il si elle était combinée à un stand de café et de soda ? Martha pourrait se développer dans la librairie. Ils avaient besoin d'un moyen pour inciter les gens à entrer et acheter un livre. La boutique de Violette pouvait-elle également en bénéficier ? Peut-être que tous ces commerces devaient être rassemblés autour d'une fontaine à soda à l'ancienne, avec des livres, des cadeaux uniques, des bonbons, des glaces et autres friandises. Ils pourraient abattre les murs et donner à l'espace une atmosphère plus accueillante. Des sièges extérieurs pourraient être ajoutés pour les mois d'été. Avec un peu de panache, l'endroit pourrait devenir un lieu de rencontre pour les jeunes du coin.

Une volée de moineaux atterrit dans le chêne devant sa fenêtre et chanta pour lui. Oui, ces oiseaux semblaient chanter juste pour lui. *Pour moi, parce que je suis amoureux.*

Le parfum d'Honor persistait autour de lui bien après qu'il s'était douché et rasé. Comment pouvait-on sentir si bon ? Ou se sentir aussi bien ? La façon dont elle s'était offerte à lui hier soir avait touché une partie de son cœur qu'il ne croyait pas exister, une chambre secrète où le nom d'Honor était gravé avec les mèches soyeuses de ses cheveux. Il savait qu'il valait mieux ne pas espérer, mais les endorphines avaient tout de même envahi son corps. Ces redoutables substances chimiques qu'il avait tant essayé d'écraser parce qu'elles lui faisaient perdre la raison et l'emplissaient d'un espoir fou.

Cela durerait-il ? Ou Honor finirait-elle par décider qu'il n'avait pas les épaules pour satisfaire ou rendre heureuse une femme comme elle ? Elle pourrait faire marche arrière, tout comme Natalie, et avant qu'il ne détecte ce qui n'allait pas, elle le larguerait, non pas pour un écolo comme le gars au catogan, mais un mec riche et sophistiqué. Peut-être un milliardaire rencontré lors d'une réunion d'affaires avec Brody. Un jour, elle regarderait Zane et se dirait : *Ce n'est qu'un barman. Pauvre et submergé par les factures médicales de son père.*

Penserait-elle cela ? *Ne sois pas idiot et ne va pas gâcher cette histoire.* Honor n'était pas comme ça. Elle était certes mature et indépendante, mais aussi gentille et généreuse. Tout ce culot apparent cachait en fait une terreur affreuse. *Personne ne veut de moi.* Elle était tellement plus que son personnage fougueux et raffiné. Sous ce mécanisme de défense, il y avait une femme en acier trempé, tel le plus beau châssis jamais mis au point. Elle avait tracé sa route dans un monde qui voulait l'étouffer et la rapetisser. Elle s'était élevée malgré tout.

Et elle lui correspondait, avec son propre bagage et ses blessures. L'abandon d'Honor conférait à Zane une excellente partenaire. Elle avait vu au-delà de toutes ses bravades à travers la lentille d'une âme éprouvée dès la naissance. Sa mère avait préféré la drogue à elle. Elle n'avait jamais connu son père. Les hommes qui l'avaient blessée, il voulait leur arracher les membres les uns après les autres. Hier soir, alors qu'elle s'était endormie dans ses bras, il avait juré que plus personne ne lui ferait de mal. Pas s'il pouvait l'empêcher.

Plus tard dans la journée, Zane faisait quelques longueurs dans la piscine pendant qu'Honor travaillait sur son ordinateur portable à l'ombre de l'auvent. Quand il eut fini, il bondit hors de l'eau avec l'intention de leur préparer un sandwich pour le déjeuner. Honor releva la tête alors qu'il approchait.

— Demain, je dois me rendre à Los Angeles pour une réunion, annonça-t-elle.

— J'irai avec toi.

Pas question de la laisser y aller seule. C'était dangereux.

— Pas la peine. Je vais engager la société de sécurité que j'utilise pour Kara. Ils enverront quelqu'un.

— Je veux quand même t'accompagner. Garde du corps ou pas.

— On pourrait y passer la nuit, peut-être ? Une petite escapade.

— Notre première escapade. Avec le garde du corps. Très romantique.

— On s'assurera qu'il reste à l'extérieur de la chambre d'hôtel, dit-elle.

— Dis-leur d'envoyer le meilleur qu'ils ont.

— D'accord.

Il déposa un rapide baiser sur sa joue et entra pour leur préparer le déjeuner.

En assemblant les sandwichs, il repensa à Los Angeles. Il n'y était pas retourné depuis qu'il était rentré à Cliffside Bay. En partant, il avait juré de ne plus jamais y remettre les pieds. Il n'avait là-bas que des mauvais souvenirs. Cependant, le moment était peut-être venu pour lui d'affronter son passé et de s'assurer qu'il ne commettrait pas avec Honor les erreurs qu'il avait commises avec Natalie. Il avait besoin de savoir ce qu'il avait fait pour pousser Natalie dans les bras d'un autre homme. Qu'avait-il fait pour écraser l'amour qu'elle lui portait ? Une citation de

Maya Angelou lui vint à l'esprit : *Quand vous savez mieux, vous faites mieux.*

Mon Dieu, j'espère que c'est vrai.

LE LENDEMAIN, une voiture avec chauffeur et garde du corps arriva pour les conduire en ville. À San Francisco, ils prirent un vol pour Los Angeles en première classe. Apparemment, Honor voyageait systématiquement en première classe. *J'ai des tonnes de miles, donc je suis toujours surclassée,* lui avait-elle expliquée. Toute la matinée, il avait bataillé avec lui-même. *Elle gravite dans des milieux que tu ne fréquentes pas. Pas grave. Elle t'aime. Ne fous pas ça en l'air.*

Lorsqu'ils atterrirent à Los Angeles, il était convaincu que la première classe était la seule façon de voyager. Et si la femme qu'il aimait gagnait plus d'argent que lui ? Si ça ne la dérangeait pas, pourquoi devrait-il s'en préoccuper ? *Bon courage avec ça, mon gars !* Mais il travaillait là-dessus.

Quand le chauffeur les déposa avec le garde du corps à l'endroit où avait lieu la réunion d'Honor, Zane lui souhaita bonne chance et alla flâner dans le hall. Au petit matin, il avait vaguement établi un plan pour voir Natalie. Après s'être demandé maintes fois s'il devait ou non lui rendre visite, il décida finalement que c'était l'occasion idéale de le faire. Il tapa l'adresse professionnelle de Natalie dans l'application Uber de son téléphone. D'après son profil sur les réseaux sociaux, il savait qu'elle travaillait toujours dans le même immeuble. Quelques minutes plus tard, une voiture arriva. En se glissant sur la banquette arrière, il faillit se dégonfler. Mais non, il devait le faire pour Honor. Pour eux.

Quelques minutes plus tard, il entra dans le hall du gratte-ciel où travaillait Natalie. Les odeurs de café et d'ail provenant du restaurant italien du rez-de-chaussée lui retournèrent l'estomac. Il était nerveux. *Mets un pied devant l'autre.* C'était tout ce qu'il fallait pour être courageux. Il prit l'ascenseur jusqu'au huitième étage. Combien de fois avait-il monté ces huit étages pour déjeuner avec Natalie ou passer la prendre après le travail ? Il avait vraiment été innocent, si sûr que tout se déroulerait comme prévu. Il n'avait que la moitié de son bagage à cette époque-là. Natalie s'était chargée d'apporter l'autre moitié.

Depuis près de quatre ans, la réceptionniste avait changé. Dieu merci ! S'il avait été reconnu, l'embarras l'aurait forcé à disparaître sous terre.

— Natalie Moore est-elle là aujourd'hui ?

— Oui, elle est au bureau cet après-midi. Puis-je avoir votre nom ?

— Zane Shaw.

Elle décrocha le téléphone et parla en hochant la tête.

— Elle arrive tout de suite.

Il fit les cent pas devant les fenêtres. La pollution planait sur la ville comme une couverture sale et la circulation était congestionnée sur des kilomètres. Rien de tout cela ne lui manquait.

Le souvenir de la nuit où elle avait rompu leurs fiançailles était aussi net que la couche de pollution. Il était rentré à la maison après un dîner avec la Meute. Tout le monde était arrivé en ville une semaine à l'avance pour l'aider à préparer le mariage. Ce soir-là, il les avait tous invités à dîner, sachant que les jours suivants, il serait trop occupé pour passer du temps avec eux. Ils avaient mangé des steaks et bu un excellent scotch tout en parlant du bon vieux temps. Euphorique et rassasié, il entra avec bonheur dans l'appartement qu'il partageait avec Natalie.

Comme il était quasiment minuit, tout était sombre. Il faillit trébucher sur les valises entassées dans le vestibule. Elles étaient neuves et avaient été achetées pour leur lune de miel à Hawaii. Natalie avait-elle déjà décidé de préparer ses bagages ? Cela ne lui ressemblait pas. Elle avait plutôt l'habitude de tout faire à la dernière minute. Il ôta ses chaussures. Elle devait déjà dormir et il ne voulait pas la réveiller avec le bruit de ses pas sur le parquet. Mais en traversant le salon, il entendit le léger tintement des glaçons dans un verre. Son regard trouva l'origine du son. Natalie était assise près de la fenêtre. Elle tenait un verre dans ses mains. Un verre ? Si tard. Cela ne lui ressemblait en effet pas. Les lampadaires devant leurs fenêtres projetaient des ombres sur son visage.

— Qu'est-ce que tu fais dans le noir ? lui demanda-t-il.

— Il faut qu'on parle, répondit-elle d'une voix aussi rauque qu'un whisky doux.

— Qu'est-ce qui se passe ?

— Tu devrais t'asseoir. Je t'ai servi un verre.

Un scotch l'attendait sur la table basse.

— Tu me fais peur. Pourquoi es-tu en train de boire à minuit ? Tu n'as pas une séance d'essayage demain matin ?

— C'est justement ça, le truc. La séance d'essayage.

Elle se mit à pleurer, les épaules tremblantes, alors que les glaçons claquaient contre le verre.

Alarmé, il tomba à genoux devant elle.

— Il s'est passé quelque chose ?

— Oui, murmura-t-elle. Je suis amoureuse de quelqu'un d'autre.

C'était comme si une pelle géante avait été plongée dans sa poitrine et l'avait débarrassé de tous ses organes. Il resta là, vidé, à la dévisager.

— Nous nous marions dans quelques jours.

— Non, dit-elle en s'essuyant les yeux du revers de la main.

C'était une chose qu'il ne l'avait jamais vue faire. Elle était toujours si posée, si convenable.

— Bien sûr que si. Tout le monde sera là.

Abasourdi, il parlait lentement.

— Écoute ce que je suis en train de dire. Je te quitte. J'annule le mariage. Je suis amoureuse de quelqu'un d'autre.

— Qui c'est ?

Enfin quelque chose qui faisait avancer la conversation.

— Marcus. On ne l'a pas cherché, mais c'est juste arrivé.

— Marcus ? Le mari de Karen ?

— Oui, dit-elle en pleurant plus fort. On a essayé d'arrêter, mais on n'a pas réussi. On s'aime. Il la quitte. Je te quitte. On va se mettre ensemble.

— Karen est ta meilleure amie.

— Non, ce n'est pas elle. Elle est ma deuxième meilleure amie.

Il la fixa, paralysé. Non seulement on lui avait ôté tous ses organes, mais maintenant ses os se dissolvaient également. Il se concentra pour ne pas s'effondrer à terre.

— Ça fait combien de temps ?

— Quelques mois.

Ses muscles se remirent à fonctionner. Il bondit d'un coup sur ses pieds et se mit à l'incendier et à lui balancer tout un tas d'accusations. Mais en fin de compte, seule une question comptait :

— Comment as-tu pu nous faire ça ?

— Je suis désolée.

Elle se leva et traversa la pièce.

— J'ai laissé les clés sur le comptoir de la cuisine. J'enverrai chercher mes affaires.

Et ce fut tout. Elle sortit. La porte claqua. Un silence glacial s'abattit sur l'appartement. Il attrapa le verre de Natalie et le jeta contre le mur.

Il pensa ensuite à Maggie. Il la revit sur la plage, l'été précédant son décès. Des perles de sel faisaient reluire sa longue tresse rousse après leur surf. Vêtus de combinaisons, ils regardaient tous les deux Jackson prendre une dernière vague alors que le soleil se levait derrière eux. Maggie avait choisi Jackson, pas lui. Natalie aimait quelqu'un d'autre. Elles aimaient toujours quelqu'un d'autre que lui. Natalie était aussi partie. Quoi qu'il arrive, elles partaient toutes.

Il descendit le scotch et balança aussi ce verre contre le mur.

— Zane ?

Là, dans les bureaux de son ancien amour, il se retourna en entendant son nom. Natalie se tenait devant lui. Vêtue d'une modeste robe bleue, ses cheveux bruns attachés en queue de cheval, elle ressemblait plus à une élève d'une école catholique qu'à une femme approchant la trentaine. Elle était belle, bon sang !

— J'étais dans le quartier, lui dit-il.

Elle sourit et enroula ses bras autour de sa poitrine.

— C'est sympa de te voir.

— Tu as le temps de prendre un café ?

— Je dois rendre un dossier dans pas longtemps, mais on peut parler une minute dans une salle de conférence.

Il la suivit à travers une lourde porte menant à un couloir, puis dans une salle meublée d'une longue table. Ces pièces se ressemblaient toutes. Il avait oublié que c'était le genre d'endroit qui l'empêchait de respirer correctement.

Elle prit place à un bout de la table et croisa les jambes.

— Comment vas-tu ?

— Plutôt bien. Mon père est malade. Alzheimer. Sinon, ça va.

— J'en ai entendu parler, pour ton père. Je suis désolée.

— Merci.

Il aurait voulu lui demander comment elle était au courant, mais il n'avait pas le temps.

— En fait, je suis amoureux de quelqu'un. Et je veux que ça marche, cette fois. Je me demandais si tu pouvais me dire ce que j'ai raté avec toi.

— Oh... Rien, en fait. C'était à cause de moi, pas de toi.

Cette vieille colère se mit à ramper dans les tripes de Zane. *Pas très original, comme réponse.*

— Tu n'as rien de mieux que ça ?

— C'est la vérité. Je n'étais pas prête, Zane. Je ne savais pas comment te le dire, alors j'ai choisi la facilité. Je veux dire, ça paraissait plus facile, j'étais légitimée par le fait de tomber follement amoureuse de quelqu'un d'autre. *Le cœur a ses raisons* et tout ça. Mais en vérité, j'étais trop jeune pour me marier. Surtout à toi.

— Quoi ?

On pouvait toujours compter sur ce vieux couteau émoussé pour plonger dans la plaie qui ne se refermait jamais.

— Tu avais une si forte personnalité et j'étais trop faible. Je m'effaçais en ta compagnie.

— Je t'ai fait ça ?

— Non, pas du tout. C'était moi le problème. Tu n'avais besoin de personne pour te dire ce que tu voulais ou qui tu étais. J'étais incapable de démêler tes idées des miennes, ou même de décrypter ce que je voulais. J'étais devenue accommodante et je ne faisais que te suivre. Je m'étais perdue dans ta forte personnalité. J'avais besoin de trouver ma propre voie avant de pouvoir, ou de vouloir, être prête pour quelqu'un comme toi.

Il s'appuya contre le mur sous la rangée de fenêtres.

— Je suis désolé de t'avoir fait ressentir ça.

— Ça n'était pas toi. Tu ne saisis pas ? C'était moi. Il fallait que je grandisse et que je découvre qui j'étais avant de pouvoir me marier avec toi ou qui que ce soit d'autre.

— Mais à moi en particulier.

— À *n'importe qui* en particulier.

Elle plia et déplia ses mains sur ses genoux.

— J'ai fait ce qu'il fallait faire. Tu étais prêt à épouser une adulte et je n'en étais pas une.

— Je croyais que c'était parce que le gars au catogan était aussi doux qu'un bouddha. Donc, j'avais raison.

— Dans une certaine mesure, oui. Il était l'opposé de toi, c'est certain. Mais il était surtout mon excuse pour m'enfuir. Pardonne-moi de t'avoir fait du mal, mais je sais que si on s'était mariés, j'aurais fini par trouver un moyen de tout faire foirer. On ne peut pas aimer quelqu'un correctement tant qu'on ne se connaît pas et qu'on ne s'aime pas.

Il sourit.

— Tu as lu beaucoup de livres de développement personnel.

Elle lui rendit son sourire.

— Oui. Et j'ai fait pas mal de thérapie aussi. Je ne peux pas te laisser partir sans que tu comprennes que tu n'as rien fait de mal. Tu as été bon avec moi à tous égards.

— Je ne t'ai pas assez dit ce que je ressentais. Je n'étais pas vulnérable.

Cela lui parut si nul comme commentaire qu'il en grimaça. Ce truc d'être vulnérable, ça n'était vraiment pas fait pour les poltrons.

— Je le savais. Tu es aussi constant que l'océan. Mais même la marée ne peut pas déplacer ce qui n'est pas flexible. Je n'étais pas prête. C'est tout.

— Merci.

Ses épaules se détendirent, ce qui lui fit penser à ces lourds gilets fournis par les équipes médicales pour faire une radio. Après l'avoir enlevé, il se sentait toujours en apesanteur et sans fardeau.

— Tu as l'air d'aller bien, dit-il. Tu vas bien, n'est-ce pas ?

— J'y travaille, répondit-elle. Et toi ?

— Pareil.

ZANE GARDA HONOR à ses côtés alors qu'ils sortaient d'un restaurant de Santa Monica pour rentrer à leur hôtel. Le garde du corps les suivait à quelques pas. Juste avant le crépuscule, l'air était immobile et lourd. L'épais nuage de pollution se mêlait aux dernières lueurs du jour pour créer un coucher de soleil rose et orange vif. Il avait oublié que cette ville lui donnait l'impression de recouvrir ses vêtements et sa peau d'une couche de crasse. Pendant les années où il avait vécu ici, il s'était presque convaincu qu'il aimait l'agitation de la ville, les opportunités à chaque coin de rue. Cependant, à la fin de ses longues journées, la saleté de la ville semblait s'être infiltrée jusque dans ses pores. Un rappel que la vie urbaine avait des conséquences.

Par quoi commencerait-il, s'il devait décrire le temps qu'il avait passé ici à Honor ? Par le fait que ses sens s'étaient émoussés ? Par sa haine du train-train quotidien ? Comment décrirait-il cette époque ? Ces jours-là se confondaient désormais. Il ne pouvait plus les distinguer les uns des autres. Les journées interminables. La circulation rampante sur l'autoroute. Le bureau étouffant où on le piégeait dans un box, à moins qu'il ne sorte pour faire des ventes. Les séances d'entraînement punitives du soir pour façonner quelque chose, n'importe quoi, à sa volonté, ne serait-ce que les muscles de son corps.

Alors qu'ils marchaient vers la plage et la jetée, la foule se densifiait. Ils arrivèrent sur la promenade et se tinrent par la main juste à l'extérieur de l'agitation. Des cyclistes et des gens en rollers passaient rapidement. Un homme en monocycle faisait des cabrioles pour une petite foule.

— On marche jusqu'à la jetée ? proposa-t-il.

Elle acquiesça d'un signe de tête et ils se mirent à longer la promenade dans cette direction. Les badauds les doublaient tout autant que les joggeurs. Tout le monde était pressé.

Ils arrivèrent au niveau d'un petit garçon et de sa mère. Le garçon tenait la ficelle d'un ballon rouge. Sans prévenir, ses doigts potelés, peut-être fatigués, lâchèrent prise. Le ballon se mit à flotter vers le ciel et la mer. Il se mit à crier et à tituber vers la plage. Sur ses jambes courtes, il essaya de courir dans le sable, mais trébucha. Aussitôt relevé, il continua de crapahuter vers le rivage après son ballon. Sa mère l'appela et courut après lui avec une rapidité surprenante sur le sable. Elle l'atteignit en un rien de temps et le prit dans ses bras. Le petit garçon enfouit sa tête dans son cou pour sangloter.

Ne pleure pas. Le ballon avait disparu. Il était impossible de le récupérer. Mais il y aurait un autre ballon, un plus beau.

Ne cours pas après ce qui a déjà disparu. Ne cours pas après ce qui ne t'a jamais appartenu.

Combien de temps avait-il perdu à cause d'idées ou de personnes qu'il n'aurait pas dû poursuivre ? En rencontrant Natalie, il avait pensé avoir enfin trouvé un but à sa vie. Finalement, il avait découvert sa propre Maggie. Celle qui était faite pour lui. Une femme qui n'aimerait que lui. Natalie était attentionnée, jolie et douce. Elle était facile à vivre. Ils n'avaient jamais eu de désaccords ou de querelles. *Natalie est si gentille.* C'était ce que tout le monde disait d'elle, même Kyle qui n'était pourtant pas du genre à lâcher des amabilités. Tout cela avait conquis le besoin de stabilité de Zane. Elle ne partirait jamais. Pas la douce Natalie.

Mais sous toute cette gentillesse se cachait un grand besoin de découvrir qui elle était et ce qu'elle voulait. Pour être libre, elle avait dû penser à elle plutôt qu'aux autres. Elle avait dû détruire sa vie et blesser tous ceux qu'elle aimait pour se sauver. Il le comprenait désormais. Rien de tout cela n'avait quoi que ce soit à voir avec lui, avec sa valeur ou même avec quelque chose qu'il avait mal fait. Natalie avait eu un cheminement différent du sien.

Zane regarda vers la mer. Le ballon rouge n'était plus qu'un point à l'horizon. Bientôt, il disparaîtrait, absorbé comme le soleil dans la mer. Disparu, mais pas oublié. Une erreur dont le petit garçon se souviendrait la prochaine fois qu'il tiendrait un ballon. *Attache-le autour de ton poignet.*

Sophie avait eu raison. Le fait de se forcer à voir Natalie l'avait libéré aussi vite que le ballon s'était échappé.

Son propre voyage avait commencé le jour où Natalie était partie. Sans le courage dont elle avait fait preuve, ils seraient maintenant coincés dans une routine qu'ils détesteraient tous les deux, avec leurs emplois stables et les dîners entre amis dans un appartement modestement décoré pour cacher la vacuité de leur vie.

Il jeta un coup d'œil furtif à la femme qui marchait désormais à ses côtés. Honor avait attaché ses cheveux à la base de son cou. Elle était vêtue d'une robe d'été qui drapait ses courbes sans effort et tourbillonnait autour de ses jambes sexy. Comme elle ne portait pas de talons ce soir, elle lui arrivait tout juste à la poitrine. Pourtant, à l'intérieur de ce petit corps se trouvait une combattante aussi farouche que les couleurs du coucher de soleil devant eux. Elle n'était pas gentille. Ou simple. Il n'y avait pas de mode d'emploi pour savoir comment elle fonctionnait. Honor avait de multiples facettes. Certains hommes reculaient devant elle, effrayés par ce qu'ils pourraient trouver. Il avait failli être l'un d'eux, mais il ne ferait plus jamais cette erreur. Ce serait un privilège de l'effeuiller jusqu'à ce qu'il atteigne le centre où son cœur plein de vie battait furieusement.

Ils arrivèrent au début de la jetée. Les lumières violettes de la grande roue se réfléchissaient dans l'eau. Le ciel était strié de traînées mandarine. Les odeurs de pop-corn et de friture se mélangeaient aux parfums de l'air marin. Il serra la main d'Honor.

— Tu es déjà monté dans la grande roue ?
— Non, mais j'ai toujours rêvé de le faire, répondit-elle. Et toi ?
— J'ai le vertige.
— Pour de vrai ?

Elle inclina la tête, se demandant visiblement s'il la taquinait ou non.

— Ce n'est pas vraiment une phobie. C'est juste que je préfère ne pas le faire, dit-il.
— Le vertige. Une fissure dans ton armure. Je ne savais pas

ça, dit-elle avec un grand sourire. Je n'arrive pas à décider comment je vais me servir de cette information.

— Ce n'est pas bien de se moquer des peurs d'autrui.

Il croisa les bras en souriant et fit mine d'être attristé en essuyant une larme imaginaire.

— Ça ruine toute chance de se montrer vulnérable.

— On pourrait le faire ensemble. Vaincre ses peurs, proposa-t-elle.

— Ça paraît mieux si c'est avec toi.

— Je te tiendrai la main tout le temps.

— Maintenant, c'est ma virilité que tu remets en question. Mais faisons-le. Allons faire un tour dans la grande roue.

— Tu es sûr ?

Sa voix était montée d'une octave, comme si elle parlait à un enfant.

— Tu n'as pas peur ? demanda-t-il.

— Je n'ai pas peur de grand-chose. Certainement pas de cette bonne vieille grande roue.

Il grimaça et plissa les yeux en observant la monstruosité que les gens trouvaient amusante.

— Cette chose est maintenue par des vis fabriquées par l'homme. « Fabriquée par l'homme » implique qu'elles pourraient être défectueuses.

— Sûrement pas. Regarde. Tout est bien vissé.

— Ce sera de ta faute si je me mets à paniquer et à crier, la prévint-il.

— Je ne manquerai pas d'en faire une vidéo avec mon téléphone.

Un couinement lui échappa lorsqu'il l'attira dans ses bras et contre son épaule.

— Toi, tu vas dans l'océan.

Il se mit à marcher sur le sable pour se diriger vers l'eau.

— Non, ne fais pas ça, criait-elle en riant, tandis qu'il la traînait à travers la plage. Je serai sage !

— Pas de vidéo, promis ?

— Promis, répondit-elle en riant encore et en haletant.

— Si tu continues à respirer comme ça, je te ramène à l'hôtel. Ça me donne des idées.

— La grande roue d'abord. Ensuite, tu auras ta récompense.

Il la reposa sur le sable et la tira par le bras.

— Allez, finissons-en.

ILS ÉTAIENT TOUT en haut de la roue quand le manège s'arrêta. Leur nacelle se balançait dans la brise. Les lumières de la ville scintillaient d'un des côtés tandis que la mer étendait sa masse sombre de l'autre.

— Pourquoi ça s'arrête ? demanda Honor.

— Je ne sais pas. Peut-être que le tour est fini.

— Ça fonctionne à l'énergie solaire, tu sais ? Peut-être qu'ils sont en panne de courant. On pourrait être coincés ici toute la nuit. Jusqu'à ce que le soleil se lève.

— Ça n'est pas drôle.

— C'est plutôt drôle, répondit Honor en posant la main sur la cuisse de Zane. Tu t'es déjà fait embrasser sur le toit du monde ?

— Chaque baiser que tu me donnes m'envoie sur le toit du monde.

— Tu viens de passer de poète à auteur de cartes de vœux.

— J'ai de multiples talents.

— J'ai réfléchi à un truc, dit-elle. Je veux retourner habiter chez moi quand on rentrera. Brody a dit qu'il paierait une équipe de sécurité pour surveiller ma maison. J'ai décidé d'accepter. Je veux rentrer. Et je veux que tu y sois aussi.

— Tant que je peux rester avec toi, dit-il.

— Quoi ? Sinon tu vas me l'interdire ?

Elle leva les sourcils en signe de défiance.

— Tu sais que je ne ferais pas ça. Mais oui, plus ou moins. C'est l'esprit en tout cas.

— Je te trouve un peu sexy quand tu fais ton macho, dit Honor. Mais tu sais que je n'en ferai qu'à ma tête.

Il soupira.

— J'en suis tout à fait conscient, mademoiselle Sullivan.

Leur nacelle tangua vers l'avant. Les mains de Zane devinrent moites.

— On est vraiment très haut, non ?

À quoi avait-il pensé ? Il savait que c'était risqué. Pourquoi avait-il fait ça ?

— Parlons de quelque chose pour te changer les idées jusqu'à la fin du tour, lui dit-elle. Qu'est-ce que tu as fait pendant mes réunions ? J'ai oublié de te demander.

Tout au long du dîner, ils avaient discuté des gens qu'Honor avait rencontrés et Zane avait partagé quelques anecdotes sur son séjour à Los Angeles. Il n'avait pas mentionné sa visite à Natalie, ne sachant pas comment aborder le sujet.

Valait-il mieux y aller franchement ? Pourquoi pas ?

— Je suis allé voir Natalie.

Elle se crispa à côté de lui.

— C'est vrai ? Pourquoi ?

Son ton était neutre. *Sur la défensive*. Il en fallait si peu pour l'effrayer.

— Je voulais savoir pourquoi elle m'avait quitté, pour ne pas commettre les mêmes erreurs avec toi. Mais ça ne s'est pas passé comme prévu.

Il expliqua ce qu'elle lui avait dit, le fait qu'elle en avait pris la responsabilité, qu'elle avait dû le faire pour se sauver.

— Je suis libéré. Je ne sais pas comment le dire autrement.

Rassurée, elle posa la tête sur son épaule.

— Libéré, si on oublie que tu es coincé sur le toit du monde avec moi ?

— En dehors de ça, oui, répondit-il. Mais je préfère être ici avec toi, même si j'ai la trouille, que partout ailleurs dans le monde.

— Moi aussi, dit-elle à peine plus fort qu'un murmure. Moi aussi.

Il passa le bras autour de ses épaules et la serra contre lui.

— Je commence à regretter ce dernier verre d'eau au restaurant.

Le rire d'Honor retentit dans la nuit.

— Je suis d'accord. Il faudrait des toilettes sur le toit du monde.

Comme si la roue les avait entendus, elle se remit à tourner.

14

HONOR

Une semaine après leur voyage à Los Angeles, Honor et Zane rendirent visite à Maggie et Jackson pour voir les rénovations récemment achevées de la maison de leurs rêves. En dehors du travail, ils avaient passé ces derniers jours chez elle à parler, faire l'amour, la cuisine et des barbecues. Avec l'agent de sécurité devant sa porte d'entrée, elle pouvait presque oublier Gorham.

Alors qu'ils s'engageaient dans l'allée menant à la villa, Honor se tourna vers Zane depuis le siège passager.

— C'est vrai qu'ils voulaient déjà cette maison quand ils étaient gamins ?

Zane répondit au moment où ils franchirent le portail.

— Oui, quand ils avaient dix ans, ces deux-là avaient l'habitude de monter ici à vélo pour regarder à travers les grilles. Et ils se sont juré qu'un jour ils la posséderaient et auraient tout un tas d'enfants.

À dix ans... C'était l'âge où elle avait témoigné contre son violeur.

— Je les chambrais avec ça, mais secrètement, j'étais jaloux, poursuivit-il. Pour Maggie, il n'y avait que Jackson qui comptait.

Honor étudia son profil.
— C'était affreux ?
— Quoi ?
— D'être amoureux de la copine de ton meilleur ami ?
La voiture eut un soubresaut en passant sur un nid-de-poule.
— Comment le sais-tu ?
— Ça s'entend parfois dans ta voix quand tu parles d'elle.
L'estomac d'Honor se noua. Elle espérait qu'il lui dirait que c'était du passé. Comme il ne répondait pas, elle se tourna légèrement sur son siège pour mieux voir son visage.
— Tu n'es pas encore amoureux d'elle, hein ?
— Quoi ? Oh, mon Dieu, non ! Ne va pas penser ça. Je suis amoureux de toi. Et pour Maggie, il ne s'agissait pas tellement d'elle, de toute façon. C'était plus mon vécu difficile. Le fait que je m'apitoyais sur mon sort. Jackson avait une super famille. Jackson avait de l'argent. Jackson était aimé par son incroyable copine. J'ai honte de repenser à la façon dont je réagissais.
— Tu promets que tu ne l'aimes plus ?
— Je te le promets. Pour moi, Maggie représente la même chose que Brody pour toi.
Elle sourit et posa sa main sur sa cuisse.
— Je me sens mieux maintenant. Je suis plutôt jalouse, tu sais ?
— Bien sûr que non.
— Si.
— C'est moi qui suis jaloux. Toi, tu es confiante et culottée.
Elle rit.
— OK. Disons ça.
Au bout de l'allée, la villa en pierre de taille et entourée de prairies de fleurs sauvages avait un air de maison de campagne française.
— Nom d'un chien ! C'est magnifique, dit-elle.
— Je t'avais prévenue, répondit-il.

Ils passèrent devant la voiture de Kyle garée près du garage en suivant un chemin de pierre jusqu'à la porte d'entrée. Maggie leur ouvrit avant qu'ils ne puissent frapper.

— Super, vous êtes là ! s'exclama-t-elle en serrant Honor dans ses bras. Ça fait une semaine que vous êtes terrés dans votre tanière d'amoureux. Vous nous avez manqué.

Honor rougit. Si seulement elle savait.

Quand ils pénétrèrent dans la maison, Honor eut le souffle coupé. Les hauts plafonds ornementés avaient été restaurés dans leur état d'origine. Des parquets de cerisier foncé et un escalier en colimaçon resplendissaient sous de nouveaux luminaires.

— Je suis désolée, mais il n'y a pas encore de meubles, dit Maggie. On travaille toujours là-dessus.

— Quand est-ce que vous emménagez ? demanda Honor.

— À la minute où le lit arrive, ce qui devrait être demain. Trey vient de partir. On était en train de regarder des échantillons.

Maggie attrapa la main d'Honor.

— Viens m'aider à choisir les tissus d'ameublement. Je vais déboucher une bouteille de vin.

Alors qu'ils se dirigeaient vers l'arrière de la maison, Honor s'efforça d'imaginer ce à quoi la villa ressemblait après avoir été négligée pendant des années par une dame qui avait tendance à garder tout et qui affectionnait les animaux en liberté chez elle. Rien de tout cela ne transparaissait désormais. Peinte dans des couleurs neutres avec des lisérés sombres, la maison semblait aérée et lumineuse.

Ils arrivèrent dans la cuisine. Des placards clairs étaient associés à des comptoirs en granit gris et blanc aux motifs complexes. Entre le décor d'origine et la modernité des appareils et du mobilier, c'était un mariage parfait entre le passé et le présent.

— C'est spectaculaire, dit Honor.

— J'adore chaque recoin de cette maison, affirma Maggie en entraînant Honor dans le jardin. Mais rien ne me rend plus heureuse que ça.

La terrasse était couverte de carreaux blancs et noirs et un large brasero était entouré de meubles. Une piscine rectangulaire paraissait tout droit sortie d'un décor de film des années 20. Au-delà, une pelouse entretenue s'étendait jusqu'à la clôture métallique.

— Jackson dit que ça lui rappelle *Gatsby le magnifique* et ça me ravit.

— Je pensais justement à ça, dit Honor. Théâtral.

Pendant l'heure suivante, Maggie et elle examinèrent les échantillons de tissu laissés par Trey et finirent par en choisir un pour chaque meuble. Ensuite, elles se servirent un verre de vin et allèrent s'installer sous un parasol au bord de la piscine.

Maggie s'allongea sur la chaise longue et laissa échapper un interminable soupir.

— C'est une bonne chose d'avoir fini d'enregistrer et d'avoir du temps pour se concentrer sur la maison et le mariage. C'est déjà dans un mois.

— J'ai entendu que ton père était décédé, dit Honor. Que dois-je dire ? Toutes mes condoléances ?

Le regard de Maggie s'assombrit.

— Bon débarras, c'est la seule chose qu'on peut dire. Maintenant, dis-moi, comment vas-tu ? Ils ont réussi à trouver Gorham ?

— Non. Il a disparu de la surface de la planète. Je ne sais pas combien de temps encore nous allons garder l'équipe de sécurité, mais pour l'instant, nous maintenons le cap en espérant qu'ils le trouveront.

— Je prie juste pour qu'ils l'attrapent rapidement. Tu n'as pas besoin de cette épée de Damoclès alors que ça devrait être un moment de bonheur. C'en est un, non ? demanda Maggie avec un sourire, tout en montrant d'un coup de tête l'endroit de la pelouse où Zane et Jackson discutaient.

— C'est un moment de bonheur, confirma Honor.

— Il était vraiment temps, dit Maggie.

Gênée, Honor changea de sujet.

— Maintenant que tu as fini d'enregistrer, c'est quoi la prochaine étape pour toi ?

— Je suis tranquille jusqu'à ce qu'ils terminent de tout mixer pour l'album. Ça sortira juste avant Noël et après ça, je vais faire pas mal d'apparitions pour le promouvoir. En attendant, je suis censée travailler ma présence sur les réseaux sociaux.

— Tu sais, je pourrais peut-être te donner un coup de main pour ça, dit Honor. Grâce à Brody, je connais pas mal de gens dans le show-business. On devrait parler de ce que tu peux publier. Qu'est-ce qui te passionne en dehors de la musique ?

— Danser, bien sûr, mais je ne peux plus le faire.

— Ça peut être un bon angle, cela dit. Qui s'occupe de tes relations publiques ?

— Micky m'a branchée avec une agence de Los Angeles, Michigan PR. C'est un nom bizarre, non ?

Honor connaissait leur travail.

— À ta place, je présenterais ton histoire comme une seconde chance. Une ancienne star de Broadway reçoit des nouvelles dévastatrices concernant sa carrière et se reconvertit dans la chanson folk lorsqu'elle déménage dans l'Ouest. Quelque chose comme ça.

Cela fit rire Maggie.

— Voilà pourquoi tu fais ce job et que je me contente de chanter.

— Je peux essayer d'embrigader quelques influenceurs, déclara Honor.

— Des influenceurs ?

— Oui. Des personnes qui peuvent te soutenir. Pour créer un

petit buzz. Et Brody et moi, on devrait organiser une fête et inviter tous ses amis célèbres.

— Kara a aussi mentionné quelque chose à ce sujet.

— Je m'en occupe, dit Honor. Les fêtes, c'est mon rayon !

HONOR ET ZANE étaient assis avec Hugh sur la pelouse du centre de soins. Ils avaient d'abord déjeuné, puis s'étaient aventurés dehors pour s'installer sur des chaises de jardin à l'ombre d'un chêne. Les abeilles bourdonnaient dans les fleurs odorantes qui bordaient les clôtures. Les oiseaux chantaient dans les arbres. La pelouse vallonnée et bien entretenue était verte et luxuriante et le ciel d'un bleu éclatant. Un fort contraste avec Hugh. Tout au long du déjeuner, ses yeux les avaient fixés sans les reconnaître, bien qu'il ait gardé sa politesse naturelle de l'époque où la maladie ne lui avait pas volé ses souvenirs. Honor pouvait le voir lutter, hésitant comme un bébé juste avant de se mettre à marcher, inquiet mais déterminé, essayant de toutes ses forces de se rappeler qui ils étaient.

Elle ferait en sorte qu'il se souvienne. Aujourd'hui, pour elle, il devait sortir de sa cachette, car il devait savoir que le rêve d'Honor s'était réalisé. La gentillesse de Hugh les avait réunis. Zane Shaw l'aimait. Et elle l'aimait en retour. *S'il vous plaît, mon Dieu, ramenez-le à nous. Je ne le demanderai plus jamais après aujourd'hui. Je vous en prie, accordez-moi ça.*

Elle s'avança sur le bord de sa chaise pour se rapprocher de Hugh. Le petit garçon qu'il avait été autrefois semblait la regarder avec des yeux bleus innocents, malgré les rides marquant son visage. À chaque visite, il paraissait plus vieux. Cependant, son esprit rajeunissait. Cette maladie le ramenait en arrière. Il se souvenait d'événements de son enfance, mais pas du passé récent. Comme elle faisait partie de la fin de sa vie, elle avait été la première à disparaître. Les médecins disaient que c'était normal pour les patients atteints de démence. *Normal ?* voulait-elle crier. *La normalité, c'est de vieillir sans perdre la seule chose qui nous reste à la fin : nos souvenirs.*

Ce n'était pas juste. Rien ne l'était. Personne n'avait besoin de lui dire ça. Une grande partie de la vie était une question de chance. L'endroit et les gens auxquels vous apparteniez n'étaient rien d'autre qu'un pari. Un lancer de ces bons vieux dés par le grand homme dans le Ciel. Tout cela n'avait aucun sens. Sa vie l'avait prouvé. *Et alors, pleurnicheuse ?* L'amertume pouvait vous ronger. Il n'y avait rien à faire, sinon tirer le meilleur parti de ce qui vous était donné. Hugh lui avait appris ça. *C'est en travaillant dur qu'on a une belle vie.*

— Magnifique journée, dit Hugh.

— Oui, c'est vrai. Ça me rappelle le premier jour où je t'ai rencontré. Tu te souviens ? demanda Honor.

Allez, Hugh. Une dernière visite. S'il vous plaît, mon Dieu.

Il inclina la tête vers la droite et l'observa. Et puis, comme les lumières qui se rallument après une panne de courant, son regard devint plus net et sa véritable personnalité ressortit de la prison trouble de son esprit.

— Honor, ma fille ! Comment vas-tu ?

Hugh. C'était Hugh. Il était là.

— Vraiment bien. Je suis venue avec Zane.

Hugh regarda son fils.

— Zane, tu t'occupes bien de mon bar ?

— Oui, papa. Ça marche comme sur des roulettes.

— Tu conquiers toujours le monde, Honor ? demanda-t-il.

— Un peu plus chaque jour, dit-elle.

— Tu avais l'air si fragile quand tu es venue chercher du travail, dit Hugh. On aurait dit un oiseau blessé.

— Et tu m'as soignée pour me rendre la santé, dit Honor. Tu as changé ma vie.

Elle ne put continuer. Les mots qu'elle voulait lui dire semblaient plats et incapables d'exprimer combien elle l'aimait profondément, combien sa gentillesse l'avait ouverte aux possibilités de la vie. Elle devait tout lui dire avant qu'il ne les quitte à nouveau.

— Tout ce qui est bon dans ma vie, c'est à toi que je le dois.

— Ça n'est pas vrai. On crée sa propre chance en travaillant dur, déclara-t-il.

— Zane m'a finalement remarquée. Nous sommes amoureux.

Elle rougit et se tourna vers Zane, embarrassée, jusqu'à ce qu'il lui lance un sourire éclatant.

— Je l'ai enfin remarquée, papa.

— Il était grand temps. Tu as tellement soupiré après ce garçon, dit Hugh en riant et en se tapant la cuisse.

Hugh riait. De son vrai rire, pas un gloussement poli destiné à leur dissimuler sa confusion. Combien de temps cela faisait-il ? Elle avait presque oublié la façon dont il jaillissait de lui en une rafale de notes graves, piégées dans sa poitrine depuis trop longtemps. Y avait-il un meilleur son au monde ?

— Franchement, j'avais l'impression que tu allais casser toutes les assiettes du restaurant à chaque fois qu'il rentrait à la maison pour l'été.

L'ancien Hugh, juste devant leurs yeux.

Elle regarda Zane. Les yeux dans le vague et les joues rosies lui donnaient l'air d'un enfant fiévreux.

— Je priais toujours pour qu'il se réveille et qu'il se rende compte qu'il était face à son âme sœur, reprit Hugh.

— C'est finalement arrivé, papa, dit Zane en se levant de sa chaise pour s'agenouiller sur l'herbe à côté de son père. Et je vais l'épouser. Dès qu'elle aura dit oui.

— Dieu répond à nos prières, dit Hugh. Je savais que vous étiez faits l'un pour l'autre dès que je t'ai rencontrée, Honor. À ce moment-là, j'ai pensé : voilà une fille digne de mon garçon.

Je vais l'épouser. Était-ce vrai ? Pouvait-elle croire à cette félicité ? Elle aurait cet homme à ses côtés pour le reste de sa vie. Cette idée grisante lui donnait presque le vertige.

— Pourquoi papa ? Qu'est-ce que tu as vu ?

Le désespoir d'un homme qui savait qu'ils avaient un temps limité résonnait dans la question de Zane. Il les quitterait à nouveau bientôt.

— C'est une qualité profonde. À la fois du cran, de l'intelligence et de la compassion. En tant qu'équipe, le monde tombera à vos pieds. Tu diras oui, n'est-ce pas, Honor ? demanda Hugh.

— Oui, Hugh. Je vais dire oui.

— Écoutez-moi, dit Hugh. Très attentivement. Vous avez trouvé l'amour de votre vie. Vous êtes vraiment chanceux. Alors, accrochez-vous l'un à l'autre aussi fort que vous le pouvez. Vous me le promettez ?

— Oui, répondit Honor.

— Oui, papa, répondit également Zane en posant ses mains sur celles de son père. Merci pour tous les sacrifices que tu as faits pour moi.

— Non, ça n'en était pas. Ne pense pas une seconde que c'étaient des sacrifices. Tu étais un don du Ciel.

Hugh regarda Honor.

— Ma belle, prends soin de mon garçon. Personne n'est jamais aussi coriace qu'il le paraît, même cette andouille. Je vous aime, mes enfants. Souvenez-vous de ça, quoi qu'il arrive.

Zane hocha la tête.

— Papa, Sophie vient te voir régulièrement. Elle sait qui tu es et ce que tu as fait pour elle.

Les yeux de Hugh rougirent.

— Sophie Grace. Ma petite fille. Dis-lui que je l'aime et que j'étais là depuis le début, à la regarder depuis les coulisses, à l'encourager.

— Elle le sait, papa. Tu le lui as dit. Ça l'a rendue heureuse de connaître la vérité.

— Vraiment ? Tant mieux. Ce soir, je vais voir Mae. Je lui dirai que tous nos enfants vont très bien.

La poitrine d'Honor se serra. Sophie était le bébé de Mae et Hugh. Si seulement ils avaient eu la chance de l'élever.

L'expression de Zane passa de la joie à la méfiance.

— Mae est morte depuis longtemps, papa.

— Je l'emmène danser ce soir, répondit-il. Un endroit chic pour qu'elle puisse porter ses talons hauts.

Elle aurait aimé que cet après-midi ne se finisse jamais, mais le temps qui leur était imparti était écoulé. Le regard de Hugh se voila aussi vite qu'il s'était éclairci. Il fixa le ciel, le visage paisible et perdu dans le vague.

— Papa ? Tu as besoin de quelque chose ?

Un dernier appel pour le garder auprès d'eux.

— Pardon, jeune homme. Je peux vous aider ? demanda Hugh.

Zane se remit debout et inclina la tête. L'affaissement de ses épaules fit chavirer la résolution d'Honor de se montrer reconnaissante pour le moment qu'ils avaient partagé. Mais non, elle *devait* en être reconnaissante. Son souhait avait été exaucé. Honor se leva, passa ses bras autour de la taille de Zane et posa sa joue contre son torse.

— Il a été avec nous pendant un moment. J'ai pu lui parler de nous, dit-elle. Je le voulais tellement.

— Que s'est-il passé pour qu'il devienne soudain si lucide ? Pourquoi ne peut-il pas rester ?

Les battements de cœur de Zane résonnaient contre son oreille.

— Je ne sais pas, répondit Honor.

— Tu vas m'épouser, c'est vrai ?

Elle sourit contre son torse.

— Je l'ai promis à Hugh, donc je suppose que je n'ai plus le choix maintenant.

— Je te le demanderai à nouveau. Dans un endroit spécial.

— C'est ce que je viens d'avoir. Rien ne pourrait être plus spécial.

Honor arrosait son oranger avec le tuyau d'arrosage pendant que Zane leur préparait des sandwichs au fromage grillé dans la cuisine. Le soleil du milieu d'après-midi inondait la terrasse et réchauffait ses épaules nues et le sommet de sa tête. Elle enroula sa queue de cheval autour de son index, appréciant la façon dont la chaleur s'accrochait à ses cheveux. Après toutes ces années, elle s'émerveillait encore du fait qu'ils avaient repoussé, pouvaient être réchauffés par le soleil ou attachés, deux plaisirs simples dont elle n'avait pas été sûre de profiter à nouveau.

Alors que l'eau s'infiltrait dans la terre, elle respira le parfum de ses précieuses oranges. Ces derniers jours, au moins une demi-douzaine avaient mûri. Elles pendaient sur leurs branches, leur couleur vive contrastant avec le vert du feuillage. L'affreux corbeau n'était nulle part en vue. Typique. Ce sale tricheur ne se montrait jamais quand Zane était là, juste pour la faire passer pour une menteuse.

L'agence de sécurité avait appelé pour dire qu'ils avaient du mal à trouver quelqu'un pour l'équipe de jour. Elle avait répondu que ce n'était pas grave. Ils lui avaient alors assuré qu'ils auraient quelqu'un pour la nuit. En plein jour et avec Zane, elle n'avait pas besoin de s'inquiéter.

Depuis la terrasse, elle pouvait voir le jardin de son voisin, juste en dessous, à droite de sa maison. Un chat gris au poil fourni et aux pattes plutôt larges dormait sur l'auvent qui couvrait la cour. Comme s'il avait senti son regard, il se réveilla, s'étira et bâilla. Ses intenses yeux verts observèrent Honor avant de laisser échapper un long miaulement. Était-ce un tueur de lapins ? Elle espérait que non. Mais si c'était lui, elle pouvait rester en paix dans sa propre maison. Aussi horrible qu'ait été la vue de ce pauvre lapin mort, on ne pouvait reprocher à un chat de suivre son instinct. C'était la nature. Contrairement à un violeur d'enfant.

Elle appela le chat d'une voix aiguë : *Salut, minou minou !* Il miaula en retour, amicalement, sans urgence, du genre : *Hé ! Quoi de neuf ?* Elle essaya de se rappeler son nom. Avait-elle entendu les enfants d'à côté l'appeler ? Si c'était le cas, son instinct de survie aurait bloqué ça dans son esprit. Si elle les laissait pénétrer ses murailles solides, ils pourraient rouvrir les plaies invisibles qui cachaient sa honte, son absence d'enfant. Ou était-ce parce qu'ils lui rappelaient sa propre enfance ? La fille dont personne ne voulait.

La journée semblait trop belle et lumineuse pour y inclure des gens comme Gorham. Pourtant, elle savait qu'il pouvait être dans les environs. Quelque part, ce monstre s'approchait doucement d'elle. C'était la façon dont fonctionnait le monde. Le noble et l'infâme, le terrible et l'exquis, l'agonie et l'extase, tout s'entremêlait et coexistait comme des jumeaux en guerre. À tout moment, l'un pouvait écraser l'autre. Personne ne pouvait prévoir quand et comment l'espoir serait perdu ou retrouvé. Elle détestait cette précarité. On ne pouvait rien savoir avec certitude, compter sur quoi que ce soit ou même se détendre avec un soupir de contentement soulagé. Au lieu de cela, l'inconnu rôdait toujours, comme une tuile qui pourrait tomber inopinément du plus haut bâtiment. Qu'arriverait-il demain ? *Devrais-je avoir peur ou espérer ?* C'était là que le bât blessait. Ce grand mystère rendait les gens instables et craintifs. *Quand est-ce que quelque chose de bien nous sera enlevé ? Puis-je oser espérer quelque chose de bien ?*

Comme Hugh aujourd'hui, par exemple. Présent pendant quelques magnifiques minutes et parti l'instant d'après.

Elle connaissait cette vérité depuis plus longtemps qu'elle n'aurait dû. Les enfants ne devraient pas avoir à apprendre à six ans que leur mère était imparfaite, faible ou malade. Plus tard, peut-être, mais pas aussi tôt qu'elle l'avait compris. L'annonce de son propre cancer avait été un choc, mais pas autant que ça aurait dû l'être pour une jeune femme de dix-huit ans. *Ah, oui, un autre cadeau de l'enfer. Je m'y attendais.*

Elle cueillit une orange et la porta à son nez. Réchauffée par le soleil, son parfum piquant et dense lui donna presque le vertige. À l'intérieur, la tête blonde de Zane était penchée sur la table de cuisson. Il n'avait pas dit grand-chose en revenant du centre de soins. Elle n'avait pas eu envie de parler non plus. Quelque chose l'avait dérangée dans la soudaine lucidité de Hugh, comme si elle avait dû sacrifier quelque chose pour cela. Ridicule ! Dieu avait simplement répondu à sa prière. Elle regarda Zane. Il retourna un sandwich, puis un autre. Il avait l'air bien dans sa cuisine, comme s'il y était à sa place. Ils vivraient ici quand ils seraient mariés, supposa-t-elle. Sophie pourrait récupérer l'appartement de L'Aviron. Et tout le monde aurait trouvé sa place.

Depuis l'auvent du voisin, le chat sauta sur la terrasse d'Honor. Il se percha sur la balustrade et s'assit en ayant l'air d'attendre. Elle s'approcha de lui et lui caressa la tête. Mais ce n'était pas ce qu'il attendait. Il releva le menton et ferma les yeux. Quand elle comprit ce qu'il voulait et qu'elle lui gratta le cou, il se mit à ronronner et à sourire.

— Bon chat, lui dit-elle. Si tu t'occupes de ce corbeau, je te donnerai du poisson.

Les corbeaux, pas les lapins. Elle souleva la médaille qui pendait à son collier. *Bandit.*

— Tu portes bien ton nom, hein ?

Un miaulement. Un ronronnement.

Elle ferma le robinet d'eau et attrapa l'orange qu'elle avait mise de côté pour caresser Bandit.

— Salut, dit-elle en entrant dans la cuisine.

— Salut.

Elle posa l'orange comme un trophée sur le comptoir en face de lui.
— Je te présente ma récolte.
Zane sourit.
— Tu es une femme aux multiples talents.

Il avait déjà fait glisser les sandwichs dans des assiettes qu'il avait posées sur la table. Ils s'installèrent pour manger. Le cheddar blanc avait fondu sur les côtés et l'odeur riche et beurrée du pain grillé suffit à la faire saliver. Elle en prit une bouchée, affamée.

— C'est bon, dit-elle.

Comme à la maison.

— Comment sais-tu que c'est ce que je préfère ?

— Je me souviens de t'avoir entendu le dire une fois, répondit-il.

— Vraiment ?

— Je t'ai dit que je t'avais remarquée.

Elle appuya sa joue dans sa main et le regarda manger. Comment un homme pouvait-il être aussi beau avec de la nourriture dans la bouche ? Il allait être son mari. Son *mari* ! Chaque jour, elle se réveillerait à ses côtés.

— As-tu déjà songé à essayer de retrouver ton père ? lui demanda-t-il.

D'où est-ce que ça sortait ?

— Je ne sais rien de lui. Ni son nom ni d'où il est. Je ne suis même pas sûre que ma mère savait qui il était.

Aussi loin qu'elle pouvait s'en souvenir, elle avait régulièrement trouvé une paire de chaussures inconnues près de la porte de sa caravane en se réveillant.

Elle regarda par la fenêtre. La brise remua le feuillage de son oranger. Bandit s'était installé sur la table de la terrasse et était en train de se lécher soigneusement.

— Quand je vivais encore avec ma mère et qu'elle était dans

l'un de ses bons jours, elle faisait des sandwichs au fromage grillé avec ce faux fromage huileux tout bizarre.

— Mon père disait que c'était un truc satanique.

— Je m'en souviens. J'adorais ces grogneries.

C'était l'un de ses nombreux coups de gueule bon enfant. Elle le revit derrière le bar, agitant son torchon pour se faire entendre.

— Pas moi, répondit Zane avec un sourire, alors qu'il se souvenait visiblement avec tendresse des moments qu'il prétendait ne pas aimer. C'était vraiment gênant quand il s'emportait comme ça devant mes potes.

Il finit son sandwich et repoussa son assiette sur le côté.

— Tu as beaucoup de souvenirs de la période passée avec ta mère ?

— Le jour dont je me souviens le mieux, c'est celui où ils m'ont enlevé à elle.

Elle avait trouvé sa mère effondrée sous le porche de leur caravane en rentrant de l'école. Un tapis vert censé imiter le gazon recouvrait le sol et sa mère portait une robe lavande dont l'ourlet était aussi effiloché et déchiré que si elle avait eu une nuit difficile. Honor s'était dit qu'elle ressemblait à un œuf de Pâques dans un panier.

— Les voisins ont appelé la police. Je pense qu'ils croyaient qu'elle était morte. Quand les flics ont vu ce qui se passait, ils ont appelé les services de protection de l'enfance. Ils sont venus me chercher.

Elle s'était jetée sur le corps étendu de sa mère alors que tout le camping semblait s'être rassemblé pour profiter du spectacle.

Sa bouche devint subitement sèche. Sans qu'elle demande quoi que ce soit, comme s'il avait lu dans ses pensées, Zane lui apporta un verre d'eau. Elle but un peu et le posa à côté de son assiette. Une goutte d'eau serpentait le long du verre et atterrit sur la table. Elle le posa alors sur une serviette en papier. Pas de marque de verre sur sa table.

— Je me suis débattu en hurlant autant que je pouvais, mais ils m'ont traîné à l'arrière d'une voiture et ont verrouillé les portes.

Elle avait pleuré et s'était battue si fort qu'elle avait eu les yeux injectés de sang.

— Pendant ce temps-là, ma mère n'a pas bougé. Pas même un tressaillement.

Honor était grimpée sur la banquette arrière et avait continué à crier « maman ».

— Quand la voiture a pris le virage, elle a disparu. Je ne l'ai plus jamais revue. Elle ne s'est pas battue pour moi. Elle m'a juste laissée partir.

Sa voix s'enroua. *Ne pleure pas.* Elle chiffonna sa serviette et la déposa sur son sandwich à moitié mangé.

— Tout ce que je voulais, c'était ma mère. Peu importe ce qu'elle avait fait, je l'aimais toujours.

Le regard compatissant de Zane faillit la déstabiliser.

— Maintenant, ça va. Je vais bien. Surtout grâce à ton père.

— Quand as-tu appris qu'elle était morte ? demanda-t-il.

— Quand j'avais dix ans. J'étais chez les Gorham à l'époque. Ça signifiait que je pouvais être adoptée. C'est ce qui m'a poussée à parler du viol. Les Gorham voulaient m'adopter. J'ai paniqué. Je savais que si ça arrivait, je ne pourrais plus jamais lui échapper.

Le regard de Zane resta sur elle. Quand elle releva la tête, elle vit les larmes qui brillaient dans ses yeux.

— Je ne comprends pas comment ils ont pu le laisser sortir, dit Zane.

— Trop de prisonniers, apparemment. C'est comme tout. Il faut toujours s'attendre au pire.

Il se leva d'un bond, alla s'asseoir à côté d'elle et l'attira sur ses genoux.

— Écoute-moi. Cette histoire d'anticiper le pire, ça doit s'arrêter tout de suite. Désormais, tu dois t'attendre à tout ce qu'il y a de bon, tout ce qu'il y a de meilleur. Parce que c'est ce que je vais te donner.

Elle passa ses bras autour de son cou et enfouit son visage dans ses cheveux. Ce qu'il disait était impossible à faire, mais ils pouvaient essayer.

— Des sandwichs au fromage grillé ? demanda-t-elle.
— Avec le meilleur fromage que je trouverai.
— De la soupe de tomates en hiver ?
— Je ferai pousser les tomates moi-même, dit-il.
— Emmène-moi à l'étage, chuchota-t-elle. Je ne veux plus penser à tout ça. C'est toi et moi, maintenant.
— Toi et moi, bébé. Je ne te laisserai jamais tomber.

PLUS TARD, après s'être complètement épuisés l'un l'autre, Zane s'endormit. Honor était allongée sur le dos et regardait le ventilateur du plafond. Hypnotisée par son rythme monotone, elle remonta le temps.

Elle n'était à Cliffside Bay que depuis deux jours quand elle vit l'affiche ON CHERCHE UNE SERVEUSE accrochée à la vitrine du bar-grill de Hugh. Ce jour-là, il faisait chaud, mais une brise légère venant de l'océan rendait la température agréable, même sous le soleil dont elle ne se lassait pas depuis qu'elle était arrivée, passant des heures sur sa terrasse à regarder la mer. Elle avait souvent froid depuis la chimio et les rayons du soleil étaient un baume pour sa peau délicate. Ses cheveux avaient commencé à repousser. Longs d'environ cinq centimètres, ils étaient blonds et se redressaient en touffes. Elle ressemblait à un poussin.

Sa situation n'était pas brillante. Les factures de l'hôpital s'étaient accumulées pendant le traitement de son cancer. Même si le chirurgien, le docteur Norton, avait offert gracieusement ses services pour l'hystérectomie, les autres coûts restaient très élevés. Elle ne voyait pas comment elle allait se libérer de cette dette. Mais au moins, elle était vivante. Ils lui avaient enlevé la partie de son corps qui lui aurait permis de fonder une famille. Mais elle était vivante. Bon sang, elle était vivante ! Et elle avait une maison. Une maison encombrée par le bric-à-brac d'une vieille dame, certes. Mais elle avait une maison. Maintenant, tout ce dont elle avait besoin, c'était d'un travail.

Le matin de son troisième jour à Cliffside Bay, Honor entra à L'Aviron. La salle chaleureuse sentait la bière et la graisse. Les parquets étaient rayés et décolorés. Un vieux juke-box du début des années 80 se trouvait dans un coin. Une rame géante était accrochée au mur du fond.

Ils n'étaient manifestement pas encore ouverts pour le déjeuner, même si les portes avaient été déverrouillées. Des plateaux de ketchup et de moutarde étaient alignés sur le bar. Les chaises étaient encore retournées sur les tables.

Un jeune homme blond vêtu d'un short et d'un tee-shirt délavé nettoyait le sol à coups de balai rageurs. Des écouteurs étaient enfoncés dans ses oreilles. Elle distinguait juste le fil rose fluo qui pendait le long de son cou. Pendant une fraction de seconde, elle envisagea de ressortir. Elle ne parlait pas aux hommes. Pas même s'ils étaient jeunes et séduisants. *Non, se dit-elle, tu dois trouver un travail. C'est le seul en ville pour lequel tu es probablement qualifiée.*

Elle ôta ses lunettes et les essuya avec son tee-shirt. Comment pouvait-elle attirer son attention ? Elle se racla la gorge. Aucune réaction du jeune homme. Il continuait à punir le sol avec le bout de son balai. Attrapant la mèche de cheveux qui pendait juste à la base de son crâne, elle se tenait là, comme un fantôme qui ne savait pas comment engager la conversation avec les vivants. Elle était petite et aussi fine que les hosties dont ils se servaient pour la communion. Ses joues creuses donnaient l'impression qu'elle retenait son souffle en permanence. Si une forte brise était entrée par les fenêtres ouvertes, elle aurait pu être emportée et perdue dans la mer.

Pourquoi ne s'était-elle pas mieux habillée ? Parce qu'elle n'avait rien à se mettre. Elle portait un jean si vieux qu'il menaçait de se désintégrer au prochain lavage et son plus beau chemisier avait un trou dans le bas, là où elle l'avait coincé dans la fermeture éclair. Pas vraiment adéquat pour un entretien d'embauche. Elle avait tout de suite vu que l'homme au balai furibond était intimidant. *Sois courageuse.*

— Excusez-moi. Je suis là pour le job, dit-elle aussi fort que possible.

L'homme s'arrêta de balayer et arracha les écouteurs de ses oreilles. Elle l'avait agacé. C'était évident. Aussi désagréable que soit son expression, celle-ci ne pouvait dissimuler sa beauté. De longues boucles blondes retombaient sur son front. Une mâchoire carrée avec une fossette en plein milieu. Une bouche qui laissait entrevoir un bon sens de l'humour.

Les yeux bleus les plus surprenants qu'elle ait jamais vus clignèrent, puis s'écarquillèrent.

— Qu'est-ce que vous dites ?

Elle devait avoir l'air d'un monstre. Il ne devait pas être beaucoup plus âgé qu'elle, mais sa carrure lui faisait peur. Il ressemblait à l'océan, avec son air sauvage, indompté et un peu dangereux, peut-être même en colère.

Elle ouvrit la bouche pour parler, mais aucun son n'en sortit.

— Pardon. J'avais de la musique dans les oreilles. Qu'est-ce que vous avez dit ?

Sa voix plus profonde qu'elle ne le pensait était loin d'être désagréable. *Presque* gentille.

Elle lui montra l'affiche sur la vitrine.

— Le job. Je suis ici pour le job.

Un sourire transforma le visage de l'homme. Rien d'effrayant chez lui, sinon qu'il ressemblait à un dieu grec. Voyait-il ses jambes trembler ?

— Oh, ouais. Je vais chercher mon père. C'est lui le propriétaire.

Elle glapit un remerciement. Il leva les sourcils d'un air perplexe, mais n'attendit pas de savoir si elle avait autre chose à dire. Elle avait cet effet sur les gens.

Il revint quelques minutes plus tard.

— Mon père veut vous voir dans son bureau.

Elle avait imaginé qu'ils lui demanderaient de déposer un dossier de candidature. C'était ce qui s'était passé dans le dernier restaurant où elle avait travaillé : ils lui avaient fait remplir un formulaire et ne l'avaient vue en entretien que quelques jours plus tard. *Mon Dieu, faites que je puisse parler.*

Elle suivit le garçon à travers une porte. Tous les hommes de Californie avaient-ils des fessiers en béton ? Ils passèrent devant la cuisine sur la droite et arrivèrent à la porte ouverte d'un petit bureau.

— Papa, elle est là.

L'homme se leva et lui tendit la main. Il ressemblait à son fils en plus âgé. Des cheveux gris avec quelques mèches blondes. Les mêmes yeux bleus, sauf que l'amusement, plutôt que l'agacement, semblait faire scintiller les siens.

— Asseyez-vous, mademoiselle... ?

— Sullivan. Honor Sullivan, répondit-elle en faisant une petite révérence.

Pourquoi ses jambes la trahissaient-elles de cette façon ? Elle n'aurait pas su dire. Personne ne faisait de révérence. Elle jeta un regard furtif au fils. Il avait un sourire en coin sur les lèvres.

— Voici mon fils, Zane. Et je suis Hugh Shaw, le maître des lieux. Vous pouvez m'appeler Hugh.

Zane leva les yeux au ciel, mais sourit.

— Papa...

— Zane déteste ça quand je dis que je suis le maître des lieux, expliqua Hugh.

— On n'est pas dans un vieux roman, dit Zane.

— Ça serait pourtant marrant, non ? demanda Hugh.

Honor et Zane répondirent en même temps par le même commentaire.

— Ça dépend du roman.

Hugh regarda son fils et revint à Honor, visiblement amusé.

— Vous vous devez un coca chacun.

— Quoi ? demanda Zane.

— C'est ce qu'on fait quand on dit la même chose en même temps. « La poisse, tu me dois un coca », expliqua Hugh.

— Ça doit être un truc de vieux, dit Zane en adressant un clin d'œil à Honor.

Étrangement, son estomac fit un double salto arrière. Elle ne sentait plus le bout de ses doigts. C'était nouveau.

Hugh lui montra la chaise vide.

— Asseyez-vous, Honor Sullivan. Parlons un peu.

Zane passa devant elle pour sortir. Elle capta un parfum de savon et une eau de Cologne épicée et virile.

— Papa, je vais faire l'ouverture pour le déjeuner, alors prends ton temps.

— Merci, fiston.

Puis il se retourna vers elle.

— Parlez-moi un peu de vous.

Elle n'aimait pas ce genre de questions ouvertes. Elles la rendaient nerveuse, gênée. Par quoi pouvait-elle bien commencer ? *Je suis une orpheline dont personne ne voulait, ce qui fait de moi une sorte de vieux roman.*

— Je viens d'emménager en ville. J'ai hérité de la maison d'une parente que je ne connaissais même pas.

Hugh hocha la tête, comme si c'était parfaitement logique.

— La maison de Caroline ?

— Exact.

On était vraiment dans une petite ville.

— Je connaissais votre grand-tante. Un genre de loup solitaire. Excentrique, si les rumeurs étaient justes. Elle vivait ici depuis les années 50, mais je crois que la maison avait d'abord appartenu à la famille de son mari.

Excentrique ? Le terme « obsédée par l'accumulation » l'aurait mieux décrite.

— Vu l'état de la maison, je me serais crue dans *Les Grandes Espérances* de Dickens et je m'attendais à voir Miss Havisham descendre les escaliers en robe de mariée.

Hugh éclata de rire. Ce rire en cascade qu'elle avait appris à adorer.

— Peut-être que nous sommes vraiment dans un vieux roman.

Honor se surprit à lui sourire, attirée par son regard prévenant et son sens de l'humour.

— J'ai déjà travaillé comme serveuse dans le Tennessee.

Elle tira sur une touffe de cheveux près de son oreille, sur le point de dire, *avant le cancer*. Mais à la dernière seconde, elle se retint. *Je repars à zéro en Californie. Le cancer n'a jamais existé. Je suis libre.*

— J'apprends vite.

S'adapter à de nouveaux environnements, de nouvelles maisons, de nouvelles écoles, de nouveaux emplois, telle était sa force.

— Vous pensez rester à Cliffside Bay ? lui demanda-t-il.

Elle ouvrit la bouche pour dire non, qu'elle avait prévu de vendre la maison dès qu'elle pourrait la remettre dans un état décent. Au lieu de cela, elle répondit oui, qu'elle resterait. En le disant, elle sut que c'était vrai. Elle resterait. Peut-être qu'ici, sous le soleil californien, ses os pourraient se renforcer, ses cheveux deviendraient longs et brillants et elle trouverait des amis comme le fils blond et bronzé.

— L'air sent bon par ici.

Il hocha la tête, comme si c'était une chose à dire tout à fait naturelle.

— En effet, oui. Je suis né et j'ai grandi ici, mais je peux encore sentir la mer dès que je fais un pas dehors. La plupart des habitants n'y font plus attention, mais pas moi.

— C'est la première fois que je vois l'océan.

— Comment vous trouvez ça ?

Elle lui fit un grand sourire.

— Je n'ai jamais rien vu d'aussi beau de toute ma vie.

— Je ne suis pas censé poser la question, alors pardonnez-moi, mais quel âge avez-vous ?

Elle faillit dire dix-neuf ans, mais encore une fois, elle réfléchit avant de parler. L'année du cancer n'avait jamais eu lieu.

— Dix-huit ans. Il y a quelques mois encore, j'étais placée dans des familles d'accueil ou dans des foyers. J'ai vieilli. Je ne dépends plus de qui que ce soit. Je m'occupe de moi-même.

— Si je puis me permettre une prédiction, Honor Sullivan, vous n'avez besoin de personne pour prendre soin de vous. Vous allez avoir une vie très satisfaisante à partir de ce jour.

— Merci.

Elle ravala sa salive et mordit l'intérieur de sa bouche pour éviter d'éclater en sanglots. La façon dont il lui parlait lui faisait croire que tout était possible. Même pour une fille comme elle.

— J'ai besoin de quelqu'un tout de suite, annonça-t-il.

Son regard n'avait pas quitté le visage d'Honor. C'était un homme qui n'évitait pas de regarder les gens dans les yeux, un homme sans rancœur ni magouilles.

— Mon fils retourne à l'USC dans quelques semaines. J'ai besoin de quelqu'un pour prendre sa place.

Elle perçut une certaine tristesse, mais aussi de la fierté. Ce devait être difficile de laisser partir sa famille. Savait-il que c'était un cadeau, le fait que quelqu'un puisse lui manquer ?

— En parlant d'université, et vous ? Il y en a une à environ une demi-heure d'ici. Vous pourriez vous y inscrire et avoir encore le temps de travailler. Je peux toujours faire le boulot quand vous étudiez, s'il le faut.

Hugh s'accouda à son bureau et appuya son menton sur le bout de ses doigts.

Une petite étincelle s'alluma dans le ventre d'Honor. La fac... Mais c'était pour les autres, pas pour quelqu'un comme elle.

— Je ne suis pas encore sûre.

— Pourquoi donc ?

— L'argent.

C'était toujours une histoire d'argent – surtout son manque, d'ailleurs.

— Une fois que vous êtes résidente en Californie, l'université communautaire n'est pas très chère, expliqua-t-il.

Une autre étincelle d'espoir se propagea de son ventre au reste de son corps. L'université était un ticket pour sortir de la pauvreté. Tout le monde le savait. Elle avait été une élève brillante. L'école était tout ce qu'elle avait, la seule chose pour laquelle elle était douée.

— J'étais bonne à l'école. Toujours les meilleures notes.

Elle rougit. Inutile de lui raconter toute sa vie.

— Je m'en doute. Je vous propose un marché. Je vous donne le poste, si vous promettez de vous inscrire à la fac dès que possible. J'aurais aimé faire des études, mais j'étais comme vous. Pas vraiment de famille. Personne pour m'encourager ou me pousser. C'est pour ça que j'ai fait en sorte que mon fils aille à l'université. Il a même reçu une bourse quasi complète. Il est plus intelligent que son père, c'est certain.

— Sans vouloir vous manquer de respect, je n'ai jamais eu trop d'occasions pour quoi que ce soit. Mais s'il s'en présente une, je n'hésiterai pas à la saisir.

— Tant mieux. Vous voulez commencer aujourd'hui ? Zane pourra vous montrer les ficelles.

Si cela avait été approprié, elle aurait fait la roue dans ce bureau.

Elle revint à l'instant présent, sortit de son lit aussi discrètement que possible et enfila le tee-shirt de Zane jeté sur le fauteuil. Elle alla aux fenêtres. La mer restait inchangée, bleue et calme. Contrairement à son gentil Hugh.

Elle s'approcha du bureau et sortit une pile de photos du tiroir. À la différence de la plupart des gens, elle faisait imprimer les photos spéciales au lieu de les laisser sur un ordinateur. C'était sa façon de se rappeler la vie qu'elle s'était faite ici, les amis qu'elle considérait désormais comme sa famille. Elle parcourut les premières. Lance et Brody l'entourant de leurs bras devant le four à pizza extérieur, prise juste après les fiançailles de Kara et Brody ; une photo de groupe le jour où Brody avait gagné le Super Bowl ; Honor et Zane qui dansaient au mariage de Kara. Sur une autre, elle tenait Dakota sur ses genoux à la plage. La photo la plus récente datait d'une soirée entre filles pour célébrer le contrat d'enregistrement de Maggie. Elle baissa la tête, touchée par tous les cadeaux que Hugh lui avait offerts.

Enfin, au bas de la pile, se trouvaient deux photos de Hugh et Honor. Sur la première, ils étaient devant L'Aviron. Elle avait juste commencé à travailler pour lui. Ils se tenaient à quelques dizaines de centimètres l'un de l'autre. Il avait su qu'il ne fallait pas trop s'approcher. Le tablier qu'elle portait par-dessus le polo bleu du restaurant ne dissimulait en rien sa maigreur. Ses cheveux n'étaient pas plus longs que ceux d'un petit garçon. Des lunettes cerclées de métal et des dents de travers complétaient son look : un mélange entre une orpheline squelettique et une intello. Un animal blessé, en effet. Hugh, de son côté, semblait robuste et en bonne santé. Voilà à quoi ressemblerait Zane un jour.

La photo suivante datait de la remise de diplôme à l'université. Quelle fille différente quatre ans plus tard ! Ses cheveux longs brillaient au soleil. Ses joues creuses s'étaient remplies. Son sourire affichait une dentition bien alignée. Hugh portait un costume et avait passé son bras autour de ses petites épaules. Lui aussi souriait à l'objectif.

Ce jour-là, Hugh avait fermé le restaurant pour assister à la cérémonie à San Francisco, du jamais vu selon les habitants. Dans toute l'histoire de L'Aviron, il n'avait jamais fermé le restaurant un vendredi. Dans la soirée, il l'avait emmenée dîner près des quais dans un restaurant de fruits de mer qui avait des nappes blanches et des tas d'ustensiles qu'elle ne savait pas utiliser. Les serveurs avaient nettoyé la table avec un gadget que Hugh avait appelé un *ramasse-miettes*. Il lui avait dit de commander ce qu'elle voulait, mais les prix l'avaient horrifiée. Alors elle demanda un hamburger. Hugh ne voulut rien entendre. *Un steak et du homard*, avait-il dit au serveur. *C'est jour de fête.*

Il lui avait porté un toast et s'était extasié sur ses succès. *Je suis très fier de toi.* À la moitié de leurs steaks fondants, Hugh posa sa fourchette.

— J'aimerais te parler de ton avenir.

— Mon avenir ?

Penser à ça, c'était comme essayer de comprendre la taille de l'univers. Par où pouvait-elle commencer ? Le diplôme de commerce, c'était fait. Et après ? Elle n'avait aucune idée, en dehors du fait qu'elle voulait rester chez elle.

— J'ai une piste pour toi. Le meilleur ami de Zane à l'université, c'est Brody Mullen.

— Le quarterback ?

— Lui-même. Il a été engagé par l'équipe de San Francisco et il est submergé par l'attention qu'on lui porte. À cause de ça, il a acheté une propriété juste à l'extérieur de la ville et prévoit d'y construire une maison. Il a besoin d'une assistante. Je lui ai parlé de toi. Il veut te rencontrer.

— Moi ? Mais je ne connais rien au football.

— Aucune importance. Il a besoin de quelqu'un d'intelligent et d'énergique qui est prêt à porter plus d'une casquette. Honor, ton deuxième prénom c'est Bosseuse.

Juste là, à ce moment, avait commencé une nouvelle étape

dans la trajectoire de sa vie. Encore une fois, Hugh en était à l'origine et l'avait estampillée de sa gentillesse. Il était le seul qui s'était soucié d'elle. Il avait recueilli une orpheline adulte et lui avait donné l'amour et l'attention dont elle avait tant besoin. Le père qu'elle n'avait jamais eu. Pourquoi ne lui avait-elle pas dit cela ? Elle l'avait remercié des centaines de fois, mais elle n'avait jamais prononcé ces mots.

Le téléphone de Zane sonna. D'après la sonnerie, elle sut que c'était le centre de soins. Zane se réveilla, s'assit et attrapa son téléphone en se frottant les yeux.

— Allô. Bonjour, Frieda. Tout va bien ? Oh...

Il se plia en deux comme si quelqu'un l'avait frappé.

— Je vois, oui.

Il se tut un instant pour écouter.

— Merci. C'est ce que je veux, oui. Merci de m'avoir prévenu et de vous en être occupée. J'apprécie vraiment. Bien sûr, oui, ça ira. Je peux m'en charger.

Quand il se déplia, son visage avait perdu toutes couleurs et ses lèvres étaient violettes, comme un gamin laissé trop longtemps dans le froid.

Oh, mon Dieu ! Elle savait. Quelque chose n'allait pas avec Hugh. Elle eut l'impression de recevoir une douche froide. Tout ralentit et s'estompa. Elle chancela jusqu'au lit, les bras tendus comme si elle ne voyait pas. Un cri silencieux se réverbérait dans sa tête. *Pas maintenant. S'il vous plaît, pas maintenant.* Elle n'était pas prête à le laisser partir.

— Qu'y a-t-il ? murmura-t-elle.

— Mon père est parti. Une crise cardiaque foudroyante. Frieda a dit qu'il avait succombé instantanément. Sans avoir eu le temps de souffrir.

Il tenait le portable loin de son corps comme s'il était radioactif.

— Ce n'est pas possible, murmura-t-elle. Je n'ai pas pu lui dire au revoir.

— Frieda m'a dit que les patients avaient souvent un dernier moment de lucidité complète avant de mourir, expliqua Zane d'une voix étrangement calme. Je ne savais pas ça.

Les sanglots s'emparèrent d'elle.

— C'est ma faute. J'ai supplié Dieu de nous accorder un moment de plus avec lui, pour pouvoir lui parler de nous. C'était tellement égoïste.

Zane lâcha le téléphone et tendit les bras.

— Non, bébé. Rien de tout ça n'est ta faute. Nous avons eu la chance de passer un dernier moment avec lui et maintenant, il est en paix.

Elle se blottit contre lui.

— Il est désormais avec Dieu et Mae. Il détestait être un fardeau ou dépendre des autres. Il est libéré.

Elle l'imagina alors au ciel, dansant avec Mae.

— Il a dit qu'il sortirait avec elle ce soir. C'était comme s'il savait.

— Peut-être qu'avec ce moment de lucidité, ils ont un aperçu de l'autre monde, dit Zane.

Les mots se bousculaient dans la bouche d'Honor.

— Il comptait plus pour moi que je ne pourrai jamais le dire. Tout ce que j'ai, c'est grâce à lui. Je pensais à lui pendant que tu dormais. Je me suis rappelé la première fois où je l'ai rencontré. J'ai l'impression que c'était hier. Il est venu à ma remise de diplôme. Il était le seul. J'ai une photo de nous, dit-elle en montrant son bureau, comme s'il savait ce que cela signifiait.

— Je peux la voir ?

Son teint n'avait pas retrouvé ses couleurs, mais ses lèvres étaient moins violacées.

Elle se libéra de ses bras et traversa la pièce jusqu'au bureau. Les deux photos étaient sur le dessus de la pile. Elle les apporta à Zane.

— La première a été prise quelque temps après mon arrivée à L'Aviron.

Il ne dit rien, regardant juste d'une photo à l'autre.

— Je ne savais pas qu'il était allé à ta remise de diplôme. Comment ai-je pu ne pas être au courant ?

— À cette époque, tu étais à Los Angeles.

Elle s'assit à côté de lui sur le lit. Il la serra contre lui.

— Elles sont précieuses, dit-il. On va les faire agrandir pour les encadrer. On pourra les accrocher au mur.

— Dans le salon ? Près de la fenêtre ?

— Où tu voudras.

Il passa son doigt sur la photo la plus ancienne.

— C'est tellement évident sur cette photo que tu as été malade. Je ne me rappelais pas du tout que tu ressemblais à ça.

— Moi si.

Zane poussa un long soupir triste.

— Je dois prévenir Sophie.

— Oh, mon Dieu ! Sophie.

Sophie. La douce Sophie. C'était elle qui aurait dû profiter des années qu'Honor avait passées avec Hugh. Au lieu de cela, elle n'avait obtenu que les restes, la coquille vide de l'homme qu'il avait été.

— Elle a pu profiter de quelques moments, dit Zane, comme si elle avait parlé à voix haute.

— Pas assez.

— Il n'y en a jamais assez avec ceux qu'on aime, répondit-il. Peu importe combien tu en as.

Il sortit du lit. Elle eut froid sans lui. Le ventilateur du plafond tournait encore. Elle replia ses genoux contre sa poitrine et l'observa, souhaitant qu'il n'ait pas à partir. Mais il devait aller voir sa sœur.

— Je vais prévenir la Meute, dit-elle.

— J'appelle Maggie, répondit-il. Il vaut mieux qu'elle l'apprenne de moi.

Elle acquiesça.

— N'oublie pas de lui dire ce que Hugh a dit sur Mae. Ça la réconfortera. Enfin, ils vont se retrouver.

— Je n'oublierai pas.

Zane s'assit au bord du lit et couvrit les mains d'Honor avec les siennes.

— Verrouille les portes. N'ouvre pas si on frappe, d'accord ?

Elle hocha la tête, sombre et triste.

— Tout ira bien.

— Je n'en aurai pas pour plus d'une heure.

APRÈS SON DÉPART, elle ne parvint pas à se réchauffer, même après s'être emmitouflée dans son peignoir d'hiver. Elle appela d'abord Brody. Il ne répondit pas, il était probablement à l'entraînement. Elle ne laissa pas de message. Comment laisser un tel message ? Kara et Jackson étaient à la clinique, donc elle ne pouvait pas leur parler. Elle appela ensuite Lance. Il répondit tout de suite.

— Salut ! Où es-tu ? demanda-t-il.

— Je suis chez moi. On vient de recevoir un appel du centre de soins. Hugh a eu une crise cardiaque. Il n'y a pas survécu.

— Oh non...

— Si. Zane est allé prévenir Sophie et Maggie. Je suis censée appeler la Meute.

Il lui proposa d'avertir tous les autres et elle accepta volontiers. Le choc s'estompait, mais le chagrin commençait à s'abattre sur elle. Elle était assise par terre avec les deux photographies. Les pensées se bousculaient dans son esprit, rapides et douloureuses. *Hugh, tu me manques. Continue de veiller sur moi. J'ai encore besoin de toi. Dis à Dieu que je le remercie de m'avoir mise sur ton chemin. Je passerai le reste de ma vie à essayer de te rendre fière. Je ne gâcherai pas un seul instant les chances que tu m'as offertes.*

Elle s'adossa contre le mur, replia ses genoux contre sa poitrine et laissa venir les larmes. Après les avoir toutes épuisées, elle se fit couler un bain moussant. Quand il y eut assez d'eau, elle se glissa dans la chaleur. Elle plaça une serviette humide sur ses yeux endoloris et reposa la tête sur le bord de la baignoire. Cette salle de bain, c'était la première pièce qu'elle avait rénovée quand elle s'était attaquée à la maison. Jusque-là, elle n'avait jamais eu sa propre salle de bain. Elle avait entrepris de l'arranger exactement à son goût. Une baignoire sur pieds, des carreaux blancs et une peinture bleu clair sur les murs la calmaient et la réconfortaient. *C'est à moi. Tout à moi. Merci, Hugh Shaw.*

Un bruit sourd la fit sursauter. Elle retira la serviette de ses yeux et se redressa dans la baignoire. Quelqu'un frappait à la porte ? Zane était déjà revenu ? Il avait oublié sa clé ? Bien sûr, ça devait être ça. Dans son désarroi, il avait dû la laisser dans la cuisine. Pas de quoi sursauter.

Elle sortit de la baignoire et attrapa son peignoir. Ses pieds nus encore humides, elle descendit les escaliers en se tenant à la rampe pour éviter de glisser. Sans réfléchir, sûre que c'était Zane, elle ouvrit la porte.

Ce n'était pas Zane.

Un jeune homme et une petite fille se tenaient sur les marches. Il portait un tee-shirt blanc effiloché aux manches et un jean trop grand de plusieurs tailles. Le dessus de son crâne était chauve et, autour, ses cheveux étaient longs. Des yeux bleu clair croisèrent les siens. Elle reconnaissait ces yeux. Où les avait-elle déjà vus ?

La petite fille contemplait Honor avec des yeux ronds effarés de la couleur du chocolat noir. Ses cheveux longs emmêlés retombaient dans son dos. Elle portait une robe d'été d'un vert délavé. Un vieil ours en peluche, aussi dégarni que l'homme, pendait à sa main droite.

Derrière eux, une berline gris métallisé occupait quasiment toute la place dans sa petite allée.

— Puis-je vous aider ? demanda Honor.

— Bonjour, Honor. Tu te souviens de moi ?

L'homme parlait lentement avec un accent du sud. Sa voix rauque laissait penser qu'il avait des allergies ou autres, tout comme les taches noires sous ses yeux.

— Votre tête me dit quelque chose.

Pourquoi n'avait-elle pas pris son téléphone avec elle ?

— On était ensemble dans la famille Aker. Je suis Lavonne. Lavonne Pitt.

— Les Aker...

Cet homme était Lavonne ? Son esprit s'emballa, essayant de retrouver un souvenir auquel relier l'homme en face d'elle. Ses yeux étaient identiques. Le fermier et sa femme renfrognée. Les moutons. Les troupeaux de moutons. Ils bêlaient si fort pendant la tonte qu'elle avait voulu se boucher les oreilles. Lavonne Pitt, le garçon doux et lent qu'elle avait protégé du mieux qu'elle pouvait, se tenait devant elle, maintenant adulte. Le garçon qu'elle connaissait était toujours là dans ce regard et dans cette façon lente et hachée de parler.

— Oh ouah, Lavonne ! Je ne t'ai pas reconnu. Ça fait si longtemps.

— J'avais treize ans et toi douze. Ça faisait longtemps que j'étais chez eux quand tu es arrivée. Je m'occupais des animaux avec monsieur Aker. Tu as été gentille avec moi. La première personne à être gentille avec moi. Tu m'apportais de la limonade en cachette quand je travaillais dehors et qu'il faisait trop chaud. On dînait toujours à cette longue table dans la cuisine. Il y avait un poêle à bois et, en hiver, celui qui travaillait le mieux pouvait s'asseoir à côté. Tu te souviens de ça ?

Des images du poêle et de cette cuisine délabrée défilèrent devant ses yeux. Elle avait l'habitude de ramener du bois du hangar dans une brouette jaune. La table était longue et recouverte d'une de ces nappes en plastique. Il y avait cinq enfants, parfois six. Elle était l'une des plus jeunes parce qu'ils accueillaient généralement des enfants plus âgés qui pouvaient travailler après l'école et le week-end.

— Désolé de te déranger, mais je n'ai personne vers qui me tourner.

— Lavonne, je n'arrive pas à croire que c'est toi. Entre.

Elle fit un pas en arrière et leur fit signe de la suivre. Quand elle referma la porte, elle jeta un œil à son peignoir épais et ses pieds nus.

— Désolée, je sors du bain. Je pensais que c'était mon copain qui avait oublié sa clé.

Lavonne rougit jusqu'aux oreilles.

— On est vraiment désolés de débarquer à l'improviste, mais j'avais besoin de te voir.

— Et qui est-ce ? demanda Honor en s'agenouillant près de la petite fille.

— Je m'appelle Jubie Gray, dit-elle.

— Contente de te rencontrer, dit Honor. Quel âge as-tu ?

— J'ai six ans.

— Tu as faim ? Tu veux manger quelque chose ?

Jubie hocha la tête, mais son regard se tourna vers Lavonne. Il hocha également la tête.

— On n'a pas mangé depuis un moment, dit Lavonne. Ça fait quelques jours qu'on n'a plus d'argent.

Honor se leva et sourit à Lavonne. Était-il violent ? Un criminel ? Son instinct lui disait que non. Il avait l'air d'être le même garçon timide dont elle avait dû s'occuper toutes ces années auparavant.

— Je vais vous préparer à dîner, mais je dois d'abord me changer.

Pouvait-elle les laisser seuls sans se faire voler effrontément ? Elle devait récupérer son téléphone. Sans lui, elle était impuissante.

— D'accord, madame, dit Jubie.

Un regard déçu passa sur le visage de la petite fille. Honor connaissait ce regard. Elle avait faim. Ils avaient besoin de se nourrir maintenant, pas plus tard.

— Je me dépêche, dit Honor.

Elle se précipita à l'étage et enfila une robe d'été et des sandales plates, puis se brossa les cheveux.

Lavonne et Jubie attendaient sur le canapé quand elle redescendit.

— Venez avec moi. Voyons ce que je peux trouver à manger.

Dans la cuisine, elle les invita à s'asseoir à table et s'empressa de leur servir du jus de fruits et d'ouvrir un paquet de chips qu'elle jeta dans un bol. Elle avait également de la sauce dans le réfrigérateur. Elle mit tout sur la table et essaya de penser à d'autres snacks. Mais elle n'avait pas grand-chose chez elle. Sa maison n'était pas le meilleur endroit quand on était affamé.

— Je dois d'abord me laver les mains, dit Jubie.

— Quelle petite fille mignonne, lui dit Honor en montrant les toilettes à côté de la cuisine. Tu peux te les laver là-bas.

Quand ils eurent fini, Jubie et Lavonne s'assirent à table et mangèrent les chips. Honor posa une casserole d'eau sur la cuisinière pour faire cuire des pâtes avant de les rejoindre.

— On est vraiment désolés d'arriver sans prévenir, dit Lavonne. Ça m'a pris du temps pour te trouver et je n'ai jamais eu le courage de frapper à ta porte, mais Jubie est si affamée et si fatiguée que je devais te voir aujourd'hui.

Honor se leva pour resservir du jus de pomme à Jubie.

— Et comment m'as-tu trouvée ? demanda Honor.

— Je t'ai vue à la télé avec Brody Mullen au Super Bowl, dit Lavonne. Et puis je t'ai trouvée sur Instagram. Tu as publié quelque chose sur cet endroit, donc je me suis dit que tu vivais ici. Il m'a fallu quelques jours pour comprendre que c'était ta maison. On est passés plusieurs fois, mais tu n'étais jamais chez toi.

— Où habitez-vous ?

Elle se tenait derrière Jubie qui n'avait cessé d'enfourner des chips dans sa bouche.

— Récemment, on était à Los Angeles. Mais on vit plutôt dans ma voiture. Lavonne s'empara d'une grosse chips et la mit dans sa bouche.

Elle entendit l'eau commencer à bouillir et attrapa un paquet de spaghettis et un bocal de sauce dans son garde-manger. Après avoir jeté les pâtes dans la casserole et remué, elle revint à la table.

— Encore quelques minutes et on mangera des spaghettis. Tu aimes les spaghettis, Jubie ?

— Oui, madame.

Elle s'assit au bout de la table.

— Lavonne, pourquoi es-tu venu me voir ?

Lavonne fit une pause avec les chips et inspira profondément comme s'il se préparait à raconter l'histoire d'une vie.

— Pour ça, je dois commencer par le début. L'époque où je te connaissais.

— Chez les Aker ? Je ne me souviens pas beaucoup de cette époque.

Elle avait même tout fait pour l'oublier.

— Pas moi. Je me souviens de tout. Mais de toi particulièrement. Tu vois, à l'époque, tu étais gentille avec moi et je ne l'ai jamais oublié. Ma mère m'a appris à toujours me souvenir des gentillesses qu'on reçoit, parce que c'est comme ça qu'on reconnaît Dieu en tout.

— C'est une excellente façon de voir les choses, dit Honor.

C'était dommage qu'on ne lui ait pas accordé plus de ces gentillesses quand elle était enfant. Peut-être que sa foi aurait été plus forte.

— Tu m'as sérieusement manqué après qu'ils t'ont renvoyée. Tu m'as sauvée.

— C'est vrai.

Elle avait sauté sur le dos de M. Aker quand il avait menacé Lavonne avec une fourche.

— J'ai pleuré quand tu es partie, dit-il avec un sourire triste. J'ai même couru après la voiture.

— Je n'ai jamais pensé qu'on puisse pleurer pour moi à l'époque.

En dehors de moi-même.

Une image de Lavonne quand il n'était qu'un garçon lui traversa l'esprit. Il était maigre et petit pour son âge. Il avait perdu ses dents de devant. Ils devaient marcher pour aller et revenir du bus avec les plus grands. Il avait été envoyé dans une classe d'éducation spécialisée.

— Je me souviens de ta veste verte.

— Oui, cette vieille veste me tenait chaud la plupart du temps, dit-il en souriant.

Ses dents étaient trop blanches, trop parfaites. De fausses dents, parce que personne ne s'était soucié de son hygiène dentaire quand il était petit. Bon sang, il n'avait jamais eu de chance.

Lavonne poursuivit son histoire.

— Parfois, je te faisais des tours de magie et tu disais qu'ils étaient formidables, que j'étais génial. Personne ne m'a jamais dit ça à part ma mère, mais elle est morte.

— Que t'est-il arrivé après mon départ ?

— Je suis resté chez les Aker jusqu'à mes dix-huit ans. Ma mère m'avait souvent parlé de la Californie, avant que le Seigneur ne la rappelle parmi les anges. C'est en Californie que les rêves deviennent réalité, me disait-elle. J'ai pensé que je pourrais venir ici et réaliser quelques-uns de mes rêves. Peut-être tenter de faire une carrière de magicien. Mais ça ne s'est pas exactement passé comme je le pensais.

Il faut toujours s'attendre au pire.

— Mais bon, j'ai travaillé comme plongeur dans un restaurant et je vivais dans ma voiture. Je prenais des douches au refuge du coin. Ça n'était pas trop mal, la plupart des nuits, puisqu'il fait chaud. Ça a duré quelques années. Jusqu'à ce que je rencontre la mère de Jubie, Rinny. Elle était serveuse au restaurant. Vraiment gentille. Comme toi. Toujours à prendre soin de moi. Elle avait déjà la petite Jubie.

— J'étais un bébé minuscule, dit Jubie comme si on lui avait raconté cette histoire des milliers de fois.

— Un jour, elle a découvert que je vivais dans ma voiture et elle m'a demandé si je voulais m'installer avec elles. Je pouvais payer une partie du loyer et réparer les choses qui avaient besoin d'être réparées. Alors, j'ai accepté. C'était il y a environ cinq ans. On a passé de bons moments, hein, Jubie ?

La petite fille hocha la tête.

La minuterie de la cuisinière sonna. Honor se dépêcha de mélanger les pâtes avec un peu de sauce et servit deux grandes portions dans des bols. Une fois de retour à table, Lavonne continua son histoire entre deux bouchées.

— Tout allait très bien jusqu'à ce que Rinny tombe malade.

— Le cancer, dit Jubie.

S'il te plaît, non. Ne me dis pas ça.

— Et elle s'est vraiment battue pendant longtemps, mais le mois dernier, elle est allée rejoindre les anges, comme ma mère, dit Lavonne.

Jubie avait arrêté de manger et fixait son bol. Deux larmes solitaires coulèrent sur ses joues et tombèrent dans ses pâtes à moitié finies.

— Jubie, ma chérie, tu veux aller sur la terrasse et cueillir des oranges dans mon arbre ? demanda Honor.

La petite fille hocha la tête, attrapa son ours en peluche et se leva de la table. Honor n'avait pas remarqué ses chaussures avant, des tongs bon marché. Est-ce que cette petite s'acheminait vers la même vie qu'Honor ?

Sur la terrasse, elle expliqua à Jubie comment savoir quelles oranges étaient prêtes à être cueillies.

— Tu peux les rassembler ici sur la table. Quand tu auras terminé, nous ferons du jus d'orange. Le meilleur que tu as goûté.

— Oui, madame.

Honor retourna dans la cuisine. Lavonne avait fini ses pâtes et était en train de laver son bol à l'évier.

— Ne t'occupe pas de ça, lui dit Honor. Reviens à table. Tu veux un cookie ?

— Non, pas maintenant. Je ferais mieux de te raconter la suite.

Il releva les jambes de son jean avant de reprendre son siège.

— Juste avant la mort de Rinny, elle et moi, on a parlé de ce qu'il fallait faire pour Jubie. Elle savait que je ne pouvais pas m'en occuper tout seul, avec tous mes problèmes.

— Quels problèmes ?

— J'ai de gros maux de tête. Parfois, je laisse tomber les choses. C'est toujours difficile de trouver du travail et ça ne paie pas assez pour s'occuper d'une petite fille. Elle a besoin de choses que je ne peux pas lui donner. Quand Rinny et moi en avons parlé, on savait qu'on ne voulait pas qu'elle aille en famille d'accueil parce que... En fait, je n'ai pas besoin de t'expliquer. Aucun de nous n'a de famille. Le père de Jubie est mort dans un accident avant même sa naissance. Mais Rinny a eu une idée. Avec le temps, je leur avais parlé de toi. De toutes tes gentillesses. Rinny était vraiment faible à ce moment-là, mais elle a ouvert les yeux super grands et dit : « Honor Sullivan ! Elle pourrait prendre Jubie, non ? »

Honor sentit sa mâchoire tomber comme dans un dessin animé. Avait-elle bien entendu ce qu'il venait de dire ? Oui, elle avait bien entendu.

— Elle m'a demandé de te retrouver et de voir si tu pouvais recueillir son bébé. J'ai les papiers officiels qui disent que c'étaient ses dernières volontés.

— Mais Lavonne, je ne sais pas comment m'occuper d'un

enfant. Et j'ai un travail très chargé. Je voyage tout le temps. Je pars souvent pour de longues périodes. C'est impossible.

Ma maison est décorée dans des tons blancs. Je ne suis pas censée avoir d'enfants.

— Tu sais déjà t'occuper des enfants. Tu l'as fait toute ta vie. Tu as pris soin de moi.

Elle le regarda, sans voix. C'était absurde. Totalement ridicule. Pourquoi une femme qu'elle n'avait jamais rencontrée lui demanderait-elle de recueillir son enfant ? Où était Zane ? Elle avait besoin de Zane.

— Je comprends que tu sois une personne importante maintenant. J'ai toujours su que tu le serais, dit-il avec tant de fierté dans la voix qu'elle eut envie de pleurer. Je sais que ça paraît fou, mais je me suis dit que si tu rencontrais Jubie et que tu voyais à quel point elle est mignonne, tu pourrais au moins y réfléchir. Je ne peux pas m'occuper d'elle. Elle devra être placée en famille d'accueil.

La lèvre inférieure de Lavonne trembla. Il s'agrippa au rebord de la table.

— Toi seule peux la sauver. Je le sais.

15

ZANE

Zane trouva Sophie dans le bureau de L'Aviron. Elle leva les yeux de l'écran d'ordinateur quand il frappa doucement sur le chambranle.

— Prise la main dans le sac, dit-elle avec un sourire contrit. Je suis descendue plus tôt aujourd'hui pour travailler sur le planning. Je n'arrive pas à comprendre comment tu fais ça si vite.

Elle pencha la tête sur le côté.

— Qu'est-ce qui ne va pas ? Tu as l'air bizarre.

— J'ai de mauvaises nouvelles. Pour papa. Il est décédé ce matin.

Ses jambes tremblaient si fort qu'il dut s'agripper au dossier d'une chaise pour éviter de tomber.

Sophie le regarda d'un air ahuri.

— Non, c'est impossible. Son corps est en bonne santé. C'est juste son esprit.

— Il a eu une crise cardiaque.

— Mais il avait l'air si bien. Il ne peut pas avoir eu une crise cardiaque.

— Je suis désolé, Sophie.

Elle parut se rétrécir devant ses yeux.
— Mais je n'ai pas eu assez de temps avec lui.
— Je sais.
Il s'approcha d'elle en chancelant et tendit les bras. Sophie se leva de sa chaise et s'écroula contre lui.
— Ce n'est pas juste, murmura-t-elle.
— Non. Pas du tout juste. C'est ce que je pense depuis qu'on lui a trouvé cette maladie.
Je déteste ça. Je déteste ne pas avoir le contrôle. Je détestais voir le regard vide de mon père. Je déteste le fait que Sophie ait mal.
Elle pleura encore quelques minutes avant de sécher ses larmes. Avec une expression stoïque, elle relâcha son étreinte et tendit la main vers son tablier sur le dossier de la chaise.
— Je vais en salle.
— La serveuse peut te remplacer, lui dit-il.
— Sûrement pas. Hugh Shaw n'a jamais fui ses responsabilités. Alors, moi non plus.
— Tu es bien la fille de ton père, lui assura Zane. Aucun doute là-dessus.

MAGGIE ne le prit pas mieux. Après avoir entendu la nouvelle, elle ne prononça pas un mot, s'effondra juste sur le canapé et couvrit son visage pour pleurer. Zane s'assit à côté d'elle. Il la prit dans ses bras et fit de son mieux pour se contenir.

Finalement, les sanglots cessèrent et elle put parler.
— J'aurais dû lui rendre visite plus souvent. Mais je n'aimais pas le voir comme ça. Chaque fois, son regard vide me brisait le cœur. Je voulais le secouer jusqu'à ce que Hugh sorte de là où il était.
— Je sais. Je ressentais la même chose. Il est libre, Mags. Où qu'il soit allé, il est libéré de cette prison. Il est au paradis avec ta mère.

Il lui raconta que son père avait dit qu'il inviterait Mae à sortir.

— Il a dit qu'il l'emmènerait danser ce soir. Je n'arrive pas à m'empêcher de les imaginer en ce moment, dansant l'un contre l'autre, finalement réunis.

Maggie fondit en larmes.

— J'espère que tu as raison.

Ils entendirent la porte d'entrée s'ouvrir et se fermer. Quelques secondes plus tard, Jackson apparut, la douleur ayant balayé son calme habituel.

— On m'a prévenu, dit Jackson. J'ai couru à la maison dès que j'ai pu.

Il s'assit de l'autre côté de Maggie et la prit dans ses bras en regardant Zane.

— Je suis vraiment désolé, Zane.

Le visage compatissant de Jackson le terrassa. Il s'effondra. Les larmes coulaient sans secouer ni faire trembler son corps, comme un robinet qu'on avait laissé ouvert. *Je n'entendrai plus jamais sa voix. Il ne sera pas là quand j'épouserai Honor.*

— Ça me tuait de le voir se perdre de plus en plus. C'est mieux comme ça.

Maggie relâcha Jackson et se tourna vers Zane. Elle enroula ses bras minces autour de son cou et appuya son menton sur sa tête baissée.

— Oui, c'est mieux, mais ça fait quand même mal. J'ai raté tellement de moments avec lui.

— C'était un grand monsieur, dit Jackson. Il a été un exemple en nous montrant comment vivre avec grâce et intégrité.

— Oui, dit Maggie. Pense à toutes les vies qu'il a touchées au fil des ans.

— Maintenant, il est avec Mae, dit Jackson. Peut-être que ma mère est aussi avec eux.

— Ça marche comme ça ? demanda Zane. Est-ce que tu retrouves tous les gens que tu aimes ?

— Je le crois, dit Maggie. Je le sais.

Ils parlèrent de Hugh encore une demi-heure, partageant des souvenirs qui les firent rire, puis pleurer, puis rire à nouveau. Assis avec ses deux meilleurs amis d'enfance, il sentit la présence de son père flotter dans la pièce. En regardant la porte, il s'attendit à le voir là, aussi jeune et fort qu'il l'avait été quand ils étaient au lycée. Un souvenir du soir où ils avaient eu leur bac lui revint soudain. Son père se tenait devant eux avec son vieil appareil photo. *Rapprochez-vous. Je veux une photo pour l'accrocher au mur.* Le soleil se couchait derrière eux et faisait étinceler le cadre en acier des gradins. Qu'avait-il dit avant d'appuyer sur le déclencheur ?

— Vous vous souvenez du jour où on a eu le bac ? Mon père nous a fait poser pour une photo.

— Bien sûr, près des gradins, répondit Maggie.

— C'est ça. On était juste tous les trois dans nos tenues de cérémonie, poursuivit Zane. Qu'est-ce qu'il nous a dit avant de prendre la photo ?

— *J'aimerais que vos mères puissent vous voir. Elles seraient très fières*, murmura Maggie.

Son père avait alors levé la tête vers le ciel et son regard s'était perdu au loin. Ses épaules avaient été soulevées par un soupir. Ils s'étaient serrés les uns contre les autres et avaient attendu qu'il regarde de nouveau dans l'objectif. Au lieu de cela, il avait continué avec quelques conseils. Zane rapporta ses mots du mieux qu'il put.

— *Je ne suis pas un exemple de réussite, mais je sais parfaitement ce qui compte le plus. Gardez les yeux ouverts, les enfants. Saisissez chaque occasion qui se présente à vous, mais rappelez-vous que l'ambition et la réussite ne suffisent pas pour avoir une belle vie. Prenez ça d'un gars qui a vécu plus longtemps que vous trois. Lorsque vous regarderez en arrière, vous verrez que ce sont les gens que vous aimez qui comptent le plus. Et n'oubliez pas de passer de sacrés bons moments. Les difficultés viennent, mais la joie aussi.*

Zane fit une pause et s'essuya les yeux.

— Merde, il avait complètement raison.

— Il a aussi dit autre chose, dit Maggie. Quelque chose à propos de se battre pour les gens qu'on aime.

— Ne laissez pas la crainte de les perdre vous empêcher de les aimer de tout votre cœur. J'avais oublié ça, dit Zane. Je devrais me faire tatouer ça sur l'avant-bras.

— Je me souviens de ce moment-là, mais pas de ce qu'il a dit, se désola Jackson dont la voix tremblait. Même si j'ai toujours cette photo et que je l'ai regardée des milliers de fois. La seule chose dont je me souviens, c'est d'avoir aperçu mon père de l'autre côté des gradins, effondré contre le mur du gymnase, le visage enfoui dans son mouchoir. En train de pleurer.

— Lily, dit Maggie.

Lily Waller avait essayé de vivre assez longtemps pour les voir obtenir leur bac et aller au bal de fin d'année. Le cancer l'avait emportée avant qu'elle ne puisse le faire.

Jackson hocha la tête.

— Il n'a jamais pleuré devant moi après la mort de maman. Parfois, en pleine nuit, je l'entendais en bas dans son bureau, mais je faisais comme si de rien n'était. Et ce soir-là, c'était la première fois que je le voyais pleurer. J'avais déjà le cœur brisé, mais ça m'a anéanti. Le voir si bouleversé a détruit ma conviction qu'il était un superhéros. Il n'était plus qu'un mortel capable de faiblesse et de désespoir. C'était comme si un interrupteur avait été éteint en moi. Je ne me souviens de rien d'autre de cette soirée.

Il se tourna vers Maggie.

— Je n'y avais pas pensé jusqu'à présent, mais je crois que c'est ce moment qui m'a rendu stupide plus tard.

Jackson avait ensuite rompu avec Maggie cet été-là. En conséquence de cette décision, Maggie et Jackson avaient été séparés pendant douze ans.

Ils se turent. Depuis les fenêtres ouvertes, seul le cliquetis des arroseurs automatiques rompait le silence.

— Il a encore dit une chose, dit Maggie. Ça m'a marquée toutes ces années. *Soyez sur les photos les uns des autres.*

— Soyez sur les photos les uns des autres, répéta Zane dans un souffle.

— Cette remise des diplômes, c'est la première des nombreuses photos qu'on prendra d'ici les cinquante prochaines années, déclara Jackson.

— On en a beaucoup d'autres à prendre, renchérit Maggie.

Zane regarda les visages striés de larmes de ses amis. La peur le traversa et mit en pièces sa détermination. Des scénarios tragiques défilèrent devant ses yeux.

— Et si on n'avait pas le temps de les prendre ? Et si l'un de nous tombait malade et mourait ou avait un accident ? On a tous vécu tant de pertes. Ce n'est pas comme si on avait la moindre prise sur ce qui arrive aux gens qu'on aime. Vous. La Meute. Sans vous tous, ma vie aurait été complètement merdique toutes ces années. Maggie, tu nous es revenue, mais si on te perdait encore ? Et puis il y a Honor. Bon sang, je l'aime tellement que ça fait physiquement mal de penser qu'elle pourrait retomber malade. Ça me fout vraiment la trouille.

Maggie le dévisageait, visiblement secouée de l'entendre parler aussi franchement. Mais tant pis. Il ne pouvait pas faire semblant ce soir. Pas avec eux.

— Parfois, je me réveille en pleine nuit et je regarde Jackson pour m'assurer qu'il respire encore, avoua Maggie. Dans ces moments sombres, je me demande si le fait de nous être retrouvés, ça n'était pas de la triche et si nous allions être punis pour ce bonheur. Les mauvaises choses peuvent vraiment nous arriver à tout moment. On n'a pas de boule de cristal pour voir l'avenir.

— Dieu merci, dit Jackson.

— Être humain, c'est terrifiant. À cause de notre capacité à aimer, poursuivit Maggie. Alors on ne peut que suivre les conseils de Hugh. Chérissons nos amis. Et profitons à fond de la vie tant qu'on le peut.

— Honor est particulièrement douée dans ce domaine, plaisanta Jackson.

Zane sourit alors que le rire d'Honor résonnait dans son esprit.

— C'est vrai.

Maggie s'appuya contre les coussins du canapé et regarda le plafond.

— Mais bon, imaginez ça. Hugh et ma mère en train de danser au paradis, enfin réunis dans un endroit que le diable ne peut atteindre.

— Mon père en serait capable ? demanda Zane. Je ne l'ai jamais vu danser une fois dans sa vie.

— Tout le monde sait danser au paradis, dit Maggie.

— Comment sais-tu ça ? demanda Jackson d'une voix taquine.

— Maggie sait ce genre de choses, dit Zane.

— Absolument exact, confirma Maggie.

— Oui, madame.

Zane se frotta les yeux avant de se tourner vers ses amis.

— Je vais demander à Honor de m'épouser.

Maggie poussa un cri aigu et lui donna un coup dans le bras.

— Et tu avais l'intention de nous dire ça quand ?

— Je vous le dis maintenant.

— Je le savais, s'écria Maggie. J'en étais sûre et certaine.

— Elle l'avait vraiment prédit, confirma Jackson.

— Je t'ai dit, Maggie sait ce genre de choses, dit Zane.

16

HONOR

Elle entendit la porte d'entrée s'ouvrir, puis un bruit de pas. Zane l'appela en criant.
— Je suis ici.
Elle se tourna vers Lavonne.
— C'est Zane, mon copain.
Elle se leva et se dirigea vers le salon. Zane fit irruption avec un parapluie en main et manqua de la renverser.
— Tu vas bien ? demanda-t-il, essoufflé.
Elle faillit éclater de rire. Dieu seul savait ce qu'il avait prévu de faire avec son parapluie.
— Oui, je vais bien. Un vieil ami est venu me rendre visite.
Quand elle lui présenta un Lavonne tremblotant, Zane baissa son parapluie.
— La voiture. C'est celle de l'autre soir.
— Oui. Lavonne a mis du temps à trouver le courage de venir me voir, dit Honor.
Zane se rapprocha du visiteur en plissant les yeux.
— C'est toi qui as laissé la tête du lapin mort devant sa porte ?

— Non, répondit Lavonne en reculant, avant de continuer sur un ton lugubre. Je ne ferais jamais de mal à un lapin.

— Pourquoi étais-tu dehors cette nuit-là ? demanda Zane.

— Je voulais voir Honor, mais je me suis souvenu que maman disait qu'il n'était pas poli de frapper chez les gens après neuf heures.

Les épaules de Zane se relâchèrent. Sous l'effet du soulagement ou de la sympathie, elle ne put le dire.

— C'est vrai, c'est malpoli, dit Zane. Mon père m'a appris ça aussi.

Jubie arriva de l'extérieur, tenant toujours son ours en peluche.

— Honor, j'ai cueilli cinq oranges. Est-ce que ça vous va ?

Zane jeta un coup d'œil à Honor, mais ne posa aucune question.

— Cinq, c'est bien, répondit Honor.

— On va faire du jus, dit Jubie à Zane.

— Comment t'appelles-tu ? lui demanda-t-il.

— Je m'appelle Jubie.

— Ravi de te rencontrer.

Jubie ne pouvait détacher son regard fasciné du visage de Zane. *Bienvenue au club ! Il fait cet effet-là à beaucoup de filles.*

— Tu veux que je t'aide à ramener les oranges ? demanda Zane.

— Oui, s'il vous plaît.

Jubie lui tendit une main que Zane prit et ils sortirent sur la terrasse.

— Je ne sais pas quoi répondre, dit Honor à Lavonne. J'ai besoin d'y réfléchir et d'en parler à Zane.

— C'est beaucoup demander, je sais.

— Elle est attachée à toi. Qu'est-ce qui va se passer ? Tu ne peux pas l'abandonner.

— Elle sera mieux avec quelqu'un qui peut prendre soin

d'elle. Mais ce serait bien que je puisse rester dans le coin. J'aurais besoin d'un travail.

— Pour l'instant, vous allez loger ici. Je ne veux pas que vous dormiez dans ta voiture. J'ai plusieurs chambres.

— Ton petit ami blond, il a des yeux gentils.

— C'est vrai.

Il les tient de son père.

— Jubie l'aime bien.

— Comme la plupart des filles, répondit-elle.

— Vous allez vous marier ?

— Je pense que oui.

— Il aime les enfants, affirma Lavonne.

Après un silence, Honor lui demanda :

— Ça ne va pas la terrifier de rester avec des étrangers ? Et comment ça se passe d'un point de vue légal ? Les services sociaux vont devoir s'en mêler.

— Rinny a appelé un avocat et lui a demandé de venir à l'hôpital. Elle a fait faire des papiers pour te désigner comme tutrice. Si tu y consens, Jubie sera sous ta garde.

Il dit cela sans inflexion dans la voix, comme s'il récitait le document.

— Après un certain temps, tu pourrais l'adopter, si le tribunal approuve.

Sous ma garde. L'approbation du tribunal. L'adoption. La tête d'Honor allait exploser.

— Je dois prendre le temps de réfléchir. Mais toi et Jubie, vous restez ici jusqu'à ce qu'on règle ça. Vivre dans une voiture, ça n'est bon ni pour toi ni pour elle.

— Tu es sûre ?

Les yeux bleu clair de Lavonne la regardaient avec incertitude. Son monde changeait trop souvent pour qu'il se sente en sécurité. Ce qu'il tenait pour certain aujourd'hui serait probablement différent demain. Elle se souvenait de ces jours où elle grimaçait et se faisait toute petite, tout en espérant. Maintenant, elle luttait durement pour que sa vie se déroule comme elle le voulait. Elle n'était plus à la merci de qui que ce soit pour avoir une place dans ce monde. Lavonne n'avait pas cette chance. Il était piégé par la pauvreté qui le rendait vulnérable face aux caprices des autres. Si elle avait pu agiter une baguette magique et lui accorder la possibilité de vivre à sa guise, sans dépendre de quiconque, elle l'aurait fait à l'instant.

— J'en suis sûre, répondit-elle.

Jubie fit irruption dans la cuisine en portant deux oranges. Zane suivit avec les trois autres qu'il tenait contre son torse. Elle cligna des yeux lorsqu'une image de lui avec un bébé dans les bras lui vint à l'esprit. *Il devrait avoir ses propres bébés.*

Jubie sautillait et se mit à parler d'une voix aiguë et excitée.

— Lavonne, on a vu un chat qui s'appelle Bandit. Il a de très grosses pattes et il m'a laissé le caresser.

— Tu l'as caressé très gentiment ? demanda Lavonne.

— Oui, répondit Jubie avec un hochement de tête solennel. Comme maman me l'a appris.

— Elle adore les chats, expliqua Lavonne à Honor.

Jubie posa ses deux oranges sur le comptoir.

— On peut faire du jus maintenant ?

Honor acquiesça.

— Pas tout de suite, mais plus tard, oui. Pour l'instant, je vais te montrer la chambre où tu vas rester et tu vas prendre un bon bain.

— Je reste ? s'exclama Jubie.

Sa lèvre inférieure frémit. Elle se rapprocha de Lavonne.

— Pour quelques jours, en tout cas, lui expliqua Honor. Lavonne va aussi rester.

— Mais ensuite, il faudra repartir ? demanda Jubie.

— On va en discuter. Je ne sais pas ce qui va se passer ensuite. Mais pour l'instant, tu vas rester ici dans la chambre d'amis.

Jubie hocha la tête et montra Zane du doigt.

— Et lui ? Il reste ici aussi ?
— Je vais partout où Honor va, dit Zane.
— Elle a de la chance, souffla Jubie.

Honor faillit rire. *Oui, c'est vrai.*

Zane croisa le regard d'Honor. Ils savaient déjà communiquer sans avoir à parler. Il avait conscience qu'elle était submergée et qu'elle avait besoin de quelques minutes pour réfléchir.

— Tu sais quoi ? demanda Zane. Et si je vous emmenais en ville, Lavonne et toi, pour acheter une glace ?
— On adore les glaces, s'écria Jubie.

Zane lui tendit la main.

— C'est quoi ton parfum préféré ?
— La fraise.
— Vraiment ? Moi aussi.
— Lavonne préfère la vanille avec des petits bonbons dessus, dit Jubie.
— Je pense qu'on en trouvera aussi, dit Zane en sortant de la cuisine avec elle.

Avant de les suivre, Lavonne lança à Honor un sourire qui signalait l'absolue certitude qu'elle accéderait à sa demande. Mais il ne comprenait pas à quel point elle était faillible, qu'elle était si peu préparée à élever une enfant.

Elle sortit sur la terrasse. Le crépuscule tombait et le coucher de soleil baignait le monde d'une lueur rose et orange. Elle s'appuya sur la balustrade et regarda la ligne d'horizon. Parfois, pendant les quelques instants qui précédaient la tombée de la nuit, Honor était submergée par un sentiment de solitude et de perte. La façon dont tout s'envolait dans la défaite lui rappelait la nature éphémère du temps. Dans le calme de la nuit tombante, le jour leur envoyait un dernier rappel avant de capituler et de disparaître. *Qu'as-tu fait de moi ? As-tu tiré le meilleur parti de ton temps ou t'es-tu pelotonnée dans la peur de l'avenir, incapable de capturer l'essence de cette journée, de cet instant ? As-tu ressassé le passé, en revêtant comme une armure tes souvenirs, tes regrets et les affres qu'on t'a fait subir ?*

Quelle journée, pourtant ! On pouvait difficilement lui reprocher de ressasser le passé ou de craindre l'avenir. La journée avait été riche en rebondissements. Hugh était parti. Jubie était apparue. Que devait-elle faire ?

Son premier réflexe était de dire non. *Pas tout de suite. Je ne suis pas prête.* Rationnellement, c'était une proposition extravagante : prendre l'enfant d'une inconnue. Une enfant de six ans. Pas un bébé qu'on pouvait élever depuis le début, non, mais une enfant en âge d'aller à l'école qui avait enduré la mort de sa mère et vécu des semaines avec un jeune homme qui pouvait à peine prendre soin de lui-même. Et puis il y avait Zane. Ils en étaient au tout début. Après leurs tortueuses errances pour arriver enfin dans les bras l'un de l'autre, on devrait leur laisser l'occasion de faire l'amour sur le comptoir de la cuisine ou de dormir tard le week-end ou de sauter dans sa voiture de sport et remonter la côte pour une escapade. Ils étaient jeunes et n'avaient aucune responsabilité affective envers qui que ce soit, sinon l'un envers l'autre. N'était-ce pas ainsi que cela devait se passer ?

De qui se moquait-elle ? Rien dans sa vie ne s'était jamais déroulé comme ça. Elle n'était même pas censée être ici, dans sa propre maison, avec plein d'argent à la banque, à regarder le soleil se coucher sur ces collines si convoitées face au Pacifique. Le cancer à dix-huit ans n'aurait pas dû se produire non plus. L'addiction de sa mère, les foyers d'accueil, Gorham – rien de tout cela n'était censé arriver à une enfant innocente. Cela avait pourtant eu lieu. Tous ces événements auraient pu la détruire, mais elle avait survécu.

Le bon, comme le mauvais, avait façonné la personne qu'elle était maintenant. N'était-ce pas aussi vrai pour Kara et Maggie ? Un enchevêtrement de déceptions les avait conduites à Cliffside Bay et aux hommes qui les aimaient. Sans ces difficultés, elles ne seraient pas arrivées à l'endroit exact où elles étaient censées se trouver.

Dieu l'avait-il entraînée jusqu'à ce moment ? Depuis des années, elle faisait ce que bon lui semblait. Son passé lui fournissait la motivation ultime vers le succès. Elle avait saisi toutes les chances de mener une belle vie. Reconnaissante, toujours, vis-à-vis de Hugh, puisque c'étaient ses conseils qui lui avaient permis de décorer sa maison, d'acheter une voiture et trop de chaussures. *Travaille dur, sois disciplinée, et le monde sera à toi. Ne t'excuse jamais de ton succès.* Il lui avait appris cela. Mais maintenant ? C'était un nouveau chapitre ?

Sans Hugh. Avec Jubie. Ce n'était sûrement pas une coïncidence. Plus probablement, c'était un test. De quel bois se chauffait-elle ? La gentillesse exemplaire de Hugh subsistait-elle en elle ? Notre aptitude à être généreux était peut-être comme l'océan dont on ne pouvait mesurer la profondeur. En passant ce test, comment savait-on si on était à la hauteur ? Quelle était l'étendue de nos réserves de compassion ? Était-on prêt à se servir de notre rédemption pour sauver quelqu'un d'autre ? Hugh n'avait pas hésité quand elle lui était tombée du ciel. Il s'était redressé et avait dit oui, je vais la guérir.

Les oiseaux blessés pouvaient à nouveau voler.

Hugh. Tu me manques.

Elle devait prendre cette petite fille. C'était simple. Si l'on s'attachait à l'essentiel, Jubie avait besoin d'Honor et Honor était particulièrement qualifiée pour prendre soin de Jubie. Elle ne pouvait pas accueillir un enfant dans son ventre. La mère de Jubie était partie. C'était une femme sans enfant et une petite fille sans maman. Deux oiseaux blessés qui devaient voler ensemble.

Et Zane ? Comprendrait-il ? Verrait-il cela de la même manière qu'elle ? Sinon, quoi ?

Son estomac se retourna à l'idée de le perdre. Elle ferma les yeux devant le soleil couchant. Quand elle les rouvrit, le corbeau avait atterri sur la balustrade. Perché à quelques mètres d'elle, il tourna son vilain œil pour la fixer.

Elle le fixa en retour. Dans la lumière orange, les plumes du corbeau paraissaient bleues.

— Je n'ai pas peur de toi, murmura-t-elle. Je n'ai peur de rien.

Le corbeau inclina la tête vers la droite et poussa un cri strident qui semblait dire : *menteuse !*

— OK. Ça me fait peur. Mais je vais quand même le faire.

Un autre croassement, puis l'affreux oiseau s'envola de la balustrade pour disparaître dans le ciel obscur. À sa place, la première étoile visible de la nuit apparut. Sa poitrine lui fit mal. Hugh était là, il veillait sur eux. *Sois courageuse. Fais confiance à Zane.*

HONOR ACCOMPAGNA Jubie dans la chambre d'amis. Décorée dans les mêmes tons feutrés que le reste de la maison, elle faisait face à l'est et donnait sur les montagnes. Le lit noir était recouvert d'une couette rose et d'oreillers vert clair. Trois photos de fleurs dans des cadres sombres étaient accrochées au-dessus du lit. Une commode et un fauteuil blanc complétaient le mobilier de la pièce. Elle en avait fait la chambre d'amis principale, parce qu'elle avait sa propre salle de bain. Bientôt, ce serait celle d'une petite fille. Honor faillit trébucher en pensant à tout ce que cela impliquait. Mais non, elle mettrait un pied devant l'autre et prendrait appui contre le mur si c'était nécessaire. Elle ferait ce qu'il fallait.

Jubie se tenait au pied du lit et regardait la pièce avec des yeux ronds.

— C'est joli, dit-elle.

— Le lit est grand pour une petite fille, dit Honor. Mais tu ne tomberas pas.

Pourquoi avait-elle dit ça ? Ce n'était pas parce qu'elle tombait du lit quand elle était enfant que cela allait aussi arriver à Jubie.

— On dirait un nuage, fit remarquer Jubie en serrant son ours contre sa poitrine.

— Cette pièce me fait toujours penser à un cerisier au printemps.

Jubie la regarda sans réaction. *OK, trop sophistiqué pour une enfant de six ans. Je note.*

Zane arriva avec une valise en piteux état.

— Coucou, Zane, lança Jubie.

— Coucou ! Cette chambre te plaît ?

— Oui. C'est comme une chambre de princesse.

— Alors c'est parfait pour toi, princesse Jubie.

Jubie lui sourit.

— J'ai installé Lavonne dans sa chambre, dit Zane à Honor. Je vais descendre nettoyer la cuisine pendant que vous vous préparez pour la nuit.

Honor regarda Jubie.

— Allez, dans la baignoire !

Dieu seul savait quand cette enfant s'était lavée pour la dernière fois. Cela devait faire un bon moment, vu les nœuds dans ses cheveux.

— Tu peux appeler Kara et lui expliquer ce qui se passe ? demanda-t-elle à Zane. J'aimerais emmener Jubie pour une visite médicale demain matin.

— Je m'en occupe, dit Zane qui disparut par la porte.

Elle demanda à Jubie de la suivre dans la salle de bain. Pendant que la baignoire se remplissait, Jubie s'assit sur le siège fermé des toilettes avec son ours. Sous ces lumières, des cernes apparurent sous les yeux de Jubie. Trop de nuits à dormir dans une voiture. Un lit confortable arrangerait cela.

Une fois la baignoire remplie, elle demanda à Jubie de se déshabiller et de prendre son bain.

— Tu veux que j'aille dans l'autre pièce ?

Pas besoin. La petite fille retirait déjà sa robe. Elle n'avait aucune crainte. Personne ne lui avait fait de mal. Dieu merci.

Jubie laissa son ours sur le siège des toilettes et monta dans la baignoire.

— Ça va, la température ? demanda Honor.

— Oui, madame.

— Tu peux m'appeler Honor.

— OK.

Honor attrapa une bouteille de gel douche qui sentait le melon et en versa sur un gant de toilette. Devait-elle la frotter ? À quel âge pouvait-on se laver tout seul ?

— Tu as besoin d'aide ?

— Non, je peux le faire.

Jubie tendit la main et Honor lui donna le gant.

Honor prit l'ours et s'assit sur le siège des toilettes. L'eau du bain devint rapidement grise. Quand Jubie eut fini de se savonner le corps, elle regarda Honor.

— J'ai besoin que tu me laves les cheveux. C'est maman qui faisait toujours ça.

Elle s'agenouilla sur le tapis moelleux près de la baignoire et versa du shampooing dans les cheveux de Jubie. Après avoir fait mousser le tout, elle utilisa la douche pour les rincer.

— Un peu d'après-shampooing ne ferait pas de mal, avec tous ces nœuds, dit-elle en en appliquant jusqu'aux extrémités. Peut-être aussi une coupe de cheveux bientôt, hein ?

Jubie baissa le menton et regarda ses mains.

— Pardon d'être si sale.

— Ne le sois pas. Tout le monde se salit. Surtout les enfants. C'est pour ça qu'on a inventé la baignoire.

— Maman disait qu'on devait toujours prendre un bain avant d'aller se coucher.

— Excellente règle.

Elle attrapa une serviette et la tendit à Jubie.

— Allons t'habiller.

Ils revinrent dans la chambre et Honor ouvrit la valise. Les vêtements entassés à l'intérieur semblaient avoir besoin d'un bon lavage.

— Et si je mettais tout ça dans la machine à laver et que tu portais un de mes tee-shirts comme chemise de nuit pour l'instant.

— Un tee-shirt, ce n'est pas une chemise de nuit, répondit Jubie en riant.

Elle sortit une brosse de la valise et la tendit à Jubie.

— Tu te brosses toi-même les cheveux ?

— Je n'aime pas ça.

— Si tu n'arrives pas à les démêler tous, on essayera un peu de jus magique pour ça.

— Et notre jus d'orange ?

Le jus d'orange. Elle l'avait oublié.

— Brosse-toi les cheveux et je t'en ferai demain au petit-déjeuner.

Le visage de Jubie s'illumina. Elle tendit la main pour prendre la brosse.

Lorsqu'Honor revint de la buanderie, Jubie était couchée sur le lit et s'était endormie en tenant son ours dans les bras. Tant pis pour le démêlage. Ou le brossage de dents. Ou la chemise de nuit. Cet ours avait aussi besoin d'un bon lavage, mais ça attendrait le lendemain.

Honor couvrit le corps de Jubie avec une couverture et la regarda dormir. Ses longs cils noirs contrastaient avec sa peau rose. En bon soldat, elle s'était visiblement brossé les cheveux du mieux qu'elle pouvait, même s'il restait encore des nœuds. Elle gémit dans son sommeil. De quoi rêvait-elle ? De sa mère ?

Honor avait rêvé de la sienne pendant des années et des années après qu'ils l'eurent emmenée. Elle eut un frisson. Six ans, le même âge qu'elle avait quand on l'avait arrachée à sa propre mère.

Elle alla jeter un œil au sac à dos de la petite fille. Une photographie encadrée et un livre de comptines étaient glissés dans la poche latérale. C'était la photo de Jubie et de sa mère. Elle était récente, devina-t-elle, vu le foulard sur la tête de Rinny et l'âge de Jubie. En avait-elle une autre de l'époque où sa mère n'était pas encore malade ?

Elle laissa la lampe de chevet allumée, au cas où Jubie se réveillerait effrayée au milieu de la nuit. Avant de descendre, elle alla frapper à la porte de Lavonne.

— Entre, dit-il.

Elle ouvrit la porte. Il avait changé de vêtements et paraissait considérablement rafraîchi par sa douche.

— Jubie dort déjà, le prévint-elle. J'ai pensé que tu pourrais peut-être descendre et parler un peu plus. À moins que tu aies beaucoup plus besoin d'une bonne nuit de sommeil.

Il bâilla.

— Je suis rudement fatigué.

— Alors, va dormir. Je vais parler avec Zane... de tout ça.

— Honor, c'est toi qui dois la garder. Ça doit être toi.

— Pourquoi ?

— Dieu le veut ainsi.

— Comment le sais-tu ?

— Je le sais, répondit-il en portant sa main à son cœur. Je le sais, c'est tout.

Kara et Zane l'attendaient en bas. Kara attira Honor à elle et la serra très fort dans ses bras.

— Je suis désolée pour Hugh, lui dit-elle.

— Merci.

Ne pleure pas. Garde ton calme pour Zane.

— Merci d'être venue, dit Honor en se dégageant de leur étreinte.

Honor regarda son bar avec envie.

— Ce serait mal de boire un verre ?

— Mon père approuverait, dit Zane depuis le canapé. Et en tant que barman attitré, je vais te faire un martini. Kara ?

— Non, merci. Je dois rentrer à la maison, répondit Kara. Mais avant de partir, Zane m'a montré les documents que Lavonne a apportés. D'après ce que je sais pour avoir travaillé à l'hôpital, il semble que la mère de Jubie vous permet légalement de l'adopter si vous le voulez.

Honor s'écroula sur le canapé.

— C'est la chose la plus folle qui soit.

— Non, ce n'est pas vrai, répondit Kara. Maggie est revenue d'entre les morts.

Ils se mirent tous les trois à rire.

— C'est vrai. C'est elle qui gagne, déclara Zane. À un cheveu près.

Honor accepta le martini de Zane. Des petites paillettes de glace flottaient sur le dessus. Elle en but une gorgée avec gratitude. Il y avait juste un trait de citron, comme elle aimait. Personne ne faisait de meilleurs martinis que Zane Shaw. Personne ne faisait mieux quoi que ce soit que Zane.

— J'ai appelé l'agence de sécurité, reprit Kara. Ils envoient quelqu'un aussi rapidement que possible. L'agent fera le planton juste devant la porte d'entrée.

— Je reste là, peu importe qui surveille cette porte, dit Zane. On a un homme étrange dans la maison et un autre en dehors.

— Lavonne est étrange, mais il est inoffensif, protesta Honor. Je veux dire, regarde ce qu'il a fait. Il a amené cette petite fille jusqu'ici, juste parce qu'il pense que je devrais prendre soin d'elle. Même si je n'ai aucune idée de la façon dont on élève un enfant.

— Tu prends déjà soin de Brody, lui dit Kara. C'est comme avoir un bébé géant.

— C'est vrai, admit Honor. Sauf qu'il n'a pas de nœuds dans

les cheveux.

— Je dois y aller, dit Kara. Je travaille tôt demain matin.

À la porte, Kara l'attira dans une nouvelle étreinte.

— Quelle que soit ta décision, on est tous là pour t'aider. Tu as des amis.

Des amis... Elle n'était pas toute seule. Hugh lui avait offert une tribu.

APRÈS LE DÉPART DE KARA, Honor s'empara de son martini sur la table et s'assit à l'autre bout du canapé où se trouvait Zane. Il prit ses jambes sur ses genoux et caressa sa cheville nue avec son pouce.

— Tu es aussi fatiguée que moi ? lui demanda-t-il.

— Ce fut la journée la plus longue de l'histoire de l'homme. Avec tous ces chamboulements, j'ai oublié de te demander comment ça s'était passé avec Sophie et Maggie.

— Ça a été difficile.

— Tu ne devrais pas être avec Sophie ?

— Elle a insisté pour travailler ce soir. Elle a dit que ça lui changerait les idées.

— Je suis désolée que ça arrive un jour comme aujourd'hui.

Honor examina ses traits, appréhendant ce qu'elle pourrait y trouver. Allait-il se défiler si elle lui disait qu'elle voulait garder Jubie ? Est-ce que ce serait trop dur à gérer pour lui ?

— Tu sais à quoi je pensais ? demanda-t-il.

— Non, dit-elle avec un sourire pour cacher sa nervosité. Mais j'ai un peu peur de le savoir.

— Pourquoi ?

— C'est tellement énorme. Une petite fille alors qu'on vient tout juste de se mettre ensemble, avoua-t-elle. Je redoute que ça te fasse prendre tes jambes à ton cou.

Il la fixa un instant comme s'il ne comprenait pas.

— Écoute-moi, Honor Sullivan. Quoi qu'il arrive, on est tous les deux dans le même bateau. Il me faudrait bien plus que ça pour me faire fuir. Pas après tout ce qu'on a déjà vécu ensemble.

— Tu es sûr ?

— J'en suis sûr, répondit-il en serrant ses chevilles avec les deux mains. Pendant que tu étais en haut, je songeais à toi et à mon père, à votre relation vraiment spéciale. Vous aviez besoin l'un de l'autre et tu es arrivée au bon moment.

— Il n'avait pas besoin de moi, dit-elle. Je ne lui ai apporté que des soucis.

— Ce n'est pas vrai. Ce n'était pas un hasard s'il t'a prise sous son aile juste au moment où je quittais définitivement la maison. Il n'avait pas eu l'occasion d'être un père pour Sophie, même s'il l'avait voulu. Il avait besoin de toi autant que toi de lui.

Était-ce vrai ? Elle avait du mal à imaginer ça, mais peut-être avait-elle réellement comblé le vide laissé par Zane et Sophie. Elle aimerait croire que c'était vrai.

Zane continua de parler tout en regardant ses chevilles.

— C'est étrange que Jubie apparaisse le jour de sa mort. Est-ce que c'est une coïncidence ? Peut-être. Mais peut-être pas. Peut-être que tout est censé se passer comme ça et c'est pour ça qu'il est mort aujourd'hui plutôt que dans cinq ans.

Il releva les yeux vers elle.

— Je sais que ça paraît fou, admit-il.

— Pas pour moi.

— Jubie n'est pas un bébé. Tu es bien placée pour savoir à quel point ça va être dur pour elle, à quel point il est presque impossible qu'elle soit adoptée.

Sa poitrine se resserra lorsqu'elle imagina Jubie ballottée de famille en famille.

— Oui.

— Quand j'étais sur la terrasse avec Jubie en train de la regarder cueillir ces oranges, j'ai pensé au fait que papa m'avait élevé tout seul, qu'il avait dû abandonner Sophie, et puis qu'il t'avait adoptée. Il était un père avant tout. Jusque-là, je n'avais jamais vu ça sous cet angle, parce qu'il était bien plus que ça aussi. Tout ça tourbillonnait dans ma tête et je ne pouvais pas m'empêcher de me demander ce qu'il nous dirait de faire s'il était là. Qu'aurait-il fait, si c'était lui ? Recueillerait-il une petite fille qui avait besoin de lui ? Je suis presque sûr que la réponse serait oui. Les faits vont clairement dans ce sens. Autre chose, ça arrive parce que, comme mon père, tu as été gentille avec quelqu'un qui avait besoin de toi. Ce qu'on est supposé faire là me paraît évident.

Il prit sa main gauche et caressa son annulaire avec le sien.

— Mon père meurt et cette petite fille arrive devant notre porte. On a finalement repris nos esprits. C'est comme une tempête parfaite... ou peut-être le contraire : une parfaite journée d'été au bord de la mer. Tu vois ce que je veux dire ?

— Oui. Je suis d'accord. Le choix me semble assez clair aussi.

Elle n'avait pas besoin d'en dire plus. Il comprenait.

— Et nous voilà avec tout ça, poursuivit-il en montrant la pièce d'un geste de la main. Techniquement, la maison est à toi, mais je dis ça au sens figuré. On a l'argent et le temps. On est amoureux. On pourrait lui offrir une vie merveilleuse.

Elle hocha la tête, incapable de parler. Il était partant. Comment avait-elle pu douter de lui ? Zane Shaw était réellement le fils de son père.

— J'ai peur, dit-elle. Je suis terrifiée.

— Bon sang, moi aussi.

— Et si elle n'arrive pas à m'aimer ?

Ah... On en revenait à cela. Et si elle était toujours la fille dont personne ne voulait ?

— Et si elle ne pouvait faire de place dans son cœur à personne d'autre qu'à sa mère ?

L'expression de Zane s'adoucit.

— Tu es vraiment inquiète à ce sujet ?

— Peut-être.

Elle fixait le contenu de son verre, les vieilles rengaines tournaient en boucle entre ses oreilles.

— Elle va t'aimer à la folie. Comme moi. Comme mon père.

— Et ta brasserie ? Tu seras capable de gérer tout ça à la fois ?

Il la regarda droit dans les yeux.

— Honor Sullivan, tu es ma destinée. On a été réunis par une force bien plus puissante que nous, bien au-delà de notre compréhension, parce que nous sommes faits l'un pour l'autre. Rien ne peut nous séparer désormais. Donner de l'amour à quelqu'un qui en a besoin ne fera que renforcer le nôtre.

— Personne ne fait ça, dit-elle.

— Personne n'est *nous*. Aucun autre couple au monde ne convient mieux à cette mission.

— Et pour Lavonne, qu'est-ce qu'on fait ? demanda Honor. Je ne pense pas qu'il soit juste de le séparer complètement de Jubie. Il est la seule personne qu'elle ait dans sa vie.

— Kyle peut probablement lui trouver un boulot à l'hôtel. Ou je pourrais l'embaucher au restaurant pour servir et faire la plonge. Il a besoin d'un endroit où vivre.

— La chambre que Kara a louée quand elle a emménagé ici ?

— Je peux appeler le vieux Cooper et voir si elle est occupée.

— Sinon quoi ?

L'inquiétude s'était logée dans sa gorge et ne voulait pas lâcher prise.

— Sinon, on lui trouvera un autre endroit. Tout va s'arranger. Dans le pire des cas, on demandera à Kyle de lui donner une chambre à l'hôtel.

Zane lui enleva le verre de martini presque vide des mains et le posa sur la table. Il l'attira vers lui et l'embrassa tendrement.

— Je dois vraiment faire de toi une femme respectable, si on veut devenir parents.

Elle ne pouvait pas imaginer aimer un autre homme autant

qu'elle aimait Zane Shaw.

Les cris de Jubie la tirèrent d'un profond sommeil vers trois heures du matin. À côté d'elle, Zane remua, mais ne se réveilla pas complètement. Elle sortit du lit en titubant et attrapa son peignoir. Les pleurs de Jubie devinrent plus forts à mesure qu'elle s'approchait de la chambre d'amis.

Elle était au milieu du grand lit avec son ours serré contre sa poitrine. Des flots de larmes ruisselaient sur ses joues. Honor se précipita sur le lit.

— Jubie, qu'est-ce qu'il y a ? Tu as peur ?

La petite fille hocha la tête, les yeux bruns écarquillés d'effroi.

— J'ai fait un cauchemar.

Elle serra son ours encore plus fort.

— Et puis tu n'étais pas sûre de savoir où tu étais.

— Oui.

Honor connaissait cela. Cela lui était arrivé de nombreuses fois quand elle était enfant, avec les différentes maisons et les lieux de transition qui s'étaient succédé au fil des ans.

— Je peux m'asseoir à côté de toi ? demanda Honor.

— Oui.

Quand elle fut installée sur le lit, elle passa son bras autour de Jubie et l'attira contre elle. Elle embrassa le sommet de sa tête.

— J'ai aussi perdu ma maman quand j'avais ton âge.

— C'est vrai ?

— Oui. J'ai dû aller vivre avec des inconnus. C'était dur.

— Tu as pleuré ? demanda Jubie.

— Beaucoup. Il n'y a rien de mal à ça. Tu peux pleurer autant que tu veux chez moi.

— Ma maman me manque.

— Je sais. J'aimerais pouvoir te la rendre, mais ce n'est pas possible.

— Lavonne dit qu'elle est allée au paradis et qu'elle est heureuse là-haut.

— C'est vrai, dit Honor.

— Comment est-ce qu'elle peut être heureuse sans moi ?

Oui, comment le pouvait-elle ? L'intuition féminine d'Honor savait que Rinny s'était battue de toutes ses forces pour rester. Elle pouvait imaginer le marchandage avec Dieu pour qu'il la laisse voir grandir sa fille. Que pouvait dire Honor à cette petite fille au cœur brisé ? La voix de Hugh se fit entendre dans son esprit. *Dans le doute, dis la vérité.*

— Ce n'est pas qu'elle était heureuse de te quitter. Ne va pas penser ça un instant. Elle a vraiment détesté ça. Tu te souviens à quel point elle s'est battue pour aller mieux ?

— Je suppose que oui.

— Tout ça, c'était pour toi. Elle est restée aussi longtemps qu'elle le pouvait. Mais parfois, Dieu rappelle les meilleurs d'entre nous à lui, parce qu'il a besoin de plus d'anges.

— Je ne veux pas qu'elle soit un ange. Je veux qu'elle soit ma maman.

— Oui, je comprends.

Sans blague. Pourquoi Dieu l'avait-il rappelée à lui ? Elle ne savait pas. Ils ne le sauraient pas avant d'avoir atteint le Ciel eux-mêmes. Honor embrassa encore la tête de Jubie. Ses cheveux sentaient si bon.

— Je peux te dire un secret ? Un secret que la plupart des enfants ne connaissent pas ?

— Oui.

— La vie est vraiment difficile parfois. Il arrive des choses tristes. Si tu as de la chance, tu n'apprends pas ça avant d'avoir plus de six ans. Mais des gens comme toi, moi, Zane et Lavonne, on est assez solides pour gérer tout ce qui se présente à nous.

— C'est vrai ?

— Oui, il n'y a personne de plus fort que nous.
— Je ne me sens pas très forte, confessa Jubie.
— En fait, tu ne t'en rends compte que plus tard, quand tu regardes en arrière. Lorsque tu seras plus vieille, tu verras à quel point tu es forte. Et tu sais quoi ? Les choses difficiles te rendent encore plus forte, bien meilleure et plus apte à aider les autres personnes qui souffrent. Je sais que ça n'a pas de sens pour le moment, mais quand tu seras plus âgée, tu comprendras.

Je me comprends enfin.

— Mais pour l'instant, ton boulot, c'est de grandir, t'amuser et apprendre beaucoup de choses à l'école.

Ses petites épaules frémirent. Honor la serra plus fort.

— Tu penses que ça te plairait de rester avec nous ? Ça pourrait être ta chambre. On l'arrangerait comme tu veux.

— Avec Princesse Sophia ?

Je ne sais pas du tout qui c'est, mais oui, bien sûr.

— Absolument.

Elle se fit une liste mentale : *Découvrir qui est Princesse Sophia dès que possible.*

— Tu iras à l'école et tu apprendras plein de choses incroyables. On t'emmènera à la plage et on fera des pique-niques. Tu auras des copains et des copines et tu seras invitée à des anniversaires.

— On peut vraiment aller à la plage ? demanda Jubie.

Oui. Oui, on peut.

— Absolument. Il nous reste quelques semaines avant la rentrée des classes. On ira autant de fois que possible d'ici là.

— Pour pique-niquer ?

— Avec de bons gros sandwichs. Tu aimes les sandwichs ?

— Mes préférés, ce sont les sandwichs au fromage grillé, répondit Jubie.

— Moi aussi. Et tu sais qui fait les meilleurs au monde ?

— Non.

— C'est Zane. Il m'en a préparé un aujourd'hui.

Avant que leur monde ne soit complètement bouleversé.

— Il m'a dit qu'il m'en ferait autant que je veux, ce qui signifie qu'il en fera pour toi aussi.

Jubie bâilla et se blottit contre la poitrine d'Honor.

— Tu penses qu'on pourrait avoir un chaton ?

Un chaton ? Dieu merci, elle n'avait pas demandé un chiot.

— C'est tout à fait possible. Peut-être même deux. Je pense que c'est mieux quand ils sont deux.

— Tout est toujours mieux quand on est deux.

La vérité sort de la bouche des enfants.

— Tu es prête à te rendormir maintenant ? demanda Honor.

— Pas encore.

Jubie bâilla de nouveau.

Violette lui avait dit une fois qu'il ne fallait pas poser de questions aux enfants, mais plutôt leur donner des instructions précises. Son nouveau rôle de parent commençait déjà mal.

— Il est temps que tu passes sous les couvertures et que tu t'endormes. Demain, on a une grosse journée.

Jubie obéit sans poser de questions. Honor souleva la couette et Jubie se glissa dessous. La tête sur l'oreiller moelleux, elle leva les yeux vers Honor.

— On doit dire une prière maintenant.

Ah oui ?

— C'est maman qui me l'a dit.

— Très bien. Tu veux que je commence ? demanda Honor.

Jubie la regarda comme si elle venait de dire la plus grosse bêtise de toute l'histoire.

— C'est moi qui dois la dire. Pas toi. C'est ma prière à moi.

— Ah, oui. C'est logique.

Il allait falloir apprendre tout cela.

— Mon Dieu, merci pour Lavonne. Merci pour ce lit. Prenez soin de maman. Et merci pour Honor et Zane. Amen.

Alors, elle s'endormit. Honor se tenait au-dessus d'elle, ne sachant que faire de la poussée d'émotion qui la traversait.

C'était à elle de s'occuper de cette enfant. Elle n'avait rien demandé et n'avait aucune idée de ce qu'il fallait faire. Mais Hugh la regardait de là-haut. Rinny aussi. Celle-ci avait fait confiance à Honor pour prendre soin de ce qu'elle avait de plus cher au monde. Honor vivait toujours. Pas Rinny. C'était à elle d'élever cette petite fille, de la protéger, de la réconforter, de lui transmettre les leçons que Hugh lui avait apprises.

Elle lui rendrait justice. Pour Hugh. Pour Rinny. Pour la petite fille qu'elle avait été. La fille dont personne ne voulait. Jubie n'aurait jamais à se sentir indésirable ou mal aimée.

Sur la pointe des pieds, elle sortit de la chambre. Elle n'avait jamais remarqué à quel point le parquet grinçait jusqu'à ce soir.

En ouvrant la porte, elle faillit pousser un cri. Zane se tenait là.

— Tu m'as fait peur, murmura-t-elle.

— Désolé, répondit-il aussi tout bas, en lui faisant signe de fermer la porte et de le suivre.

De retour dans leur chambre, ils grimpèrent dans le lit. La pièce était sombre, en dehors du clair de lune qui filtrait sous les stores fermés. Zane l'attira contre son torse.

— Depuis combien de temps étais-tu là ? demanda-t-elle.

— Presque tout le temps.

— Je me suis bien débrouillée ?

— Bien débrouillée ? Tu as été incroyable.

— Je n'ai aucune idée de ce que je fais.

— On aurait dit le contraire.

— Qui est *Princesse Sophia* ? demanda Honor.

— Aucune idée, mais j'ai l'impression qu'on va bientôt faire sa connaissance. Tu te rends compte que tu as promis des chatons ?

— Oh, mon Dieu ! Des chatons.

— Deux en plus, lui rappela-t-il.

— Rendors-toi !

— Bien, madame.

17

ZANE

Le lendemain, des rires venant d'en bas réveillèrent Zane. Il resta allongé encore un moment et regarda le ventilateur au plafond. Son père était parti. Jubie était arrivée. La vie continuait.

Papa nous a quittés. Il ne pourrait plus lui demander conseil sur la meilleure façon d'être père ou de prendre soin d'Honor. Plus jamais il n'entendrait son rire. Même s'il avait été difficile de le voir décliner mentalement, Zane n'avait pas voulu cela. *On espère toujours un jour de plus.*

La souffrance de son père avait pris fin. Il aurait dû en être reconnaissant. Hugh était au paradis et dansait avec Mae. Cependant, ce n'était pas pour les morts qu'il avait de la peine, mais pour lui-même. *J'ai besoin de toi, papa. Maintenant plus que jamais. Conseille-moi. Dis-moi comment faire ça aussi bien que tu l'as fait.*

Sors de ce lit. Aide Lavonne à trouver un logement et un emploi. Aide Honor à trouver des chatons.

Il obéit à la voix de son père, comme il l'avait fait toute sa vie. D'abord, il appela le vieux Cooper et se renseigna pour la chambre. Elle était encore à louer. Il lui faudrait deux mois de loyer, plus une caution. Le montant serra la poitrine de Zane jusqu'à ce qu'il se souvienne : *je n'ai plus de frais pour papa.*

— Pas de problème. Je vous donne un chèque plus tard dans la journée, si ça ne vous dérange pas de passer le chercher au bar.

Cooper accepta et ils raccrochèrent. Il appela ensuite Kyle et lui demanda s'il pouvait le retrouver à L'Aviron plus tard. Ils se donnèrent rendez-vous à midi.

Il trouva Honor devant la cuisinière, retournant des pancakes. Jubie mettait la table. Les couteaux et les fourchettes étaient du mauvais côté. Si elle devait devenir la fille d'un restaurateur, il lui faudrait lui apprendre la bonne façon de faire. Lavonne était sur la terrasse, face à la vue, ses fines épaules courbées. Le parfum du jus d'orange fraîchement pressé et du bacon frit remplissait la pièce. Il connaissait cette odeur : celle de la cuisine des Waller, quand il était enfant. Lily Waller faisait un sacré bon petit-déjeuner et il y avait toujours une place pour lui, l'intrus.

Honor et lui étaient constamment les invités de la famille de quelqu'un d'autre. Maintenant, ils allaient pouvoir fonder la leur.

Jubie le repéra en premier. Elle lui adressa un sourire timide.

— Bonjour, Zane.

— Bonjour, princesse Jubie, répondit-il en la soulevant pour lui planter un baiser sur le front. Tu es particulièrement jolie ce matin.

— C'est Honor qui m'a coiffée. Il y avait beaucoup de nœuds.

Il la déposa à terre et entreprit de la faire tourner sur elle-même pour inspecter sa coiffure sous tous les angles. Honor avait fait une raie au milieu, une tresse de chaque côté et les avait ensuite attachées sur le dessus de sa tête. Il allait devoir apprendre à faire ça. Quand Honor voyagerait pour le travail, ce serait probablement à lui de s'en occuper.

Jubie retourna à sa tâche. Il traversa la cuisine pour embrasser la nuque d'Honor. Elle rit et agita la spatule en l'air.

— Ne me distrais pas. Sinon, les pancakes vont brûler.

Il posa sa main dans son dos et lui murmura à l'oreille :

— On verra plus tard, alors.

Elle eut un soupir et pencha la tête en arrière pour le regarder. Il lui vola un baiser rapide.

Les pancakes étaient étonnamment ronds et uniformes.

— Je ne savais pas que tu savais en faire, lui dit-il. Tu m'as caché des choses.

— J'ai appris quand je vivais chez les Aker. C'était à moi de préparer le petit-déjeuner. Pour dix personnes. Là, ce n'est rien.

— Tu ne m'as jamais dit ça.

Ils avaient encore tellement d'histoires à partager. Il craignait que la plupart de celles d'Honor soient tristes.

— Je ne pense jamais à eux.

Honor déposa les pancakes sur une assiette à côté de la plaque de cuisson.

— Hormis la préparation du petit-déjeuner, je ne me souviens pas de grand-chose.

Il attrapa un morceau de bacon quand Lavonne arriva de la terrasse.

— Bonjour, Lavonne. Bien dormi ?

— Oui. Le lit est super confortable, répondit Lavonne en mettant les mains dans ses poches et en se balançant sur ses talons. Je peux faire quelque chose pour aider ?

— Non, c'est prêt, dit Honor.

Quelques minutes plus tard, ils étaient tous à table à se passer la nourriture. Honor rayonnait en les regardant.

— Je n'aurais jamais cru qu'un jour, il y aurait autant de monde autour de cette table. Mangez.

Après quelques bouchées de son petit-déjeuner, Zane s'adressa à Lavonne.

— Qu'est-ce que tu dirais de rester un moment ? Mon pote

Kyle va ouvrir un hôtel dans quelques semaines et il aurait besoin d'aide.

— Je serais très heureux de faire n'importe quel travail, oui, répondit Lavonne.

— Je t'ai aussi trouvé un petit endroit à louer, dit Zane.

— C'est vrai ? demanda Honor. Si vite ?

— La chambre de Kara, chez le vieux Cooper, était encore disponible.

Zane se retourna vers Lavonne.

— Je m'occupe des deux premiers mois et de la caution. Tu me rembourseras quand tu pourras.

— Pourquoi ferais-tu ça pour moi ? demanda Lavonne.

Parce que mon père m'a dit de le faire.

— Les amis d'Honor sont mes amis, répondit plutôt Zane. Et tout le monde a besoin d'un coup de pouce à l'occasion.

— Et on a pensé qu'il serait bon pour Jubie que tu restes en ville, ajouta Honor. Ça te plairait que Lavonne reste dans le coin, non ?

— Oui, beaucoup. Lavonne, Honor a dit que je pouvais avoir des chatons.

— C'est vrai ? s'étonna Lavonne.

— Deux, précisa Jubie.

— On ne pouvait pas avoir de chat dans notre appartement. Jubie en a toujours voulu un, dit Lavonne.

— Je ne sais pas trop où on peut en trouver, alors on va devoir faire quelques recherches aujourd'hui. Il se pourrait qu'on ne puisse pas en trouver tout de suite, prévint Honor.

Ensuite, ils discutèrent des projets de la journée, comme une famille ordinaire. Zane était attendu à L'Aviron. Honor avait des tonnes de travail à faire depuis son bureau à domicile. Lavonne proposa de laver la vaisselle et de s'occuper du linge et de Jubie. Il retrouverait Zane plus tard pour passer prendre la clé de son nouvel appartement.

Quand Zane partit pour le restaurant, un garde du corps était à son poste près de la porte d'entrée.

Combien de temps cela durerait-il ? Déjà, la menace semblait avoir disparu. Peut-être n'y avait-il pas de quoi s'inquiéter. S'ils pouvaient localiser Gorham, ils pourraient reprendre leur vie ordinaire.

Enfin, aussi ordinaire que ça pouvait l'être par ici.

***

ZANE SERVIT une tasse de café à Kyle au comptoir du bar. Le vieux Cooper était déjà passé déposer les clés pour Lavonne et avait récupéré le chèque avec une étincelle de cupidité dans le regard. Alors qu'il le fourrait dans la poche de son pantalon, Cooper n'avait pu s'empêcher de lancer une dernière pique à propos de Kara.

— Cette fille m'a quand même laissé en plan. Non pas qu'elle s'en soucie, maintenant qu'elle est mariée à ce m'as-tu-vu.

Ce *m'as-tu-vu*... Zane avait hâte de répéter cela à Brody.

— Merci, monsieur Cooper. Je ne manquerai pas de vous prévenir si on a besoin de faire réparer quoi que ce soit. Il prévoit d'emménager tout de suite.

Kyle but son café pendant que Zane coupait des citrons et racontait à son ami l'arrivée de Jubie.

— Tu ne peux pas la garder, dit Kyle. C'est insensé.

— Nous la gardons. Il le faut.

— Et la carrière d'Honor ? Elle ne peut pas s'encombrer d'un enfant.

— Bienvenue à l'époque moderne. Les femmes peuvent travailler et élever des enfants, déclara Zane.

— Mais cette gamine n'a rien à voir avec vous.

— Si, en fait.

Il coupa un citron en deux si brutalement que son couteau

laissa une marque sur la planche en bois. Kyle pouvait parfois se comporter comme le plus gros enfoiré de la planète.
— Comment ça ? demanda Kyle.
— Parce qu'elle a six ans et qu'elle est toute seule. Tout comme Honor au même âge. Et elle n'a plus de mère, comme Honor et moi.
— C'est parce qu'Honor ne peut pas avoir d'enfants ?
— Non, ça n'a rien à voir avec ça. Même si elle pouvait en avoir, on ne pourrait pas renvoyer Jubie. C'est le destin. Elle a besoin de nous.
— Honor Sullivan avec un enfant. J'ai du mal à imaginer ça, dit Kyle.
— Elle a de multiples facettes, au cas où tu ne t'en serais pas rendu compte.
— Je laisse tomber, mais si je ne te revois jamais, je te souhaite une belle vie.
— Qu'est-ce que ça veut dire ?
— Les gens avec des enfants ont tendance à disparaître, dit Kyle.
— Violette en a un.
— Et j'aimerais mieux qu'elle disparaisse.
— Qu'est-ce qui t'arrive aujourd'hui ? Tu es de mauvaise humeur, dit Zane. Il s'est passé quelque chose ?
— J'ai le cafard, à propos de ton père, dit Kyle. Je ne comprends pas pourquoi ça ne te bouleverse pas. Au lieu de ça, tu t'inquiètes pour une enfant que tu ne connais même pas.
Zane poussa un long soupir.
— Ça m'afflige aussi. Mais en faisant ça, j'ai l'impression de lui rendre hommage. Comme si ce n'était pas un hasard que ce soit arrivé le jour de son décès.
— C'est en effet quelque chose qu'il aurait fait, convint Kyle.
— Il l'a fait pour Honor.
— Pas vraiment pareil. Elle était adulte et elle avait sa propre maison.

— Ce n'est pas la façon dont elle voit les choses, dit Zane.

— Comment vas-tu créer une nouvelle entreprise en ayant un enfant ? demanda Kyle.

— Les gens y arrivent. Et j'ai Sophie pour m'aider maintenant.

— Si c'est ce que tu veux, je te soutiens. Même si je trouve ça complètement dément.

Ils discutèrent ensuite de la cérémonie en l'honneur de son père et décidèrent d'attendre jusqu'à ce que Maggie et Jackson reviennent de leur lune de miel. Après cela, ils parlèrent quelques minutes du projet de la brasserie. Kyle accepta de s'occuper de la transaction immobilière et de la création d'une société dans laquelle ils seraient tous les trois associés. Quand ce fut réglé, Zane prit une grande inspiration. Ce qu'il avait à faire ne lui plaisait pas, mais il ne pouvait pas y échapper.

— Ça pique un peu d'avoir à demander, mais j'ai besoin d'emprunter de l'argent, dit Zane.

— Combien ?

Kyle pouvait se montrer exaspérant, mais c'était aussi l'un des meilleurs amis qu'on pouvait trouver.

— Je veux acheter une bague pour Honor. Quelque chose de magnifique, pas le genre de truc merdique que je pourrais me permettre. Je te rembourserai. Jusqu'au dernier centime.

— Trouve-lui la plus belle bague de la Californie, dit Kyle. Il faut qu'elle brille autant qu'Honor.

— Une telle bague n'existe pas.

— C'est vrai, admit Kyle avec un grand sourire. Je suis content pour vous deux. Je veux dire, même si tu te maries et que je ne te vois plus à cause de ta vie de famille, tu n'aurais pas pu choisir une meilleure femme.

Zane sortit son téléphone.

— Je veux quelque chose comme ça.

— C'est une beauté. Envoie-moi la photo, dit Kyle. Je connais un gars qui peut trouver ça.

— Tu connais un gars ?
— Je connais des gens pour tout. C'est comme ça que je fonctionne.
— Combien de temps ça prendra ?
— Environ une semaine.
Si longtemps ? Il aurait préféré officialiser cela le plus vite possible. Mais si cela signifiait qu'ils trouveraient la bague parfaite, alors il pouvait attendre.
Kyle plissa les yeux en le regardant.
— Pourquoi c'est à moi que tu demandes ? Au lieu de Brody ou Lance.
— Parce que tu sais ce que c'est d'avoir à quémander de l'argent.
— Là, c'est vrai, mon pote.

À DEUX HEURES, cet après-midi-là, la foule du déjeuner était rassasiée et était retournée à la plage ou au travail. Zane lavait des verres derrière le bar quand il entendit la clochette qui indiquait l'arrivée d'un client. Il leva les yeux et vit un homme en costume sombre s'approcher du comptoir.
— Je cherche Zane Shaw, dit l'homme.
— Vous l'avez en face de vous.
— Je suis Marshal Ford, l'avocat de votre père.
Ils se serrèrent la main.
— Ravi de vous rencontrer. Je ne savais pas qu'il avait un avocat. Asseyez-vous. Vous voulez boire quelque chose ?
— Non, ce ne sera pas long, dit-il en s'asseyant sur le tabouret que Kyle avait occupé plus tôt. C'est moi qui ai fait le testament de Hugh quand il a été diagnostiqué. Il voulait s'assurer qu'il n'y aurait aucun problème à vous transmettre l'entreprise au cas où son état se détériorerait rapidement.

— Je ne comprends pas. Il m'a donné accès à tous ses comptes bancaires lorsque j'ai repris le restaurant et que je me suis occupé de lui, dit Zane.

À l'époque, il n'y avait pas d'argent à lui laisser.

— Oui, ce ne sont que des formalités. J'ai des papiers à vous faire signer qui feront de vous le propriétaire officiel de l'immeuble et du commerce. Il y a aussi une enveloppe et un paquet que je devais vous donner après son décès.

Il les sortit de son porte-document et les déposa sur le comptoir.

Zane n'eut pas le temps de faire des suppositions sur le contenu de l'un ou de l'autre, car Ford se mit à lui faire signer divers documents tout en lui expliquant chacun d'eux au fur et à mesure. Il n'y avait rien de surprenant. Son père s'était assuré que tout serait facile pour lui, comme il l'avait toujours fait. Quand ils eurent terminé, Ford lui serra la main une fois de plus.

— Toutes mes condoléances. Votre père était un de mes clients préférés.

— C'est gentil. Merci beaucoup.

Après le départ de Ford, il glissa son doigt dans l'enveloppe pour l'ouvrir et en sortit quelques feuilles de papier jaunies par l'âge.

Mon cher Zane,

On m'a annoncé aujourd'hui *que j'étais atteint d'Alzheimer. J'ai commencé à oublier. Au début, ce n'étaient que de petits détails, comme ce que je servais habituellement le mardi. Mais récemment, je suis devenu incapable de faire les additions ou d'entrer les commandes sur l'ordinateur. Mes craintes ont été confirmées aujourd'hui.*

Les médecins m'ont prévenu que ça empirait rapidement. J'ai pensé qu'il valait mieux écrire cette lettre maintenant, au cas où nous n'aurions pas le temps de nous parler plus tard.

Pendant toutes ces années, je me suis dit qu'il arriverait un moment où tu deviendrais curieux à propos de ta mère. Mais comme tu n'as jamais posé de questions, j'ai pensé qu'il valait mieux laisser tomber. Du coup, je n'ai jamais abordé le sujet. En songeant au père que j'ai été, j'aurais aimé être plus doué pour parler des sentiments. Entamer une conversation avec toi n'a jamais été mon fort. J'ai toujours admiré ça chez Doc et Jackson, cette façon qu'ils avaient de parler de tout. Je ne suis pas un homme envieux, mais je suppose que c'est là une exception.

Je vais aller droit au but ici. Aucune raison de tourner autour du pot. Quand j'ai connu ta mère, elle s'appelait Patricia Richardson. Ce n'est qu'au cours de notre relation que j'ai appris qui elle était vraiment. Son vrai nom est Patricia Hudson. Elle vient d'une vieille famille fortunée, comme les Getty ou les Rockefeller.

L'été où j'ai rencontré Patty, elle s'était enfuie de chez elle pour expérimenter la vie sans que son père puisse contrôler ses faits et gestes. Elle n'était qu'une petite fille riche embarquée dans une folle aventure, je suppose. On s'est rencontrés quand elle est venue boire une bière un après-midi. Avec le recul, je comprends que je faisais partie de sa rébellion. Elle n'avait que dix-neuf ans et moi presque trente. Elle voulait sortir avec un homme plus âgé et il se trouvait que je correspondais au profil. Il n'a jamais été question qu'elle tombe enceinte. Quand c'est arrivé, je lui ai demandé de m'épouser, mais elle n'a pas voulu en entendre parler. Elle envisageait de se débarrasser de toi. Désolé de te le dire, mais c'est vrai. Je l'ai suppliée de ne pas avorter. Je lui ai promis de t'élever sans elle et de ne plus jamais la contacter. Elle pensait que sa famille la déshériterait s'ils apprenaient ton existence. Pour la fin des années 80, ça paraît étrange, mais c'était ce genre de famille. Elle est restée jusqu'à l'accouchement. Le docteur Waller t'a fait naître et elle est partie peu après.

Je te le dis maintenant, parce que j'ai conscience qu'à un moment, tu vas vouloir savoir d'où tu viens. Je ne pense pas qu'elle souhaitera avoir de tes nouvelles, vu la façon dont tout s'est passé, mais je ne peux pas en être certain. Je sais qu'elle aurait pu te retrouver si elle l'avait voulu, puisqu'on a gardé le bar toutes ces années. Mais elle n'est jamais venue te chercher. Je suis désolé, fiston. J'aimerais pouvoir te dire que c'était une personne de qualité, mais ce ne serait pas la vérité.

En vieillissant, j'ai compris que j'en savais de moins en moins à propos de quasiment tout. Cependant, je sais un truc. Tu as été la meilleure chose qui me soit arrivée. Tu as donné un but et un sens à ma vie. Je n'aurais pas pu souhaiter un meilleur fils ou être plus fier de l'homme que tu es devenu. Je sais que tu avais de plus grands rêves que de posséder un bar décrépi dans une petite ville endormie. Mais j'apprécie le fait que tu ne m'as jamais fait sentir petit, parce que je n'étais pas éduqué ou parce que j'adorais m'occuper de cet endroit selon mes propres termes.

Je ne peux pas te laisser autre chose que ce vieux bar. J'en suis désolé. Chaque heure passée ici était pour toi. Je voulais te laisser l'immeuble, pour que tu puisses le vendre un jour. Avec cette maladie qui me ronge le cerveau, je ne sais pas s'il restera quoi que ce soit une fois que tu auras payé mes soins. J'étais trop fier pour te parler de la famille de ta mère, je suppose. Mais maintenant, alors que je fais face à ma propre mort, je réalise que ces gens te doivent quelque chose. Tu es un Hudson. Tu mérites au moins une partie de leur fortune.

J'avais gardé le numéro de téléphone de ses parents pendant tout ce temps. Dernièrement, je l'ai appelé et j'ai expliqué à une femme de ménage que j'étais un vieil ami de Patty. Elle m'a dit qu'elle vivait à San Diego avec son mari. Je l'ai convaincue de me donner son adresse e-mail. Je ne l'ai pas contactée, mais j'ai pensé que tu voudrais peut-être le faire. Tu as ma bénédiction. phud@foxmail.com

Encore une chose. Et j'espère que tu es assis.

Tu as une sœur. La petite fille à qui Mae a donné naissance est de moi. Avec Mae, nous étions amoureux et nous avions prévu de nous marier à la minute où elle divorcerait de Roger Keene, mais ça ne devait pas arriver. Ce salaud l'a tuée. Je sais que ça n'a jamais été prouvé, mais c'est vrai. On pensait tous que le bébé avait été tué par Keene, mais grâce à une série de circonstances, j'ai découvert que c'était faux. J'ai retrouvé Sophie Grace et j'ai pu la voir grandir, même si c'était de loin. Récemment, j'ai pu la voir à la cérémonie de remise des diplômes. Elle est belle, gentille et intelligente. J'espère qu'un jour elle aura une place dans ta vie et toi dans la sienne.

Ses parents adoptifs sont Micky et Rhona Woods. Ils vivent à San Francisco à cette adresse : 124 Wild Roses Lane. Peut-être qu'au moment où tu liras ça, Sophie Grace sera assez grande pour que tu puisses la contacter sans causer trop de problèmes. Mais je te préviens, ne permets jamais à Roger Keene de savoir ni qui elle est ni où elle est. Il ne faut pas lui faire confiance. Espérons que ce vieil ivrogne sera mort quand tu liras ceci, mais au cas où, je préfère te prévenir.

Si jamais Sophie et toi vous retrouviez un jour, j'ai préparé un paquet pour elle. Il contient une lettre expliquant tout ce qui s'est passé ainsi que certains souvenirs que je pensais être importants pour elle, si jamais elle voulait en savoir plus sur moi. Elle pourrait ne pas le vouloir, bien sûr. Mais si ça l'intéresse de me connaître, je te supplie de le lui donner. Ne pas faire partie de sa vie a été la chose la plus difficile que j'ai jamais faite. C'était le seul moyen de la protéger. En tant que père, ça devient notre première préoccupation et ça surpasse même nos propres souhaits et désirs. Un jour, quand tu le seras aussi, tu t'en rendras compte. J'aimerais voir ce jour-là. Comme j'aimerais pouvoir ! Ça et tant d'autres moments. Mais ma foi me dit que j'en serai témoin depuis là-haut. Cette croyance est la seule chose qui m'empêche de désespérer.

Je suppose que ça fait beaucoup à digérer dans une lettre. Dieu seul sait ce que tu auras dû faire pour prendre soin de moi au moment où tu la liras. J'espère que tu n'as pas perdu trop de temps à me rendre visite une fois que la maladie a emporté mes souvenirs.

Ne pleure pas pour moi. Je ne souffrirai plus quand tu liras ces lignes. *Je serai avec Mae et Maggie, et je valserai sur les planchers dorés du Ciel.*

Je t'aime, mon garçon.

Ton père dévoué,
Papa

ZANE LUT ENCORE une fois la lettre avant de la remettre dans l'enveloppe. Puis, il demanda à l'un des serveurs de prendre le relais derrière le bar et monta chercher sa sœur.

LORSQU'IL ENTRA DANS L'APPARTEMENT, il trouva Sophie assise dans une nappe de soleil près de la fenêtre. Elle était en train de brosser ses cheveux mouillés. Ses yeux étaient rouges et bouffis, mais elle l'accueillit avec son habituel sourire lumineux.
— Comment c'était, le déjeuner ?
Il la rejoignit à la fenêtre.
— Il y avait du monde.
— Tant mieux.
— Comment vas-tu ?
Il capta le parfum de ses cheveux fraîchement lavés. Sans maquillage, elle semblait à peine plus âgée que Jubie.
— Je suis triste.
Sa mère lui avait dit une fois que cacher ses émotions ne faisait de bien à personne. Sophie ressentait tout. Il ne pensait pas connaître un être humain en meilleure santé mentale. Rhona et Micky Woods étaient des parents parfaits. Pourtant, Roger Keene les avait tous volés de trop nombreuses manières.
— Désolé de ne pas être venu hier soir.

— Je voulais que tu sois avec Honor, dit-elle. Et j'allais bien.
La lettre lui brûlait la poche. Comment allait-il lui présenter cela ? D'abord, il lui parlerait de Jubie et Lavonne. Ensuite, il lui donnerait la lettre.
— C'était une bonne chose que je retourne chez elle. Nous avions un petit problème là-bas.
Aussi succinctement que possible, il lui raconta les événements de la veille. Quand il eut fini son histoire, elle lui dit quelque chose qui le surprit.
— Lavonne ne l'a jamais oubliée parce qu'elle a été gentille avec lui alors que rien ne l'y obligeait. Une petite fille maltraitée a essayé de protéger un petit garçon qui ne pouvait pas se protéger lui-même. C'est facile d'être bienveillant lorsque ta vie a été remplie d'amour et d'abondance. Mais offrir de la bonté aux autres quand personne n'a été gentil avec toi, protéger quelqu'un d'autre quand tu as mal et que tu as peur, ça prouve que cette personne est exceptionnelle.

Il fixa la jeune adulte qui se trouvait devant lui, étonné par sa sagesse, puis appuya ses doigts sur ses paupières fermées, submergé par la vérité de ses paroles. Sophie avait raison. C'était la belle personnalité d'Honor qui lui avait apporté ce nouveau fardeau, cette complication supplémentaire. Maintenant, elle devait trouver en elle la force d'aimer l'enfant de quelqu'un d'autre alors que personne ne l'avait jamais aimée.

Pourtant, sans cette souffrance, il était presque impossible de comprendre la douleur des autres.

— Je vais l'épouser, annonça-t-il. Et nous ferons ça ensemble.

— Je suis heureuse pour toi, répondit Sophie, les larmes aux yeux. Et fière.

— Il y a autre chose, poursuivit-il. L'avocat de papa vient de passer. Il a apporté de la paperasse à signer, quelques derniers détails au sujet de l'immeuble et de la société.

Il tira l'enveloppe adressée à Sophie de sa poche.

— Il a aussi apporté des lettres de papa. Une pour moi et une pour toi. Dans la mienne, il me parle de toi. Tout ce qu'on a supposé était vrai. Il m'a demandé de te donner ça, si jamais je te trouvais.

Le teint hâlé de Sophie perdit toute couleur à mesure qu'il parlait. Il lui tendit le petit paquet.

— Je vais te laisser seule pour la lire. Je serai dans ma chambre. Si tu veux parler ensuite, fais-moi signe.

— Merci, murmura-t-elle.

En traversant le salon jusqu'au couloir, il l'entendit ouvrir le paquet.

Dans sa chambre, il rassembla quelques vêtements pour un séjour prolongé chez Honor. Une idée avait pénétré son esprit à propos de l'appartement. Il allait l'offrir à Sophie et faire rédiger des papiers pour lui donner une part égale de la société et de l'immeuble. C'était juste, même si cela signifiait qu'il aurait encore moins de choses à son nom qu'avant. Mais son père l'aurait voulu ainsi. De plus, il avait son projet de brasserie. Un projet solide. Un jour, il aurait une fortune à offrir à Honor. Pour l'instant, cependant, il serait copropriétaire d'un commerce avec sa sœur. Elle pourrait emménager dans l'appartement, au lieu de rester dans la chambre d'amis. Il fonderait une famille avec Honor dans la maison au sommet de la colline.

Il venait de terminer ses bagages quand on frappa à la porte de sa chambre.

— Entre, dit-il.

Sophie ouvrit. Il n'avait jamais vu quelqu'un pleurer et sourire en même temps. Jusqu'à cet instant.

— Tout est ici. Toutes les fois où il m'a vue, il l'a noté dans ce journal. Les dates, les heures et tout.

— Tu plaisantes ?

Elle ouvrit le journal.

— Écoute ça. « C'est l'anniversaire de Mae aujourd'hui et j'avais cette irrésistible envie d'aller te voir. Alors, après avoir laissé des fleurs sur sa tombe, je suis allé à San Francisco et je me suis garé devant ton école. Mon plan était juste de te regarder sortir de la maternelle sans attirer l'attention sur moi. Je portais des lunettes de soleil et une casquette et je suis resté dans ma voiture, mais ta mère m'a repéré et a senti que quelque chose n'allait pas. Elle est venue voir si j'allais bien. Tu lui tenais la main et tu me regardais avec ces jolis yeux. Quand tu m'as souri, ça m'a brisé le cœur. Tu es une si belle petite fille. Tu ressembles à Zane quand il avait ton âge, mais il n'aurait pas eu l'air aussi soigné. En général, en rentrant de l'école, il était plutôt couvert de boue et sentait assez mauvais ! Bref, j'ai eu la chance de te parler et d'entendre ta voix. Ça avait plus de signification pour moi que je ne pourrais jamais l'exprimer. Tu m'as dit que tu étais heureuse avec tes parents. Je sais que j'ai pris la bonne décision, mais ça fait mal de ne pas faire partie de ta vie. Je garderai cette image de toi sortant de la cour de récréation et courant dans les bras de ta mère le reste de ma vie. » C'est l'histoire que ma mère nous a racontée.

La première fois que Zane avait rencontré Rhona, elle s'était souvenue de l'homme triste dans la voiture.

— Je ne l'ai jamais vu écrire une lettre de sa vie, dit Zane. Je suis épaté.

— Il y en a des tonnes. Il a consigné toutes les fois où il m'a vue. Il m'a laissé une part de lui-même.

— Je suis content pour toi.

— Tu veux les lire ? demanda-t-elle.

— Un jour, peut-être. Pour l'instant, je ne peux pas.

Il ravala un sanglot.

— De toute façon, c'est pour toi.

Je l'ai eu toutes ces années et pas toi. Le moment était venu pour elle de profiter d'un peu de temps en tête-à-tête avec leur père.

— Si tu changes d'avis, préviens-moi.

Il lui dit qu'il avait fait ses bagages et qu'il retournerait travailler.

— Laisse-moi te remplacer ce soir, lui dit Sophie. Je dois m'occuper.

— Tu es sûre ?

— Absolument sûre, dit-elle.

— Tu es vraiment la fille de ton père.

Zane la serra contre lui.

— Je suis désolé que tu n'aies pas pu le connaître. Ce n'est pas juste.

— Non, ça ne l'est pas. Mais j'ai ça. C'est plus que ce que j'espérais.

DE RETOUR CHEZ HONOR, Zane était assis en face d'elle, dans son bureau, pendant qu'elle lisait la lettre de son père. C'était la fin d'après-midi et la lumière chaude du soleil baignait la pièce. C'était la première fois qu'il passait du temps dans son bureau. Comme le reste de la maison, il était bien rangé et peu décoré avec un petit bureau, une causeuse et une table basse. Diverses nuances de bleu imitaient la mer et le ciel, visibles à travers les fenêtres derrière le bureau. Après lui avoir parlé du paquet de Sophie et de sa propre lettre, il s'affala sur la causeuse, épuisé, et posa les pieds sur le pouf rectangulaire.

Honor lisait, tête penchée sur la lettre, dos aux fenêtres. Ses cheveux brillants étincelaient à la lumière du soleil. En bas, Lavonne et Jubie jouaient au pouilleux. Les cris de joie de Jubie perçaient occasionnellement le silence.

Ce fut alors que l'idée le frappa. Lavonne n'avait pas besoin d'un emploi chez Kyle. Ils pouvaient l'embaucher pour s'occuper de Jubie pendant qu'Honor et lui travaillaient. Jubie connaissait Lavonne. Elle se sentirait en sécurité avec lui. Moins il y aurait de changements, moins elle aurait de traumatismes.

Honor reposa la lettre.

— Tu crois qu'il a raison de dire que les Hudson te doivent quelque chose ?

La chaleur envahit soudain son visage.

— Certainement pas ! Ce n'est pas ma famille. Je préférerais mourir plutôt que de leur prendre de l'argent.

— Tu vas lui envoyer un mail ?

Zane haussa les épaules, prétendant ne pas y avoir pensé dix mille fois au cours de la dernière heure.

— Elle ne me voulait pas, alors ça m'étonnerait qu'elle souhaite entendre parler de moi maintenant.

— Ce serait pour toi, pas pour elle.

Honor plaça la lettre sur son bureau et la lissa avec ses mains comme un précieux morceau de soie.

— Qu'est-ce que je peux attendre d'elle ? Elle est partie. Fin de l'histoire.

— Le fait de la rencontrer, ça pourrait te permettre de tourner la page. Tu pourrais lui poser des questions. Des choses que tu as toujours souhaité savoir.

— Est-ce que tu voudrais rencontrer ton père, si tu en avais l'occasion ? demanda Zane.

Elle se pinça la lèvre avec ses doigts.

— Je ne crois pas.

— Pourquoi ?

— Parce que je ne veux pas avoir à gérer ça. Même s'il est encore en vie, c'est certainement un fumier qui essayerait de m'extorquer de l'argent. Je suis presque sûre qu'il n'est pas vivant, de toute façon.

Poussant avec ses pieds, elle faisait pivoter sa chaise de bureau de quelques centimètres d'un côté à l'autre.

— J'avais un père. Il s'appelait Hugh Shaw.

Elle fondit en larmes.

Alarmé, il se leva et la prit dans ses bras. Il la fit se lever, retourna au canapé et la fit asseoir sur ses genoux. Effondrée, elle sanglotait en silence contre sa poitrine. Ses épaules tremblaient. Son tee-shirt fut mouillé par ses larmes. Finalement, elle s'arrêta avec un petit hoquet triste.

— J'aurais aimé qu'il me laisse une lettre, dit-elle, à peine audible.

Évidemment. Comment avait-il pu être aussi insensible ?

— Il n'en avait pas besoin, bébé. Vous aviez un lien, avec ou sans lettre. C'est clair comme le jour sur ces photos.

— Je n'ai jamais eu l'occasion de lui dire qu'il était comme un père pour moi.

— Il le savait. L'autre jour, quand il était lucide, c'était évident qu'il savait ce que tu ressentais pour lui. Je sais ce qu'il ressentait pour toi aussi. Il voulait qu'on soit ensemble. Qu'est-ce que tu crois que ça signifie ?

— Je suppose, oui, répondit-elle avant de pousser un long soupir ému.

— Il nous a dit de ne pas le pleurer, qu'il était libéré. Nous devons nous accrocher à ça.

— OK.

— Il est là-haut, il nous sourit en ce moment, lui assura Zane. Je le sais.

— Et il voudrait qu'on descende pour jouer au pouilleux.

Zane rit.

— Tu as raison. Mais d'abord, il voudrait que je t'embrasse.

Il balaya les cheveux d'Honor de ses joues humides. Avec son pouce, il effaça les traces de mascara qui avait coulé sous ses yeux.

— Je t'aime, Honor Sullivan, de tout mon cœur.

— Je t'aime aussi, murmura-t-elle.

Il l'embrassa le plus tendrement possible, sachant qu'il tenait dans ses bras son avenir, sa vie, le but de son univers. Honor Sullivan l'aimait. Avec elle à ses côtés, il n'y avait rien qu'il ne puisse faire.

Zane retira la couette pour que Jubie se glisse dans son lit. Honor lui avait donné un bain et lui avait fait passer un nouveau pyjama d'été que Violette avait envoyé de sa boutique. Il était probablement en fibre de chanvre ou de navet. Mais quelle que soit la matière, le motif de lapins et la garniture en dentelle l'amusaient beaucoup. Rien de plus mignon que cette petite fille en pyjama.

Après le bain, Honor avait reçu un appel téléphonique qu'elle avait dû prendre dans son bureau. La suite dépendait donc de lui. Il pouvait le faire. Ce ne devait pas être si difficile de border une petite fille, non ? Probablement pas. *Remonte la couette, embrasse-la peut-être sur le front et éteins la lumière.*

À ce moment-là, Jubie serrait son ours contre sa poitrine, mais pendant quelques parties de cartes, le dîner et la vaisselle, elle l'avait laissé sur une chaise dans le salon. Zane remonta la couette jusqu'à ses épaules. Elle était si petite et fragile. Il devait faire attention à ne pas la briser avec ses grandes mains maladroites. Elle ne quittait pas son visage des yeux.

— Si Lavonne prenait soin de toi pendant qu'Honor et moi, on est au travail, ça t'irait ? demanda-t-il.

— Oui.

— Tu veux que je te dise un secret ?

— Je veux bien.

— Je vais demander à Honor de m'épouser. J'ai une bague étincelante à lui donner. Qu'est-ce que tu penses de ça ?

Les yeux de Jubie s'écarquillèrent.

— Ça sera comme dans *Cendrillon* ?

— Je suppose que oui.

Il n'avait pas vu le film. Un autre truc à ajouter à sa liste.

— Bon, il est l'heure de dormir. Bonne nuit, dit-il en se penchant pour embrasser son front.

— Et mon histoire ?

— Ton histoire ?

Elle montra une pile de livres sur la commode. D'après les couvertures plastifiées et les étiquettes, il devina qu'ils venaient de la bibliothèque. Lavonne avait dû l'y emmener aujourd'hui.

— On me lit toujours une histoire avant d'aller dormir, expliqua-t-elle.

— OK, bien sûr.

Une histoire. Avant de s'endormir. Tous les enfants devraient en entendre une. Violette lui avait dit ça une fois. Il y avait au moins six livres dans la pile.

— Laquelle ?

— Celle avec le hibou.

La lune du hibou. La couverture représentait un homme et un enfant regardant la lune dans un décor enneigé. Était-ce un petit garçon ou une petite fille ? Il s'assit dans le fauteuil près du lit et l'ouvrit à la première page.

— Non, ce n'est pas comme ça qu'on fait, l'interrompit Jubie en tapotant à côté d'elle. Tu dois t'asseoir ici pour lire.

Il installa un oreiller et grimpa sur le lit. Jubie sortit ses bras de sous la couette et tint son ours sur sa poitrine.

— Tu peux y aller. Je suis prête.

Zane lut la première page. L'écriture était belle, comme un poème, et les images étaient étonnantes. Si tous les livres pour enfants étaient comme celui-ci, cela lui plaisait vraiment.

— Le personnage principal, c'est un garçon ou une fille ?

Il n'aurait pas pu dire, avec les vêtements d'hiver et le bonnet.

— Une fille, affirma Jubie avec conviction. Sans aucun doute une fille.

Il avait plutôt pensé à un garçon, mais qui était-il pour discuter ? Il lut une autre page.

— Tu ne le fais pas bien, l'interrompit-elle.

— Ah non ?

— Non, il faut faire le bruit du hibou. Comme ça.

Elle poussa un hululement qui ressemblait plus à un fantôme qu'à un hibou, mais il ne ferait sans doute pas mieux.
— Et il faut que la voix du papa soit plus grave que celle de sa fille.
Plus grave ?
— OK, Woody Allen.
— C'est qui, Woody Allen ?
— Un réalisateur célèbre.
— J'aime bien les films, dit-elle.
— Moi aussi.
— Mon préféré, c'est *Mon petit poney*, dit-elle en agitant le bras de son ours, comme s'il lui faisait signe. Et le *Muppet Show* aussi.
— Le *Muppet Show* ? Comme ton ours, Muppet ?
— Comment j'aurais pu l'appeler autrement ? répondit-elle en riant.
Il sourit et reprit sa lecture, apportant les ajustements nécessaires à son style. Après quelques pages, elle hocha la tête pour approuver.
— C'est bien mieux.
— Merci.
Décidément, tout le monde se faisait critique d'art.
Page après page, il continua de lire jusqu'à ce que l'histoire se termine. Il avait mal à la gorge tellement elle était serrée par l'émotion. Cet homme lui rappelait son père. Ils avaient regardé la lune ensemble, mais sur la plage, pas dans les bois.
— C'est un bon livre, dit-il.
— C'est l'un de mes préférés.
— Je comprends pourquoi.
— Je veux aller voir les hiboux, dit-elle.
— Moi aussi.
— Avec moi ?
— Surtout avec toi, répondit-il. Mais je m'y connais mieux

en surf qu'en oiseaux. Je pourrais t'apprendre à faire du bodyboard.

— Qu'est-ce que c'est ?

— C'est comme le surf, sauf que tu restes sur le ventre.

— Oh. Ah oui ! J'ai vu des enfants faire ça à la plage. Mais Lavonne a dit que ça coûte de l'argent d'avoir ça.

— J'ai quelques planches chez moi. Je t'emmènerai.

— Vraiment ?

— Oui. La plage est l'endroit que je préfère au monde.

Il se décala pour mieux la regarder. Ses paupières tombaient. Tant mieux, elle allait bientôt s'endormir. Cela faisait beaucoup de discussion à l'heure du coucher.

— Zane ?

— Oui ?

— On pourrait avoir les chatons demain ?

Les chatons... Il les avait oubliés. Honor aussi, probablement. Mais pas Jubie. Il avait le sentiment qu'elle n'était pas du genre à oublier grand-chose. *Fais attention à ce que tu promets.* La décevoir le tuerait.

— Je vais regarder sur Internet ce soir. Mais il est possible qu'on n'en trouve pas tout de suite, d'accord ?

— D'accord, dit-elle en s'assoupissant. Maintenant, tu peux me faire un bisou pour dire bonne nuit.

— Super.

Il se pencha et l'embrassa sur le front.

— Bonne nuit.

— Tu dois dire « bonne nuit, princesse Jubie ».

— Bonne nuit, princesse Jubie.

— Bonne nuit, roi Zane.

Son cœur dansait dans sa poitrine. Rien ne serait plus jamais comme avant.

Minuit sonnait à l'horloge et Zane n'arrivait pas à dormir. À côté de lui, Honor ronflait doucement. Elle s'était immédiatement endormie après quelques galipettes. Avant cela, ils avaient lu les documents que l'avocat de la mère de Jubie avait préparés. Dans la matinée, ils entameraient le processus juridique qui comprendrait une inspection de la maison et quelques autres étapes. Un pas à la fois, s'étaient-ils promis.

La lettre sur la table de nuit semblait le narguer. Il n'arrêtait pas de penser à sa mère. Serait-ce une bonne chose de la rencontrer ? Ou cela rouvrirait-il simplement des blessures qui lui coûteraient une précieuse énergie pour les guérir ? Cela n'arrêtait pas de tourner dans sa tête. Il voulait lui demander pourquoi elle était partie et pourquoi elle ne s'était jamais intéressée à lui.

Il sortit du lit et tâtonna pour trouver la lettre. En silence, il descendit à la cuisine où son ordinateur portable attendait sur la table. Il posa la lettre à côté et sortit sur la terrasse pour regarder le ciel. Une lune presque pleine planait sur la mer. Les étoiles brillaient de mille feux, bien visibles au-dessus de cette ville sans lumière. Au loin, le bruit des vagues qui s'écrasaient sur le rivage était à peine perceptible.

Il entendit un miaulement et se retourna au moment où le gros chat des voisins passa de leur auvent à la balustrade d'Honor. Bandit poussa un long miaulement, sauta sur la terrasse et se mit à déambuler comme une vedette sur le tapis rouge. Zane s'assit sur l'une des chaises de jardin. Bandit grimpa immédiatement sur ses genoux et se mit à ronronner.

Zane le gratta derrière les oreilles.

Tu dois me dire où trouver des chatons.

Bandit ignora la question et se lécha la patte avec un air dédaigneux. Les oranges répandaient dans la nuit un parfum d'espérance. Devait-il contacter sa mère ? Il oscillait entre la curiosité et la colère.

En fin de compte, il rentra, alluma son ordinateur et tapa l'adresse e-mail de sa mère. *Bon, allons-y.*

Chère Patricia,
Je suis Zane Shaw, votre fils. *Mon père, Hugh Shaw, est décédé il y a quelques jours. Il m'a laissé une lettre dans laquelle il m'a expliqué qui vous étiez. C'est lui qui m'a laissé votre adresse e-mail. Je ne veux rien de vous, à part vous rencontrer et vous poser quelques questions. Si vous le souhaitez, je peux me rendre à San Diego.*
Cordialement,
Zane Shaw

Il remonta dans la chambre, se remit au lit et s'endormit rapidement.

Il reçut un message dans la matinée.

Cher Zane,
J'aimerais vous rencontrer. Seriez-vous disponible dans une semaine ? Si oui, je peux vous donner l'adresse d'un endroit où se retrouver.
Cordialement,
Patricia Hudson

Le vol pour San Diego était rapide et Zane se rendit compte qu'ils atterrissaient déjà. Il attrapa un Uber jusqu'à l'adresse à La Jolla, dans la banlieue de San Diego, et fit les cent pas à l'extérieur du bistro pendant cinq bonnes minutes avant d'entrer. Sombre et frais, l'endroit était rempli de clients visiblement fortunés, sirotant de l'eau gazeuse autour de tables dont les nappes et les serviettes paraissaient empesées.

Il aperçut Patricia Hudson près de la fenêtre. Elle avait les mêmes cheveux blond clair et la même silhouette élancée que sur sa vieille photo. Elle se leva lorsqu'il s'approcha. Un diamant étincelait à sa main gauche. Ses yeux rouges laissaient supposer qu'elle n'avait pas beaucoup dormi la nuit précédente. Au moins, ils étaient deux.

— Zane ? demanda-t-elle.
— Patricia ?
— C'est moi.

Mal à l'aise, ils restèrent face à face, à se dévisager. Zane ne savait pas quoi faire de ses mains, alors il les enfonça dans les poches de son jean.

— Asseyez-vous, dit-elle enfin.

Il se laissa tomber sur la chaise, content qu'elle le soutienne, vu la façon dont ses jambes tremblaient.

— Vous ressemblez à votre père.
— C'est ce qu'on dit, oui.

De minuscules rides se formaient autour de ses yeux et de sa bouche, mais dans l'ensemble, elle était encore bien pour quarante-neuf ans. Peut-être qu'un peu de chirurgie et ce bon vieux Botox lui avaient gardé la peau lisse. Ses ongles étaient soigneusement manucurés et ses cheveux étaient coupés en un carré qui lui arrivait tout juste au menton. Elle portait un chemisier long sur un pantalon léger. Il l'avait imaginée plus âgée. Cette femme faisait décidément partie de la haute société. Il jeta un œil furtif à ses chaussures. Aucune idée si elles étaient d'une grande marque, mais elles avaient l'air de coûter cher. Honor saurait ça. À cet instant, elle lui manquait. *Finis-en et rentre retrouver Honor et la princesse Jubie.*

— C'est un beau coin, dit-il.

— Oui, La Jolla est charmante. Toute l'année. Vous avez faim ?

— Non, juste un café pour moi, dit-il.

Elle leva la main pour appeler le serveur et commanda un cappuccino.

— Et un café noir, sans lait.

— Je suis désolée pour Hugh, dit-elle après le départ du serveur.

— Merci. Il a eu une crise cardiaque foudroyante, mais il souffrait d'Alzheimer depuis quelques années. Il a rapidement décliné, malheureusement.

— J'en suis navrée. J'ai toujours apprécié son esprit vif.

— D'une certaine façon, il était déjà parti depuis des années.

Ils se turent pendant que le serveur déposait leurs cafés hors de prix sur la table.

Elle remua son cappuccino jusqu'à ce que la mousse soit absorbée par le café.

— Vous avez dit que vous aviez des questions ? Je suppose que c'est à propos des antécédents médicaux ?

— Bien sûr.

Il n'avait pas pensé à cela, mais il devrait probablement poser la question.

— Quelque chose dont je devrais m'inquiéter ?

Ses foutues mains tremblaient. C'était la conversation la plus gênante de sa vie.

— Ma famille n'a jamais eu de maladies cardiaques, mais il y a eu quelques cas de cancer. Pour ce qui est des maladies génétiques et ce genre de choses, rien ne me vient à l'esprit. Vous songez à avoir des enfants ?

Il eut une grimace.

— Ma fiancée ne peut pas en avoir. Nous en adopterons.

— Alors rien à craindre là-dessus.

— Vous êtes mariée ? Vous avez d'autres enfants à part moi ?

Cela ressemblait à un entretien d'embauche. Mais il devait lui poser la question tant qu'il en avait l'occasion.

— Mariée, oui. Pas d'enfants.

À part celui que tu as abandonné.

— Vous vivez à San Diego depuis longtemps ?

— Ça fait une vingtaine d'années. J'ai d'abord voyagé à travers le monde quand j'avais vingt ans.

— Vous parcouriez le monde quand j'étais enfant.

Une colère amère s'échappa de sa bouche. Il s'en fichait. Il n'avait aucune raison de faire semblant. Elle l'avait laissé grandir sans mère.

— Certaines femmes ne sont pas faites pour la maternité. J'étais l'une d'elles.

— Qu'est-ce que ça veut dire ?

— Cela signifie que je n'ai jamais désiré tomber enceinte. Avec Hugh, c'était une aventure d'un été. Je ne pensais pas que cela nous mènerait à vous.

— Pourtant, c'est ce qui est arrivé.

Comment as-tu pu me quitter ?

— Votre père était fait pour ça. Je savais que tout irait bien.

— Alors, vous êtes juste partie ?

— C'est ça. Je suis désolée si ça vous a fait du mal, mais je peux vous assurer qu'il valait mieux ne pas avoir de mère plutôt que d'être élevé par une mère déplorable.

J'aurais préféré avoir eu la chance de me faire mon propre avis.

— Votre père s'est-il marié ? demanda-t-elle.

— Non. Il était amoureux d'une femme, mais elle est morte.

— Je vois, dit-elle. C'est vraiment dommage. Hugh était un homme exceptionnel. Je pensais qu'il s'était marié et qu'il vous avait donné des frères et sœurs. Il m'a toujours paru être un père de famille.

— Il était trop occupé par le bar, dit Zane. Ça lui laissait peu de temps pour les mondanités.

— Oui, je m'en souviens.

Elle but une gorgée de café.

— Pour être franche, ma famille n'est pas au courant pour vous. J'aimerais que ça reste ainsi.

— Pourquoi ? Ce n'est pas comme si je vous demandais quoi que ce soit.

La fumée s'éleva de sa tasse et dansa dans la lumière du soleil qui passait par la fenêtre.

— Tout le monde cherche quelque chose, affirma-t-elle.

— Ce n'est pas l'argent, si c'est ce que vous pensez.

— Alors qu'est-ce que c'est ?

— Je n'en suis pas sûr. Je vais me marier et nous allons adopter une petite fille. Je suppose que je veux juste savoir... comment une mère peut abandonner son enfant.

— Je ne suis pas là pour me défendre.

Les yeux de Patricia avaient la couleur d'un jean délavé : froids et intelligents.

— Mais j'ai toujours été quelqu'un qui avait une grande conscience de soi. Je savais que vous seriez mieux sans moi.

— Pourquoi êtes-vous venue, alors ? Pourquoi avez-vous accepté de me rencontrer ? demanda Zane.

— Je me suis toujours dit que je le ferais, si vous me contactiez.

— Vous n'avez jamais été curieuse à mon sujet ? demanda-t-il.

Tu m'as déjà cherché, comme papa l'a fait pour Sophie ?

— Bien sûr que si.

— Mais pas assez pour me retrouver.

— Je savais que votre père prendrait soin de vous. J'ai été élevée dans la richesse et les privilèges. Mon aventure avec Hugh, c'était juste de la rébellion. Un été de plaisir. Après votre naissance, il m'a paru évident que je devais retourner à la vie que je trouvais si amusant de fuir. Mes parents ne m'auraient jamais acceptée si j'étais revenue avec un bébé conçu hors mariage, alors j'ai pris la décision. Je suis sûre que ça paraît insensible, mais j'étais adolescente. Je venais de terminer mes études secondaires l'année précédente. Je n'étais pas prête à être mère. Votre père était tellement plus âgé. Le frisson de l'interdit. Jusqu'à ce qu'il devienne juste un type ordinaire avec un bar délabré.

— Mon père n'avait rien d'ordinaire.

Merde, les larmes menaçaient de jaillir de ses yeux. Des larmes de colère. Elle ignorait quel joyau avait été Hugh Shaw. Quelle que soit sa richesse, elle n'était rien comparée à lui. Pendant toutes ces années, il avait donné la priorité à l'argent, avait cherché à en gagner et s'était puni de ne pas en avoir assez. Il avait même eu honte de son métier. Elle avait raison. Il avait été mieux avec son père.

— Mon mari n'est pas au courant non plus.

Elle tendit la main vers le petit sac sur la table et en sortit un chéquier et une liasse de papiers.

Un contrat. Elle veut que je signe quelque chose.

— Mon jeune frère envisage l'idée d'une carrière politique. Ma famille jouit d'une réputation irréprochable. Je suis prête à tout pour la garder ainsi. Je suis sûre que le propriétaire du bar d'une petite ville a toujours besoin d'un peu plus d'argent.

— Comment savez-vous que je le possède encore ?

— J'ai procédé à quelques recherches, dit-elle en faisant glisser le chèque et les papiers à travers la table. Mon avocat a préparé ceci pour vous le faire signer. C'est un simple accord disant que vous ne me contacterez plus et que vous ne parlerez à personne de notre lien.

Il fit craquer ses doigts sous la table. À quoi s'attendait-il ? Des retrouvailles larmoyantes comme Maggie et lui en avaient eu avec Sophie ? Son adorable sœur avait voulu être retrouvée. Ce n'était pas le cas de Patricia Hudson.

Zane regarda le chèque. Cinq cent mille dollars ? Comment pouvait-on cacher une telle dépense à son mari ?

— Je ne veux pas de votre argent, dit-il en repoussant le

chèque et les papiers. Je voulais juste vous rencontrer. Je voulais vous regarder dans les yeux et comprendre quel genre de femme abandonne son propre enfant. Je me suis évidemment trompé sur le fait qu'il y avait peut-être une raison à ça, quelque chose que je pouvais expliquer. Je pensais qu'une gamine de dix-neuf ans avait peut-être pris une décision qu'elle avait regrettée ensuite. Je me suis dit que vous auriez pu vous demander comment j'allais ou ce que j'étais devenu. Si j'étais un homme bien comme mon père.

— Vous êtes un homme en colère, répondit-elle. J'en suis désolée.

— Je suis un homme bien, comme mon père, mais je traîne une palanquée de casseroles. Et oui, je suis en colère. C'est toujours ma première réaction à la plupart des choses de la vie et c'est de la connerie. C'est vous qui m'avez fait ça. Grâce à vous, j'ai supposé que les femmes partaient toujours. Vous m'avez fait croire qu'il était impossible de m'aimer. Si ma propre mère ne pouvait pas m'aimer, alors qui le pourrait ?

— C'est du joli baratin psy. Mais c'est assez ridicule.

Ses lèvres s'étaient pincées. Quand elle prit sa tasse, ses mains tremblaient.

Il la fixa, incapable de comprendre comment la femme qui l'avait mis au monde pouvait être aussi froide, aussi cruelle.

— Il a fallu que je rencontre des femmes exceptionnelles pour réaliser que toutes ne partent pas. La plupart d'entre elles restent. Vous êtes une anomalie. Merci d'avoir confirmé mes soupçons. Vous ne méritez pas d'avoir une place dans ma vie.

— Je savais bien que vous vouliez quelque chose. Comme tout le monde. Vous voulez me punir, me passer un savon pour vous avoir blessé alors que vous avez eu une enfance parfaite. Votre génération cherche toujours à blâmer quelque chose ou quelqu'un pour ses choix.

Elle déchira le chèque. Puis, elle sortit un chéquier de son sac et en griffonna un autre avant de le glisser vers Zane.

— Considérez ça comme un dédommagement pour vos souffrances.

Elle avait augmenté le prix de son silence à un million de dollars.

Zane lâcha un rire sec et lugubre.

— J'aimerais mieux ramper sur des charbons ardents plutôt que de prendre votre argent.

Il ramassa le chèque sur la table et le déchira aussi. Il se leva et regarda de haut la pathétique femme qui lui avait donné la vie.

— N'ayez aucune crainte sur le fait que je vous identifie comme ma mère. Ça me ferait trop honte. Vous pouvez pourrir en enfer.

Il sortit du restaurant, la tête haute. *Je suis le fils de Hugh Shaw !*

ZANE ÉTAIT à bord du vol retour quand il reçut un texto de Kyle.

J'ai récupéré la bague ce matin. Je l'ai laissée à Sophie, chez toi. Bonne chance ! J'espère qu'elle dira oui.

Il appela Honor et lui demanda de se faire accompagner par le garde du corps jusqu'à son appartement. La proposition devait être faite là-bas. Au moment où Honor quitterait la maison, Lavonne exécuterait les instructions que Zane lui avait laissées. Jubie et lui étaient dans la confidence. Il avait dû promettre à Jubie qu'ils reviendraient à la maison aussitôt après.

Le champagne était dans la glace quand Honor arriva.

— C'est quoi tout ça ? demanda-t-elle.

Il lui prit la main et la conduisit vers le canapé.

— Je suis d'humeur à célébrer. La rencontrer était une chose que je devais faire et c'est fait. Je tourne la page.

— Comment ça s'est passé ?

Il sourit.

— À peu près aussi mal que possible. Elle a été affreuse.

Il lui raconta la rencontre avec autant de détails qu'il pouvait s'en souvenir et termina par l'offre d'acheter son silence.

À la fin de son histoire, les joues d'Honor avaient pris une teinte rose furieuse.

— Elle t'a offert de l'argent pour te faire taire ?

— Cinq cent mille, dit-il. Mais comme ça n'avait pas l'air de m'intéresser, elle a sorti son chéquier et m'a offert un million. J'ai poliment refusé.

Elle se mit à rire.

— Je sais que tu ne l'as pas fait poliment. Raconte-moi ce que tu lui as dit.

Elle prit la coupe de champagne qu'il lui tendit.

— En gros, je lui ai dit de se le foutre là où je pense.

Il lui répéta exactement ce qui s'était passé.

— Je ne pensais pas que ça se déroulerait comme ça, dit-elle.

— Moi non plus. Mais je suis content de l'avoir vue maintenant.

— Tu crois que ton père aurait voulu que tu prennes l'argent ?

— Je crois qu'il pensait vouloir ça, puisqu'il l'a dit dans sa lettre. Mais vu la façon dont ça s'est passé, il lui aurait répondu la même chose.

— Je gagne beaucoup d'argent, dit-elle. On n'a pas à s'inquiéter pour les finances. Tu comprends ça, n'est-ce pas ?

— Je sais. Mais je suis aussi un homme, alors tu peux être sûre que je vais faire de mon mieux pour en gagner autant que toi. Sans les frais pour les soins de mon père, ça me donne une chance.

— Et puis, la brasserie fera rapidement des bénéfices, renchérit-elle.

L'écrin de la bague en diamant dans sa poche donnait l'impression d'être en feu. Il leva son verre.

— Je propose un toast. À nous, l'équipe des teignes.

Ils burent tous les deux une gorgée de vin pétillant. Elle était si jolie, avec sa robe d'été et ses cheveux brillants. Il se leva et lui offrit sa main.

— Viens par ici une minute. Tu te souviens que j'espionnais ta maison avec le télescope.

Elle leva les yeux au ciel.

— Ce n'est pas de l'espionnage si la personne que tu surveilles veut être surveillée.

— Ça paraît cochon.

— Ne m'excite pas, lui rétorqua-t-elle.

— Viens. Je veux te montrer la vue qu'on a avec le télescope. Juste pour s'amuser.

— Je sais à quoi ressemble ma maison, répondit-elle.

— Fais-moi plaisir.

Il la poussa doucement vers la fenêtre.

— Maintenant, regarde dans l'objectif et dis-moi ce que tu vois.

— Oh mon Dieu ! Zane ?

Le télescope était dirigé tout droit vers son allée. Un panneau géant pendait du toit du garage.

HONOR, VEUX-TU M'ÉPOUSER ?

Sous la question se trouvaient deux cases à cocher marquées OUI et OUI. Aucune erreur possible.

Elle s'écarta du télescope et regarda Zane, rayonnante.

— Est-ce que je dois vraiment cocher la case ou est-ce que je peux dire oui maintenant ?

— Ici, c'est très bien.

Il posa un genou à terre devant elle et ouvrit le boîtier dans ses mains.

— Honor Sullivan, tu es la meilleure femme que j'aie jamais connue. Je ne serai jamais à la hauteur, mais je passerai ma vie à essayer. Veux-tu quand même être ma femme ?

— Oui, oui. Je serai ta femme.

Il glissa la bague à son doigt.

— Est-ce qu'elle te va ? Tu aimes la taille de la pierre ? demanda-t-il.

— Elle est parfaite, mais elle a l'air hors de prix.

— Rien n'est trop cher pour toi.

— Peu importe la bague, Zane. C'est toi que je veux.

— Je tiens à la bague. Ça donne le ton pour la suite. C'est la promesse que je te fais : j'essayerai toujours de t'offrir ce qu'il y a de mieux.

— Je n'arrive pas à croire que ça se produit.

Il la prit dans ses bras et l'embrassa.

— Ça arrive vraiment. J'épouse la fille la plus intelligente du monde.

Elle lui sourit.

— Pour l'instant, je suis juste bêtement heureuse.

— Moi aussi.

Il la ramena vers le canapé.

— Buvons un peu de champagne et prenons une photo de ta bague pour l'envoyer à la bande.

— Je suppose que tout le monde est déjà au courant, non ?

— Ouais. C'est la Meute après tout. Rien ne reste secret très longtemps.

Le lendemain soir, Jackson lui envoya un message.

J'ai besoin de te voir tout de suite. C'est urgent, mais il n'y a pas de quoi s'inquiéter. Retrouve-moi sur notre banc. J'apporte les bières.

Cela faisait un bon moment qu'ils ne s'étaient pas retrouvés sur « leur » banc pour discuter. Peu importait la raison, il était plus qu'heureux de passer du temps avec son meilleur ami. Il avait beaucoup de choses à lui raconter.

Mais tout fut oublié quand Jackson lui expliqua la raison de cette rencontre.

Ils étaient assis sur le banc qui donnait sur la plage. Les

soirées se faisaient plus fraîches à l'approche de l'automne. Le mariage de Maggie et Jackson n'était plus que dans un mois.

Soyez sur les photos les uns des autres.

— Qu'est-ce qui se passe ? demanda Zane.

Jackson planta ses mains dans les poches de son pantalon et fixa la mer.

— C'est à propos d'Honor.

— Vas-y, crache le morceau.

— Il y avait quelque chose au sujet de son cancer qui n'avait aucun sens pour moi. J'ai contacté des collègues de papa pour creuser un peu.

En entendant le mot « cancer », la gorge de Zane se resserra.

— Creuser ? À propos de quoi ?

— À propos du diagnostic.

Zane ouvrit la fermeture éclair de son sweater. Il avait soudain chaud.

— Et alors ?

— Il est extrêmement rare qu'une personne aussi jeune ait un cancer des ovaires. C'est possible, bien sûr, mais peu probable. Parfois, le diagnostic est mal fait. C'est aussi rare, mais pas impossible, surtout pour les gens qui n'ont pas les moyens de demander un second avis médical.

— Comme Honor.

— Oui. Comme tu le sais, le médecin qui a diagnostiqué son cancer, le docteur Frank Norton, s'est porté volontaire pour faire l'opération gratuitement. C'est aussi rare. Ce qui fait trois raretés. Pour moi, c'était au moins deux de trop.

Où voulait-il en venir ?

— J'ai engagé le détective privé qui a retrouvé le fils de Flora pour aller fouiner un peu, poursuivit Jackson. Je t'épargne les détails de l'enquête. Pour faire court, le docteur Norton dirigeait une clinique à but non lucratif dans le Tennessee et soignait ceux qui n'avaient pas d'assurance. Il a l'air d'un type génial sur le papier.

— Honor a dit qu'il était son ange.

— C'est ça, oui. Toutefois, récemment, un groupe d'anciens patients s'est manifesté et l'a accusé de récolter leurs reins à des fins lucratives. Les autorités ont mis du temps à comprendre comment il s'y prenait, mais apparemment, seule la moitié de ses patients étaient légitimes. Il diagnostiquait aux autres une fausse maladie qui avait besoin d'une chirurgie exploratoire pour découvrir si elle était d'origine cancéreuse et si l'organe nécessitait l'ablation. Une fois qu'ils étaient sous anesthésie, il leur prenait un rein sain et le vendait au marché noir pour un bon profit. Un rein en bonne santé peut se vendre plus de cent mille dollars, c'est donc un commerce très lucratif. Lorsque les patients se réveillaient, ils les informaient qu'un de leurs reins était touché par un cancer et qu'il avait fallu l'enlever, mais heureusement, ils l'avaient découvert à temps. Aucune chimio ne serait nécessaire et ils pourraient continuer joyeusement leur chemin après s'être rétablis. C'étaient des mensonges, bien entendu. Les pauvres qui n'avaient pas d'assurance constituaient une cible parfaite.

L'esprit de Zane prit les devants. Il savait ce qui venait ensuite.

— Je crois que Gorham a fait faire à Norton un faux diagnostic pour Honor afin qu'il puisse la priver de sa capacité à avoir des enfants. C'est une vengeance morbide, mais il pouvait faire ça depuis sa prison.

La bile monta au fond de la gorge de Zane. En fin de compte, Honor n'avait jamais été malade. Ils lui avaient juste volé la possibilité de fonder une famille.

— Oh, mon Dieu ! Jackson.

— Je sais, mon pote. Prends une grande inspiration, lui dit Jackson qui posa sa main sur son épaule.

— Mais comment Gorham a fait ça ? Comment savaient-ils qu'Honor irait voir Norton ?

— Aucune idée. Il faudrait poser la question à Honor, mais

quelque chose l'a conduite à sa clinique. Tout ce que je sais, c'est que ce n'était pas un accident.

— Ça va l'anéantir.

— Elle mérite que justice soit faite pour ce qu'il a commis, dit Jackson. Mais je pensais qu'il valait mieux que ce soit toi qui le lui apprennes.

Sans aucun doute, il allait le lui dire. Mais *comment* ? Là était la question.

18

HONOR

Ils avaient dîné tous les trois à L'Aviron, une première pour Jubie qui avait été absolument impressionnée par le fait que son « roi » possédait un restaurant et qu'elle pouvait avoir n'importe quoi sur le menu gratuitement. Sophie avait été aux petits soins avec Jubie, l'emmenant même dans la cuisine pour lui montrer comment les cuisiniers de son roi faisaient de si bons plats. Tout au long de la soirée, Zane avait été peu loquace, comme si quelque chose le taraudait. Elle supposa qu'il pleurait Hugh. Pour elle, avec tout ce qui se passait, elle pouvait oublier cela pendant certaines périodes, mais cela revenait ensuite et le chagrin la submergeait.

Lorsque Jubie fut endormie dans son lit, Honor et Zane ouvrirent une bouteille de vin et allèrent dans le salon pour se détendre.

— J'ai quelque chose à te dire, lui dit-il finalement. J'attendais de te trouver assez forte.

— Zane, qu'est-ce que c'est ? Tu es malade ?

Son cœur battait à toute vitesse. L'éclat féroce du regard de Zane l'effrayait au plus profond d'elle-même.

— Non, je vais bien. Tout le monde va bien. Il s'agit de ton cancer. Comme tu étais si jeune, ton diagnostic a laissé Jackson sceptique. Il a fait quelques recherches et a découvert un lien entre le docteur Gorham et le docteur Norton. Pour faire court, tu n'as jamais été malade. Norton et Gorham ont étudié ensemble à l'université. Ils t'ont piégée. Tout était un mensonge. Il n'y a jamais eu de cancer. Tu n'avais pas besoin de chirurgie ou de chimio. Tu étais une jeune fille de dix-huit ans en parfaite santé.

Son estomac se retourna, son sang se glaça et elle se sentit complètement vidée.

— Non, c'est impossible. J'étais malade. C'était un cancer de stade quatre. Tout devait être enlevé.

Elle avala son verre.

— Ce vin est bon. Ça vient de ma cave ?

Zane tressaillit et se rapprocha d'elle.

— Ma chérie, tu dois m'écouter. C'était un mensonge. Pour s'assurer que tu n'aurais jamais la famille que tu désirais.

Un rire aigu jaillit d'Honor.

— Ce n'est pas drôle. Pourquoi inventerais-tu des choses pareilles ?

— C'est la vérité. Norton prélevait des organes. Sa clinique était une imposture.

La pièce bascula. Mille décharges électriques fourmillèrent dans ses doigts. Le verre qu'elle tenait tremblait si fort qu'elle renversa du vin sur son jean. Zane le lui prit des mains et le posa sur la table.

— Ce n'est pas possible que ça se soit produit. Le docteur Norton fait partie des gens bien, dit-elle en frottant la tache sur son jean de la paume de sa main. Jackson a tort.

— Norton prélevait des organes et les vendait au marché noir.

Le grain de beauté entre son pouce et son index avait l'air plus gros qu'avant. Avait-il grandi ? La voix de Zane paraissait lointaine, comme si elle avait des boules Quies dans les oreilles.

— Il a vendu mon utérus ?

Le même rire hystérique s'échappa d'elle.

— Les gens ne peuvent quand même pas acheter d'utérus.

— Non, il n'a pas vendu tes organes. Ceux d'autres personnes. Ton diagnostic a juste rendu service à son ami. Gorham voulait te rendre stérile, dit Zane.

— Par vengeance ? Il a fait ça pour se venger ?

— Oui. C'est notre théorie, en tout cas.

— Comment sais-tu ça ?

— Jackson a contacté les autorités là-bas. Environ la moitié des patients ont été exploités pour leurs reins. Ils n'ont pas pris le tien, parce que ton cas était différent. Pour les autres, c'était soi-disant un cancer du rein.

— Sauf qu'ils n'avaient pas de cancer.

— Oui. Un faux diagnostic.

Son corps se convulsa. Elle n'avait jamais été malade. Il lui avait tout pris sans autre raison que de la faire payer. Elle se couvrit la bouche, craignant de rendre son repas. Des taches noires dansaient devant ses yeux. La lumière de la pièce faiblit.

— Je suis vraiment désolé, bébé.

Zane la prit dans ses bras. Il lui murmura des paroles de réconfort à l'oreille en lui caressant les cheveux. Mais rien de tout cela ne pénétra le froid glacial ou les ténèbres qui bloquaient sa vision.

— Il m'a tout pris. En totalité.

La chaleur la traversa et rendit ses joues brûlantes.

— Je vais le tuer.

— Il sera en prison à perpétuité, bébé. Sa vie sera pire que la mort.

— J'aurais pu te donner un bébé...

La réalité de ce que Gorham avait fait la submergea tel un raz-de-marée de douleur et de chagrin, jusqu'à ce qu'elle hurle comme le bébé qu'elle n'aurait jamais.

Deux jours plus tard, Honor se réveilla d'un profond sommeil dans une maison tranquille. Elle avait encore rêvé de sa mère. Elles étaient de retour dans leur caravane délabrée, mais Honor avait le même âge que sa mère. Jubie était là aussi, demandant un cookie. Honor regarda le ventilateur au plafond et songea au rêve. Cela ne voulait rien dire, en dehors de l'appréhension latente de répéter les erreurs de sa mère. Celle-ci s'était fait vaincre par la vie. Elle s'était écroulée tant de fois qu'elle avait fini par ne plus pouvoir se relever.

Mais elle n'était pas sa mère. Honor Sullivan n'était pas une victime.

Elle savait une chose : quand un coup vous mettait à genoux, on ne pouvait pas rester par terre à se lamenter. Elle était déjà tombée et s'était relevée. La vie avait essayé de l'éliminer plus de fois qu'elle ne pouvait les compter. Un coup de plus n'y changerait rien. Honor Sullivan était une battante. Bien sûr, à l'instant, elle voulait juste se pelotonner sous la couette et laisser le ventilateur la bercer dans un demi-sommeil. Cependant, elle ne le ferait pas. Il y avait une petite fille qui avait besoin de prendre son petit-déjeuner, un contrat qui devait être négocié pour Brody, et des amies à rejoindre pour le dernier essayage d'une robe de mariée. Pendant des siècles, les femmes avaient enduré des tragédies et avaient continué même lorsque leur cœur s'était transformé en granit à l'intérieur de leur poitrine.

Tout ce temps, elle s'était dit qu'elle s'en était bien sortie, malgré le cancer. Désormais, elle savait que ce n'était pas un cancer auquel elle avait survécu, mais à une autre tentative de démolir son esprit. Cela ne se produirait pas. Jamais.

Zane lui avait suggéré de prendre un somnifère hier soir et elle avait accepté. Elle se sentait reposée et, étonnamment, le brouillard du choc avait disparu.

Zane avait laissé un mot sur la table de chevet : *Parti surfer.*

Elle rejeta la couette et alla voir si Jubie était réveillée. Son lit était vide. Honor descendit et la trouva dans le salon, recroquevillée sur le canapé avec son ours et un livre.

— Bonjour, princesse.

Jubie leva les yeux de son livre et adressa un sourire à Honor.

— Bonjour !

Ses cheveux étaient collés derrière sa tête et la marque des draps était encore imprimée sur sa joue. Elle n'était pas debout depuis longtemps.

Elles allèrent à la cuisine et discutèrent de ce qu'elles allaient prendre pour le petit-déjeuner. Elle venait de mettre le bacon au four quand Zane arriva de la terrasse. Il avait dû mettre sa combinaison à sécher dehors, car il portait un pantalon de jogging et un tee-shirt à manches longues. L'eau salée avait raidi ses cheveux et il sentait l'iode, le grand air et la sueur.

Il contourna le comptoir d'un bond pour embrasser Honor sur la joue.

— Bonjour, beauté.

Elle sourit et répondit à la question formulée par son regard. *Je vais bien. Tout va bien se passer.*

Il hocha la tête et déposa un baiser sur ses lèvres avant de se tourner vers Jubie.

— Et qu'avons-nous donc ici ? Un elfe de cuisine ?

— Non, je suis une princesse.

— Ah, oui, c'est vrai.

Il la souleva et l'assit sur le comptoir.

— Bonjour, princesse Jubie.

— Bonjour, dit-elle en relevant le nez et en reniflant. Tu sens mauvais.

— Ce n'est pas gentil, s'exclama Zane en ébouriffant ses cheveux. Mais je vais prendre une douche si tu me trouves aussi repoussant.

— S'il te plaît, oui, dit Jubie.

— Peut-être que je devrais plutôt te chatouiller.

Zane passa ses doigts sous les bras de Jubie.

— Non ! couina la petite fille qui partit en éclats de rire incontrôlés.

Honor regarda vers la terrasse. Son oranger rayonnait dans la lumière du matin. Au-dessus, le ciel était d'un léger bleu. Le chant d'un groupe de moineaux cachés dans un arbre se mêlait aux rires de Jubie et de Zane. La pièce était remplie du parfum de fraise des cheveux de Jubie, de l'odeur âcre de Zane et de l'arôme du bacon croustillant. Un bouquet de roses orange trônait au milieu de sa table de cuisine. *Donc, c'était la raison. Ce moment, juste là.* Elle avait conçu sa cuisine pour une famille. Alors qu'elle aurait pu choisir une élégante table de bistro, elle avait préféré une table de ferme de deux mètres et demi avec un banc de chaque côté. Sa cuisinière avait six brûleurs au lieu de quatre. Elle avait fait installer un double four et un énorme réfrigérateur pour ce moment précis. C'était la vie qu'elle voulait depuis toute petite. Une famille bien à elle. Peu importait d'où ils venaient, ils étaient ici.

Ses désirs fervents les lui avaient-ils amenés ? Qui savait comment ces choses fonctionnaient ? Pas elle. Le destin déterminait-il ce qui devait être ou ne pas être ? Tout ce qu'elle savait, c'était que la vie était mystérieuse et que la manière dont fonctionnait Dieu était inconnue pour l'instant. Peut-être que plus tard, à la fin de ses jours, elle comprendrait la raison de ces événements, la façon dont cela avait conduit à ce résultat, dont la souffrance avait apporté la joie ultime. Pour l'instant, elle s'abandonnerait à ce mystère et accepterait ce qui était, pas ce qui lui avait été enlevé.

— Il faut retourner le bacon, dit Zane.

Un sursaut la tira de ses pensées. Deux paires d'yeux l'observaient de l'autre côté du comptoir. Clairement, le bacon était une affaire sérieuse.

— Je m'en occupe. Le bacon ne peut vaincre la reine Honor.

— Ouf, j'ai eu peur, dit Jubie. Parce que j'ai tellement envie de manger du bacon.

— Moi aussi, dit Zane.

En retournant le bacon morceau par morceau, elle se sourit à elle-même. *C'est ma famille. Je suis vivante.*

Vers cinq heures cet après-midi-là, elle retrouva les filles chez Kara et Brody pour le dernier essayage de la robe de mariée de Maggie. Il n'y avait pas ce genre de boutique en ville, alors Maggie en avait acheté une à San Francisco et avait engagé Helga, une couturière de Cliffside Bay, pour faire les retouches. Violette et la couturière étaient déjà là quand Honor arriva. Kara la prévint que Maggie était en train de passer sa robe et qu'elle sortirait sous peu.

Un miroir en pied et un coffre en bois avaient été installés devant les fenêtres de la cuisine. La lumière de l'après-midi inondait l'espace, ce qui en faisait l'endroit idéal pour s'assurer que les détails de la robe de Maggie étaient parfaits. Des bouteilles de vin étaient ouvertes sur l'îlot de cuisine. Plusieurs plateaux de nourriture étaient alignés sur le comptoir.

Honor venait de se servir un verre de vin quand Maggie fit son entrée dans la cuisine. Elles se retournèrent pour la regarder et laissèrent toutes échapper un cri d'admiration. Les cheveux roux de Maggie étaient sommairement attachés et elle ne portait presque pas de maquillage, mais cela ne diminuait en rien l'effet époustouflant de cette robe éthérée. Une jupe évasée formée par de complexes couches de tulle et de dentelle et une traîne d'un mètre de long. Le corsage ajusté et sans manches mettait en valeur sa taille fine, ainsi que ses bras et ses épaules musclés par des années de danse.

— Tu ressembles à une princesse, dit Kara.

— Une princesse ballerine, renchérit Violette.

— Vous êtes à l'aise, oui ?

Helga avait un fort accent, sans doute russe. La soixantaine, ses cheveux blancs étaient attachés en un chignon serré. Elle portait une robe noire et un rouge à lèvres rouge vif.

— Et mes taches de rousseur ? Ça fait affreux, non ? grimaça Maggie en montant sur le coffre en bois devant le miroir. Il y a tellement de lumière ici que je peux toutes les voir.

Sa peau claire était vraiment parsemée de taches de rousseur, mais Honor les trouvait belles.

Helga s'agenouilla devant elle et examina l'ourlet.

— J'ai fait du bon travail, se complimenta-t-elle.

Honor s'approcha pour mieux voir le motif complexe de la dentelle. Des heures et des heures de travail avaient été consacrées à cette robe.

— Les taches de rousseur signifient que tu es spéciale, lui assura Honor.

— C'est ce que disait toujours ma mère, répondit Maggie, les yeux brillants. J'aimerais tellement qu'elle soit là.

Kara s'approcha de la future mariée et parla au reflet de Maggie dans le miroir.

— J'aurais souhaité que ma mère assiste aussi à mon mariage.

Honor se détourna, ne voulant pas que les filles voient ses larmes. Toutes ces mères disparues. *Des filles sans mère.* Elles pourraient créer un club.

— Jackson va probablement s'évanouir quand il te verra, affirma Violette.

— Et le pasteur aussi, ajouta Kara.

— Je vais me marier avec Jackson Waller. Vous le croyez ?

— Carrément, s'exclama Honor.

Comme Maggie se tortillait sur le coffre, Helga lui donna une tape sur le derrière.

— Arrêtez de bouger, dit-elle la bouche pleine d'épingles.

— Désolée, répondit Maggie en feignant l'horreur.

Elles discutèrent ensuite de la cérémonie à venir. Lisa et Pepper étaient demoiselles d'honneur parce que Maggie ne voulait pas vexer l'une en choisissant l'autre. Kara et Honor l'étaient également. Violette lirait un poème. Dakota porterait les alliances et Doc Waller la conduirait à l'autel.

— J'ai eu une idée. Je sais que c'est un peu à la dernière minute et qu'il faudra trouver une robe, mais que penses-tu de faire de Jubie la petite fille qui lance des pétales de fleur ? demanda Maggie.

Jubie en robe de princesse ? Elle serait au paradis. Honor ravala la boule dans sa gorge.

— Tu ferais ça ? Tu la connais à peine.

— Elle va devenir la fille de Zane et Honor. C'est tout ce que j'ai besoin de savoir, trancha Maggie.

— Ces derniers mois, quel tourbillon ça a été pour vous, les filles ! dit Kara. Je sais, j'ai l'air d'enfoncer des portes ouvertes, mais quand même.

— Quand penses-tu que vous allez vous marier ? demanda Violette.

Honor n'y avait pas encore réfléchi. Elle l'avoua aux filles.

— Vous devriez vous marier en décembre. Un mariage de Noël, reprit Violette d'un air rêveur. J'ai toujours adoré les mariages de décembre.

Un mariage de Noël ? Des couleurs argentées et scintillantes. Des fleurs blanches.

— On voudrait vraiment le faire aussi tôt que possible pour le bien de Jubie, annonça Honor. Mais est-ce qu'on aurait assez de temps pour tout organiser ?

— On peut engager la dame qui s'est occupée du nôtre, proposa Kara. Maren a tout arrangé sans aucun accroc.

— Elle s'occupe du mien aussi. Elle me fait un peu peur, mais elle est géniale, approuva Maggie.

— Elle est super sérieuse, dit Kara.

C'est peu de le dire, songea Honor qui se mit à rire en se rappelant le caractère imperturbable de cette femme au mariage de Kara. Elle lui avait fait penser à une sévère maîtresse d'école dans un corps de strip-teaseuse.

— Vous devriez le faire ici, à la maison, dit Kara.

— Zane veut se marier à l'église, dit Honor. Mais on pourrait faire la réception ici.

— On va faire ça en grand, ajouta Kara. Je vais engager quelqu'un pour décorer l'endroit.

— Mais comment peut-on trouver une robe aussi rapidement ? demanda Maggie. Je n'aurais jamais imaginé que ça puisse prendre autant de temps.

— Si on ne trouve pas la bonne, on la fera faire, déclara Kara. Tu choisis ce que tu veux, Honor. Brody insistera pour tout payer. Tu sais comment il est.

— Je ne suis pas sûre que Zane acceptera, dit Honor. Tu sais comment il est, lui aussi.

— On va les laisser se battre, dit Kara. Tout ce que je sais, c'est que tu auras le mariage de tes rêves.

— Mais pour l'instant, on doit se concentrer sur notre mariée ballerine, leur rappela Honor.

Maggie sourit et joignit ses mains.

— Je n'arrive pas à croire que ça se passe vraiment.

La couturière avait terminé et déclara le tout satisfaisant.

— Il ne faut pas trop manger, Maggie. Sinon, vous ne rentrerez plus dedans.

— Ne vous inquiétez pas, Helga. Je serai sage.

— Il nous faut du champagne, décréta Kara.

— Je m'en occupe, répondit Honor.

Plus tard, assises dans le salon, elles avaient discuté de quelques autres détails du mariage et avaient fixé les dates pour les essayages des robes des demoiselles d'honneur. Personne n'avait mentionné la découverte de Jackson, mais Honor savait que ce n'était qu'une question de temps. Rien ne restait secret longtemps dans ce groupe. C'est Kara qui, à sa manière habituelle, aborda le sujet la première.

— Honor, comment te sens-tu ? dit Kara. Tu dois être sous le choc.

— J'ai été un vrai zombie pendant deux jours.

Honor essayait de garder un ton léger. C'était la soirée de Maggie, pas celle des ténèbres passées.

— Je comprends. Je préférerais ne pas pouvoir, mais je comprends vraiment, dit Kara.

— Moi aussi, intervint Maggie, installée dans le fauteuil, jambes croisées.

— Tout pareil, ajouta Violette qui était assise par terre, adossée au canapé. On est toutes là pour t'aider autant qu'on peut.

— Chacune de nous a vu son monde bouleversé. Certaines même plus d'une fois, dit Maggie.

— J'ai constaté que la douleur s'atténue avec le temps, dit Kara. Ça ne disparaît jamais totalement, mais un jour, tu te réveilleras et ce ne sera pas la première chose à laquelle tu penseras.

— Je vais bien, en dehors du fait que je suis rongée par la rage, dit Honor en souriant.

— Tu as vraiment le droit d'être en colère, lui assura Violette. Je pense parfois que nous, les femmes, on devrait être plus en colère que ce qu'on se permet d'être.

La voix d'Honor faillit se briser, mais elle agita une main en l'air.

— Je vais m'en sortir. Vraiment.

— Pas besoin de faire semblant, dit Maggie.

— Pas avec nous, en tout cas, renchérit Kara.

— L'important, c'est de rester en colère, sinon la tristesse s'insinue quand on s'y attend le moins, ajouta Violette.

— Une femme en colère peut vraiment faire beaucoup, dit Kara.

— Bien d'accord ! s'exclama Violette.

— Je ne sais pas si c'est vrai, dit Maggie en se glissant au bord de son siège pour se resservir du vin. Je croyais qu'en apprenant ce qui était arrivé à ma mère et à ma petite sœur, j'aurais pu laisser tout ça derrière moi. Mais ça n'a pas marché comme ça. Je me réveille encore au milieu de la nuit, si furieuse que je pourrais broyer des barres d'acier avec mes dents. La colère ne me mène nulle part. Il arrive un moment, à force de charrier tout ce venin, où c'est nous qui souffrons, pas les responsables. Je n'ai pas besoin de pardonner à mon père et je n'oublierai jamais. Mais je ne vais pas lui donner le pouvoir de m'empoisonner la vie. Même si ce salaud m'a volé douze années avec Jackson.

— Je ne pardonnerai jamais à mon père ce qu'il a fait ou la façon dont il a ruiné ma vie, déclara à son tour Kara. Mais d'un autre côté, sans lui, je n'aurais pas atterri ici. Je n'aurais rencontré ni Brody ni vous tous. Honor, peut-être que tu trouveras un bon côté à cette situation. Ou pas. Tout ce que je sais, c'est qu'un homme incroyable t'aime. La Meute t'aime. Et nous aussi, on t'aime. En fait, on a même besoin de toi. Pas seulement Brody, qui serait complètement perdu sans toi, mais nous tous. Tu es notre lumière.

— Ah oui ? s'étonna Honor.

— Absolument, confirma Maggie. Toi et tes cheveux, c'est comme une pub de shampooing, un peu comme le soleil.

— Vous êtes saoules, dit Honor en riant.

— En effet, mais ça n'en est pas moins vrai, insista Maggie.

— Jamais je n'aurais pensé avoir la vie que j'ai. Ça fait mal de savoir que je n'étais même pas malade. Sans Gorham, j'aurais pu avoir le bébé de Zane.

Elle écrasa une larme au coin de son œil.

— Cela dit, pour une fille que personne ne voulait, se voir

entourée de tant d'amour, c'est impensable. Alors, oui, je connais déjà le bon côté des choses. Le passé n'a plus rien à m'apporter. Tout est dans mon avenir. Zane Shaw m'aime. Imaginez ça !

Elle rendit à Maggie le grand sourire affiché sur son visage délicat.

— Il est tout ce que j'ai toujours voulu et que je n'aurais jamais pensé avoir. Avec vous, les filles, et avec Brody, j'ai une vie épanouie. Et maintenant, Jubie. Je suis terrifiée par la possibilité d'être une mère affreuse, mais je n'ai jamais renoncé à essayer quoi que ce soit.

— Hugh serait fier de toi, dit Maggie. Je le sais.

— Zane Shaw t'aime, reprit Kara. On pourrait difficilement faire mieux. Et j'adore aussi vraiment cet homme. C'est la première personne que j'ai rencontrée ici. C'est grâce à lui que j'ai fait la connaissance de Brody.

Elle agita sa main devant son visage.

— Vous savez déjà ça. C'est le vin qui me rend émotive.

Les reniflements venant de la direction de Violette firent sursauter Honor. Violette pleurait avec une main sur la bouche et l'autre agrippée à sa jupe.

— Violette, qu'y a-t-il ?

Honor se glissa sur le canapé pour se rapprocher d'elle.

— Ce n'est rien, répondit Violette.

— C'est évidemment quelque chose, dit doucement Kara.

— Tu peux tout nous dire, dit Maggie.

— J'aimerais tant qu'un homme m'aime, dit Violette.

— Tu en trouveras un, dit Kara. Il n'est tout simplement pas encore arrivé dans ta vie. Mais il est là, quelque part, en train de te chercher.

— Je ne crois pas. Je suis amère, trop maigre et je ne sais pas garder ma langue dans ma poche. Avant, j'étais jolie, vous savez. Je riais, je flirtais et je nageais dans l'océan. Maintenant, je m'accroche juste pour mon fils. Certains jours, je me demande si je

pourrais me ratatiner et m'en aller en flottant comme une feuille morte.
— Ma chérie, non. Ce n'est pas toi, dit Kara. Tu fais du yoga, ça te rend zen et mince, rien à voir avec une feuille morte.
Cela les fit toutes rire, même Violette.
— Ma belle, je peux te prêter de l'argent, dit Honor. On t'aidera à fermer la boutique et à te trouver un emploi quelque part. Kyle embauche. Tu pourrais gérer l'une des boutiques de l'hôtel.
Maggie laissa échapper un petit cri. Kara eut l'air horrifiée. *Qu'est-ce que j'ai fait ? Kyle ?* C'était l'ennemi juré de Violette. Bon sang, le vin ! Pendant un instant, à cause de l'alcool, elle ne s'était pas rappelé leur querelle épique.
— Pardon, j'ai oublié... à propos de vous deux, dit Honor.
— Pas grave. Je sais qu'il me déteste. Le sentiment est réciproque. Mais ça démontre parfaitement que je suis foutue. Ce connard finira par posséder toute cette ville. Je vais devoir déménager.
— Zane va ouvrir une brasserie. Tu pourrais y travailler, dit Honor.
— Un travail en soirée ? Je ne verrais jamais Dakota.
Le visage de Violette se chiffonna. Les sanglots secouaient ses minces épaules. Elles ne l'avaient jamais vue ainsi. D'après l'expression des autres, Honor pouvait dire qu'elles étaient aussi déconcertées qu'elle.
— Où est le père de Dakota ? demanda Kara. On devrait poursuivre ce salaud pour obtenir une pension alimentaire.
Violette se mit à pleurer encore plus fort, le nez coulant et le visage trempé par les larmes. Maggie eut la bonne idée de lui tendre un mouchoir. Elles se dévisagèrent toutes jusqu'à ce que Violette respire profondément et se reprenne.
— Le père de Dakota... ce n'est pas juste un mec déjanté que j'ai vu pendant un moment et qui ne voulait rien dire. Je sais que je l'ai décrit de cette façon. Mais la vérité, c'est qu'il est loin d'être un salaud. En tout cas, ce n'est pas ainsi que tout le monde

le voit, même s'il l'a été avec moi. Le père de Dakota, c'est Cole Lund.

Les regards ébahis se tournèrent vers elle. La mâchoire de Maggie tomba réellement comme celle d'un personnage de dessin animé.

— C'est une blague, réagit Honor.

— Le pasteur de l'Amérique ? demanda Kara. Ce Cole Lund-là ?

— Le gars que CNN interviewe toujours pour faire peser le point de vue chrétien ? demanda Maggie, une fraction de seconde après la question de Kara.

Cole Lund ? Ce bigot était le pasteur de l'une des plus importantes Églises américaines de l'Est. Honor ne supportait pas ce type. C'était un vantard pompeux qui parlait toujours de morale. Il était également marié et père d'un milliard d'enfants, si elle se souvenait bien. Manifestement, il n'était pas tout à fait aussi recommandable que ce qu'on montrait à la télévision.

— J'ai travaillé pour l'Église, dit Violette. Mes parents connaissaient certains des membres les plus haut placés et ils m'ont trouvé un emploi là-bas quand j'ai eu mon diplôme universitaire. Je ne l'ai même rencontré qu'après y avoir travaillé quelques années. Un soir, on a commencé à discuter, une fois que tout le monde était parti, et il a remarqué mes doutes sur la foi chrétienne. Il s'est mis à venir chez moi, pour essayer de sauver mon âme, et nous parlions tout en buvant du vin. Habituellement, je lui préparais même un repas. On a fini par prendre nos aises, je suppose. Une nuit, j'ai couché avec lui. C'était une terrible erreur. Je l'ai aussitôt regretté. Mais j'ai ensuite découvert que j'étais enceinte. Il a essayé de m'acheter, mais j'aurais moi aussi préféré broyer des barres d'acier avec mes dents plutôt que de prendre son argent.

— Quel âge a ce type ? demanda Honor.

— Dans la quarantaine, dit Kara. Non ?

— Quarante-huit, confirma Violette.

— Bordel ! s'emporta Honor. Violette...
— Je sais. Vous n'arrivez pas à y croire, dit Violette.
— Mais on ne juge pas, la rassura Maggie.
— Non, bien sûr que non, renchérit Kara.
— Moi, si. Et c'est *lui* que je juge, dit Honor. Il a profité de la faiblesse d'une jeune femme. C'est du harcèlement sexuel.
— Il a utilisé son pouvoir pour te séduire, dit Kara.
— Je ne sais pas. Mais une chose est sûre, c'est qu'à l'époque, je me sentais perdue et vraiment seule. Et comme il n'arrêtait pas de venir me voir, j'ai fini par succomber.
— Vous voyez ! C'est bien ce que je dis, s'exclama Honor. Quel salaud !
— La décision de garder Dakota m'a coûté très cher. Mes parents sont vieux jeu et très stricts dans leurs croyances religieuses. Quand j'ai eu un bébé sans mari, ils ont menacé de ne plus jamais me parler. Mon père a tenu sa promesse. Il ne m'a pas dit un mot depuis que je leur ai annoncé que j'étais enceinte. Ma mère ne fait que me tolérer pour pouvoir voir Dakota. Je ne leur ai jamais dit qui était le père. Je ne sais pas ce qu'ils feraient s'ils connaissaient la vérité. Pour l'instant, j'habite chez eux, mais seulement parce que mon père n'est pas au courant qu'on vit là. Ma mère m'a envoyé un e-mail hier. Ils vont revenir d'Amérique du Sud. Du coup, je dois quitter la maison le mois prochain. Ma boutique est sur le point de couler. Je n'ai aucune compétence et j'ai un petit garçon qui a besoin de nourriture et d'un toit. Je n'ai ni logement, ni travail, ni perspectives.

Elle ne pleurait plus, mais son visage de marbre effrayait Honor plus que les larmes.

— Ne t'inquiète pas, lui dit-elle. On va t'aider. On va trouver quelque chose.

— On trouve toujours quelque chose, acquiesça Maggie. Regarde-moi. J'étais fauchée à mort quand je suis revenue ici. OK, peut-être que « *à mort* » n'est pas le terme le mieux choisi.

Kara faillit recracher son vin. Honor réprima un rire, soucieuse de ne pas heurter Violette, mais elle n'eut pas à s'inquiéter. Violette éclata de rire, alors que ses larmes coulaient toujours.

— Mais vous avez toutes les deux du talent, dit-elle en s'essuyant les joues du revers de la main. Moi, je n'en ai aucun.

Kara secoua la tête.

— Non, ce n'est pas vrai. Tu en as beaucoup. Et tu nous as nous. On forme une tribu. Si l'une de nous tombe, les autres sont là pour la relever. Dakota et toi, vous pouvez emménager avec Brody et moi. On a assez de chambres. Au moins le temps que tu te remettes sur pied.

— J'apprécie, mais je ne peux pas, dit Violette. Dakota, c'est ma responsabilité. Je dois trouver le moyen de prendre soin de lui par moi-même.

— L'offre est sur la table, dit Kara. Tu pourras décider plus tard.

— Et on va te donner un coup de main pour fermer la boutique, déclara Honor. Je peux t'aider à trouver la meilleure façon de le faire.

— Qu'est-ce que je ferais sans vous, les filles ? demanda Violette.

— Je ne veux même pas imaginer un scénario où vous ne seriez pas à mes côtés, dit Kara.

— Carrément, s'exclama Maggie.

Honor se contenta de sourire, reconnaissante. *Merci, Hugh.*

LE LENDEMAIN, accompagnée par son garde du corps, Honor se gara dans la rue devant l'épicerie. L'homme sortit de la voiture et examina les environs. Une fois qu'il lui eut donné le feu vert, elle se dirigea vers le magasin. Elle avait des courses à faire pour un pique-nique. Zane avait emmené Jubie au bar pour voir si

Sophie allait bien. Ils avaient convenu de se retrouver à la plage dans une heure.

Avant de rentrer dans le magasin, elle s'arrêta pour choisir un bouquet de fleurs dans les bacs exposés sur le trottoir. Clayton, le fleuriste de Cliffside Bay, était en train d'enlever les épines des roses avec un sécateur.

— Bonjour, Honor.

— Bonjour, Clayton. Je suis d'humeur à acheter des fleurs aujourd'hui.

— Les roses fleurissent joliment à cette époque de l'année. J'en ai rempli ma camionnette ce matin.

Pendant tout l'été, Clayton se levait aux aurores pour aller acheter des fleurs aux horticulteurs de la région. À Cliffside Bay, les habitants consommaient plutôt des produits locaux, qu'il s'agisse de fruits et légumes, de viande ou de fleurs.

Des roses de toutes les couleurs émergeaient des bacs disposés sur le trottoir. Leur doux parfum remplissait l'air de ce matin d'été.

— Comment s'appelle celle-ci ?

Elle porta une rose orange à son nez et la sentit.

— C'est une « Tropicana », d'après l'horticulteur. Jolie comme un coucher de soleil à Cliffside Bay, vous ne trouvez pas ?

— Oui, vraiment. Je vais en prendre une douzaine, s'il vous plaît.

— Parfait.

Il la prévint qu'elles seraient prêtes quand elle aurait fini ses courses et lui donna un ticket à remettre à la caissière.

À l'intérieur, elle trouva rapidement les délices à acheter pour leur pique-nique : des myrtilles fraîches, une miche de pain tout juste sortie du four, du jambon d'origine locale et un petit pot de moutarde de Dijon. Sur un présentoir, des bouteilles d'eau minérale attirèrent son attention. Il était difficile de résister à leur forme délicate. Elle en attrapa une, puis alla chercher une bouteille de vin blanc, ajouta un morceau de fromage local et se dirigea finalement vers la caisse.

Après avoir payé et remercié la vendeuse, elle repassa prendre ses fleurs. Clayton avait enveloppé les roses dans son papier d'emballage brun habituel et avait attaché le tout avec un ruban rose.

— Désolé, aujourd'hui, le ruban n'est pas assorti aux fleurs. Je n'ai pas vraiment cet orange-ci dans mon panier de fournitures.

— Pas de souci, répondit-elle. Elles sont magnifiques.

— Sans vous offenser, ce ne sont pas les seules belles choses qui illuminent ma matinée. Vous, ma chère, vous êtes radieuse. Il paraît que c'est à cause d'un certain jeune barman.

— Nous sommes fiancés, lui dit-elle en lui montrant sa bague.

— C'est un homme chanceux. Hugh Shaw n'a pas élevé un sot. Il paraît qu'il y a aussi une petite demoiselle chez vous, ces jours-ci.

— Jubie. Zane et moi allons l'adopter.

Elle lui expliqua le décès de la mère de Jubie et le lien avec Lavonne.

— C'est de cette façon que la gentillesse se propage, lui dit Clayton. Vous allez être une mère parfaite.

— Je l'espère. Je n'en ai jamais vraiment eu, donc ça me rend nerveuse.

— Vous apprendrez en cours de route, comme nous tous.

— Bon, je rentre. Ensuite, on emmène Jubie à la plage. Ce serait dommage de ne pas profiter de la journée avec ce temps.

— Oui, en effet.

Honor hissa le sac de l'épicerie contre sa hanche et attrapa les fleurs avec l'autre main. Arrivée à sa voiture, elle déposa les courses sur le trottoir pour ouvrir son coffre. Le garde du corps se trouvait près du bouleau, guettant le danger.

Le vrombissement d'un moteur la fit se retourner. Une

voiture noire filait à toute vitesse dans la rue principale. Honor reconnut instantanément le visage du conducteur. *Stanley Gorham.* La voiture s'arrêta en plein milieu de la rue.

Il est là pour moi.

Il n'y aurait pas de lendemain, pas de mariage. Elle n'accompagnerait pas Jubie pour son premier jour d'école. *Trop tard pour me sauver. Contrairement aux chats, je n'ai pas autant de vies.* Comme il avait été absurde de penser que le passé était le passé et ne pouvait plus lui faire de mal. Quelle farce cruelle ! Tous les moyens qu'elle avait déployés pour s'isoler du mal ne faisaient pas le poids face à la haine de l'homme qu'elle avait fait enfermer.

La portière de Gorham s'ouvrit et, avec une rapidité surprenante, il bondit de la voiture et pointa un pistolet sur elle.

Elle recula en tendant les bras devant elle, les roses encore intactes dans leur emballage. Le coup de feu retentit dans la rue calme. *Zane, je suis désolée...* Son visage apparut dans son esprit à la seconde où la balle la transperça.

Un déferlement de douleur. Puis l'obscurité.

19

ZANE

À L'Aviron, Zane était en train de parler avec Sophie quand il entendit le coup de feu.
— Passez derrière le bar ! cria-t-il à Jubie et Sophie.

Il courut vers la porte et vit aussitôt la voiture rouge d'Honor garée devant l'épicerie. *Oh, non... Non, non, non...* Des roses orange étaient éparpillées sur le trottoir. Un corps était à terre. Seuls ses pieds étaient visibles depuis cet angle. C'était Honor. Il reconnaissait ses sandales. *On en apprend beaucoup sur les gens en regardant leurs chaussures.*

Zane cria à Sophie d'appeler une ambulance, mais comme elle était cachée derrière le bar, il ne put être certain qu'elle l'avait entendu. Mais il n'y avait pas de temps à perdre. Il sortit du restaurant en courant. *Honor, j'arrive. Tiens bon. Mon Dieu, je vous en prie.*

Un second coup de feu retentit dans l'air estival de cette parfaite matinée. Le premier tireur s'écroula. Zane localisa rapidement l'origine de la balle. Le garde du corps se tenait sous le bouleau, son arme encore levée. Zane arriva en titubant au milieu de la rue. Des femmes et des enfants criaient. Le second tir avait directement touché le tireur à la tête. Des fragments de cerveau, de chair et de sang avaient éclaboussé la voiture. L'odeur de poudre s'immisça dans les narines de Zane.

Des voitures s'arrêtèrent. Conducteurs et passagers s'attroupèrent dans la rue. Les gens poussaient des cris alors qu'ils les dépassaient en les bousculant pour rejoindre Honor. Il ne pouvait pas s'arrêter. Il devait arriver à elle.

Des gens entouraient Honor. Il les écarta.

— Laissez-moi passer.

Elle gisait sur le sol près des bacs de fleurs. Du sang coulait d'une blessure à sa poitrine et formait une flaque autour de son corps. Une rose orange était cassée près de sa main gauche. Des éclats de verre provenant d'une bouteille de vin étaient dispersés sur le trottoir. Le parfum du chardonnay se mêlait à l'odeur minérale du sang frais. D'autres éclats de verre, plus clairs et délicats, aussi acérés que des couteaux, étaient éparpillés autour de sa tête. *Une eau minérale chic.* Elle n'avait pas pu résister à la jolie bouteille.

Il s'effondra à côté d'elle et prit sa tête sur ses genoux. Elle était légère dans ses bras, malgré son corps inerte. Trop légère, trop petite, trop innocente. Du sang gluant se répandit sur son short et couvrit ses mains. Il posa doucement ses doigts dans son cou pour tâter son pouls. Il était faible, mais son cœur battait toujours. *Tiens bon, bébé. Tu es une dure à cuire.*

Un morceau de verre pointu s'était logé dans son épaule. *Laisse-le ici.* S'il le retirait, elle saignerait plus. Le sang couvrait sa robe et continuait à se répandre.

Elle détesterait que tous la voient ainsi. Il voulait couvrir son corps avec le sien, pour empêcher ce monde cruel de la voir vulnérable et à la merci de Dieu.

C'était Gorham qui avait fait ça. Ce devait être lui.

Il regarda en direction de la voiture noire. Aucun mouvement. Gorham était mort.

Clayton s'agenouilla aux côtés de Zane.

— Elle va s'en sortir, dit Zane.

— Oui, oui. L'ambulance arrive.

Les sirènes transpercèrent le silence médusé de la foule qui s'était rassemblée.

— Ils arrivent, bébé, murmura-t-il. Sois forte.

Elle ne remua pas.

Mon Dieu, je vous en prie. Je ferai n'importe quoi. J'abandonnerai tout. Je vous en prie, sauvez-la.

Un véhicule de police s'arrêta tout près. Deux policiers, arme au poing, bondirent hors de la voiture.

Jackson apparut à côté de Zane, essoufflé. Il tomba à genoux et appuya ses doigts contre l'intérieur du poignet d'Honor.

— Il y a un pouls. Honor, ma chérie, tu dois rester forte.

L'ambulance s'immobilisa près de la voiture noire. Jackson courut à leur rencontre en leur criant d'aller d'abord voir Honor. Les ambulanciers sortirent une civière de l'arrière du véhicule et se précipitèrent vers eux.

— C'est bon, on s'en occupe. Écartez-vous, dit l'un d'eux à Zane.

Comme s'il était un enfant.

— Non, je dois rester avec elle. Elle est blessée, dit Zane.

— Zane, regarde-moi, dit Jackson. Ils doivent la mettre sur la civière.

Zane hocha la tête et les laissa le séparer d'elle. Les hommes la déposèrent avec précaution sur la civière. Ses membres étaient lâches, comme ceux d'une poupée.

Les jambes en coton, Zane alla jusqu'au bouleau en titubant et vomit. Des enfants pleuraient et s'accrochaient à leurs mères. Derrière eux, les ambulanciers soulevèrent Honor et la portèrent dans l'ambulance.

— Je dois aller avec elle, dit-il à Jackson.

Il sprinta jusqu'à l'arrière de l'ambulance.

— S'il vous plaît, puis-je venir ? Je suis son fiancé.

— Elle doit être évacuée, lui dit Jackson.

— Un hélicoptère va atterrir dans la prairie à l'extérieur de la ville, expliqua l'un des ambulanciers. Nous l'emmenons au service de traumatologie de l'Hôpital de la Merci. Retrouvez-nous là-bas.

Évacuée. Par hélicoptère. Ils avaient raison. Le plus vite serait le mieux. Jackson le prit par le bras et l'éloigna de l'ambulance.

— Monte dans ma voiture, dit Jackson. Je vais conduire.

— Jubie. Où est Jubie ?

— Elle est dans le restaurant. Sophie l'a empêchée de voir quoi que ce soit, lui dit Jackson.

Comment le savait-il ? Zane suivit son ami, incapable de parler ou de raisonner sur la suite des événements. Jackson saurait quoi faire. Il se répéta cela dans sa tête jusqu'à ce qu'ils quittent la ville.

20

HONOR

Honor rêva du jour où elle arriva chez les Gorham. *On se croirait dans un film,* fut sa première pensée lorsque la voiture monta vers le portail de fer, avant de redescendre une longue allée pavée et bordée de pêchers. En regardant par la fenêtre arrière, les piliers blancs et l'interminable porche de la maison l'impressionnèrent. Ayant trop chaud dans sa nouvelle robe, une goutte de sueur ruissela dans le bas de son dos. Elle avait aussi soif. Le matin même, ils l'avaient fait se préparer en hâte après l'appel qui leur avait appris qu'elle avait une nouvelle famille. *Un médecin,* lui avait dit la dame de l'agence. *Tu vas être gâtée pourrie.*

Sur le siège avant de la voiture blanche qui sentait le cuir neuf, Mme Gorham portait une robe à gros pois jaunes. Elle était si maigre qu'elle ressemblait à un squelette habillé. Honor avait su dès le départ. Elle était méchante. Ses yeux sombres racontaient une histoire qu'Honor connaissait déjà. Cette femme voulait accueillir un enfant pour une raison et ce n'était pas la tendresse. Le docteur Gorham portait un costume, comme s'ils allaient à une fête chic ou à un mariage. Il était aussi gros que sa femme était mince : une saucisse en complet-veston.

Il avait des mains blanches et lisses, contrairement à celles de son précédent père d'accueil qui étaient calleuses et abîmées. Un chirurgien plastique, lui avait-on dit alors qu'ils quittaient le bâtiment de l'agence, comme si elle devait être impressionnée. Mais elle ne savait pas vraiment ce que cela signifiait.

Quand ils s'arrêtèrent, elle se glissa légèrement sur les sièges brun clair. Une balançoire en bois était suspendue à un énorme chêne couvert de mousse. C'était comme ça à la campagne. La mousse, les grands arbres et le parfum du chèvrefeuille.

Elle entendit son nom. Quelqu'un voulait qu'elle se réveille. Elle tenta d'ouvrir les yeux, mais ses paupières paraissaient collées.

— Honor, bébé, c'est moi. Tu vas t'en sortir. Continue à te battre.

Zane. Les courses. Qu'était-il arrivé à ses courses ? Elle était censée le retrouver. Ils allaient emmener Jubie à la plage. Quelque chose était arrivé.

Gorham... Le pistolet...

Elle essaya de parler, mais n'émit qu'un gémissement.

— Infirmière. Je pense qu'elle est en train de se réveiller, dit Zane.

Pourquoi sa voix semblait-elle si lointaine ?

Elle retomba dans un rêve. Cette fois, c'en était un de sa mère avec un gâteau d'anniversaire sur lequel étaient plantées trois bougies.

— Cette année va être différente. Promis.

Sa maman. Elle était si jolie dans sa robe jaune. Elle n'avait plus ce regard perdu et son visage était rose et dodu. Elle allait bien. Elle n'avait plus les joues creuses ou la peau grêlée.

— Souffle tes bougies, ma chérie.

Honor avait beau souffler dessus, elle ne parvenait pas à les éteindre.

— Maman, j'ai mal. Je n'arrive plus à respirer. Je suis vraiment fatiguée.

— Il faut te battre.

Les flammes du gâteau d'anniversaire vacillèrent et firent briller les yeux bruns de sa mère.

— Le moment n'est pas venu. Tu as encore des choses à faire. Des gens ont besoin de toi.

— Où es-tu allée ? murmura Honor.

— Pardonne-moi, dit sa mère dont les yeux étaient baignés de larmes. J'ai été malade. J'ai essayé, mais je ne pouvais pas aller mieux.

— J'ai dû aller vivre avec des gens méchants, s'indigna Honor.

— Je sais. Mais maintenant, tu es entourée de bonnes personnes. Elles veulent que tu reviennes.

L'obscurité chassa les flammes des bougies. Elle se laissa emporter.

Plus tard, la voix de Zane pénétra dans l'épaisseur de sa tête.

— Je suis de retour. J'ai dû rentrer me doucher et changer de vêtements. Je commençais à sentir mauvais.

Elle voulait tellement ouvrir les yeux. Zane était là. La douleur la suffoquait. Un brouillard l'éloignait du monde.

Était-il en train de tenir sa main ?

— C'est moi. Tu peux ouvrir les yeux ?

Elle le pourrait. Oui, elle le pourrait. Ses paupières étaient engluées, mais elle pourrait les ouvrir. Elle allait les ouvrir. Mais non, elles étaient toujours collées.

— Les toubibs disent que ça va aller.

Ah oui ?

Elle luttait pour se réveiller, pour parler.

J'ai des choses à te dire aussi. J'ai un secret. Ce sera peut-être trop pour toi.

Il connaissait déjà ses secrets. Tous. Et il l'aimait malgré tout. Elle devait juste revenir à lui.

La douleur s'accrut, enflammée cette fois, et l'écrasa dans son étau.

— Infirmière, elle gémit. Elle a mal, dit Zane.

Sa voix semblait étranglée et rauque, comme s'il avait crié pendant longtemps.

— Je vais augmenter les antidouleurs.

Des antidouleurs... Ils lui en avaient déjà donné. Quand cela lui faisait beaucoup trop mal.

La douleur cessa. Elle s'effaça en nuances de rose.

— Honor, c'est moi, Kara. Je t'ai apporté les caramels salés que tu adores. Je t'aurais bien offert ce fromage puant du marché, mais je me suis dit que ça allait sentir mauvais dans la pièce et que ça t'attirerait des ennuis. J'aimerais mieux que tu t'attires des ennuis, cela dit. Évidemment, tu ne peux pas manger les bonbons pour l'instant, mais à ton réveil, tu pourras en avoir un ou deux. Et quand tu sortiras d'ici, on ira à Napa pour le week-end entre filles qu'on a dit qu'on ferait. Toi, moi, Maggie et Violette. Comme on en a discuté.

Plus tard, la voix de Kara pénétra de nouveau les ténèbres.

— Je ne t'ai jamais parlé de mon amie Jessica, dit Kara en serrant sa main. C'était ma meilleure amie avant. J'ai dû la quitter pour venir ici et elle a été tuée. Ça fait toujours mal. Je ne veux pas te perdre aussi. Brody ne pourra pas fonctionner sans toi. Il est dans tous ses états en ce moment, alors il faut que tu ailles mieux. Nous t'aimons tous tellement.

Honor flottait.

De la musique parvint jusqu'à son cerveau. Quelques accords de guitare, puis la douce voix de Maggie qui chantait. Elle se laissa porter. Ensuite, quelqu'un brossa ses cheveux.

— Je sais que tu voudras être jolie pour Zane.

La voix de Maggie.

— Il a passé presque chaque minute à tes côtés, depuis qu'ils t'ont amenée ici. On a réussi à le convaincre d'aller dormir un peu dans sa chambre d'hôtel. Mais seulement parce que je lui ai promis que je resterai avec toi. Je ne l'ai jamais vu comme ça. Tu sais qu'il agit toujours comme s'il avait tout sous contrôle ? Eh bien, il est loin de ça en ce moment.

Quelques instants de silence pendant que Maggie caressait ses cheveux.

— Ils te donnent des trucs pour te faire dormir parce que le médecin a dit que c'était la meilleure façon pour toi de guérir. Mais nous, on a tous la trouille. On veut juste que tu te réveilles. Les gens ne disent jamais ce qu'ils ont à dire quand ils le devraient. J'imagine qu'on pense toujours qu'on aura un autre jour pour le faire. Jackson et moi, on l'a appris à nos dépens. Lorsque tu iras mieux, je te dirai à quel point je t'admire et je t'aime. Combien ça a été important pour moi que tu m'accueilles à bras ouverts quand je suis revenue à Cliffside Bay. Tu dois aller mieux, pour pouvoir venir avec moi à la séance d'essayage de ta robe et pour rencontrer Pepper et Lisa.

La voix de Maggie tremblait.

— Il faut que tu ailles mieux pour le mariage.

Honor s'éloigna, flottant sur un nuage.

Brody. Elle sentait son eau de Cologne épicée et un léger parfum de café. Le matin, il aimait prendre le sien avec Kara.

— Ils nous font faire des séances spéciales d'entraînement en équipe l'après-midi. Kara a dû rentrer à la maison aujourd'hui parce que Jackson a besoin d'elle à la clinique. Flora a appelé ce matin de l'Oregon. Ils sont en train de vendre la maison de Dax, mais elle m'a dit qu'elle priait pour toi.

Brody. Elle essaya de prononcer son nom.

Je vais m'en sortir. Je reviendrai te botter le derrière assez vite.

— On a un autre match préparatoire demain, dit Brody. Depuis que tu as commencé à travailler avec moi, ce sera la première fois que tu ne seras pas là. Kara non plus. Tu sais, à cause de la chose... Ne le lui répète pas, mais ça me rend triste de ne pas pouvoir la montrer au monde entier. Je sais, j'ai l'air d'un enfoiré comme ça, mais tu me connais déjà par cœur, donc ce n'est pas comme si c'était une surprise.

Tu es un homme exceptionnel, Brody Mullen. Un des plus grands.

Mais elle ne pouvait pas parler. Elle ne pouvait que dériver dans cet état d'agitation.

— J'ai pensé à un truc. Après la saison et le mariage de Maggie et Jackson, on devrait partir en voyage. Sous les tropiques. Je vais louer une maison immense et on pourra tous se retrouver comme une grande famille.

Ma famille... J'ai une famille maintenant. Grâce à Hugh Shaw.

— Zane a du mal en ce moment. Il faut que tu t'en sortes et que tu reviennes nous tarabuster. Tu m'entends, Honor Sullivan ? Ne laisse pas ce taré t'enlever à nous.

Honor ouvrit les yeux et vit Zane qui se tenait au-dessus d'elle. Ses yeux, ses *magnifiques* yeux, semblaient lui sourire.

— Salut, dit-il.

— Salut toi aussi.

Elle essaya de sourire, mais sa bouche était trop sèche. Ses lèvres étaient quasiment collées contre ses dents.

— Où suis-je ?

— À l'Hôpital de la Merci. À San Francisco.

— Gorham m'a tiré dessus, murmura-t-elle.

Le souvenir du moment juste avant que la balle ne l'atteigne se rejoua dans son esprit.

— Il est mort. Il ne peut plus te faire de mal, répondit-il en s'asseyant au bord de son lit pour prendre sa main dans la sienne.

— Je l'ai vu. J'ai vu son visage quand il est venu à moi.

Des larmes salées lui piquaient les yeux.

— Le garde lui a tiré dessus, expliqua Zane.

— Oh, mon Dieu ! Il y avait des enfants partout.

Elle se réveilla alors complètement. Des sanglots jaillirent de sa poitrine.

— Jubie... Elle était là ?
— Non, bébé. C'est bon.
— Comment va-t-elle ? Que sait-elle ?
— Elle sait que tu es en convalescence à l'hôpital.
— Depuis quand suis-je ici ?
— Quelques jours. Une éternité.

Zane se pencha et embrassa sa main. Elle perçut le parfum de ses cheveux et de son eau de Cologne. L'odeur de Zane. Elle le fixait alors que des larmes coulaient de ses yeux.

— Je suis désolée, dit-elle.
— Tu n'as pas à l'être, lui assura-t-il.
— Alors pourquoi pleures-tu ?
— Parce que je suis tellement content de te retrouver. De toute ma vie, je n'ai jamais prié aussi fort que ces derniers jours.

Il paraissait fatigué, avait les traits tirés, des poches sous ses yeux injectés de sang et n'était pas rasé.

— Tu es resté ici tout le temps ? demanda-t-elle.
— Oui. J'ai une chambre à l'hôtel d'en face pour me doucher et dormir. Je ne savais pas combien de temps on allait rester ici.
— Je t'entendais parler parfois, mais je n'arrivais pas à ouvrir les yeux. Qu'est-ce qui s'est passé exactement ?
— La balle s'est logée dans ta poitrine. Les chirurgiens ont dit qu'elle avait manqué ton cœur de quelques millimètres. Tu es en train de guérir de la blessure et de l'opération.
— J'ai cru que j'allais mourir.
— Sûrement pas. Tu es beaucoup trop coriace pour une petite balle comme ça.
— Tu mens.
— Ça n'a pas été évident, mais ils t'ont bien soignée. Ils t'ont donné des médocs assez forts pour la douleur. C'est pour ça que tu dormais. Jackson a convenu avec les médecins que c'était pour toi le meilleur moyen de guérir.

Elle posa son autre main sur le bandage autour de sa poitrine.

— Je vais avoir une cicatrice ?

— Toute petite. Brody a fait en sorte que tu aies le meilleur chirurgien plastique de la ville.

— Mes seins sont intacts ?

— Oui, madame.

Elle sourit et grimaça de douleur.

— Ça fait mal.

— Ils te donneront plus d'antidouleurs si tu en as besoin. Je m'en suis assuré.

La voix de Zane était si douce qu'elle crut qu'elle allait se remettre à pleurer.

— J'ai froid.

Il prit une couverture au pied du lit et la plaça sur elle.

— C'est mieux ?

Elle tendit la main pour la poser sur son visage.

— Je dois avoir l'air affreuse.

— Tu as meilleure mine que quand ils t'ont amenée ici.

— Il est vraiment mort ? demanda-t-elle. Je n'aurai plus jamais à m'inquiéter ?

— Plus jamais. Promis, tout ira bien pour toi, dit-il en lui caressant le bras.

— Quand puis-je rentrer ?

— Dans quelques jours.

— Je veux rentrer à la maison maintenant, dit-elle.

— Je resterai ici avec toi tout le temps.

— Et Jubie ?

— Lavonne est à la maison avec elle. Et Kara et Violette passent la voir tous les jours. Elles disent qu'elle va bien, mais elle veut savoir quand les chatons vont arriver.

— Le restaurant ? demanda-t-elle.

— Sophie s'en occupe.

— J'ai raté l'essayage de ma robe de demoiselle d'honneur.

— Maggie l'a reporté jusqu'à ce que tu ailles mieux.

— Et Brody ? J'avais des choses à faire pour lui.

— Tout va bien. Il est venu ici aussi souvent qu'il le pouvait. Pareil pour Kara et Maggie. Lance est passé quelques fois. Violette n'a pas pu venir à cause de Dakota, mais elle m'appelle au moins une fois par jour. Kyle me rend dingue en m'envoyant des messages toutes les deux minutes et Jackson continue de harceler les médecins.

— Ils m'avaient dit que personne ne m'aimerait jamais, mais ils avaient tort, murmura-t-elle.

— Ils avaient carrément tort, Honor Sullivan. Et si nos amis t'adorent, personne ne t'aime autant que moi. Personne ne le pourra jamais.

— La chance, murmura-t-elle avec un sourire en se souvenant du visage innocent de Jubie quand elle avait dit la même chose à propos de Zane. J'ai tellement de chance.

— J'aimerais te rendre encore plus chanceuse ce soir, mais j'ai bien peur de devoir contrôler mes mains pendant un petit moment, dit-il.

— Peut-être qu'on pourra détourner l'attention de l'infirmière plus tard et que tu pourras te glisser ici avec moi.

— Tu n'as pas vu ces infirmières. Il est hors de question que je tente quoi que ce soit avant de te ramener à la maison.

— Je suis affamée. Ils vont me laisser manger ?

— Ça, c'est une chose que je peux arranger.

Honor se mit à pleurer quand ils entrèrent dans Cliffside Bay.

— Je ne veux plus jamais quitter la maison, dit-elle.

— Donne-toi quelques jours. Et tu te souviendras à quel point tu aimes faire du shopping à San Francisco, dit-il.

— Pas faux.

Zane prit sa main et la posa sur son genou.

— Il se peut que Jubie soit un peu bizarre quand on va rentrer. Elle n'arrive pas à gérer le fait que tu aies été à l'hôpital.

Pour elle, c'est la même chose qu'avec sa mère. Elle n'était pas sûre que tu rentrerais vraiment à la maison.

Honor se détourna de son visage sérieux pour regarder par la fenêtre côté passager. Elle n'était pas surprise. Ce n'était pas trop difficile pour elle de se mettre à la place de Jubie. La relation de Jubie avec une nouvelle figure maternelle en était à ses balbutiements quand Honor lui avait été arrachée.

— Tout ira bien, lui assura Zane. Laisse-lui juste un peu de temps.

Jubie attendait sur les marches quand ils s'arrêtèrent dans l'allée. Vêtue d'une robe rose et les cheveux attachés en queue de cheval avec un nœud assorti, elle dessinait avec un bâton sur le ciment.

Agrippée au bras de Zane, Honor s'approcha de l'endroit où Jubie attendait.

— Salut, Jubie.

— Salut.

La petite fille ne voulait pas la regarder.

— Tu m'as manqué, lui dit Honor. Je suis contente d'être revenue.

— Tu es toujours blessée ? demanda Jubie en tapant le bâton contre sa jambe nue.

— Plus du tout. Ils m'ont remis en bon état à l'hôpital.

— Alors pourquoi mon roi doit te tenir ?

Son roi ?

— C'est comme ça qu'elle m'appelle, murmura Zane à l'oreille d'Honor.

— Il a peur que je tombe, mais c'est idiot, parce que je vais très bien, répondit Honor.

Jubie la regarda pour la première fois.

— On a fait du jus d'orange. Lavonne m'a demandé d'en garder pour toi, parce que tu as besoin de vitamines.

— Je t'ai déjà dit que je pense que mon oranger est magique ?

— Non, il l'est ? répondit Jubie en plissant les yeux.

— Je crois que oui. C'est lui qui t'a amenée à moi.

— Ça n'était pas de la magie, protesta Jubie. Ma mère est morte et je devais venir ici.

OK, d'accord. Cela allait s'avérer plus difficile que de survivre à une balle dans la poitrine.

Ils montèrent les marches, Zane la tenant toujours par le bras. Honor ne pouvait dire si la douleur dans sa poitrine était due à la blessure ou aux paroles de Jubie.

— Vas-y doucement, lui dit Zane en entrant dans le vestibule.

Elle savait qu'il valait mieux qu'il reste tout près. Après avoir passé une semaine dans un lit, ses jambes flageolaient.

Ils entrèrent dans le séjour. Honor dut combattre les larmes en voyant sa pièce adorée. Le soleil brillait par les fenêtres. Au loin, la mer était d'un bleu profond.

Enfin à la maison.

Les gens qui vivaient maintenant ici avec elle avaient laissé leur empreinte. Des livres pour enfants étaient empilés sur le siège devant la fenêtre, les magazines de Zane sur le vin et la bière jonchaient la table basse, une couverture avait été repliée sur le canapé et une poupée trônait sur le fauteuil. Tout indiquait qu'une famille vivait ici.

Dans la cuisine, Zane insista pour qu'elle s'asseye à table pendant qu'ils préparaient le déjeuner. Jubie servit à Honor un verre de jus d'orange frais sans établir de contact visuel. Quand les sandwichs furent prêts, ils la rejoignirent tous à table.

— Raconte à Honor ce que tu as fait depuis qu'elle est partie, dit Zane.

— On est allés à la plage avec Violette et Dakota. J'ai dû lui apprendre à construire un château de sable, dit Jubie. C'est un bébé, mais je l'aime bien quand même. Mon roi m'a emmenée visiter l'école. On n'a pas pu rencontrer mon institutrice, mais j'ai vu la cour de récréation.

— Elle commence lundi prochain, expliqua Zane.

— Tu es contente d'aller en CP ? demanda Honor.

Jubie haussa les épaules.

— Je suppose que oui. J'aimerais bien connaître d'autres enfants.

Lavonne croisa le regard d'Honor et lui fit un signe de tête rassurant. Ils comprenaient tous les deux. Des enfants placés qui se demandaient toujours si ça allait être aussi difficile de se faire des amis dans la nouvelle école que dans la précédente.

— Tu vas te faire de nouveaux copains bientôt, lui assura Zane.

— Mon roi est allé à la même école que moi, dit Jubie.

— Pourquoi appelles-tu Zane ton roi ? lui demanda Honor.

Elle connaissait la réponse, mais voulait entendre l'explication de sa propre bouche.

— Je suis la princesse Jubie et il est le roi Zane, répondit Jubie.

— Est-ce que ça veut dire que je suis la reine Honor ?

Au moment où elle posa la question, elle le regretta. *Une belle façon de me prendre un râteau.*

Jubie secoua la tête.

— Non. C'est juste un truc spécial avec Zane.

Honor détourna le regard, feignant d'inspecter son sandwich. La voix de Mme Aker résonna dans sa tête. *Personne ne t'aimera jamais.*

— Tu sais quoi ? demanda Lavonne à Jubie. Honor t'a réservé une surprise.

— Qu'est-ce que c'est ? demanda Jubie.

— Elle va t'aider à choisir des nouveaux vêtements pour l'école, dit Zane.

Ah oui ? Oui, elle allait faire ça. Les filles et les vêtements, le truc parfait pour créer des liens.

— On peut en commander sur l'ordinateur, parce qu'il n'y a pas de bonne boutique en ville, précisa Honor. Tu vas avoir besoin d'une garde-robe complète pour commencer le CP en fanfare.

— Acheter en ligne, c'est la spécialité d'Honor.

Zane décocha à Honor son sourire spécial. Il cherchait à l'encourager. Il la soutenait. Toujours.

Zane Shaw m'aime. C'est tout ce qui compte. Tout le reste arrivera en temps voulu.

— Tout le monde a ses propres talents, dit Honor à voix haute.

— Je ne veux pas de nouveaux habits. J'aime bien ceux que j'ai déjà, dit Jubie en croisant les bras et en fixant son assiette.

— Tu en as besoin, chérie, dit Lavonne. Tes vieux vêtements sont trop petits.

— Pas du tout, protesta Jubie. Ils me vont encore.

— Tu vas t'asseoir avec Honor, mademoiselle, et tu vas choisir des vêtements, lui assena Zane.

Honor se tourna vers lui, surprise par son ton. Zane fixait Jubie avec le regard d'un père qui cherchait à contrarier toute velléité de désobéissance. Ou peut-être pas.

— Non, dit Jubie en se levant brusquement. Et tu ne peux pas m'obliger.

Elle sortit de la cuisine et monta les escaliers. Ses pas résonnèrent dans la maison.

Tout le monde se tut pendant un moment. Honor se mordit l'intérieur de la joue pour éviter de pleurer. Ce n'étaient pas les retrouvailles qu'elle avait imaginées pendant son séjour à l'hôpital, quand elle avait eu hâte de rentrer à la maison.

— Elle n'a pas le droit de manquer de respect, déclara Zane. Surtout vis-à-vis de toi.

Zane avait apparemment endossé son rôle de père du jour au lendemain. Mais elle ? Avait-elle la capacité d'être mère ? Et si ça n'était pas possible ? Et si Jubie n'arrivait jamais à l'aimer ?

— Ça va passer, dit Lavonne. Elle a juste peur.

— Je comprends, dit Honor.

Mais ça fait quand même mal.
— Monte la voir, lui conseilla-t-il. Fais-la parler. C'est ce que Rinny aurait fait.
Rinny. Ce que Rinny aurait fait. Elle n'est pas là. Mais moi, oui.
Un déluge de honte lui donna la nausée. Rinny était morte d'un cancer. Honor était vivante. Elle devait être compatissante, pas mesquine. Mais c'était difficile, bien plus difficile que ce qu'elle avait imaginé. Elle était hors de son élément. Son ingéniosité habituelle ne l'aidait en rien à gagner l'affection de cette petite fille. Elle n'était peut-être pas faite pour être mère.

Zane se leva de sa chaise et lui tendit la main.
— Viens. Je t'accompagne à l'étage.
En haut de l'escalier, elle lui dit qu'elle entrerait seule dans la chambre.

Il enroula ses bras autour de sa taille et la serra contre lui.
— Je sais ce que tu es en train de penser et ce n'est pas vrai. Ça n'a rien à voir avec toi et tout à voir avec le fait que sa mère est allée à l'hôpital et n'en est jamais ressortie. Elle a peur. N'oublie pas que ça n'est rien d'autre. Sois toi-même, lui conseilla-t-il en lui donnant un baiser encourageant sur le front. Et souviens-toi combien je t'aime.

Dans la chambre, Honor trouva Jubie assise en tailleur sur son lit avec son ours sur les genoux. Des larmes striaient son visage.

— Je peux m'asseoir ? demanda Honor.
Jubie haussa les épaules et joua avec les pattes de son ours sans la regarder.

Je vais prendre ça pour un oui.
Honor s'assit au bord du lit avec une grimace causée par la douleur qui semblait parcourir ses deux bras. Quand elle regarda Jubie, la petite fille avait braqué un regard d'acier sur elle.

— Ça fait mal ? demanda Jubie.
— Un peu. Mais ça ne durera plus très longtemps.

— Comment sais-tu que ça ne reviendra pas ? demanda Jubie.

— Ce n'est pas une maladie comme pour ta maman. Quelqu'un m'a tiré dessus. J'ai été opérée et maintenant, je vais mieux.

— Ma maman a été opérée aussi. Mais elle n'allait pas mieux après.

Impuissante, Honor fixa ses mains. Que pouvait-elle dire pour rassurer cette enfant ?

— Je sais que c'est déroutant. Je comprends que tu as peur qu'un autre adulte qui fait partie de ta vie te quitte. Mais je vais bien. Je ne vais pas partir de sitôt.

— Zane m'a dit que tu étais plus forte que n'importe quelle balle, dit Jubie.

Honor sourit.

— Il a raison là-dessus.

— Tu es partie longtemps.

— Ils voulaient être sûrs que j'allais mieux avant de me renvoyer chez moi.

— Tu n'auras pas besoin d'y retourner ?

Jubie serra son ours contre sa poitrine et dévisagea Honor avec un regard trop vieux pour son visage.

— Je n'aurai pas besoin d'y retourner.

Mon Dieu, faites que ce soit vrai. Gardez-moi en bonne santé pour pouvoir élever cette petite fille.

— Je n'ai pas besoin de nouveaux habits, dit Jubie.

— Ils sont trop petits. Tu as grandi.

— C'est ma maman qui me les a donnés.

Sa mère les lui avait achetés. Bien sûr, c'était ça. Comment avait-elle pu ne pas s'en rendre compte ? Que pouvait-elle dire pour la réconforter ? La boutique de Violette lui vint à l'esprit. Sa devise était de fabriquer des choses utiles à partir d'objets récupérés.

— Violette pourrait trouver quelqu'un pour te faire une couverture avec tous tes vieux vêtements. Ça te plairait ?

— Une couverture ? Avec mes *habits* ?

Jubie haussait les deux sourcils comme si Honor avait suggéré l'idée la plus scandaleuse du siècle.

— Comme un patchwork. Tu sais ce que c'est ?

Jubie secoua la tête.

— Viens dans mon bureau. Je vais te montrer à quoi ça ressemble sur l'ordinateur.

— Ça ne va pas me plaire, affirma Jubie.

— Allons quand même y jeter un œil.

Honor se leva avec précaution et se dirigea vers la porte en retenant son souffle. Jubie descendit du lit et la suivit. *Merci, mon Dieu. Faites en sorte que je ne gâche pas tout.*

Dans le bureau, Honor s'assit devant son ordinateur et afficha plusieurs exemples de patchwork. Elle expliqua à Jubie que toutes les pièces étaient faites à partir de différents types de tissus, puis cousues ensemble pour former quelque chose de nouveau.

— Autrefois, les gens n'aimaient pas jeter leurs affaires, alors ils fabriquaient des couvertures avec les morceaux de tissu qu'ils pouvaient récupérer. Parfois, c'étaient avec de vieux vêtements.

— Oh...

Le visage grave, Jubie hocha la tête.

— On pourrait le faire avec tes habits. Comme ça, tu pourrais garder ceux que ta maman a choisis pour toujours.

— Je pourrais dormir avec ? demanda Jubie.

— Absolument. Tu pourrais aussi te blottir sur le canapé avec. Ou envelopper ta poupée ou ton nounours dedans.

— Je suppose que ça irait.

— Alors, qu'en penses-tu ? Est-ce qu'on devrait faire du shopping ? demanda Honor.

— Je dois avoir ce que tu dis ? Ou je peux choisir ?

— Tu peux choisir, mais j'ai un droit de veto.

— C'est quoi, un droit de veto ? demanda Jubie.

— Elle peut dire non, si elle pense que ça n'est pas approprié pour l'école, dit Zane depuis la porte.

Elles se retournèrent toutes les deux pour le regarder.

— Inapproprié, répéta Jubie. Ça veut dire chic ? Parce que j'aime bien quand c'est chic.

— Comme la fille dans le livre qu'on a lu hier soir ? demanda Zane. Fancy Nancy ?

— Oui.

Jubie se tourna pour regarder Honor.

— Tu peux me la lire ce soir, comme ça tu sauras de quoi on parle.

On progresse...

Rien ne la guérirait plus vite que de gagner le cœur d'une petite fille nommée Jubie.

Quelques minutes plus tard, Honor et Jubie étaient blotties sur le canapé devant l'ordinateur portable. Honor retrouva quelques sites qu'elle avait visités pour des achats effectués pour Dakota. Les deux filles examinaient les diverses options, commentant ce qu'elles aimaient ou n'aimaient pas. Peu après avoir commencé leur recherche, Jubie se détendit contre Honor. Heureusement, le droit de veto ne fut pas nécessaire. Le rose et le violet étaient les couleurs du jour, tout comme les jupes et les robes eurent la préférence. Tous les vêtements choisis par Jubie étaient froufroutants, en dentelle ou soyeux. Elles ajoutèrent des leggings de plusieurs couleurs, quelques jeans, des chaussettes et des sous-vêtements.

— Et les chaussures ? demanda Zane, posté derrière le canapé.

— Les chaussures ! Comment a-t-on pu les oublier ? s'écria Honor.

— Est-ce que je peux en avoir des brillantes ? demanda Jubie.

— Oui, mais on va aussi avoir besoin de tennis, dit Honor.

Quelque chose pour jouer dans la cour. Tout le monde court beaucoup pendant la récréation.

Après avoir terminé leur commande et payé, Honor referma l'ordinateur.

— Je n'ai jamais eu autant d'habits, dit Jubie.

— J'adore les vêtements, dit Honor.

— Moi aussi. Mais ça a coûté trop cher ? demanda Jubie. Maman disait toujours que tout coûtait trop cher. Et elle devenait triste.

— Quand on n'a pas les moyens, comme ta maman, le shopping est parfois un peu stressant. J'avais aussi ce problème, avant. Mais maintenant, j'ai un très bon travail, donc je peux dépenser de l'argent pour tes vêtements.

Je ne veux pas que les autres enfants se moquent de toi comme ils l'ont fait avec moi.

— Comment on trouve un très bon travail ? demanda Jubie.

— La première étape, c'est de faire de son mieux à l'école. Il faut bien étudier et faire attention en classe. Si tu réussis, alors tu pourras aller à l'université. En général, l'université, ça t'aide à trouver un bon travail, même si tu dois commencer tout en bas et gravir les échelons.

— Mon roi, il a un bon travail ? demanda Jubie.

— Il est propriétaire de son propre commerce. C'est ce qu'il y a de mieux, déclara Honor. Mais c'est beaucoup de travail.

— Est-ce que je pourrai travailler au restaurant quand je serai grande ? Comme Sophie ?

— On aura *besoin* que tu y travailles quand tu seras un peu plus âgée. C'est le restaurant de la famille. Alors tout le monde doit donner un coup de main. J'ai aussi travaillé au restaurant avec le papa de Zane, expliqua Honor. Ça m'a aidée à payer l'université.

— Le restaurant de la famille, répéta Jubie dans un souffle.

Elle appuya sa tête contre l'épaule d'Honor.

— Merci de m'avoir acheté des vêtements, Honor.

— Je t'en prie, princesse Jubie.

— Je *suppose* que tu pourrais être ma reine, dit Jubie. Mais tu n'en as pas vraiment l'air.

— Ah non ? À quoi ressemble une reine ?

Jubie fit un mouvement rond avec ses bras.

— Dodue avec de gros seins.

Elle entendit Zane s'étouffer de rire derrière elle.

— Et des cheveux attachés en une grosse boule sur la tête, ajouta Jubie. Toi, tu es plutôt jolie comme une princesse.

— Toi aussi, tu es jolie comme une princesse, dit Honor. Mais quelqu'un doit être la reine.

— On sait tous qui est la reine ici, intervint Zane en faisant le tour du canapé pour s'asseoir sur la table basse. C'est celle à qui il faut obéir.

Cela fit rire Honor.

— Peut-être que je ne devrais pas être la reine.

— C'est trop tard, maintenant, dit Zane. Tu dois devenir la reine de son roi.

— Je ne vais pas changer de coiffure, les prévint Honor. Et je ne vais pas me faire gonfler les seins.

Jubie enroula une mèche de cheveux d'Honor autour de son doigt.

— Quand est-ce qu'on va avoir les chatons ?

Honor regarda Zane.

— Bientôt, dit-elle. Dès qu'on pourra en trouver.

— Combien de temps ça va prendre ?

— Quand le moment sera venu, les chatons parfaits se présenteront à nous, lui répondit Zane. De la même manière que j'ai trouvé ma reine et ma princesse. Comme disait mon père : tout vient à point à qui sait attendre.

— Je déteste attendre, dit Jubie.

— Moi aussi, dit Honor. Mais Hugh disait que ça façonnait le caractère.

— Apparemment, il a dit beaucoup de choses, Hugh, dit Jubie avec une pointe d'irritation dans la voix.

Zane et Honor se mirent à rire.

— Tu es encore bien loin de la vérité, dit Zane.

Ce ne fut que plusieurs semaines plus tard que Zane tomba sur l'annonce d'un fermier de la région qui avait des chatons à donner. La ferme était à une trentaine de kilomètres au nord de la ville par la route côtière. Un samedi matin de septembre, ils remontèrent la côte pour aller chercher les chatons qui seraient à eux pour toujours. Il faisait une vingtaine de degrés et le temps était ensoleillé.

Depuis la banquette arrière, Jubie bavardait sur la façon dont ils nommeraient les chatons et sur leur couleur. Devaient-ils en prendre un noir ou un orange ? Peut-être un gris ? Après avoir clos le sujet sur les chatons, elle leur raconta des histoires de l'école. Shelly et Rachel étaient ses nouvelles copines. Elles jouaient ensemble à la marelle pendant la récréation et parfois, Shelly s'énervait parce que Rachel était meilleure que tout le monde.

— Mais pas moi, dit Jubie. Je suis la meilleure de la classe en lecture, donc ce n'est pas grave si je ne suis pas la meilleure à la marelle.

Son institutrice le lui avait dit et lui avait donné toute une liste de livres à emprunter à la bibliothèque.

Ce n'était un scoop ni pour Zane ni pour Honor. Mme Burns les avait appelés plus tôt dans la semaine pour discuter des progrès de Jubie. Elle leur avait dit qu'elle était une petite fille charmante et bien dans sa peau, surtout si l'on tenait compte du récent décès de sa mère. Elle allait veiller sur elle, mais ils pouvaient être tranquilles pour l'instant.

— Continuez à lui lire des histoires tous les soirs, avait ajouté Mme Burns, mais demandez-lui de vous en lire aussi.

Honor était immédiatement allée en ligne pour commander une demi-douzaine de livres. Zane lui avait fait remarquer que la bibliothèque était juste en bas de la rue.

— Je peux les payer, alors je vais les acheter pour elle. En plus, j'adore les voir alignés sur l'étagère de sa chambre.

Zane avait acquiescé, sachant que c'était une joie pour elle d'acheter des cadeaux pour les gens qu'elle aimait. Il n'avait rien dit non plus quand Honor avait redécoré l'ancienne chambre d'amis en rose et en dentelle.

— Les petites filles devraient avoir une chambre rose si elles en veulent une, avait-il convenu.

Elle ne pouvait imaginer un homme meilleur que Zane Shaw.

Il était presque l'heure du déjeuner quand ils quittèrent la route principale et qu'ils suivirent une route de campagne sinueuse jusqu'à un chemin de terre avec un panneau qui indiquait la Ferme de la famille Hubert.

Jubie était surexcitée dans son siège auto et tapait dans ses mains.

— C'est une vraie ferme. Je vois une vache.

C'était vrai, plusieurs vaches paissaient dans la prairie à droite du chemin. Un fermier aux cheveux blancs et vêtu d'une salopette sortit de la grange lorsqu'ils descendirent tous les trois de voiture. Il se présenta comme Jim Hubert. Zane lui expliqua qu'ils étaient là pour les chatons.

— Vous arrivez à temps. Il nous en reste trois.

Jim leur fit signe de le suivre dans la grange. Dans un panier près des bottes de foin, une maman chat orange et trois bébés étaient blottis les uns contre les autres. Deux des chatons avaient des rayures orange et blanches comme leur mère. Le troisième était tigré gris et blanc.

— Ils dorment ? murmura Jubie.

— Oui, en effet, dit Jim. Les chats ont tendance à dormir toute la journée et à faire le bazar la nuit.

Les yeux de Jubie s'écarquillèrent.

— C'est vrai ?

L'un des chatons orange et blanc regarda Jubie et bâilla. Jubie poussa un couinement de bonheur.

— Elle m'a regardée.

— Ce sont toutes des femelles ? demanda Honor.

— Les deux chatons orange, oui. Le gris est un mâle, répondit Jim. Ils ont dix semaines et sont sevrés depuis la quatrième semaine, ils savent comment utiliser la litière et ils mangent de la nourriture pour chats, il est donc temps pour eux de trouver une nouvelle maison. Je vous suggère d'en prendre deux. Ils vont mieux par paire.

Honor regarda Zane. Pensait-il la même chose ? Ils ne pouvaient pas en laisser un sans ses frères et sœurs. Ils devaient repartir avec les trois.

Jubie se rapprocha.

— Est-ce que je peux les caresser ?

— Bien sûr. Tout doucement, dit Jim. Plus on les tient quand ils sont petits, plus ils ont de chances de devenir des chats qui viennent s'asseoir sur vos genoux.

Zane tendit la main vers le panier et prit le petit gris dans ses bras. Il miaula, mais ne se débattit pas. Le chaton paraissait si minuscule contre le torse musclé de Zane.

— On ne peut pas en laisser un. On doit prendre les trois, annonça-t-il.

Avec un sourire approbateur, Jim hocha la tête.

— Vous ne le regretterez pas. S'ils tiennent de leur mère, ils seront aussi doués pour attraper les souris.

Et ça marche pour les corbeaux ?

À voix haute, Honor approuva le fait qu'ils adoptent les trois alors qu'elle prenait l'une des sœurs orange.

— Ils sont comme nous. Deux filles et un garçon, dit Jubie

qui semblait sur le point d'exploser de joie. Je peux leur donner un nom ?

— Bien sûr, dit Zane.

— Mandarine et Clémentine pour les chatons orange, dit Jubie.

Honor sourit et réussit à ne pas rire.

— Et pour ce petit gris ? demanda Zane.

— Je ne sais pas, dit Jubie.

— On pourrait l'appeler Grisou, suggéra Honor. Comme la couleur du ciel certains matins.

— Grisou, c'est bien, dit Jubie. Mandarine, Clémentine et Grisou.

— Pas mal, dit Zane. Combien vous doit-on ?

— J'ai dit que je les donnais à des familles bienveillantes et je suis homme de parole, répondit Jim. Mais, vous pouvez faire un don à la SPA si vous avez un peu d'argent à dépenser.

— On va faire ça, dit Zane.

Jim prit l'autre chaton orange et le déposa dans les bras de Jubie.

— Tiens-le bien, mais pas trop fort, lui dit-il.

— Je vais faire attention, murmura Jubie. Salut, petit chat.

La maman chat s'étira et se leva, puis laissa échapper un long miaulement.

L'expression de Jubie passa du bonheur à la tragédie.

— Ils vont manquer à leur mère ? Et s'ils préféraient rester avec elle ?

— Ne t'inquiète pas pour ça, la rassura Jim. C'est naturel pour elle de les laisser partir. Elle veut qu'ils aient leur propre vie, maintenant.

— Elle ne sera pas triste ? demanda Jubie, au bord des larmes.

— Pas vraiment, dit Jim. Elle est fière de les avoir si bien élevés qu'ils sont capables de prendre soin d'eux-mêmes.

— Mais leur mère ne va pas leur manquer ?

— C'est naturel pour eux aussi, dit Jim. Ce sera toi, leur nouvelle maman. C'est pour ça qu'on doit leur donner beaucoup d'amour et d'attention.

— Oh, d'accord.

Jubie avait toujours l'air sceptique, mais elle ne semblait plus aussi misérable que l'instant d'avant. Elle embrassa la tête du chaton dans ses bras.

— Vous allez vivre avec nous, maintenant. Et je vais prendre soin de vous, comme le roi et la reine prennent soin de moi. Tout ira bien.

Honor dut se détourner et respirer profondément pour se ressaisir. Zane fixait le chaton dans ses bras comme s'il découvrait une écriture ancienne.

Jim se racla la gorge.

— Eh bien, les amis. Je vais vous laisser. J'ai du travail à faire.

— Oui, monsieur, dit Jubie.

Ils déposèrent les chatons dans une cage de transport et fermèrent la portière. Tous les trois miaulaient et passaient leur museau par les orifices.

— Ils vont peut-être pleurer sur le chemin du retour, dit Jim. Mais une fois qu'ils seront chez vous, tout ira très bien.

— Allons-y, dit Zane. On doit ramener ces beautés à la maison.

Jubie sautilla jusqu'à la voiture, suivie par Zane. Honor caressa la tête de la maman chat.

— Tu as fait du bon boulot. On prendra bien soin de tes bébés.

Sa voix s'enraya.

— Désolée que tu aies à les laisser partir.

Jim se retourna et l'observa avec un front plissé.

— Vous savez, je disais la vérité à votre petite fille. Tout ira bien pour elle.

— Je me sens quand même un peu coupable de les lui prendre.

Il tira sur les bretelles de sa salopette.

— Elle est heureuse, parce qu'elle sait qu'ils vont se retrouver dans un foyer plein d'amour. Tout ce qu'une mère veut, c'est être sûre que ses bébés seront aimés comme elle les a aimés.

— Pour les chats, peut-être.

— Pour les humains aussi, dit-il en lui tapotant l'épaule. Vous vous débrouillez bien. Où que soit la maman de Jubie, elle repose en paix. Maintenant, allez-y. Il y a une petite fille qui attend dans la voiture que vous la rameniez chez vous.

— Merci.

Après une dernière caresse sur la tête de la maman chat, Honor se retourna et se dirigea vers les portes de la grange pour rejoindre sa famille.

21

ZANE

Le matin du mariage de Jackson et Maggie, début octobre, une épaisse couche de brume couvrait Cliffside Bay. Sur la terrasse avec une tasse de café, Zane poussa un soupir. Rien que du brouillard blanc et du ciel gris. Ça n'allait pas. La journée de Maggie devait être parfaite.

Papa, si tu es là-haut, pourrais-tu glisser un mot au grand homme ?

Il dut entendre l'appel de Zane, car à midi, le brouillard se dissipa et laissa apparaître un ciel bleu. À quatre heures de l'après-midi, Zane et le reste de la Meute se tenaient avec les demoiselles d'honneur, dans la cour arrière de la villa de Jackson et Maggie. Ils avaient rencontré Lisa Perry et Pepper Griffin, les meilleures amies que Maggie avait connues à New York, lors du dîner de répétition la veille. De ce que Zane avait pu voir, elles étaient l'opposé l'une de l'autre, tant par leur personnalité que par leur apparence. Lisa avait un tempérament calme et ressemblait à une poupée à la peau claire, aux cheveux blonds et aux yeux d'une couleur oscillant entre le bleu glace et un ruisseau de montagne. Pepper portait ses cheveux bruns en vagues désordonnées qui encadraient son petit visage. Une large bouche et un nez étroit, combinés à des yeux inhabituellement vert clair, lui donnaient une aura mystérieuse. Elle riait facilement et avait l'esprit vif. Il entendit la voix de son père dans sa tête : *Elle ne doit pas être de tout repos, celle-là.*

Avant le début de la cérémonie, la Meute se rassembla au sous-sol pour porter un dernier toast. En cadeau de mariage, Maggie avait demandé à son décorateur, Trey Wattson, de transformer l'espace autrefois utilisé comme réserve en une parfaite tanière pour son homme. Un canapé en U gris et un tapis moelleux étaient disposés devant un écran plat géant. Le bois et les briques d'origine récupérés dans certaines parties de la maison avaient servi à en faire les murs et le plancher. Un bar était niché dans le coin de la pièce et était approvisionné avec tous les alcools favoris de la Meute. Cinq tabourets avec coussins en cuir noir étaient alignés le long du comptoir.

La Meute était vêtue de costumes gris avec des cravates rose doré assorties à la couleur des robes étincelantes des demoiselles d'honneur. Seul Jackson portait un costume noir avec un gilet et une cravate argentés. Zane leur servit une bonne dose de tequila. Ils se rassemblèrent en cercle près du bar.

Zane leva son verre et regarda tour à tour le visage de ses meilleurs amis. Jackson semblait un peu pâle et son regard bleu était légèrement perdu. La plupart des hommes étaient nerveux le jour de leur mariage. Brody ne l'avait pas été, mais ce gars était habitué à jouer au football devant des millions de spectateurs.

— On portera quelques toasts pendant la réception, déclara Zane. Mais j'ai pensé qu'il fallait une réunion d'urgence de la Meute avant que la folie ne commence.

— J'approuve, acquiesça Kyle.

Mince et musclé dans son costume gris, et le visage malicieux, il aurait eu sa place dans une publicité pour un alcool destiné aux hommes de goût.

— On a traversé pas mal de choses ensemble, poursuivit Zane.

— Des bonnes comme des mauvaises, acquiesça Lance. Mais toujours ensemble.

Lance et Brody se tenaient par les épaules. En parfait contraste avec son frère, Lance avait des traits trop gracieux pour un homme et de brillants cheveux bruns qui flottaient sur son front. Rien dans le regard pénétrant ou la mâchoire carrée de Brody ne pouvait être qualifié de joli. Pourtant, ils savaient tous quel homme généreux et doux il était, au-delà de sa musculature puissante et de ses prouesses sportives.

Et puis il y avait Jackson. Son frère. Sensible, généreux et ridiculement intelligent. Derrière ce regard vague, il y avait un homme qui avait aimé toute sa vie une fille qu'il allait enfin épouser aujourd'hui.

Zane regarda ses pieds, espérant que les mots justes pour exprimer ses sentiments profonds seraient écrits sur le bout de ses chaussures noires.

— Les mariages se succèdent et les femmes de nos vies persistent à vouloir me faire porter des costumes.

— Ça va s'arrêter là, dit Kyle en riant.

— Parle pour toi, rétorqua Lance. Je veux aussi une femme.

— Kyle, tu viens juste de sceller ton sort, dit Brody. Plus tu rues dans les brancards, plus Dieu a de chances de t'envoyer quelqu'un à l'instant.

— Mec, ne gâche pas l'ambiance, dit Kyle.

— OK, on est ici pour Jackson, les interrompit Zane. On discutera de la vie débauchée de Kyle plus tard.

— Je suis tellement incompris, dit Kyle.

Zane leva son verre.

— Jackson, je te connais depuis toujours. Tu as été comme un frère pour moi.

— Et toi pour moi, dit Jackson.

— J'aime Maggie Keene depuis presque aussi longtemps que

je t'aime, continua Zane. Ce matin, je me suis dit qu'il y a un an, on n'aurait jamais cru que ce jour serait possible. Mais un miracle s'est produit et nous y voilà. Je vous souhaite à toi et à Maggie beaucoup, beaucoup d'années ensemble, suffisamment pour effacer les douze ans que vous avez manqués. À Jackson et Maggie !

— À Jackson et Maggie, répétèrent en chœur les autres.

Ils avalèrent leur shot juste au moment où la porte s'ouvrit. Doc entra dans la pièce.

— Ils sont tous prêts, les prévint-il avec un sourire. Et toi, fiston ?

Jackson serra l'épaule de Zane.

— Je suis prêt depuis que j'ai six ans.

La cérémonie eut lieu dans l'arrière-cour de la villa. Sur la terrasse en pierre, des chaises blanches avaient été soigneusement alignées. La piscine récemment restaurée reflétait le ciel bleu de la fin d'après-midi. Des bouquets de renoncules rose pâle et blanches ornaient l'arche installée pour l'occasion. Jackson attendait aux côtés du pasteur lorsque la musique commença. Dakota, dans son minuscule costume gris, portait les alliances sur un coussin. Il avait les yeux rivés sur sa mère, assise au premier rang, qui l'encourageait en lui faisant signe d'approcher. Ensuite, Jubie, qui portait une jupe en tulle bouffante et un corsage assorti aux étincelantes robes rose doré des demoiselles d'honneur, sema des renoncules dans l'allée. Lorsqu'elle atteignit l'arche, elle se glissa à côté de Dakota et lui prit la main, comme le lui avait demandé Maren, la coordinatrice du mariage à qui même Dakota obéissait sans poser de questions. Les joues de Jubie étaient rosies par l'excitation. Zane n'avait jamais vu une fillette aussi excitée par une robe que ce matin-là, et pourtant, il avait l'habitude, étant donné l'amour de sa fiancée pour les robes. Jubie fit un signe à Zane et sourit. Ses cheveux rebondissaient et brillaient à la lumière du soleil. Il lui envoya un baiser.

Zane, au bras de Lisa, remonta l'allée. Derrière lui, Brody escortait Pepper, suivi de Kyle et Honor. Lance et Kara fermaient la marche. Quand ils furent tous à leur place près de l'autel, il jeta un coup d'œil furtif à Honor. Les robes étaient toutes du même tissu à paillettes, mais les corsages étaient coupés différemment. Il n'avait aucune idée de la façon dont ça s'appelait, mais celle d'Honor avait de fines bretelles et un décolleté bas qui mettaient parfaitement sa silhouette en valeur. Un sac à pommes de terre lui serait allé comme un gant, donc cette robe faisait plus que l'affaire.

La musique annonçant la future mariée commença et Maggie apparut au bras de Doc. Le regard posé sur Jackson, elle paraissait flotter dans l'allée, comme si un fil invisible l'attirait vers lui. Sa coiffure était un enchevêtrement complexe qui avait pris des heures à réaliser. Un long voile flottait derrière elle. Ses boucles d'oreilles en diamant étincelaient à la lumière dorée de l'après-midi d'automne. Zane tourna son regard vers Jackson. Des larmes coulaient sur son visage. Zane le sentait trembler à côté de lui.

— Tout va bien, mon pote, murmura Zane.

Jackson serra son avant-bras.

— Ne me laisse pas m'évanouir, murmura-t-il.

Leurs vœux furent aussi intimes que leur relation.

Jackson, craignant de les oublier, les avait notés sur des fiches. Sous le coup de l'émotion, sa voix tremblait quand il s'adressa à sa future épouse.

— Maggie, je t'ai aimée toute ma vie, mais je crois que notre histoire d'amour a commencé avant même notre naissance. Je suis convaincu que nos âmes sont entrées dans ce monde déjà enlacées. Nous sommes des âmes sœurs, destinées à être ensemble, malgré tout ce que le diable a tenté pour nous séparer. Rien ne pourrait détruire ce que nous sommes l'un avec l'autre, Maggie et Jackson. Je t'aime de tout mon être. Je te promets d'être ton partenaire, ton meilleur ami, ton plus grand fan et le père de tes enfants. Je n'oublierai jamais ce que ça a été d'être séparé de toi. Je vois maintenant ces années comme un cadeau, parce qu'elles m'ont appris à chérir chaque instant passé avec ceux que j'aime. Et je compte bien chérir chacun de ces moments avec toi.

Maggie prononça ses vœux de mémoire. Ce n'était pas un problème pour une ancienne actrice.

— Jackson, toutes les années où nous avons été séparés, mon inconscient ne m'a jamais laissé t'oublier. Je rêvais de toi presque toutes les nuits et quand je me réveillais le matin, je te sentais là à mes côtés. Je ne le savais pas à l'époque, mais je crois maintenant que c'était la manière que Dieu avait de me dire que nous étions faits pour être ensemble. Sans toi, un morceau de mon cœur manquait, une partie de ma vie restait inachevée. Tu es mon âme sœur, l'amour de ma vie. Je suis bénie à bien des égards. Mais pour moi, rien ne comptera jamais autant que notre union. Je fais la promesse de t'aimer chaque jour comme si c'était notre dernier.

Le pasteur prit alors le relais. Les alliances furent échangées. Violette lut un poème que Zane ne reconnut pas. Il allait devoir demander à Kara ou à Brody de quoi il était tiré, puisqu'ils étaient les plus à même de le savoir. Puis, Jackson et Maggie furent déclarés mari et femme. Dans les secondes qui suivirent la fin de la cérémonie, une fois que les jeunes mariés eurent parcouru ensemble l'allée, un moineau atterrit sur l'arche au-dessus du pasteur. La musique du quatuor à cordes était trop forte pour entendre son chant, mais Zane savait qu'il chantait tout de même. Au même instant, une brise chaude balaya la cour, leur apportant le parfum du chèvrefeuille. Il fut submergé par la sensation que son père, la mère de Maggie et Lily Waller étaient présents dans le chant du moineau et le parfum du chèvrefeuille. Il ne pouvait pas l'expliquer, mais il savait juste que c'était vrai.

Il regarda Honor. Elle croisa son regard et, alors qu'elle plaçait sa main au-dessus de l'endroit où la balle avait transpercé sa chair, le diamant de sa bague de fiançailles capta la lumière. La cicatrice symbolisait les épreuves de son passé, mais elle ne pouvait pas faire concurrence à l'éclat de la bague qu'il avait choisie juste pour elle.

Bientôt, je ferai de toi ma femme, Honor Sullivan.

Elle dut entendre cette promesse silencieuse, car elle répondit en silence : *J'ai hâte.*

Le temps allait être long jusqu'en décembre.

Fin

DU MÊME AUTEUR

HISTORIQUES DU PASS EMERSON
La Institutrice d'Emerson Pass
La Vieielle fille
L'Erudit
L'Enfant a problemes
La Semaine de Noel
La Musicienne
L'Ecrivaine
CONTEMPORAINS DU PASS EMERSON
La Reine des Gateaux
La Bienfaitrice
AUTONOMES
L'Affaire du pere Noel
SÉRIE CLIFFSIDE BAY
La Fugitive : Brody et Kara
La Disparue : Jackson et Maggie

À PROPOS DE L'AUTEURE

Tess Thompson, des histoires de familles qui feront vibrer votre corde sensible.

Auteure couronnée de succès par USA Today, Tess Thompson écrit des histoires d'amour bucoliques et des récits historiques. Elle a commencé sa carrière d'écrivaine en CM1 avec l'histoire d'un orphelin rêvant d'ouvrir une pizzeria. Étrangement, son premier roman *Riversong* parle d'un orphelin ouvrant un restaurant à l'âge adulte. Manifestement, elle est obnubilée par la nourriture et les mots depuis très longtemps.

Titulaire d'un diplôme en théâtre de l'Université de Californie du Sud, elle a passé sa vie d'adulte à étudier l'art des mots, de l'intrigue et des personnages. Depuis 2011, elle a publié vingt romans et trois nouvelles. Elle passe la plupart de ses journées à son bureau à avancer sur un récit ou à réécrire un affreux premier jet.

Elle vit actuellement dans la banlieue de Seattle, dans l'État de Washington, avec son mari (le héros de sa propre histoire d'amour) et leur joyeuse troupe de deux fils, deux filles et cinq chats. C'est ça, quatre enfants et cinq chats.

Tess adore être contactée par ses fans. Vous pouvez lui écrire à tess@tthompsonwrites.com ou faire un tour sur son site web https://tesswrites.com/.

Printed in France by Amazon
Brétigny-sur-Orge, FR